上册

心中的歌

葛连光诗孤散文集

吉狄马加 题

葛连光 著

团结出版社
UNITY PRESS

© 团结出版社,2024 年

图书在版编目（CIP）数据

心中的歌／葛连光著. －－北京：团结出版社，
2025.1. －－ISBN 978－7－5234－1388－3

Ⅰ.I217.2

中国国家版本馆 CIP 数据核字第 2024PM4916 号

责任编辑:方　莉
封面设计:墨·鱼

出　版:团结出版社
　　　　（北京市东城区东皇城根南街84号　邮编:100006）
电　话:(010)65228880　65244790
网　址:http://www.tjpress.com
E-mail:zb65244790@vip.163.com
经　销:全国新华书店
印　装:北京荣泰印刷有限公司

开　本:170mm×240mm　16 开
印　张:45　　　　　　　　字　数:540 千字
版　次:2025 年1月第1版　印　次:2025 年1月第1次印刷

书　号:978－7－5234－1388－3
定　价:158.00 元(上下册)

甘南哈达铺红军长征纪念馆留影

神奇的扎尕那(石头古城)留影

太阳岛留影

1

最美高原花海·云上湿地桃源花湖景区留影

中国四大石窟之一——麦积山石窟留影一

中国四大石窟之一——麦积山石窟留影二

陕西府谷莲花辿留影

伊金霍洛旗街景

南宁市青秀山留影

首届"天汉杯"中国双年度大家文学奖颁奖活动

汉中参会合影

与文学大咖合影

和母亲在一起

一位准备下井的矿工

井冈山翠竹林中

前　言

　　《心中的歌》，藏在我心灵深处，不愿跟墨水徜徉纸上，留下自己的痕迹。今天我揭开玫瑰的奥秘，恬静使她展开，梦幻让她再现，让大海的咆哮和夜莺的歌声融合在一起，谁又能把风暴化入婴儿的呼吸？配唱这歌的奇才，你在哪里？

　　这里是大美绿城，伊金霍洛，一片神奇的土地。

　　这里是鄂尔多斯青铜器的故乡
　　这里是"秦昭襄王长城"的故地
　　这里是北方游牧民族的发祥地
　　这里是能源富集之地

　　这片土地从不缺少世人的瞩目
　　这方热土从未间断信仰的崇拜
　　这座家园从来都是温馨的港湾

　　在这里，绿水青山遍布大地
　　在这里，高质量发展一路向未来

　　感受，发展的速度
　　探寻，文脉的厚度
　　领略，重塑的力度
　　沉醉，幸福的温度

　　我热爱你，伊金霍洛，我留下一首赞歌，我永远紧依你的心窝。这里的一山一水、一草一木与我息息相通。这块土地给了我生命，给了我赖以生存的衣食，给了我创作的灵感和源泉。你是大海，我是浪花一朵，你是大海的微笑，我是笑的旋涡。我的故乡——伊金霍洛，你是大海永不干涸，永远给我碧浪清波，分享海的欢乐，我心中的歌。

　　人的一生中很多很多记忆被锁住，压抑在心底，今天是最好的释放，《心中的歌》流出心田。把我的情与感灌注在笔尖，不知不觉就攒下了这么多叫作文章的东西，有机会编成一本自由诗集展示于众。这就像把文字变成一颗颗沙砾，铺在我们历经的生活之路上。沙砾上留下了一串串歪歪扭扭的脚印，那是我们记录在生活日记中最好的印迹。

　　我始终不放弃对美好生活的向往，在这个世界里，我们要竭尽全力去追求，去奋斗，不留遗憾，无论工作再忙，生活再艰辛，也要为家乡争光，做点贡献，奉献自己的余热。写作，其实是认知与情感的需要，是对自我精神的开拓。写作，对自己不可或缺，就如一片宽广的天地。对写作的爱，对亲友爱人的爱，更是对自然与社会的爱，对人间的爱，以及一种对待生活的态度。

　　写作是一种责任，一种良知；一种探索，一种挑战。就像高山峡谷中挤在石缝间的泉眼。如果泉眼连冲出石缝的勇气都没有，那么它绝不会有冲出山谷的可能，更不会成为江海。

　　我是一名退休的老同志，退休前一直在行政事业单位工作，写作是自己的一点兴趣和爱好，写作本是十分普通的事，对诗歌创作也没有什么研究，只是自己对生活的感悟，对情感最真诚、最朴素的表达。祝愿家乡更加美好，祝愿老乡亲们幸福吉祥安康。

光耀大地　情溢四海

——读葛连光诗集《心中的歌》

刘志成

欣闻葛连光兄的作品集《心中的歌》即将付梓，我心甚慰。我与葛兄相交已有十数年，他敦厚的为人方式，热情的待客之道，低调的做人准则已深深折服了我。在塞上名城鄂尔多斯的文艺圈，他人尽皆知，美名远扬。葛连光兄一直从事行政工作，但在繁忙的工作之余，孤灯之下月上枝头之际，几十年来一直辛勤耕耘，默默创作。如今，创作的累累硕果即将陆续面世，我想这既是对鄂尔多斯文坛的奉献，同时也是对他多年来创作的总结与回顾。

葛连光兄一直执着于各种文体的研究与实践，可以说已到了很高的层次，其作品思深体广，积极昂扬，从无半点颓靡之意，难能可贵，可以说是鄂尔多斯文坛的一股清流。当葛兄把《心中的歌》这部著作的电子稿发给我时，正是初冬。今年北方的冬天似乎要比往年来得晚一些，只是早晚略有寒意。小区外的林木，金叶飘曳，洒脱闲逸。三五孩提在树下惬意地嬉戏，对于2022年来说，东胜难得的幸福。坐在窗前，泡了一壶绵厚醇香的普洱茶，打开《心中的歌》，我细细品阅。

我先简单介绍一下葛连光兄，他出生于1959年的内蒙古伊金霍洛旗。系内蒙古作家协会会员，鄂尔多斯市作家协会会员，鄂尔多斯市摄影家协会会员，西部散文学会副秘书长，伊金霍洛旗作家协会主席。曾任中国人民政治协商会议伊金霍洛旗第八、第九、第十、第十一届政协委员，第十、第十一届政协常委。从 1981 年开始，便开始在报刊发表各类作品。《恋》《大漠晚霞》《鄂尔多斯的歌与酒》《半农半牧区舍饲畜牧业规范化饲养研究》等小说、诗歌、散文、论文、寓言、科普作品等近千余篇，闪耀现世。2007 年，他出版《穿云破雾的太阳》，以诗歌、散文、小说为主。2000 年被选入《世界优秀专家人才名典》，2001 年被选入《中国国情报告·专家学者卷》，2022 年 4 月被选入中国世界文化交流促进会《迈向新征程：中国当代诗书画艺作品选集》《百位新时代奋斗模范 百件新时代精品力作》。

对于诗歌创作，我已搁置多年，但身边很多文友皆从事诗歌创作，时有一起谈诗品诗的场景，对于诗歌，也有了自我的一些粗见。近些年来，诗歌的发展日新月异，互联网上每天都充斥着数量庞大的诗歌，但良莠不齐。纵观诗歌发展史，我国有着几千年的传承。就《诗经》而言，它当时即为民间流传之歌谣，通俗易懂，思路清晰。它们向土而生，向阳而歌，脚踏着厚实的土地，头顶清远的天际，包蕴百姓的喜怒哀乐，具有极高的可读性。如果诗歌的创作与人远离，与芸芸众生之生活远离，势必会脱离普罗大众，变成空中楼阁，虚无缥缈，我觉得这样便会失去诗歌本来存在的价值。

葛连光兄的诗歌通俗易懂，富有浓烈的生活气息，内容积极健康，打动人心，充盈着各种鲜活的物象，同时体现着他的诗观、人生观、价值观、世界观。好的作品，定能打动人心，能进入读者的内心，引起共鸣，给读者带来向上的昂扬斗志。我认为，其一，诗人替所有人说话，言社会责任或其他深意，作品才能上一个更高的平台，才有价值。其二，诗歌只有做到打动人心，才能得到人们的推崇，方可在众多文学作品中随着社会的变迁，时光的流逝，去伪存真，得以流传。我们生活在如今这个自由的时代，既然已知晓诗歌创作的意义所在，对它的实现途径和手段，就无须再抱残守缺。葛连光兄似乎早就洞悉了这些诗歌所必须具备的要义，在他创作中，闪烁着灼灼光芒。

　　家乡的土地，是葛连光兄诗歌创作中重要的元素。每一处美景，每一条街道，每一朵花开，每一片叶落，都汇聚在他诗歌的脉络之间。在这些诗句的字里行间，都可见他对故乡的真挚情感，这种情感是充沛的，是根植于他内心的。

　　在诗歌《礼赞鄂尔多斯》中，他以细腻的笔触这样写道：看，那巍巍康巴什敖包山上/圣洁的哈达迎风飘扬/看，那滔滔的乌兰木伦河水/环绕康城奔流不息绵远流长/看，那满山的青松翠柏与柳杨/正在冬日里蕴藏、春芽、夏长/看，那茫茫的草原上，鲜花吐香/新城正在崛起，在历史的洗礼中焕发新装。他对于鄂尔多斯的热爱和由衷的赞美，跃然纸上，令人动情。

　　在诗歌《美丽小城——阿勒腾席热镇》之中，他这样写道：青春美丽小城/阿勒腾席热镇/绿草如茵/碧水环绕/雕刻于文明滋养的文化底蕴上/镶嵌在其乐融融的盈盈笑脸上。

　　家乡的风物，家乡的一切，都是他诗歌中无垠的意象。其实家乡一直是中国文人难以割舍的一份精神寄托，譬如鲁迅的《社戏》、萧红的《呼兰河传》、陈忠实的《白鹿原》、莫言的《红高粱》等。通过阅读葛连光有关家乡的创作，我们能感受到他对鄂尔多斯，对伊金霍洛的眷恋，理解他对自己不论是身之故乡还是心之故乡的一种难以割舍的感情。

　　春夏秋冬，小草树木，也是他诗歌中经常出现的内容。他热爱生命，呵护大自然，不论是春天的盎然，夏天的炽热，秋天的收获，冬天的静美，都在他的诗句中欢呼跃动。读他的诗歌，似乎每一个字句都在跳动着生命的音符，都晕染着对自然的膜拜和尊崇。诗歌《亲吻大地》这样写道：春风亲吻了大地/带着深情厚谊/是谁走漏了消息/遍野悄然吐绿/山村从春梦中惊醒/嫩叶抖擞精神/抖落最后一片不如意/阳光甩开长臂/甩掉了陈旧的识意。阅读这样的诗歌，我们与自然和谐相处，与天地万物共生共眠而展露出来的热爱，是磅礴的，宛若新阳落地，柔风细雨，让人安然。书中诸多诗歌流露着对大自然、大地、时节的赞颂。葛连光兄胸怀苍天，便有了苍天般的豁达，面对四野，便有了草原般的坦荡。

在前言中，他这样说："写作是一种责任，一种良知；一种探索，一种挑战。就像高山峡谷中挤在石缝间的泉眼。如果泉眼连冲出石缝的勇气都没有，那么它绝不会有冲出山谷的可能，更不会成为江海。"我想，这便是葛兄对于写作的态度和写作的精神信仰。在他的精神世界中，他一直默默地用心播种，并试图通过文字向读者传达对于故乡、对于这个世界、对于漫漫人生的积极态度。

向上，是他作品中始终坚定不移的话题。愿他的文字能如炽烈的朝阳一般，让每个人的心灵世界，得到润如玉、净如水的熏染，让每一个读者的内心成长出一片绿意盎然的葱茏世界。

序二

用文字刻印生命之光

萧 忆

忽而柔风驰来，透过稀疏的枝条，在书稿上拓印下阳光的影子。夏日的午后，繁华的城市，略显安静。似火的骄阳，悬于清远的天际，云朵洁白，调皮地展映出它内心的模样。草木也在默默地熟寐，找寻属于自己的光影。

手边，是鄂尔多斯作家葛连光先生的《心中的歌》的书稿。倚在窗前，阳光轻洒而下，如岁月的微笑，灿然绽放。《心中的歌》可以说是作者的行走笔记，也可以说是生命旅途。在无垠的内蒙古草原，洁白的羊群和嫩绿的草地，憨实的笑脸和晚归的牧人，袅娜的炊烟和婉转的长调，给予他字里行间蓬勃的诗意。南国葱茏的世界，嵯峨的山峰和澎湃的海浪，苍翠的林木和盛开的花儿，潮湿的空气和闲逸的清晨，给予他文字世界充盈的表达。

自北纬39°到北纬21°，一路向南或是一路向北，像是飞鸟的迁徙，在漫长的生命之途划下最值得珍视的美丽弧线。作家葛连光，在这条弧线上像耕耘的农人，播下希望之种，而后书写阳光，书写盛世，书写时代。

葛连光先生往生活的印记凝聚进无垠的热爱，每一个文字，都在表达对生活深情的礼赞。他以敏锐的感知和细腻的笔触，捕捉着每一处风景背后的故事，每一个笑容中蕴含的温暖。

他的文字，犹如一幅幅生动的画卷，将草原的辽阔与南方的婉

7

约展现得淋漓尽致。在他的笔下，我们看到了草原上骏马奔腾的豪迈，也感受到了南方雨巷中的柔情。无论是北方的粗犷还是南方的精致，都在他的书中找到了和谐的共鸣。他跨越地域的界限，用心灵去触摸世界的多元，用文字去传递人间的美好。

读着《心中的歌》，仿佛跟随他远行的脚步，一同踏上了这场充满诗意与惊喜的旅程。在这些文字的引领下，领略了大自然的壮丽与人文的魅力，也感受到了他对这片厚沃土地深深的热爱和眷恋。翻开厚厚的《心中的歌》，我蘸着阳光的和暖，沐浴着诗意的字行，有滋有味地欣赏着。

第二辑收录了诗歌《伊金霍洛，一匹狂飙的蒙古马》。

一声长啸
撕破东方的地平线
一道霹雳的闪电
谱写出中华大地的诗篇
伊金霍洛
一匹狂飙的蒙古马
高歌猛进
沃土犁田换新天

千古纵然
秦长城、秦直道留下清晰残垣
成吉思汗此地长眠
保佑草原儿女福祉绵延
伊金霍洛
驾马御风青史流芳厚念
……

这首诗歌以磅礴的气势和激昂的情感，展现了伊金霍洛的独特魅力与辉煌成就。从诗歌的主题来看，葛连光先生紧扣伊金霍洛的发展与变迁，将其比作狂飙的蒙古马，生动形象地传达出其奋勇向前、不断进取的精神风貌。这种对家乡的深情赞美与对未来的坚定信念贯穿始终，使整首诗具有强烈的感染力和号召力。诗歌的意象运用上，他巧妙地选取了诸如"秦长城、秦直道的残垣""成吉思汗的长眠"等具有历史厚重感的元素，以及"羊煤土气""风光氢储车"等现代产业符号，将伊金霍洛的过去、现在与未来紧密相连，展现了其深厚的文化底蕴和蓬勃的发展活力。诗歌的语言富有张力，"一声长啸，撕破东方的地平线""汗水滴着血水，飞奔骑士勋章载入史册经典"等语句气势豪迈，给人以强烈的视觉和听觉冲击。同时，作者也注重韵律和节奏的把握，使得整首诗读起来朗朗上口，增强了诗歌的艺术表现力。这首诗情感真挚、主题鲜明、意象丰富、语言有力，是一首充满激情与正能量的佳作，充分表达了作者对伊金霍洛的热爱与期待。

第七辑收录了葛连光先生参观草原书画院赵玉林艺术作品后，有感而创作的诗歌《赞著名画家赵玉林》：

……
青山绿水入画来，
浅绛悦目醉观天。
远上高山沐春晖，
近踏石板思丰年。
满纸空翠如可俨，
参差赤绿大江边。
人文山水主龙脉，
惊艳天下古今研。

这首诗描绘了赵玉林先生画中的青山绿水，给人以舒悦的享受，让人仿佛沉醉于天空的美景之中。从高山到石板路，展现了丰富的画面元素，同时提到满纸的空翠和大江边的赤绿参差，体现了色彩的丰富和层次。最后指出人文山水为主龙脉，表明画作蕴含深厚的文化内涵，惊艳天下，值得古今研究。这首诗语言流畅，在表达对画作的赞美时较为直接和生动，通过对画面元素和艺术价值的描述，让读者能够感受到画家作品的魅力。

第八辑收录了葛连光先生对南国青山绿水吟咏的诗作。其中收录了《南宁之游——南湖公园》组诗，有一首抒写的是《南湖》。

南湖潋滟桃花艳，
碧水澄清翠荷莲。
兰亭颖秀江水绕，
曲径幽馨浪逐天。
鸟鸣风拂声悦耳，
舟飘雨洒眼入帘。
最是绿岛千姿美，
光照游人万景仙。

这首诗选取了南湖、桃花、碧水、翠荷莲、兰亭、江水、曲径、浪、鸟鸣、风、舟、雨等众多意象，生动地展现了南湖景色的多姿多彩。通过"潋滟""澄清""颖秀""幽馨"等词汇，营造出了优美、清幽、宜人的画面感，让读者仿佛身临其境。诗歌的字里行间流露出对南湖美景的喜爱和赞美之情，给人以愉悦的感受。这首诗用极其丰富的意象，展现了南湖的瑰丽景致，给人以美的享受。

第九辑收录了《大美绿城，铿锵玫瑰》朗诵诗：

……

女人如歌，仿佛淙淙如练的飞瀑，开朗、奔放，

女人如画，平静得像乌兰木伦河水，清丽、流畅，

性情沉静的巾帼女人，肩负重任，仪态大方，

姿态优雅的巾帼女人，各行各业的岗位上，新农村建设上，神采飞扬。

大美绿城，巾帼女人，你在历史的洗礼中焕发新装。

……

这篇作品立意积极，通过对巾帼女人的赞美，表达了对她们在社会各方面贡献的肯定和敬意，充满正能量。而且融入了伊金霍洛的元素，使赞美更具针对性和地方特色，增强了情感的落地感。内容也非常丰富，涵盖了巾帼女人的性格特点、责任担当，以及在党建引领下的积极作为等多方面，展现了较为全面的视角。作品主题鲜明，情感积极，盈满正能量，给人以向上的蓬勃力量。

第十辑《风流人物》收录的为葛连光先生创作的散文作品。包括《真情不变，记忆永恒》《绿城之珠》《驰骋在文化战线上的一匹黑骏马》等新时代下先进人物的纪实散文作品。这些作品能够展现时代人物的优秀品质和杰出贡献，为社会树立正面榜样，激发人们积极向上的精神，传递强大的正能量。它们是对特定时期先进事迹的真实记录，成为历史的一部分，有助于后人了解当时的社会背景和人们的奋斗历程。作品中生动的描述和真实的故事能够引起读者的情感共鸣，让人们对这些人物和事迹产生敬意和感动。讴歌时代人物、记录先进事迹的作品在弘扬社会正气、激励人们奋进方面可以发挥重要作用。

葛连光先生的作品题材较为广泛，涵盖了气象、农牧、文艺、景观、感悟等多个领域。他的写作风格通常是直抒胸臆，比较朴实，注

重实际内容的呈现，没有过多华丽的修饰。在对《大河向东流》这本书综合评价中，提到它没有堆砌华丽词句，而是通过质朴浅显的篇章，展示了内蒙古响沙酒业有限责任公司党委书记、总裁徐向东的奋斗史。这样的叙述方式能够让读者更真切地感受到人物和故事的魅力。葛连光先生笔下的作品往往还具备现实意义和社会意义，流溢着向上的盎然之气。一些作品还探讨了与社会、经济发展相关的问题，其观点和建议将对社会发展起到积极作用。

葛连光先生始终怀揣着对写作的热爱与执着。尽管岁月流转，生活忙碌，但他从未放弃内心的追求，凭借惊人的毅力和不懈的努力，坚持写作，以笔耕不辍的姿态，在文学的道路上坚定前行。

令人钦佩的是，他连续出版了《穿云破雾的太阳》《心中的歌》《人间有爱》《走进伊金霍洛》，这四本书，每一本都凝聚着他的智慧与心血，彰显着他的才华与勤奋。他用文字诉说着内心的故事，用作品展现着生命的精彩，他的勤奋为我们树立了榜样，激励着我们在求索的道路上勇往直前。

很快，我们将看到《心中的歌》上下册的问世。《心中的歌》不仅是一次文字的盛宴，更是一次心灵的洗礼。这部书分上下两册，一定会让更多读者知悉生活之重要，之意义，之伟岸，之高远。他用文字，刻印出了生命最灿烂的光色。斜阳西落，透过葛连光先生的文字，我看见夏日葱茏的肌肤，愈发显得苍翠、朗润。

2024 年 7 月 3 日

目录 CONTENTS

第一辑　礼赞故乡热土

第二辑　大美绿城，伊金霍洛

第三辑 四季的景

第四辑　强盛中华

第五辑　不朽功勋

第六辑　神奇的世界

礼赞故乡热土

伊金霍洛赞

——献给中国共产党百年华诞

北斗七星

在蓝色的夜空中变幻

乌兰木伦河南岸

高楼林立

灯火灿烂

阿勒腾席热镇

沧桑巨变

尽绽庄严

史海无际

天骄圣地

历史悠久

星汉无边

走出文明河套人

日明月亮薪火传

朱开沟烈焰铸青铜

蒙恬开疆

千古纵然

秦长城残垣

寻找后世永向前

成吉思汗

遗风犹在

鼓角争鸣

刀光影剑

汇聚蒙古源流

大夏建都

演绎壮阔波澜

一代天骄

此地长眠

保佑草原儿女

福祉绵延

政统明策

七旗会盟

青史流芳厚念

梦中天堂洒落人间

伊金霍洛

驾马御风

饱含传奇

改革开放

铁拳砸向沙漠

灵动绿染

大漠插上希望的翅膀

绿树成荫

草芽舒张

天骄圣地新装展

伊金霍洛
资源富集
举世无双
乌金滚滚
煤海翻卷
依靠科技力量
转化能源
煤直油梦圆
羊煤土气
抒写上天对你的眷恋
奋进号角响彻天边
蒙古马自由驰骋
描绘北疆多彩画卷
伊金霍洛
伴随浩荡东风
魅力升级
与时间赛跑
精彩发展
献哈达起舞
迎四海佳朋
斟奶酒放歌
邀五洲贵宾
浸润共赢喜氛之中
崛起跨越新时代

期待世界了解

绘就宏伟蓝图

破浪开新篇

幸福新城

一日千里

虎跃龙腾

自强不息

众志成城

千秋明媚

万古朗润

壮美如画更娇艳

国泰民安

礼赞鄂尔多斯

看，那巍巍康巴什敖包山上
圣洁的哈达迎风飘扬
看，那滔滔的乌兰木伦河水
环绕康城奔流不息绵远流长
看，那满山的青松翠柏与柳杨
正在冬日里蕴藏、春芽、夏长
看，那茫茫的草原上鲜花吐香
新城正在崛起，在历史的洗礼中焕发新装

鄂尔多斯亘古久远电闪雷响
河套人走出文明传薪火日明月亮
朱开沟烈焰铸青铜蒙恬开疆
昭君和亲秦直道奏响民族著彰
汇聚蒙古源流传大夏建都
政统明策六旗会盟青史流芳

民族自治春风化雨改革开放
励精图治斩棘披荆斗志昂扬
撤盟设市宏图开卷扬帆破浪
择机缘展新容青云直上
活力鄂尔多斯拔地而起

盛古今草原明珠新城荣尚

新兴城市教育文化拉动筑沃壤
和谐共进靠基层组织建设有充沛阳光
吸纳人才转新兴产业铸造辉煌
活跃民营经济百业兴旺展翅飞翔
生态文明活力充盈英姿世界
超前发展鄂尔多斯正在启航

伊金霍洛，美丽的家园

伊金霍洛，我美丽的家园

五色的土地，神奇的山川

书会门山口融汇着三省的炊烟

蒙汉人民水乳交融血脉相连

纳林塔战国秦长城印证着驼道的起点

乌兰木伦流淌着伊金霍洛人的誓言

哎嗨哟……哎嗨哟……哎……

乌金滚滚煤海翻卷

煤直油化工梦真圆

今日的矿区路车轮飞转

满载着伊金霍洛人幸福的喜悦

伊金霍洛，我美丽的家园

五色的土地，神奇的草原

一代天骄横扫欧亚雄韬伟略

穿越时空伊金霍洛选定长眠

继承祖先"达尔扈特人"永守陵园

珍贵物品"八白室"内寄托着思念

哎嗨哟……哎嗨哟……哎……

历史老人独具慧眼

蹒跚步履崛起飞越

今日的旅游产业飞速发展
满载着伊金霍洛人进取的信念

伊金霍洛，我美丽的家园
五色的土地，神奇的庄园
五千六百平方千米凝聚着几代人的心血
宜居宜业小区绿树成荫连成一片
工业发展补充着科技的要件
创新驱动转换着太阳的光源
哎嗨哟……哎嗨哟……哎……
退耕还林利国利民
荒坡荒山变成绿原
今日的草原明珠和谐飞越
满载着伊金霍洛人进入新纪元

伊金霍洛，可爱的家乡

古老文明伊金霍洛旗
英雄眷恋游人感神奇

煤海绿洲天骄圣地
生态良好资源富集

伊金霍洛四季分明景致独特
辽阔草原风情盎然壮观显赫

金山银山人民喜乐
蒙汉团结热情好客

草木复苏似江南春风满面
广袤天地悟草原不寻境界

着单衣百花香沐浴春风
看赛马观摔跤祭祀成陵

绿的醉人清凉避暑草原夏景
水草丰盛烟波浩渺宁静温馨

歌舞摇篮展风情鄂尔多斯婚礼
源远流长爱情故事古老神奇

草黄树红成堆成片尽染秋色
步入梦幻鸟儿飞翔秋水清澈

昭君远嫁告别中原下马回望
王母感动仙女下凡水波荡漾

视野宽广苍凉壮阔冬季漫长
大雪纷飞湖泊如镜白雪茫茫

手扒肉羊背子草原篝火
度新春祭灶火多彩生活

伊旗不大环境优美
宜居之地令人陶醉

开放宜游伊金霍洛旗
引商引智之游来探秘

期待世界了解期待未来辉煌
可爱的家乡更加灿烂更加富强

礼赞伊金霍洛旗

伊金霍洛旗

我深深眷恋的地方

滔滔的乌兰木伦河水

奔流不息绵远流长

满山的青松翠柏与柳杨

正在冬日里蕴藏、春芽、夏长

茫茫的草原上

阿勒腾席热镇的崛起

鲜花吐香，碧水环绕

春潮插上翅膀

在历史的洗礼中焕发新装

伊金霍洛旗

亘古久远，电闪雷响

河套人走出文明

传薪火日明月亮

朱开沟烈焰铸青铜

蒙恬开疆

纵然千古

秦长城残垣

寻找后世前进的方向

成吉思汗遗风犹在
鼓角争鸣剑影刀光
演绎着波澜壮阔的厚重念想
汇聚蒙古源流
大夏建都
政统明策
七旗会盟青史流芳

伊金霍洛旗
饱含传奇，驾马御风
改革开放，进退抉择
铁拳砸向沙漠深处
灵动绿染
大漠插上希望的翅膀
寻探每一片舒张的草芽
盛古今草原明珠换新装

伊金霍洛旗
资源富集，举世无双
乌金滚滚，煤海翻卷
煤直油圆梦
转化能源写意科技的力量
伊金霍洛的过去模样
已经悄悄消失
高楼林立生机勃勃
幸福的新城温热梦想

天骄圣地新颜绽放
民族团结新歌又悠扬
七十年的沧桑巨变
成就辉煌

伊金霍洛旗
伴随浩荡的东风
发展精彩、魅力升级
技术创新敞亮
与时间赛跑
破浪开启新篇章
让伊金霍洛更精彩、繁荣
成为祖国北疆圣地脊梁
长调高亢中草原赤子永远跟着共产党

唱唱咱庄户人的好光景

唱大戏，锣鼓鸣

唱唱咱庄户人的好光景

台上人儿演盛世

台下人儿动真情

村村通，路面平

到处绿化树成林

山清水秀真迷人呀

看咱社会主义新农村

扭秧歌，舞龙灯

唱唱咱庄户人的好前程

人脸儿笑开像花朵

双眼眯缝好心情

打扮时尚走路似春风

露出了咱庄户人的精气神

歌唱咱们的时代好呀

看咱乡村文明天地新

"7·1" 抒怀

——致建党 97 周年

　　我参加过很多项目的剪彩活动，但是没有像这次深受感动，"追忆红色历史，传承红色基"，庆祝建党 97 周年和红庆河红色文化教育馆工程落成庆典。九十七年，山河辽阔，九十七年，党旗猎猎，九十七年，我们初心未改，新时代新征程新作为，一颗红心永向党，砥砺前行谱华章。

　　庆祝中国共产党成立 97 周年暨红庆河红色文化教育馆一期工程落成庆典，意义非凡，终生难忘，怀着崇敬的心情，来到本旗乌兰夫曾经工作过的地方，踏着伟人的足迹，缅怀伟人丰功伟绩，净化心灵，不忘初心，继续前进，重温入党誓词，坚定安邦信念，心潮澎湃，抒发怀意。

嘉兴南湖画舫船，中共诞辰起航帆。

拯救华夏水火中，植根民众血液换。

九十七载建党业，六十九年强国崭。

继往开来中国梦，宏伟蓝图全球赞。

观红庆河红色文化教育馆赋

中华崛起如醒狮，延安精神传择之。

红庆河镇豪气壮，云泽帷幄辟地始。

草原雄鹰理正义，红心献党救国觅。

鞠躬尽瘁万世芳，民族团结一面旗。

活力鄂尔多斯

黄河奔流几字湾，高原崛起雄风展。

教育文化立地新，基层组织阳光灿。

吸纳人才云计算，民营经济脱颖凡。

蓝天白云碧水映，超前发展全球赞。

乌兰牧骑赞

时光轮回甲子年，红色传播披星月。

大纲宗旨从不变，乌兰根扎大草原。

激情戏演蒙包前，忠心献在牧民间。

悠弘长调高声唱，精彩民歌热舞翩。

秋恋伊金霍洛

黄昏，漫步伊金霍洛，仰望秋天，歌吟撒欢，撩惹出诗文词言，徜徉在饱情厚怀的大自然。

伊金霍洛
水系相连环绕
百花道别意缠绵
独盛黄菊香愈浓
天边云端见雁群
天低野旷涌黄金

在水一方，明眸映天云
在天之涯，伊人抚弦琴
在海之角，秋月衔天岸
在山之巅，横秋越层林
折一枚黄叶，仰天长叹
抖一声长调，天籁震撼
伊金霍洛，我爱你

绿色小城——阿镇

八月的绿色小城

阿勒腾席热镇

让绿色追赶着生命

水在城中

城在绿中

人在景中

在自然里呼吸

这土地的芬芳也醉人

花香弥漫

沁人心脾

让我留恋

呈现

新时代的倩影

"醉"美阿勒腾席热镇

迎着朝阳

踩着闪光的轻霜

哼着小曲儿

心像七彩的云儿

自由徜徉

漫游阿勒腾席热镇

大地一片赤黄

时令应候

暑去寒往

"醉"美阿勒腾席热镇

境态和谐

街道干净漂亮

红旗鲜艳飘扬

道路沿线

关键节点

园林绿化

时机抓抢

新一轮冬季

绿化换装

多彩色调

勾勒出气韵

春意然盎

火车站

飞机场

滨河大道

海河路

白马桥

四号桥

乌兰木伦景观湖公园

阿勒腾席热镇境内

大广场

小广场

城区道路修剪

病虫害防治

新增改造绿地

五十七万平方米

各色羽衣甘蓝栽植

八十万株

镶嵌在绿化带中

城区风景丽靓

挺起对春天的向往

怀念夏日青壮

面对无边的秋色

用娇嫩的生命冬季绽放

相思在荡漾
牵念在幽香
撷一缕彩云放飞憧憬
让梦里升起一轮
红红的太阳

同一个日子
同一个时刻
中秋月圆
祖国华诞
蒙汉人民
举杯望月
山河欢笑
丹桂飘香
每一双眼睛
都洋溢幸福和自豪
改革开放
走进崭新时代
中国梦
创造一个又一个辉煌
精准扶贫
广大农牧民
阔步奔小康
明月与五星红旗同歌
向全世界宣布
中国力量

"醉"美阿勒腾席热镇

我热恋的家乡

热泪与热血涌满心房

青山绿水

鸟语花香

天高云淡

雄鹰正展翅翱翔

海阔鱼跃

飞舸正搏风击浪

金秋送爽

硕果累累

"醉"美阿勒腾席热镇

秋景瑰艳

尽寒流丹色霜

打开心窗

把梦想张望

美得这般成熟

这般恣意张扬

一件件绝美华装

静静披展四面八方

阅尽人间秋色

绚烂直抵心房

毫无保留

热烈奔放

珍惜每一份善良

心给你
手给你
穿越风浪
爱给你
情给你
祈福吉祥
"醉"美阿勒腾席热镇
我的家乡
生我养我的地方

美丽小城——阿勒腾席热镇

和谐靓丽小城

阿勒腾席热镇

慢步于城中

道路两旁

楼宇排列整齐

像一排排站立的礼兵

欢迎远方的来宾

生态绿色小城

阿勒腾席热镇

葱郁树木环绕

清澈湖水倒映

鲜花香气袭人

满目都是绿色

心里都是舒畅

希望文化小城

阿勒腾席热镇

文化灿烂

历史厚重

浓郁的学习气氛

朗朗的读书声

穿越时空的草原文化

蒙元文化

红色文化

不禁感叹小城

悠久与蓬勃

活力通达小城

阿勒腾席热镇

一批批高新企业

一个个产业园区

壮观的高铁站

现代的飞机场

错落有致的立交桥

铺就了通往腾飞的大道

描绘着宏伟的蓝图

凝聚着发展的力量

团结向上小城

阿勒腾席热镇

各族儿女齐心协力

开拓进取

祝福新时代永远繁荣昌盛

璀璨的灯光绽放出绚丽的颜色

光彩夺目

预示着小城和人民美好的未来

青春美丽小城

阿勒腾席热镇

绿草如茵

碧水环绕

雕刻于文明滋养的文化底蕴上

镶嵌在其乐融融的盈盈笑脸上

日新月异

蓬勃发展的加速度

正是华灯初上

夜色阑珊的静谧与安宁

阿勒腾席热镇赋

紫燕环梁牧歌扬，春来塞北好风光。
高楼林立花木艳，阿镇飞跃正启航。

红霞映红河

乌兰木伦①河畔游，红霞映照碧水流。
夕阳追赶群鸟飞，鲜花盛开家乡秀。
高楼林立新阿镇②，灯火阑珊情依旧。
往事如梦心头过，翻天覆地诉春秋。

注释：①乌兰木伦，蒙语，"红色的河"；
②阿镇，阿拉腾席热镇，伊金霍洛旗政府所在地。

红石岛

地质公园红石岛，兀立平川惊奇妙。
层层叠翠石如林，沟壑深处柳丝俏。

伊旗郡王府

　　我家就住在郡王府附近，不到 2000 米，每天早晚吃完饭总要溜达两圈。今年由于疫情严重，郡王府和广场，游览人数相对较少。"五一"假期，春暖花开，在这个充满希望的季节里，人们甩掉了心中的焦虑和纠结，敞开冰封的心灵，郡王雄府，酥油飘香，人头攒动，你来我往。本人心情激动，拥抱蓬勃向上的巨大力量，向着快乐和幸福出发，写诗两首，以表感怀。郡王府是伊金霍洛旗阿勒腾席热镇上的一所古建筑，1936 年落成，总占地面积 2200 平方米，是内蒙古自治区重点文物保护单位，是内蒙古西部地区保存最完整的一座王爷府，是鄂尔多斯十大旅游景区之一，建筑工艺精湛，融蒙藏汉风格于一体，充分体现了中华民族古老的建筑艺术。

一

伊旗郡王府

规模宏大

富丽堂皇

画阁雕梁

龙文凤彩

福星高照

融蒙藏汉风格

古老雕技压群芳

民族特色备极光亮

伊旗郡王府
旗级官府旧址
大漠名胜古迹
沧桑岁月鸣曲
游客浑如而至
砖木石雕
栩栩如生
龙凤鹿鹤
山水云雷花草
八仙过海
油彩绘画
图案文字
民族智慧集晶
赏心悦目欣然起。

二

巍巍青山
举手捧起日月星光
岁月悠悠
挥袖展开诗意画廊
小草悄悄拱出土壤
田野精彩亮相
青山绿水
鸟语花香
我站在郡王府广场

落笔无声一纸情长

春风点名

太阳点赞

为百年王府鼓掌

蜜蜂与花朵

小鸟和小树

谈着梦想

春雷在沧海

拜会了月亮

最美五月好春光

点滴感动把爱画上

云儿自由徜徉

花儿牵念幽香

燕子呢喃细语

好像倾诉衷肠

打开心窗

学会刚强

不去想风风雨雨

道路曲折沧桑

我们歌唱在路上

共祝郡王府繁华吉祥

重游母亲公园

母亲公园位于阿镇城东,北邻乌兰木伦河,与康巴什隔河相望,是一个自然小山丘(伊旗阿镇最高点),占地面积133公顷。景色迷人,绿树成荫,站在母亲公园的山上,康巴什、伊金霍洛旗阿镇一目了然,全收眼底,两城高楼林立,气象万千,一派繁荣景象。今天母亲节,重游母亲公园,心情激动,赋诗两首。

一

英雄母亲巨伟岸

霞光辉映耸云端

教子圣母重大局

秉公正气垂示范

登高望远景色罕

康城阿镇①放眼宽

青松翠柏劲挺秀

柳艳花红游人观

注释:①康城:康巴什新城,阿镇:阿勒腾席热镇。

二

怀着春天激动的心情

畅饮峥嵘岁月的春风

重游母亲公园

尝到了她温柔的苦涩和艰辛

母亲诃额伦

立于草原博大胸襟

你是山，你是河

你是一代天骄坚固的后盾

神态庄重

目光远大

期待满充

育儿兴汗

由封闭走向开放

蒙昧走向文明

母亲诃额伦

智慧坚毅

收孤成骏

夜驰汗帐

教子示范

族子圣母

继往开来

由山岭走向草原
弱小走向强盛
立于世界民族之林

重登母亲公园
如同初次遇见格外亲
花草树木
炼狱里走出来的灵魂
牡丹花开
使命担当航向领
一切美好如约而至
伟大的额吉母亲
福祉追求为庶民
复兴华夏梦成真

蒙古源流

2020 年 9 月 19 日下午，由伊旗文化局和伊旗文联联合举办"圆梦小康"和"秋实"文艺创作采风活动的一行 32 人，走进了伊金霍洛旗蒙古源流产业园区。

蒙古源流文化产业园区，分为文化、旅游、影视三大功能区，集中展示 700 年前蒙元盛世的辉煌历史。腾格里广场、崇天门、元大都、元上都、哈喇和林、蒙古源流博物馆、红砂岩、北方民国城等，内容涵盖蒙元宫廷文化展、影视拍摄与制作、休闲度假、国外学术论坛等内容，是一座以蒙元文化为背景，集文化旅游、影视拍摄、营地教育、娱乐互动、休闲度假为一体的国家 AAAA 级旅游景区。

蒙古源流

大气浑朴

七百年前

蒙元盛世

矗立眼前

草原开阔

万马奔腾

雄伟壮丽

气势磅礴

马背上得天下

沿着成吉思汗

铁马金戈的征程

感受蒙元文化变迁辉煌
感受历史传奇
感受蒙古文明

一、腾格里广场

民族祭祀盛典
草原吉祥图腾
腾格里
蒙古民族对长生天
崇拜之情
步入腾格里广场
中央铺装大道
中间花纹
卷草纹样
代表蒙古民族
顽强生命力之荣
两侧花纹
典型羊角图案
寓意吉祥平安
腾腾大道中央
雄伟高大火撑
对火崇拜之情

火撑子，图拉嘎
蒙古民族

祭火仪式

六只展翅腾飞海东青

世界上最高最快之鸟

万鹰之神

八个麒麟

勇敢、智慧

永不放弃精神

人称"长明灯"

寓意人民长命百岁

世界永远纯洁

永远光明

二、崇天门

崇天门

元大都城门

蒙元文化标志性建筑

东西跨度三百九十九米

城楼最高处三十三米

自东向西绵延排布

九座雕刻铜顶包帐

蒙古帝王

崇尚九天

统辖五洋

崇天门造型

"九五之尊"象征

农耕文化

游牧文化

西域文化

现代文化相融

紫铜包顶

蓝色琉璃瓦

八面檐屋顶结构

银雕木雕柱子

元代建筑多种文化兼容

十三世纪东方国际大都市

万分壮观

民族特色浓郁

气势恢宏

崇天门

五扇拱形大门

中门为天门

门券脸上方中央

悬挂巨大石雕门徽

雕刻蒙文——崇天门

镶嵌在蒙古族

吉祥纹饰中间

一条传统卷草飞龙

背顶门徽

飞翔在正门中央

两侧四扇"鞍"门

蒙古马鞍"布日格"图案
也称"安"门
马背民族
奉上天之意
五谷丰登
六畜兴旺
永远平安吉祥

崇天门
壮观气派
坐北朝南
阳光照射下
光彩夺目
剔透玲珑
如此静谧
是否可以看到
金戈铁马的曾经
草原风情
大都鼎盛

三、元大都

元大都
城市建设史上的里程碑
中国封建社会
最后一座平地兴建的都城

十三至十四世纪

世界上罕见

最宏伟壮丽之城

规划布局严谨

建筑技术

都超当时世界艺术水平

大明殿下

二万八千平方米展厅

蒙古文字

蒙古音乐

蒙古美术博物馆

让人领略

浩瀚蒙元文化

魅力迷人

蒙元石刻艺术博物馆

展示七百年前

蒙元时期石刻

珍贵文物

政治

宗教

文化

社会

生活

学术研究

中华五千年

流脉文明

亲身体验

亲手触摸历史

仅有绝无

工匠精神

元大都

元上都

哈喇和林

历史沧桑

风云巨变

看到昔日盛景

三座都城

元朝历史著名

规模浩大

"三都一帐"

整个蒙古源流精神之魂

四、红砂岩

砂岩海角

以蒙古帝国历史为背景

蒙元文化魅力独特

群雕艺术展示

最直观图景

红色敖包

坐落红砂岩最高处
你是前辈挺起的胸膛
古老长调
悠然飘扬
诉说着草原人民的向往
高傲的雄鹰展翅飞翔

成吉思汗至高坐像
众位大将神兵
顶天立地
气势汹汹
威风凛凛
栈道环绕
溪水长流澈清
辉煌昨天
又恰似今朝
牛马散步落日下
野草生香
吉祥安康
一派繁荣景

五、北方民国城

神秘复古之地
蒙古源流北方民国城
穿越中西文化

碰撞初始民国时期

树荫之下

摇扇曲听

民国风建筑

端立路旁

招牌的旗帜

商贾往来

人杰地灵

砖房土红

密实厚重

粗布沙发

圆桌角柜堆满书

碎花网格玻璃窗

光线碎片凝成

小巷凌乱树影

欺行霸市大哥

恃强凌弱官僚

黑帮街头火拼

特务巷尾暗场景

街上缓缓行人

留声机唱片

沙啦沙啦

别有一番味道

置身民国小镇

低调、奢华吸引

县府衙门

监狱

警察局

民宅

学校

医院

咖啡馆

酒吧

火车站

货仓等

影视拍摄

主题公园

民国特色商业街

一处隐秘之地

品味喜欢美食

观看无谓牵挂路人

与友聊聊

来此放松心灵

北方民国"秀容"

游人云集欣赏

伊金霍洛

天骄圣地

蒙古源流

重温历史场景

元朝盛世

世界文明交融

爱不够

看不透

细瞅定睛

移步换景

悦目赏心

秋色领袖

赤橙黄绿蓝紫青

点缀衬托

陶醉令人

秋的丰收

生生不息

蒙古源流

孕育成熟

源远流长

大地织绣锦

漫步掌岗图河边

春天的绿

漫过大地

春天的风

掠过我的眸子

清晨

漫步掌岗图河边

东张西望

让人惊奇

柔和的太阳

刚刚升起

小草、溪流

都比我醒来早起

岸边的棵棵翠柳

咧嘴新芽吹绿哨

为掌岗图河带来爱意

喜鹊鸣叫枝头绕

穿梭雏燕戏藏迷

温馨地注入诗的气息

温婉的春

四季的先锋

落于池水鸭先知

倚在枝头花开始

染山山有色

浸水水生烟

春风拂过

换了人间

今生不离你

河水不知疲倦

欢快地向前流淌

踏着时代的音节

演绎着生命的活力

蓝色的天空

一尘不染

水鸟煽动着双翼

轻拂水面

情感波澜不时激起

山河秀丽

长调悠扬

我们尽情高歌

一路走向胜利

大地灿烂

春水依旧满溢

河水清流

春风含笑

游人钓清池

林静玉亭立

花香细雨滋

河边多美景

翁妪赋新诗

岁月如歌

生活美满幸福

自由自在的

互敬互爱

心有灵犀

一幅乡村画卷舒展续集

一条河流

雄浑理智

春之梦

人类和谐共存

世代吉祥如意

祖国日新月异

伊金霍洛

一块风水宝地

驰骋高原

一泻千里

红海子湿地公园

　　国庆长假，引领母亲及龙凤双孙，全家人开两辆轿车，去红海子湿地公园玩耍，烧烤游乐观光，豪情满怀，自由诗二首。

　　红海子湿地公园，位于鄂尔多斯市以南约 16 公里处，占地面积约 26.13 平方公里。公园分为东西两部分，有大面积的原始生态湿地，栖息着诸多水鸟，种植有油杉、金叶榆、红柳等植物。园内还建沙雕广场和木屋会所等，开设垂钓、烧烤等娱乐活动，在伊旗阿勒腾席热镇境内。

一

原始生态

金色沙漠地貌

周边油杉、金榆围绕

成群鸟儿拍打水面

鱼儿自由游弋

自然和谐

城市水上乐园

风光原始美好

美丽传说

王爷骑马悠闲

迎着太阳

眼望草原

感慨万千

东西两海

郡王府眼睛

波光粼粼

一碧万顷

生态公园

度假休闲

碧水黄沙

交相映照

北望高楼林立

蓝天白云飘

观光摄影

娱乐烧烤

亲近自然地方好

浩瀚的湖水

烟波浩渺

湖面游艇穿梭

遗鸥繁殖

鸟类栖息之地

白天鹅、鸬鹚、鸳鸯

也来凑热闹

独特景观

游人青睐拍美照

红海子湿地公园

可骑草原骏马

可听大漠驼铃

原汁原味

感受郊外迷人风景

改革强劲东风

歌舞之乡特殊

袒露风采多情

雄展阿镇美容

二

烟波浩渺红海园

鸟语欢歌泛漪涟

夕阳俯照彩虹桥

高楼碧映耸蓝天

惊恐湖光山色艳

激动游人拨心弦

临风漫观轻舟过

岸柳扶摇美和谐

红碱淖

　　去年伊金霍洛旗徒步协会组织 30 多人，个人出资，旅游红碱淖景区。打着红色横幅标语，举着协会的会旗，徒步沿着湖岸行走，大概 15 公里，中午一顿特色午餐，现杀猪肉烩菜，还有企业老板个人捐资，上了精致醇香的金郡王酒，气氛热烈，很有纪念意义。

　　红碱淖位于陕西省神木市，处于黄土高原与内蒙古鄂尔多斯伊金霍洛旗过渡地带，毛乌素沙漠与鄂尔多斯盆地交汇处。是全国最大的沙漠淡水湖，面积 67 平方公里，具有独特的自然景观。

红碱淖
沙漠神湖
水域辽阔
烟波浩渺
碧水黄沙
交相辉映
壮观景色
蓝天白云飘

美丽传说
王昭君远嫁匈奴
迎着太阳
远望中原
感慨万千

此地风光好

日后家难归

泪如雨下

三天三夜

倾盆大雨

汇集红碱淖

浩瀚的湖水

波光粼粼

湖面游艇穿梭

遗鸥繁殖

各类珍禽鸟类栖息之地

白天鹅、鸬鹚、鸳鸯等

也来凑热闹

上下天光

一碧万顷

沙鸥翔集

锦鳞游泳

独特景观

游人青睐拍美照

金色沙漠地貌

周边红柳围绕

成群鸟儿拍打水面

珍贵鱼种自由游弋

可骑草原骏马

可听大漠驼铃
渔歌唱晚美景好
沙漠草原交汇地
罕见红碱淖

大美绿城，伊金霍洛

大美绿城，伊金霍洛（诗二首）

一

当我站在母亲公园的峰顶上
心里涌起悠远的思索
用古老的诗歌
与这片热土对话
一块孕育文明的沃土
写满了峥嵘的岁月

乌兰木伦河水从刀劳岱山下流出
弯弯曲曲流经阿勒腾席热汇入黄河
成吉思汗长眠之地
七旗会盟青史流芳
广阔草原演绎厚重念想
印着伊金霍洛的烙迹

一股悠悠气息
一阵秋风吹来
带来阵阵瓜果飘香
甜甜的味道引诱着我

树木和鲜花在风中摇曳

隐去了四十年前风沙肆虐荡扬猖狂

阳光失去了锋芒

变得澄澈而温润

盛古草原明珠换上了绿色新装

凝视这片神奇的土地

心里就溢浓郁的情感

传承一代又一代的梦想

厚厚的黄土地透着灵气

这里宝藏千层能源富集

乌金滚滚煤海翻卷

能源转化写意科技力量

走新路自我革命

零碳氢能发力

切换氢海道路广阔

超越煤海打造世界级新能源产业

大美绿城，伊金霍洛

你是鄂尔多斯高原的脉络

你是鄂尔多斯青铜器的故乡

你是"秦昭襄王长城"的故地

你是北方游牧民族的发祥地

碧空如洗的天际

欢快鸟鸣的森林

如诗如画的草原

成就了千年的神话传奇
沿着清晰的脉络穿越时空
寻觅隐匿在时光里的昨天和今天
我深深地挚爱这片土地

二

苍松翠柏展雄风，大漠黄沙变绿林。
枝头茂叶百鸟唱，树下肥沃万物生。
塞北高原冰雪融，天骄圣地碧绿茵。
大美绿城芬芳艳，伊金霍洛景色新。

伊金霍洛，一匹狂飙的蒙古马

一声长啸
撕破东方的地平线
一道霹雳的闪电
谱写出中华大地的诗篇
伊金霍洛
一匹狂飙的蒙古马
高歌猛进
沃土犁田换新天

千古纵然
秦长城、秦直道留下清晰残垣
成吉思汗此地长眠
保佑草原儿女福祉绵延
伊金霍洛
驾马御风青史流芳厚念

伊金霍洛
与祖国母亲血脉相连
朴实的情怀倾注一腔热血
勤劳的双手装点锦绣河山
你是草原矫健的战神

你是大漠不屈的灵魂

震撼着万里北疆的声威

灵动绿染

给大漠插上希望的翅膀

绿树成荫松涛阵阵

岿然于大漠万壑之上

天骄圣地新装展

伊金霍洛

资源富集煤海翻卷

羊煤土气抒写上天对你的眷恋

夯实梦想的浩荡

你是北方旺盛的篝火

蒙古马自由驰骋

奋进号角响彻天边

汗水滴着血水

飞奔骑士勋章载入史册经典

伊金霍洛

前仆后继的铁流

捍卫着草原故土的尊严

一步一个惊奇

在烈业中寻找义不容辞的使命

固"黑"拓"绿"打造绿色基地能源

排除"一煤独大"模式

聚焦零碳产业闯新路、谋发展

"风光氢储车"狂飙闪烁

技术水平国际领先

映照横刀立马英姿

崛起跨越新时代

绘就宏伟蓝图

描绘北疆多彩画卷

伊金霍洛

大美绿城

追风而去

逐光而行

构建人类命运共同体

民族团结社会和谐

初心不动仰天嘶鸣

依然天地之间

千秋明媚

万古朗润

壮美如画更娇艳

伊金霍洛赋（诗歌十首）

一、伊金霍洛

伊金霍洛远名扬，塞北高原故事藏。
朱开文化历史书，秦昭襄王长城长。
草原广袤百花香，大漠深处耀辉煌。
绿水青山厚土植，高质发展一路强。

二、旅游攻略

天骄圣地上名榜，旅游发展正远航。
大汗陵园中外名，蒙古源流明灯长。
乌兰活佛寺庙祥，苏泊草原人流旺。
铸牢民族共同体，全国县域进百强。

三、大美绿城

大美绿城①我独游，折射红光景蜃楼。
两湖②碧波七彩色，三河③竟发绕城流。
驭"风"④齐上新能源，逐"光"⑤而行赢九州。
"羊煤土气"⑥拱手赞，"天骄圣地"⑦世人求。

四、绿城春夜

繁星眨眼月一轮，银光漫洒耀绿城。

疑是天宫波绚丽，恰似圣地楼蜃景。

环湖锦绣绕城中，红河⑧碧波闪霓虹。

通明天地人间顺，安居乐业享太平。

五、郡王府

百年王府小古城，建筑面积一千平。

前后两院青砖墙，技艺精美栩栩生。

木石砖雕彩龙凤，山水人物花草云。

民族特色书锦绣，花开万朵迎客临。

六、母亲公园

英雄母亲巨伟岸，霞光辉映耸云端。

教子圣母重大局，秉公正气垂示范。

登高望远景色罕，康城阿镇⑨放眼宽。

青松翠柏劲挺秀，柳艳花红游人观。

七、乌兰木伦河

乌兰木伦河畔游，红霞映照碧水流。
夕阳催赶鸟儿飞，景色靓丽百花绣。
高楼林立明月秋，灯火阑珊耀神州。
阿镇飞腾惊华夏，天骄圣地展鸿猷。

八、红海子湿地公园

烟波浩渺红海园，鸟语欢歌泛漪涟。
夕阳俯照彩虹桥，高楼碧映耸蓝天。
惊恐湖光山色艳，激动游人拨心弦。
临风漫观轻舟过，岸柳扶摇美和谐。

九、春雪

（一）

春雨⑩之中扫尘埃，高原茫野白雪皑。
纷飞玉蝶天所赐，洁白雪润民开怀。
苍松挂树寒絮盖，杨枝垂柳银丝摆。
丰年预兆顺意催，山川素画锦绣来。

（二）

大美绿城逢好运，多情天公赐甘霖。

春雨淅沥民期盼，琼花携玉秀乾坤。

如歌天水悦和风，含笑万物诱诗人。

满目花鲜绿芳草，飞雪清明丰年景。

注释：

①大美绿城：伊金霍洛旗阿勒腾席热镇；

②两湖：东红海子，西红海子；

③三河：掌岗图河、乌兰木伦河、柳沟河；

④"风"：大片大型风力发电；

⑤"光"：大面积太阳能发电，能源转化；

⑥"羊煤土气"：羊——羊绒，煤——煤炭，土——稀土，
　气——天然气；

⑦"天骄圣地"：成吉思汗陵园之地；

⑧红河：乌兰木伦河；

⑨康城、阿镇：康城——康巴什城，阿镇——阿勒腾席热镇；

⑩春雨：立春、雨水两个节气之间。

盛世中华（诗二首）

2023 年 3 月 4 日，中国人民政治协商会议第十四届全国委员会第一次会议在北京人民大会堂开幕；3 月 5 日，十四届全国人大一次会议在北京人民大会堂开幕。三月的北京，春意盎然，人民大会堂万人大礼堂内灯光璀璨，气氛庄重热烈，会徽悬挂在主席台正中，十面鲜艳的红旗分列两侧。新时代中国行进到新的历史节点，委员、代表肩负着神圣使命，行使代表人民的庄严职责。一系列的报告，始终贯穿着习近平新时代中国特色社会主义思想和党的二十大精神的光芒。令人振奋，备受鼓舞，吟诗二首。

一

三月京城春意然，两会聚贤蓝图展。
谱写时代华章宏，共襄华夏复兴业。
高擎旗帜建忠言，协商使命谋新篇。
日出东方中国龙，千年梦想撼世界。

二

两会旗帜更鲜明，各路代表议民生。
民主政治参督监，复兴路上永前行。
履职尽责树碑丰，依法行权党首领。
共筑新图安社稷，不负韶华踏征程。

民族团结一家亲（诗二首）

一

红旗飘扬迎春风，国泰民安展宏图。

青山秀丽携手舞，绿水长流映彩虹。

勇攀高峰砥砺行，民族团结一家亲。

同心协力谋发展，共创辉煌梦复兴。

二

绿水青山气清爽，伊金霍洛景观壮。

驭"风"而上新能源，逐"光"向前创辉煌。

"氢"装上阵抓机遇，智"车"驱动正远航。

幸福新城更娇艳，民族团结永向党。

注释："风、光、氢、车"均为当地自主创新工程。

绿色发电（诗二首）

　　伊金霍洛旗，过去黄沙漫天飞舞，矿区贫穷落后。近五十年来，几代人埋头苦干，战天斗地，植绿丘陵荒野，在840万亩土地上造出近300万亩人工林海，创造出当之无愧的生态文明建设绿色奇迹。特别是通过"采煤沉陷区生态修复治理＋光伏＋"模式，推动风、光、储、氢一体化发展，吸引村集体经济参与项目，以农业观光为切入点对沉陷区土地进行改良。推进"绿色矿山"建设和黄河流域生态保护，建设装机容量为50万千瓦的电站，年均发电量约9亿千瓦时，可实现年产值约2.55亿元，实现税收收入约5千万元。筑牢祖国北方重要的生态安全屏障，守好这方碧绿，这片蔚蓝，这份纯净，青山常在，绿水长流，空气常新。

一、光伏发电

昔日黄沙天地连，今朝矿区换新颜。
大地清新翡翠蓝，光伏雄起曙光现。
余载五十荒原战，破险万难事迹传。
天赐能源未来照，福泽百姓好梦圆。

二、风力发电

翠色葱郁袤无边，风力发电舞翩跹。
三叶参天立地高，四季迎风集能源。
敢挥云臂连轴转，志向晴天彩云旋。
绿能发电无穷长，万家灯火神功显。

迷恋水岸新城中心公园（诗二首）

2023 年 5 月 23 日上午，伊金霍洛旗老年大学摄影班的同学们，在王凯老师的带领下，去水岸新城中心公园采风摄影拍照。老师实地认真授课讲解，同学们一边实践操作，一边学习，本人收获很大。中心公园景色秀丽迷人，鲜花绽放，小桥流水，郁满芳香，心潮澎湃，写诗二首，以表抒怀。

一

水岸新城五月天，摄影师班进公园。

绮望楼宇濛雾里，情诗画意入境仙。

小桥流水映日乾，柔风荡柳舞心间。

沙滩儿童玩灯下，绿荫老翁乐休闲。

二

中心公园翠绿浓，林荫小道迷留踪。

清音流韵和谐美，妙曲归心迎客松。

细水清泉常诱宾，翠柳榕树总勾魂。

天骄福地人间顺，安居乐业享太平。

致三月（诗三首）

一、致三月

三月清晨河边走，五彩云霞舒锦绣。
岸边杨柳千枝嫩，亭畔鹅鸭戏水游。
一湾碧水映城稠，遍地新芽翠含羞。
风清气爽一路缘，桃红杏白暖春炉。

二、学习雷锋好榜样

学习雷锋好榜样，服务人民心向党。
平凡工作献忠诚，多行好事尚荣光。
精神永驻梦征程，时代进发创辉煌。
主席题词记心中，丰碑一座英模倡。

三、"三八"巾帼赞

丽人佳节三月八，鼓苞胀蕾灿若霞。
古代虽多木兰女，今朝更有巾帼花。
济世悬壶驱瘟瑕，白衣天使似仙娲。
国翠精深心里装，勋章傲建万众夸。

春浓四月天

阿镇四月花绚丽，绿城山野草织碧。
梨花盛开洁无瑕，春燕呢喃双展翅。
细柳绿发摇仙枝，桃花娇艳翠欲滴。
曲径通幽静而美，画意诗情春气息。

立春吟

信步河堤迎暖阳，缓流细水少冰霜。
喜鹊枝头随风舞，桃杏嫩芽蕊心芳。
春雷移步震八荒，阴霾散尽国兴昌。
万物苏萌山水醒，神州应许欣欢唱。

春分吟

越冬南燕北回还，筑巢安家育雏繁。
山川如梦活生香，昼夜均分乍暖寒。
芽嫩柳绿情丝缠，桃红杏白惹人欢。
春分时节如期至，万紫千红热非凡。

清明上坟祭父

小雨加雪落清明，兄妹驾车行墓冢。
跪托鲜花淘肺腑，针刺心肝泪眸盈。
青烟直上祭祖灵，翠柏低首悲哀沉。
慈父音容似返回，鉴儿浮生尽孝心。

春雪

大美绿城逢好运，多情天公赐甘霖。

春雨淅沥民期盼，琼花携玉秀乾坤。

如歌天水悦和风，含笑万物诱诗人。

满目花鲜绿芳草，飞雪清明丰年景。

又游红海子湿地公园

红海公园碧翠幽，绿水蓝天映高楼。

骏马催晨轻舟过，渔歌唱晚续春秋。

细雨波光舞艳柳，红岩山色云集游。

乘兴诗家挥毫墨，到此仙境无烦忧。

咏夏（诗二首））

一

炎热初夏烈日悬，农民锄田笑开颜。

汗流滴下落衣衫，地绿爽清绣家园。

草尖露水哲心闲，苇岸河流晚风远。

乡村好景怀今昔，丰收在望碧坤乾。

二

大美绿城①白云低，三河两湖②水天齐。

树隐蝉鸣桥南北，花红柳绿客东西。

摘星秀木诗翠笛，邀月清风歌鹊意。

暮鸟归林晚霞红，翁生童趣颂朝昔。

注释：

①绿城：伊金霍洛旗阿勒腾席热镇；

②三河两湖：乌兰木伦河、掌岗图河、柳根河、东、西红海子。

田野春色

春天来了

一年中最青春的时候

嫩绿绿的小草

拼命往出探头

粉嘟嘟的桃花

开怀大笑

争先恐后

杨柳舞着长发

婀娜多姿

美丽的像个少女

小河一声清唱

流淌出满坡绿妆

天朗气清色染云

数溪映花泉鼓琴

引来鸟儿林间歌唱

蜜蜂花间亲吻

蝴蝶枝头撒娇

路上的行人

也被吸引观看驻足

欣赏这般风景

流连忘返

忘记了回家的路

锦绣田野春色润

痴迷此景醉难休

金秋摄影，美丽绿城

金秋十月，秋意深浓，美不胜收。19 日晨 8 时，伊金霍洛旗、康巴什区老年大学摄影班的同学，在王凯老师的带领下，沿着阿勒腾席热镇到伊金霍洛镇的快速通道，向伊金霍洛旗党校、"内蒙古成吉思汗国家森林公园"疾驰而去。一棵棵粗大的柳树、杨树、松柏，犹如大型的红色、黄色、绿色的火炬，挺立于大地之上，绿油油的松柏树，整整齐齐排在公路两侧，宛如一个个精神饱满的士兵，夹道欢迎着我们的到来。秋风吹来，染红了世界，茂密的林海，一片片红，一片片黄，一片片绿，彻底锁住了过去的漫漫黄沙，似绣在伊金霍洛大地上的纹饰，增添了无限的生机和活力，这是伊金霍洛旗几代人不惧苦和累，用热血和汗水换来的硕果。

一、观成吉思汗陵园美景

学员拼车向南行，迎日三折到成陵。
秀岭清霜染红叶，大漠密林晨霁笼。
蔚蓝天空劲雄鹰，圣地草原韵彩虹。
芳华似火迷君客，登高心恋吟幽景。

二、伊金霍洛旗党校

红楼威严日东升，国旗飘扬紫气盛。
苍松翠柏四锦围，白桦甘蓝点精灵。
碧水喷泉素景清，层林染红有余荣。
党员阵地英才集，文化摇篮蓄秀星。

三、游内蒙古成吉思汗森林公园

通天高速输顶峰，层林尽染万象荣。
森林公园存傲骨，远欣叠嶂醉心胸。
大漠幽境九万葱，万壑翠绿八千浓。
茂密林海一片红，彩霞如火舞苍松。

重阳健步走，登高寄情思

——伊金霍洛旗离退休干部"话传统、谈复兴、聚力量"主题活动

秋天，是一个丰富多彩的季节，金黄的稻谷，硕果累累的果树，以及一片片飘落的秋叶，染红、染黄了整个世界，诠释着大自然的鬼斧神工。2023 年 10 月 17 日，由伊金霍洛旗老干部服务中心主办的主题活动正式拉开序幕。300 多名离退休干部职工坐着五辆大巴公交车，前往伊旗阿镇掌岗图村，参加户外健身运动，徒步 3 公里。既锻炼了身体，又亲近了大自然，欣赏了掌岗图村的绿水青山。沿着起伏山脉和神秘沟壑的小路，呼吸着新鲜的空气，途中淘宝、游戏答题、喝奶茶、吃木柴火烧山药，快乐无比。簇簇群山似铁围，绿树成荫葱葱翠，极目远眺，风光秀丽无限好。农家隐隐露，静怡仙境中，尘嚣远远绝，幽居世外园。更展示了伊金霍洛旗老年人良好的精神风貌，"我运动，我健康、我快乐"。已逐渐成为广大老同志的共识，也增强了老同志体育健身理念，养成了积极健康、文明环保的生活方式。在中国文化语言中，有很多警示人们热爱生命的格言。"老骥伏枥，志在千里，烈士暮年，壮心不已"，乐观、平安、健康，永远没有年龄，如同黑夜里始终闪烁的星星，依旧辉煌灿烂。

一、掌岗图山岗寄情

掌岗图山高瞻妍，连绵起伏密林连。

樟松绿树层层翠，沙棘苍莽蒙蒙现。

远望长风紫气延，惊听劲歌笑蓝天。

重阳徒步心神爽，绿城锦绣墨客怜。

二、重阳健步行

日出光芒照四方，喜鹊枝头唱重阳。

夕阳登山健步行，老叟穿沟精神爽。

风轻拂面凝花霜，柳叶含情溢红香。

贯看夏绿千处景，何如峻岭晚秋装。

三、能量补给加油站

山绵起伏真也奇，沟壑旖旎世人怡。

绿树山顶银河接，河水掌底玉女嬉。

山川农户倚仙姿，松下①火烧②奶③补给。

客临徒步遇佳境，红日中天不忍离。

四、健步观秋色

旭日东升红霞织，重阳健步雅秋节。

山岗高远彩旗飘，树绿枫红落满枝。

天蓝云白雁影驰，谷香瓜甜正收时。

亲近自然户外走，斑斓秋色觅韵词。

注释：
①松下：大松树下；②火烧：木柴烧土豆；③奶：香喷喷的奶茶。

菊韵金秋，情满绿城

2023 年 10 月 10 日，旭日东升，天蓝气爽，伊金霍洛旗老年大学摄影班同学，在王凯老师的带领下，走进了伊金霍洛旗天圆地方政府广场。红旗飘扬，鲜花绽放，"情满中秋，欢度国庆""电竞音乐嘉年华"，把诗润成绿色。师生们架着相机，沿着苍碧的栈道边缘，耍尽自己的本事，拍摄出最美的佳照，单照、合影。溢出水洗过的嫩草、鲜花，吐出各色花蕾，招摇着妖艳的野性；各种动物的造型，抿住神秘的嘴角，坦露出奋进，含笑中朦胧愈发清晰。"最爱你的鲜花开在伊旗""菊韵金秋，情满绿城"。

金秋十月
天蓝云淡
空气清爽
老年大学摄影学员
肩扛相机
走进天圆地方广场
恰"双节"①相遇
正是宜人好风光

憧憬
把诗润成红色
五星红旗迎风飘扬
一遍遍漂染
滚动的画面

精彩纷呈亮相

奏出奋进的交响

沿着苍碧的栈道

溢出水洗过的嫩草

阳光撩拨的花蕾

招摇着妖艳的野性

青山绿水

鸟语花香

看"天圆"高悬博风翱翔

看"地方"明镜高立启航

太阳点赞

举手捧起日月星光

一次次描摹

裹着精神爽爽

憧憬

把诗润成绿色

为金秋组成仪仗

玉兔出笼趣味浓

骏马奔腾

金牛奋进

孔雀展翅

同心协力

风车舞花香

薄雾映海棠

孩童花间嬉

曲径通灵秀花章

菊花蔓长廊

光场花灯映荷塘

高标贵气吐金黄

不与春花竞艳芳

寒霜冷雨自为尊

轻摇幽韵沁鼻香

祝福祖国

生日快乐

金秋日丽惠风畅

喜庆丰收乐曲扬

"电竞音乐嘉年华"

天涯海角绣锦张

留影拍照美时刻

别具一格游人赏

芳菲色满园

八方宾客如期约

赏花"中秋"人熙攘

盈仓五谷民心暖

现代"三农"国富强

"天圆地方"奇斗艳

菊花耀眼盛情彰

电子画卷怡人景

伊金霍洛好风光

注释：①双节：中秋节、国庆节

霜降摄影，再登母亲公园（诗歌）

2023 年 10 月 24 日，今日霜降，是廿四节气之第十八个节气，也是秋季的最后一个节气。含有天气渐冷，初霜出现的意思，意味着冬天即将开始。秋尽叶枯，霜落蝶飞，雁影无踪，气肃而凝，露结为霜。大自然在经过了春天的草长莺飞，夏天的烈日炎炎，秋天的金桂飘香，进入了寂静的休眠状态，为经历漫长的冬天而做准备。从霜降开始，气候从凉爽，转向了寒冷，是冬的前兆。但今天，伊金霍洛旗天气还是格外暖和，阳光明媚，老年大学摄影班的同学和代课老师王凯一起来到母亲公园，登上顶峰。眺目远望，乌兰木伦河两岸高楼林立，苍松翠柏绿树成荫，大白杨树的叶子金黄飘落，枫树、果树叶子火红，色彩鲜艳，灿如锦绣。"霜叶红于二月花"，旭日东升的晨光里，红叶参差交错，仿佛珊瑚火海，十分壮观。心情激动，吟诗二首，以表抒怀。

一

母亲公园顶峰凉，风轻吹凄悄凝霜。
日出东方菊花艳，松柏连绵秀花装。
旷野将枯恨夜长，北雁南飞叶染黄。
听雪呼春秋已尽，撷枫织锦盼新阳。

二

英雄母亲峰顶站，胸怀博大垂示范。

勤勉儿女成大业，祝福草原欣和谐。

阿康①崛起雄风展，奋进超前非一般。

枫叶正红裁秋景，新城向荣彩斑斓。

注释：

①阿康：阿：阿勒腾席热镇，康：康巴什区。

十月的红叶

阳光，温暖了寂寞

大地，唱起了秋色的歌

我拥抱着满山的红叶

聆听风吟从眼前划过

远处传来不识时务的信息

不求那一缕盈袖的暗香

只想在枫林深处

与你相逢

那一片醉人的嫣红、金黄

为山林染出了一身含情的霓裳

蓝天，白云轻轻飘过

秋风，抚动枝头的硕果

我在秋天与你同睡

炽热的爱激情燃烧

彩色的枝秀花如人恋

思绪遇到霜降拐进故乡

只想在枫林深处

让人陶醉

在神思恍惚中寻觅秋的芬芳

在田野里摇曳着最美的新娘

铿锵玫瑰颂

　　"三八"妇女节，向所有的女神致敬，女神节快乐。"三八妇女，铿锵玫瑰"。

　　　　　（三）月春风万物醒，
　　　　　（八）方喜庆大地宁。
　　　　　（妇）英绽放巾帼采，
　　　　　（女）神顶梁家国硬。
　　　　　（铿）续岗位钜手贤，
　　　　　（锵）付敬业当先勇。
　　　　　（玫）将大爱载史传，
　　　　　（瑰）傲秀色扬古今。

回应白明忠

地道老实教书匠，在岗混饭有名望。
平凡工作献忠诚，多行好事尚荣光。
退而不休重担当，时代迸发圆梦想。
传播关工好声音，延安精神放光芒。

元宵节

威风锣鼓震天响，七彩灯笼似海洋。
立春八方开美景，上元九州送瑞祥。
演艺高跷满街巷，龙腾秧歌娆村庄。
齐奏时代强国曲，盛世佳节精神爽。

"六一"儿童节吟

一

百花绽放笑声甜，儿童节日来眼前。
领巾飘舞队旗红，栋梁之材嫩蕊鲜。
当今孩童真慕羡，聚精校园勤学研。
茁壮成长喜于心，祝愿明天撑蓝天。

二

新旧交替岁月新，回眸童年戴红巾。
梦里儿歌飞烂漫，忽成垂暮热血贞。
龙凤双孙透天真，挽手回家又清纯。
高唱队歌凝理想，恍如南柯一馨声。

喜庆新年（诗二首）

一

送虎迎卯新气象，万家灯火呈祺祥。

礼花绽放灭瘟神，欢声笑语飘酒香。

辞疫艰辛置阳康，去冬来春兔吉祥。

荧屏歌舞庆盛世，国泰民安著华章。

二

花灯璀璨瑞雪绵，黎民百姓笑容添。

仰望苍穹花雨落，纵观大地彩瀑悬。

八方喜庆迁旧岁，一曲清歌赞新年。

欣逢华夏夜除夕，灭尽毒疫歌笙喧。

咏雪、庆小年（诗二首）

一、咏雪

精灵玉蝶飞满天，轻盈飘然梦里仙。
百态疑似惊鸿舞，千姿更胜霓裳旋。
闲翁绽笑眺山川，涌诗挥笔银世界。
洁白无瑕扫毒尽，春风化水润田园。

二、庆小年

高原林海突然白，净化空气舒心怀。
除尘祭灶二十三，玉兔临凡跃瑶台。
雪融瑞气阴霾去，翘首小年好运来。
万民康健成佳日，已觉新春序幕开。

伊金霍洛（歌词）

松涛浩瀚鲜花盛开，
碧水向大美绿城述说情怀，
拥抱"太阳石"的故乡，
你永远美丽绿水青山常在。
啊伊金霍洛，伊金霍洛，
承草原新风，绿燃未来。

追风逐日绿能智造，
风光氢储车闪烁让世界青睐，
刀劳岱山色草原胸怀，
乌兰木伦河日夜流淌着大爱。
啊伊金霍洛，伊金霍洛，
筑梦新时代，开创未来。

绿色家园（歌词）

茫茫林海翻着波浪

苍松翠柏挺拔高昂

悠悠鸟儿迎风歌唱

青青大漠披上绿装

高原绿了

沙漠隐了

花儿开了

我的心儿醉了

绿色家园

伊金霍洛

迷人的天堂

我永恒的向往

蓝蓝天空白云飘荡

草原雄鹰展翅飞翔

清清河水哗哗流淌

绿绿草原牛羊肥壮

高原绿了
沙漠隐了
花儿开了
我的心儿醉了

绿色家园
伊金霍洛
迷人的天堂
我永恒的向往

美丽的乌兰木伦河（歌词）

清泉从刀劳岱山下淌出
蜿蜒曲折静静流向远方
她所灌溉的农田五谷飘香
她所经过的草原绿波荡漾
它穿过沙漠翻过道道山梁
它招来大片果园涌着绿浪

伊金霍洛
有条美丽的红河
奔流不息绵远流长
带我回到诱人的家乡

潺潺流水从小村旁淌过
牛羊悠哉在青山上走过
她把绚丽的春色带到人间
她令天下的游客深情向往
它依恋康城滋润阿勒腾席热
它引来漂亮鸟儿轻展歌唱

伊金霍洛
有条美丽的红河
奔流不息绵远流长
带我回到诱人的家乡

党旗颂（歌词）

一把镰刀，舞醒一个英雄民族，

一把铁锤，砸碎一扇黑暗大门，

一个主义，神话百年中国历史，

一条道路，开辟领航一个世纪。

党旗飘扬，工农组合交响，撼天动地，

人民昂首，中华大厦崛起，东方屹立。

一颗丹心，永远向着首都北京，

一面旗帜，指明中国前进方向，

一个梦想，传承文明奔向复兴，

一条巨龙，改变世界凌空飞腾。

国强民富，梦中召唤时代，造福苍生，

中国道路，万众和谐一心，开创未来。

四季的景

春 风

春风
清清爽爽令人惬意
唤醒希望播种生命
给大地复苏送来热气

春风
似烟缥缈久恋足迹
唤来小雨灌溉土地
让满目萧条盎然生机

春风
若人遐思一抹飘逸
绿树千枝嫩于金丝
犹如靓丽少妇杨柳舞姿

春风
柔美温婉欲语还羞
纤纤玉手曼妙可人
真是依恋诗韵清雅醉你

春风
扑面而来一见倾心
田野生辉嗅到讯息
恰似花团簇拥心旷神怡

春的足迹

乍暖还寒
零零碎碎残雪
冬日无边衰草
枯黄惨淡沉默着
透出一种沧桑凄艳

慢步悠闲
回到故乡田园
树根下不可遏止绿意
正在浓浓地散开
崭新的世界推到了面前

第一声春雷
绽放在不觉晓的春夜
第一丝春雨
悄悄地站在杏花的蕾尖
云水为墨春风为先

春风又起
吹动红风衣宽宽的飘带
缠着你那颗流浪的心
激起化石琥珀色的记忆
婉约啼血落款于阴雨连绵

春天雪花

春天来了
垂柳甩丝吐新芽
桃枝杏树红白开花
重生的小草
在石缝中呲牙

是冬负了雪
像个精灵
飘飘洒洒
如梦幻仙境
清新淡雅玉树银花

银装素裹
一幅水墨丽画
雪映初春
梅花扑鼻香
农民盼贵油
梦里踏雪春耕人家

一番新气象
白雪嫌春色晚

短暂绽放飞花
迎来勃勃生机
不忘初心
继续生活道路爬

风揉醉了雪
雪又恋醉诗她
洗净天地阴霾
心境感受生活
珍惜身边好人
圣洁雪花潇洒

沐春踏青

2020 庚子春
中华大地
新冠肺炎疫情
突然来袭
空气沉重一切宁静
大家纷纷宅家中

气象之日
天气清阴
春姑娘挥着衣袖
踏着小雨步履轻盈
美好如约而至
瞬间净化心灵

是花的声音
原来如此亲近
引领龙凤双孙
一路踏青追寻
崭新的时代
明天最美的前景

迎着吹来的春风细雨
自强不息
改变了我们的命运
垂柳金丝飘发
桃枝花苞待放
生活甜蜜清新

初夏踏青

轻风悠悠布谷鸣，细雨蒙蒙浥轻尘。
杨婀柳秀松吐翠，满园芳馨尽游人。
驾车郊野去踏青，花艳草绿盛如茵。
黄鹂枝头欣歌唱，彩蝶曼舞舒畅盈。

立　夏

春姑不语悄然归，夏日熏风猛进追。
枯木朽枝注绿色，迷蜂醉蝶沁心绯。

串树林

蓝蓝天上飘白云
空气清新太阳红

口罩没摘去踏青
走在树林好心情

畅饮峥嵘岁月和春风
尝到温柔苦涩和艰辛

舒展自如寒冷的高空
紧紧扼住风的喉咙

苍松翠柏掩映天地
神采挺拔盎然生机

垂柳甩丝吐新芽
少女披发打上蜡

紫红色杆杆树尖尖绿
桃花花簇拥香喷喷牛

一簇簇贴在花枝枝开
颜色分明杏花花白

花瓣瓣顶端有个豁口口
紫红色樱花好像打上油

无叶树枝花蕊蕊红
卵圆花蕾分外外明

沐春踏青花林中行
吐故纳新预防疫情

幸福生活祖国万岁
春暖花开惬意陶醉

咏桃花

一树幽馨
色彩鲜艳
绽放奇葩
春风拂面
柳绿朝烟
漫步悠闲赏桃花

翠嫩仙姿
隐带露珠
暗流飘香着粉纱
阳光反射
羞灿云霞
老翁心动赋诗涯

花朵迷人
随风飘动
灼热夭桃满枝丫
燕翻玉剪
莺掷金梭
裁春戏柳续精华

小草，我们爱你

氤氲潮气
潜伏无限生机
早春宁静的夜晚
小草嫩芽破土欲出观奇

伸手摸摸春风
透过湿润芳香土地
顽强摇动着泥土饱满情激
挤出小土包裂缝
露出白色嫩芽
博得太空中高傲众星的赞礼

小草无声无息
不争肥腴之土
不嫌贫瘠之壤
奇崛而不枯瘦
清新而不柔媚
投入大自然的怀抱
为春天增加了一抹绿色美意

在这星光灿烂春夜里

有多少像小草一样的青年
在灯下开掘着知识的蕴藏
探求着人生的意义
勾画着人们美好的灵魂
谱写着时代的交响诗

撩开人们心灵上的面纱
像小草一样默默无闻
炽烈地燃烧自己
破土而出的小草
太阳神奖赏你
给你披上了美丽的碧装
在这静悄悄的夜晚
努力吧
小草我们爱你

秋日吟怀

暑去秋来早晚凉，金风瑟瑟菊花黄。
横空大雁人字开，眼望草原换彩装。
办公楼立君坐桩，手机灵巧茶郁香。
大连聚会余味尽，恭祝同学永健康。

吟　春

桃红杏白绽娇颜，串串绿珠柳丝牵。
芳草复苏冬梦醒，点点嫩芽缀荒原。
莺歌燕舞竞蹁跹，阵阵雁鸣列队还。
夕阳辉映春正浓，曲曲欢歌颐天年。

诗二首

一、清明祭父

二〇一六年

四月二十四

父亲安详离去

长空落泪

亲人别离

悲伤欲绝

家族失去一位长者

天国增添一抹新意

清明时节

凄凄切切

掩不住思念的伤口

送去唯一的祝福

孩儿把哀思写成文字

在梦中拜托神仙亲手传递

天国召唤难留您回归的步履

不知玉阙仙班如何度过假期

逝者天堂安息

生者阳世安康

愿父庇护家族荣旺

驱车径至坟冢处

跪叩焚香声声泣

寸断肝肠唤至亲

阴阳咫尺难谋面

鲜花供品祭

二、田野春色

春天来了

一年中最青春的时候

嫩绿绿的小草

拼命往出探头

粉嘟嘟的桃花

开怀大笑

争先恐后

杨柳舞着长发

婀娜多姿

美丽的像个少女

引来鸟儿林间歌唱

蜜蜂花间亲吻

蝴蝶枝头撒娇

路上的行人

也被吸引观看驻足

欣赏这般风景
流连忘返
忘记了回家的路
锦绣田野春色润
痴迷此景醉难休

走进三月

走进三月
山富了
丰满了水
小草竞相冒尖
出头鸟扑进了时令的前缘

季节甩卖了过时的冬装
大地乐开了花
树枝扛着嫩叶
误以为到了人间四月天
花枝招展
恨不得马上有藤条来缠绵

闷雷响了
醒了云朵
露出了洁白的乳峰
叫雨的孩子吮出了真正的春
懒虫走出家门
散开了心
放飞了彩色的梦

亲吻大地

春风亲吻了大地
带着深情厚谊
是谁走漏了消息
遍野悄然吐绿

山村从春梦中惊醒
嫩叶抖擞精神
抖落最后一片不如意
阳光甩开长臂
甩掉了陈旧的识意

傻姑翻开泥巴的眼睛
露出了田园的风情
南风牵来的清香
不想错过润物细无声的雨季
耕耘着一村的希望

我们亲吻了大地
接受灵魂的洗礼
烙上圣贤的痕迹
感恩母亲的养育

五月花海

——伊旗老年大学中级摄影班实践活动

五月的风

吹来可人的花香

乌兰木伦河景观湖畔

露出久违的晴朗

天蓝云淡

空气清爽

老年大学摄影学员

肩扛相机

网红街上

严师传教

面带笑容

淬火百炼成钢

最美人间五月天

正是宜人好春光

乌兰木伦河

平静流长

两岸油画

精彩亮相

奏出奋进的交响

看青山绿水

鸟语花香

看柳暗花明

莺飞草长

看宏桥五座

雄鹰正展翅翱翔

看高楼林立

正博风启航

春风点名

为春天组成仪仗

风车舞花香

薄雾映海棠

孩童花间嬉

三间清瓣弄春光

紫藤蔓长廊

月光花灯映荷塘

小小动物园

玉兔出笼趣味浓

雪隔隔冰冬冬

熊大熊二光头强

水晶鞋运动鞋

角色人气出名榜

网红街上游人笑

百花争艳吐芬芳

五月如歌

拂面暖阳

风车悠闲

转动欢快的翅膀

奶茶长流

清清飘香

百色玫瑰鲜花

婀娜多姿

翩翩起舞

摆动柔美腰肢

苞叶舒展

生机勃勃

沁人心脾

软软憩在枝条上

太阳点赞

为奋斗加油鼓掌

看老年大学

摄影实践

桃花渡口

景色大街

牵念幽香

憧憬亮相

举手捧起日月星光

挥袖展开诗意画廊

撷一缕彩云放飞

梦里托起一轮红红的
太阳
嘎喳一声
点滴感动
珍惜每一份善良

牡丹花开艳

——伊旗老年大学摄影班相约鄂尔多斯婚礼文化园

2022 年 5 月 23 日 15 时，伊金霍洛旗老年大学摄影班学员，在白云飞老师的带领下，兴致勃勃地开到了鄂尔多斯婚礼文化园。花香四溢，牡丹绽放，灿烂辉煌，展现了康巴什深厚文化底蕴，也唤起了鄂尔多斯人浓浓的情怀。

鄂尔多斯婚礼文化园内，共有 36000 余株牡丹，45000 余株芍药，占地 8000 平方米。有各类牡丹 70 多种，其中包括 21 株百年珍惜牡丹，是内蒙古乃至西北地区，牡丹品种、数量收藏最全最多的园林之一，同时也是目前鄂尔多斯地区牡丹芍药收藏最全的资源种库，为爱花的游客和摄影者提供了一个绝佳的牡丹观赏基地。最美五月天，最佳观赏期。绿叶花红，鲜嫩夺目，与园内的亭台楼阁、小桥流水相映成趣。伊金霍洛旗老年大学摄影班师生相聚这里，尽情欣赏牡丹，一起感受花开时节的美好。康巴什国色天香，牡丹竞相绽放，一座用芬芳香漫天下的城市。

一

步入文化园

满目惊艳

神清气爽

心情愉悦

牡丹墨香充盈

国色同铸满园

百年珍惜牡丹

扎根鄂尔多斯
康巴什留恋
以牡丹之艳
颂康城之美
蒙古族传统舞伴
马头琴韵味
红衣佳人
还有老年摄影师
一缕缕幽香
环绕身边

婚礼文化园
传统蒙古婚礼
中国传统婚礼
爱情文化主题
城市绿色走廊
赏牡丹
尝美食
品文化
购特产
体验式公园

婚礼文化园
小桥流水
亭台花香
游人如织喜悦

穿汉服

坐花轿

多人骑自行车

别样生动

十二牡丹仙子巡游

好不乐观

传统文化符号

复古国风气息

绚丽现代色彩

各种花卉元素融合

奋斗百年路

启航新征程

牡丹花墙

七彩花海

心语心愿

网红打卡

别具一格

游人观赏

镜头记录美好时刻

留影拍照"特约"

芳菲色满园

五月绽新颜

旗袍走秀

文艺汇演

插花艺术

牡丹朗诵

书画展

户外写生

古筝表演

相亲大会

明信片递赠

抖音大赛

摄影征集

活动精彩纷呈

宾客观赏游玩

芬芳花事不错过

快赴新城康巴什

美不胜收

牡丹文化盛宴

二

康城婚礼文化园

千枝万朵国色鲜

牡丹绽放招人醉

摄影专家找香源

花蕾饱满奇斗艳

芬芳清爽心情悦

赏花游园人熙攘

八方宾客如期约

走进伊金霍旗洛老年大学

——参加老年大学现场活动感怀

一、赞伊金霍洛旗老年大学

——2019 年至 2020 年度开学典礼

2019 年 9 月 11 日 8 时 30 分，在伊金霍洛旗老干部局三楼排练大厅，举办了一场伊金霍洛旗老年大学，"2019——2020 年度"开学典礼仪式，旗委组织部部长亲自参加并讲话，旗原几位退休下来的老领导，现任老年大学高级顾问，参会人员近 600 人。会场井然有序，宏伟热烈，本人感慨万分，吟诗二首，以表祝贺。

（一）

老年大学好榜样，人才集积岂思量。
思维敏捷桃花脸，理想永存翰墨房。
拙笔一支堪纵放，歪诗二首好张扬。
大厅庆典欢歌后，醉把秋雨当梦床。

（二）

老年大学人才全，教学欢乐自成仙。
已弃钱权随梦幻，更驱名利散云烟。
写读吟画笔墨连，吹拉弹唱闹翻天。
花甲翁妪齐上阵，祖国强盛续美篇。

二、赞伊金霍洛旗老年大学

——庆祝新中国成立70周年文艺汇报演出

2019年7月12日15时，在伊金霍洛旗影剧院看了一场伊旗老年大学文艺汇演，其主题为"庆祝新中国成立70周年文艺演出暨伊旗老年大学第三届教学成果文艺汇演"，吟诗二首，以表祝贺。

（一）

老年大学人才全，吹拉弹唱闹翻天。

四胡三弦歌声脆，瑜伽走秀舞律旋。

写字读书笔墨连，吟词作画种诗田。

花甲老人诵读参，祖国强盛续美篇。

（二）

庆祝建国七十年，老年大学文艺演。

古筝扬琴雄宏吟，蒙古长调高悠远。

合唱朗诵经典旋，书法剪纸尚民间。

纯净音乐古雅风，浪漫彩装热舞翩。

三、拥抱明天的太阳
——伊金霍洛旗老年大学校歌

蒙元文化源远流长

天骄圣地续写华章

在知识的海洋里徜徉

让老年学子神采飞扬

团结互助共奋进

携手并肩沐春光

啊……

这里是我们圆梦的起点

这里是温暖的故乡

找寻童年彩虹梦想

再塑生命的辉煌

老年大学人才集广

伊金霍洛充满希望

在欢歌笑语中陶冶情操

让生命重新光芒绽放

吹拉弹唱闹翻天

写读吟画染秋霜

啊……

这里是老年学习的殿堂

这里是新长征风正帆扬

唱着美妙青春歌曲

拥抱明天的太阳

四、赞伊旗庆祝改革开放 40 周年主题展览

2018 年 12 月 25 日上午，由伊旗延安精神研究会主办的"回眸与展望，"伊金霍洛旗庆祝改革开放 40 周年主题展览，参观展览的人非常多，40 年春风化雨，砥砺奋进，沧桑巨变，春华秋实。图片很多，新旧对比，以武新华同志摄影为主，定格历史的瞬间，展望辉煌的未来，让人回味无穷，永远难忘，赋诗二首，以表心怀。

（一）赞 40 年主题展览

"毛诞"[①]前日正气扬，改革成就画展祥。

书写时代摄征程，精选幸福颂康庄。

天骄圣地忆往昔，塞北草原著华章。

伊旗秀美潮声起，延安精神永放光。

（二）赞所有书法摄影绘画老师

光阴易逝形相随，似水流年不再归。

往事如烟驹过隙，人生醉梦博几回。

春夏秋冬轮复始，风霜雨雪芳华催。

书画显影夕阳红，精品力作世人追。

五、党旗颂

一把镰刀，舞醒一个英雄民族

一把铁锤，砸碎一扇黑暗大门

一个主义，神话百年中国历史

一条道路，开辟领航一个世纪

党旗飘扬，工农组合交响，撼天动地

人民昂首，中华大厦崛起，东方屹立

一面旗帜，指明中国前进方向

一颗丹心，永远向着祖国北京

一个梦想，传承文明奔向复兴

一条巨龙，改变世界凌空飞腾

国强民富，梦中召唤时代，造福苍生

中国道路，万众和谐一心，开创未来

六、伊金霍洛旗门球赞（诗二首）

从 2019 年 11 月 20 日下午开始，上了两个半小时的理论课，21 日下午每天训练近两个半小时门球实战演练培训，教练老师们非常辛苦，不分星期六、日，每天照常训练，耐心帮助学员们的进步，门球朋友们也认真刻苦，虚心学习，本人感觉良好，也有一定的进步，今日心情舒畅，吟诗两首，赞门球。

（一）

门球朋友听我言，六大要素记心间。

一拿二指三要踩，四放五瞄六击连。

稳准力度要悠闲，目标四点一条线。

寒暑往来靠苦练，心气平静身体健。

（二）

门球进国三十年，浪漫色彩热舞翩。

姿势正确美大方，动作潇洒精准旋。

单贴挑打高战术，双贴压打艺表演。

花甲翁妪齐上阵，初心不忘续美篇。

注释：① "毛诞"：毛泽东主席诞辰纪念日

强盛中华

大汗祭祀

古老文明天骄圣地，英雄眷恋游人神奇。
金碧辉煌气势浑弘，大汗陵园巍然屹立。
非无遗产国家首批，闪烁历史光亮不熄。
人头攒动哈达飘拂，巨龙腾跃大典祭祀。

赞巴音孟克

三伏天气太阳红，巴音孟克转周村。
健康生活无毒害，关爱未来普法行。
胸藏洛神关工韵，口若悬河公仆情。
盘古开天百家言，孟克风流较芳名。

永恒的记忆

——庆祝中华人民共和国成立七十周年

时间潮水泛起的浪花

激起我曾经美好的回忆

夜里宁静温柔的月光

映照我流年岁月的足迹

建国七十周年华诞之际

让我心灵天空留下儿时的记忆

春天来了复苏大地

微风轻吹杨柳摇摆

扛着牛鞭尽情享受春的绿意

场中央静静地躺着石碾

为无数人做出了奉献

而今它可以舒缓身躯好好地休息

呼吸着属于家人的空气

踩着院子里家人叠了无数的脚印

承载着成长的所有哀怒乐喜

氤氲着家人的浓浓情意

弯弯曲曲的小路从山前盘过

银铃般的笑语留在这里

不忍离去天真烂漫还在继续

小时候煤油灯下熬过日日夜夜

没有沉重的书包

没有繁多的作业

所有的时间随心所欲地支配自己

几个要好的小伙伴

像春天小麻雀跳着蹦着

没有变形金刚没有电子游戏

直玩到不亦乐乎汗水淋漓

推开记忆的大门

望着熟悉院子的静寂

黄草侵占了每一寸土壤在寒风中傲然耸立

这父亲半世铸就的华堂母亲爱的奉献

那时生活的清苦

也没感到寒冷和饿饥

雪花炫舞银洒大地

经受风雨侵蚀它仍然雄风依旧

面貌已斑仍威严安宁

老屋这便是我的出生地

我们这一辈与祖国同年岁

由贫困向小康经历社会发展最快的科技

儿时的楼上楼下电灯电话

三转一响西装革履已经过去

大了也享受过呼机、手机、电脑、电视
超越了历代帝王的待遇
出门高铁上天飞机
漂洋过海环球旅行
人生跨越千年体验生活品质
我们这一代活得最有价值
出生在困难时期
成长在"文革"时期
学习在拨乱时期
工作在改革时期
养老在追梦时期

亲爱的朋友没有白活
放眼全球想想自己
龙腾虎跃祖国昌盛
不忘初心使命永远牢记
知足吧朋友
能活在当今是我们的幸运
人民幸福安居乐业扬眉吐气
我和我的祖国并肩前行一刻也不能分离

"七一"抒怀——九九归一党旗红

一

镰锤金黄绣赤旗，润之巨手奠鸿基。

红船破雾踏狂澜，秋岭星火传奇迹。

三山荡尽顽敌灭，四海澄清旧颜弃。

人民翻身做主人，华夏开创新元纪。

二

与时俱进奋旌旗，莺歌燕舞新天地。

经济建设为中心，改革开放如两翼。

中国特色新主义，社会小康强国立。

世界瞩目千帆进，凤舞龙腾贺佳节。

三

前行路上一杆旗，砥砺奋进九州丽。

江山似火曦曦日，岁月如歌款款喜。

扬鞭策马北斗寄，中华巍然东方屹。

复兴国梦定能圆，九九归一顺民意。

伟大的共产党

飘扬的镰刀与斧头中国红

你用鲜血涂抹了新中国的黎明

你是中华民族的主心骨

你是草原儿女心中的苏鲁锭

你驱散了旧社会的黑暗

你迎来了新世界的曙光

你敲响了嘹亮的晨钟

你展开了腾飞的翅膀

你是踏在拼搏路上高擎奋进的大旗

你青春年少朝气蓬勃血气方刚

你朝阳升腾霞光满天神采飞扬

你是九千一百多万党员打造的犁铧

你是中华民族心驰神往复兴梦的希望

你是未来世界大同的灯塔领航

伟大的中国共产党

你收获了马列主义、毛泽东思想

你走过辉煌的历程

你使中国人民富裕、国家富强

前人未走的路敢闯

亘古未有的奇迹开创

伟大的中国共产党

中华儿女为你礼赞为你歌唱伟大的共产党

你走过的历史辉煌

你岁月的年轮承载着悠久历史的脚步

你壮美的身躯展现着世事沧桑的巨变

你广阔的胸中蕴藏着五千年的文明

你无数多彩的梦想奏响不同时代的乐章

你百年凤凰涅槃浴火重生顶天立地站起来

你四十二年改革开放惊天动地富起来、强起来

一九二一年嘉兴南湖小船上

创世奇迹中国之最宣布成立破天荒

东方红太阳升中国出了个毛泽东

感召日月呼唤天地凝聚磅礴力量

因为有你我们的精英

拿起了抵御列强的刀枪

因为有你我们的先烈

开掘了埋葬旧世界的坟岗

因为有你我们的祖国

不再四分五裂

因为有你我们的民族

不再任人掳掠

因为有你我们乘风破浪

因为有你我们文明富强

一九七八年十一届三中全会

风雨泥泞中追寻中国前进方向

中国特色社会主义改革开放

小平你好巨龙腾飞中国不能忘

你纵览天下风云摸着石头过河
你临危受命坦荡磊落大气磅礴

你办电大设特区伟大探索
你走深圳说海南春天故事唱响
发展才是硬道理
科学技术就是第一生产力
尊重知识爱人才
现代化建设崭新蓝图绘出
经济发展为中心改革开放
扭转乾坤世界瞩目人民思想解放

党的十八大后放飞"中国梦"呐喊炽烈信仰
转型升级反腐倡廉华夏富强
不忘初心牢记使命实现命运共同体
"一带一路"韬略卓识改变中国现状
全方位改革开放加入"世贸组织"
洗雪了百年耻辱收回了澳门、香港
科学发展开拓创新与时俱进
国民经济总量跃居世界第二
嫦娥揽月天宫一号北斗导航遥望
量子通信高速铁路三代核电
大客机、射天望远镜、载人深潜
千帆竞发百舸争流壮丽辉煌
飞速追梦复兴在望决胜小康
东方巨龙迎着太阳扶摇直上

信步河边观鸟

走出栉比鳞次的楼群

信步掌岗图河边

沿着河堤顺水南流而行

望着堤岸翠柏苍松

望着蔚蓝天空飘飘的白云

沐浴着暖阳的融融

呼吸着清爽舒适的空气

徜徉在凫雁出没的寒汀

远离尘世的喧嚣

回归自然的宁静

喜鹊喳喳清脆好听

麻雀啾啾欢叫不停

远亲水鸭簇拥高傲

成群白鹅游玩戏水淋淋

大雁排队落岸好奇观赏美景

近邻野鸡羡慕咕咕呼应

突闪野兔飞奔而去

各种水鸟嘎嘎欢迎

冬日鸟鸣

悦耳动听

心情豁然开朗

执念惬意温馨

静静的河水悠悠而行

啥时唤醒冰封大地

啥时送别数九寒冬

何时唱得春暖草绿

何时待看柳绿花红

阵阵微风拂来

驻足岸堤丛林

怪疫扰人尽听哀音

重冠入侵放也焦心

春来且盼毒疫灭辞

鲜花绽放民众欢欣

万家团圆喜庆新春

踔厉奋发华夏图腾

景色迷人触摸心灵

风雨过后定显彩虹

雨天观展感赋

最乐一年双节临①，笑语欢颜赴展厅②。

大雨淋漓畅快兴，摄影班级劲倍增。

辛勤高师③领航行，人间大爱高雅风。

退休不忘报国志，培训后继尔为峰。

注释：①双节：中秋、国庆节；

　　　②展厅：康巴什会展中心、乌兰活佛展厅

　　　③高师：白云飞老师

写给武忠安老师，观美篇，配小诗三首

（一）祭敖包、交流会

绿草如茵七月天，巴音草原祭祖仙。

酥油烤羊方桌供，灯盏香炉紫气燃。

风调雨顺交流会，牛马肥壮牧民圆。

疫情困扰趋平稳，避暑人流日渐添。

（二）俊美英雄

俊美男儿敢比高，弯弓骑马赛摔跤。

沸腾草原传三艺^①，崇拜英雄射大雕。

注释：①三艺：骑马、射箭、摔跤。

（三）展雄风

天骄圣地展雄风，特色鲜明草原情。

鸿雁排空百鸟鸣，骏马驰骋传美名。

乡村旅游"大成陵"，经济繁荣局面新。

蒙元文化打品牌，达尔扈特文化魂。

咏雪、庆小年（诗二首）

一、咏雪

精灵玉蝶飞满天，轻盈飘然梦里仙。
百态疑似惊鸿舞，千姿更胜霓裳旋。
闲翁绽笑眺山川，涌诗挥笔银世界。
洁白无瑕扫毒尽，春风化水润田园。

二、庆小年

高原林海突然白，净化空气舒心怀。
除尘祭灶二十三，玉兔临凡跃瑶台。
雪融瑞气阴霾去，翘首小年好运来。
万民康健成佳日，已觉新春序幕开。

不朽功勋

丰收节众人喊号

压饸饹（一）

荞麦花飘香，产业助小康。
大家齐鼓劲，乡村振兴强。

压饸饹（二）

乡村面貌新，农家笑意频。
荞麦花飘香，大家齐上阵。

压饸饹（三）

荞面饸饹香，猪油炝黑酱。
乡村文化味，共同达小康。

压饸饹（四）

金秋清风爽，丰收荞麦香。
万众共圆梦，民富国更强。

夸夸伊金霍洛旗关工委

　　伊金霍洛旗关心下一代委员会，成立于 1992 年，在伊旗旗委、政府的高度重视下，在三届德高望重常务副主任的正确领导下，关工委的工作走上了科学化、规范化、制度化的轨道。坚持"急党政所急，想青少年所需，尽关工委所能"，"党建带关建，关建助党建"的原则，积极配合有关部门，主动作为，工作出色，让人欣慰，吟《顺口溜》一首，以表抒怀。

伊金霍洛旗新气象
关工委工作成就煌
"五带五建"一提升
全面攻坚打硬仗

政治建设首位放
掌握航行定方向
"四个自信""两维护"
党建树帜堡垒强

使命牢记初心不忘
业务培训不断加强
基层工作全面抓
典型引领自身强

思想建设大变样
中国特色红武装
树立核心价值观
传播声音正能量

学习制度自律强
专题讲座换思想
五老同志素质高
身边人物好榜样

组织建设基础强
退而不休上了岗
领导班子选配齐
服务充实展精妆

"五老"人员新歌唱
技术能手铸辉煌
社会爱心企业家
志愿队伍新力量

制度建设是保障
全面发展著华章
工作纳入制度化
效果良好上了墙

学习讲课可循章

总结评比考核强
解决困难关工委
勇担责任新作创

阵地建设力度强
"四有"保证施策良
《中国火炬》《下一代》
学习读本提供上

关工委工作红领航
基地建设大变样
红庆河红色文化教育馆
旅游研学阵地强

伊金霍洛旗真眼亮
关工委工作跃台上
老柳垂丝吐新芽
"五建"一升新颜放

赞伊金霍洛

——献给改革开放 40 周年

伊金霍洛，岁月沧桑，穿越 800 年的历史，叱咤风云，演绎了多少故事，记载着多少不平凡的英雄事迹，回顾改革开放 40 周年，伊旗人民创造了历史，创造了辉煌！

一

男：站在那巍巍的母亲公园山上，伊金霍洛阿镇全景映入眼帘，美丽的鲜花，正在含苞怒放。

女：看那滔滔的乌兰木伦河水，环绕康城，依恋着阿勒腾席热镇，正在奔流不息，绵远流长。

男：看，那满山的青松翠柏，那遍野的五彩鲜花，正播撒着绿色，喷吐着芳香。

女：看，那茫茫的草原上，草原新城正在崛起，伊金霍洛正在历史的洗礼中焕发新装。

二

男：四十年前的伊金霍洛，大漠主宰着一切，风沙肆虐，变化莫测，大风一起，黄沙滚滚，让人不寒而栗。

女：毛乌素沙漠，像一只巨魔张开大口，吞没了房屋，吞没了农田，吞没了草地。

男：明沙压了墙，老母猪上了房。吃粮靠供应，生产靠贷款，花钱靠救济。

女：十一届三中全会传喜讯，发展林业生产给大力，退耕还林还牧，压缩农耕地。

男：向沙漠进军，植树造林，四大国有林场站是主力，新街、霍洛、桃林、纳林希里。

女：看现在，蓝天白云绿地，威胁人们生存的沙漠已降伏，沙尘暴基本绝迹，伊金霍洛绿树成荫，展现出勃勃生机。

男：伊金霍洛一九八七年就是全国绿化先进单位，"三北"防林体系重点旗县之一。

女：绿化国土业绩显著，刻在了鄂尔多斯的史册上，洒热血，献青春，付出劳动、付出艰辛，让人珍惜。

三

男：充满生机、繁荣和谐的伊金霍洛，这里有悠久的文化辉煌，这里有开拓的治沙精神，这里牛羊肥壮，五谷丰登，这里的风景名胜笑脸迎宾朋。

女：绿色美丽的伊金霍洛，蓝天、碧水、大漠、丛林，还有那哈达、美酒和歌声。

男：这里有富饶的资源宝藏，遍地的煤炭，滚滚的乌金，天然气田储量惊人。圣主的陵园，气势恢宏，一代天骄的风姿，吸引着五湖四海的游人。时代的号角召唤着万众，美好的前景鼓舞着人们的干劲。

女：繁荣和谐的伊金霍洛，祥和、文明、团结、奋进，还有那执着勇敢和诚信。

男：科学发展，和谐共进。

女：工作迈上新台阶，成绩喜人。

男：2017 年，财政收入 242 亿元，跃居全区 103 个旗县区第
　　一位。

女：2017 年，城乡居民人均可支配收入分别达到 44960 元和
　　16774 元，综合竞争力跃居全国百强县第 19 位。

男：巩固提升文明城市创建成果，连续五年蝉联全区文明城市
　　创建测评第一名。

女：生活在伊金霍洛的人们，多么阳光灿烂，多么美满幸福，
　　多么祥和快乐。

男：山一样的胸怀，水一样的情，方方正正伊旗人，人杰地
　　也灵。

女：伊旗人讲诚信，对朋友最热情，最热心，为人豁达大度，
　　无私包容。男：改革开放政策好，伊旗人民生活节节高。

合：欢迎您到咱们伊金霍洛来，看一看咱伊旗的新风貌。

四

男：神圣、独特、美丽的伊金霍洛，近处，树林浓密，水草丰
　　茂，野鸡野兔悠然其间；远处，草地细密，青翠逼人，群
　　山隐隐如屏与蓝天浑然一体。

女：绿色，满眼的绿色，江南风光中点缀着蒙古族特色的建
　　筑；和谐，满城的和谐，人们的音容笑貌流露着新时代的
　　气息；繁荣，空前的繁荣，百姓的衣食住行展示着新经济
　　的昌盛……

合：如今，勤劳的伊金霍洛人正在用智慧和汗水加速城市的发展；

合：如今，伊金霍洛的人民群众充分分享着改革和发展的成果；

合：如今，神圣的伊金霍洛正呈现出人与自然和谐相融的大好局面……

男：伊金霍洛规划宏伟，目标明确，豪气冲天，一路领先，锐意进取，呈现出一派繁荣的景象。

女：围绕发展旅游产业，抓住立体交通枢纽的立地优势，不错过历史性的最好机遇，长生天恩所赐，迸发着源源不断的生机与活力，续写着绚丽壮美的新篇章。

男：也许是历史老人独具慧眼，伊金霍洛自古以来就倍受垂青，时光迈着蹒跚的步履，引领伊金霍洛进入新世纪。

女：伊金霍洛是丰饶的，坐落于浩瀚煤海之上。

男：伊金霍洛是诱人的，簇拥于苍翠绿洲之内。

女：伊金霍洛是通达的，地处于优越区位之间。

男：伊金霍洛是骄傲的，崛起于时代跨越之际。

女：伊金霍洛是和谐的，浸润于共赢氛围之中。

男：生活在伊金霍洛这片黄土地上的人，真无法体会是在梦中，还是在天堂。

女：宜人、宜居、宜游、宜业的伊金霍洛，正充满期待，期待世界的了解，期待未来更辉煌更加富强！

益丰寨

自然宠儿

大自然的福地

我来过多次

都是在她脚下

匆匆走过

"圆梦小康""秋实"采风

参与其中

五彩缤纷

五谷飘香

水墨画卷

徐徐展开

我醉在绿意盎然之中

在最美的季节

带着美好的心情

不愿走马观花

不想风卷残云

细细看你

纯净明亮的眼睛

轻轻吻你

美丽飘逸的长发

静静欣赏你

多彩绚丽的裙裙

益丰寨

苏布尔嘎的女儿

最仪态万千

落落大方

风情万种

益丰寨

杨建斌

农民的儿子

致富带头人

走北闯东

创业多年

一个追梦的人

2014 年

回到家乡

田园综合项目

已经发展形成

现代农业

特色旅游

采摘体验

文体娱乐

住宿餐饮

党支部

公司

农牧民

有机结合

利益联营

绿色农业

订单农业

示范辐射带动

致富农牧民

苏布尔嘎有名的能人

益丰寨

投资 7000 万元

占地面积 1000 亩

养鸡基地

林果采摘园

休闲垂钓

文体娱乐场

纯绿色智能温室大棚

农耕文化博物馆

奇石阁

图书馆

篮球场

大型水上儿童乐园

一百人会议

一百人住宿

三百人就餐

样样齐全
健康饮食引领
时尚度假胜地
潮流休闲花园

益丰寨
田园综合开发
生态旅游
绿色农产品输出基地
中小学生研学基地
红色教育游学基地
旗下品牌
观光农业
蒙源文化圣地

益丰寨
红花绿柳
曲径通幽
奔放裸露
黑色油路平整
房屋规划严谨
移步换景
令人陶醉
浅笑含羞

云淡风轻

霓裳走秀

爱在金秋

爱在心头

益丰寨

恰到好处

美不胜收

品质追求

舒适享受

找一万个理由

我还不想走

荞麦花开

——伊金霍洛旗毛乌聂盖村采风

2021 年 9 月 5 日，我随伊金霍洛旗文联组织的采风团，到伊旗苏布尔嘎镇毛乌聂盖村采风，看到 800 亩荞麦花开，丰收在望的景象，陶醉了，心情激动，随笔散文一首。

时光太浅
转眼进入秋的恬静
听见几声鸟鸣
闻到千亩荞麦花香
红花绿叶
上边掉着黑色三角
与秋风温柔相抱
人间最美的圆满

金秋
一幅丽画
伫立阴晴变换天空之下
清风掠过面颊每一次呼吸
都幻化成轻盈的云朵
随风而变
姿态万千
荞麦花开

香飘万里
淡泊无以明志
宁静无以致远
热情而不张扬
俊俏而不媚俗
我不需赞誉
这是丰收的季节

金秋的风
精神清爽
金秋的雨
温柔慢悠
金秋的云
轻灵飘逸
金秋的山
明朗挺拔
金秋的水
清澈透明
金秋的花
芳香扑鼻

金秋的荞麦花
红白相伴
红秆绿叶
空灵透彻
清韵不染

像一首诗
隽永清秀
婉丽脱俗
像一杯酒
芬芳飘远
馥郁甜美

森吉德玛传说

　　很早以前，在鄂尔多斯草原上，有一位美丽聪明的蒙古族姑娘，她爱上一位勤劳勇敢的青年牧人——布日古德，他们的爱情受阻，森吉德玛被迫嫁给了财主家的少爷。青年牧人日夜思念，常常远道而来，在她的屋旁前后留恋徘徊，但是无法相见。有一天，他们终于冲破重重障碍相见了，但森吉德玛却不幸昏死。布日古德在回家途中边走边唱，把歌词写在道旁和旅店的墙壁上。失去心爱的人，他悲痛欲绝，最后跳崖自尽以身殉情。在鄂尔多斯流传的故事很多，生与死，爱与恨，聚与散，笑与泪，梦境与现实，美好与残酷，真情与厄运，抗争与悲剧。融千般情怀，化万古烟尘。直到今天，鄂尔多斯整理出很多古老的蒙古族歌曲，歌名就是那个姑娘的名字"森吉德玛"，被誉为"中国的朱丽叶""草原的祝英"。今重读经典传说故事，写自由诗一篇，应更加热爱各民族的宝贵文化遗产。

　　　　　　　天边
　　　　　　　茫茫草原上
　　　　　　　有一座敖包
　　　　　　　传说在那里面
　　　　　　　长卧着
　　　　　　　一个心爱的女人

　　　　　　　旁边
　　　　　　　有股活着的泉水
　　　　　　　长流不息

敖包与湖水
相伴相依
静静地诉泣

庙会倾心
牧场定情
大漠私奔
血色婚礼
生死绝恋
森吉德玛
布日固德
生死相依
相爱真诚
草原祝英台
爱情故事感人
流传至今

今天
牧人布日固德
他特地前来
为她再拉一曲
百听不厌的
"森吉德玛"
那优美的琴音
如诉如泣
在他的眼前

心爱的姑娘

静静地听着他的演奏

那跳跃的音符

那幽怨的琴声

在她听来

是那样的美妙

这是他们

一生中最幸福的事情

碧绿的湖水

明亮的蓝天

比不上善良姑娘的纯洁

天边的雪山

草原的鲜花

比不上姑娘的美丽

狠心的爹娘

把你远嫁天边

与青年牧人远离

森吉德玛

不受财主猥琐压迫

逃出家门

跳湖自尽

以身殉情

九泉相依

布日固德

跨上了骏马

离别了故乡

不怕路途遥远

不怕风吹雨打

走遍茫茫草原

心上的姑娘

你在哪里

受尽草原的风霜

望穿双眼

青年牧人必须寻到你

心爱的人

你在哪里

马头琴

在草原上行走过的人，大都知道马头琴的故事。传说在很早以前，在察哈尔茫茫的草原上，一个由奶奶抚养大的苏和，一天抱回一个毛茸茸的刚出生的小马驹，天已黑了，他怕被狼吃掉，就抱回家。小白马在苏和的精心照管下长大了。它浑身雪白，又美丽又健壮，人见人爱，苏和更是爱得不得了。一年春天，王爷在喇嘛庙举行赛马大会，要选一个最好的骑手做女儿的丈夫，谁要得了头名，王爷就把女儿嫁给谁。邻近的朋友鼓励苏和牵着心爱的小白马参加了比赛。

在庙会上，苏和骑着小白马得了头名，王爷一看，跑第一名的原来是个穷牧民，便改口不提招亲的事，无理地说："给你三个大元宝，把马给我留下，赶快回去吧！""我是来赛马的，不是来卖马的。""你一个穷牧民竟敢反抗王爷？"不等王爷说完，打手们便动起手来，苏和被打得昏迷不醒，还被扔在看台底下，王爷夺去了小白马威风凛凛地回府去了。

苏和被亲友们救回家去，在奶奶细心照护下，休养了几天，身体渐渐恢复过来。一天晚上小白马也跑了回来，不停地碰门响。奶奶推门一看：小白马回来了！小白马是中毒箭而回，因伤势过重，第二天便死去了。小白马的死，苏和悲痛欲绝。一天夜里，苏和在梦里看见白马活了。他抚摸它，它也靠近他的身旁，同时轻轻地对他说："主人，你若想让我永远不离开你，还能为你解除寂寞的话，那你就用我身上的筋骨做一只琴吧！"苏和醒来以后，就按照小白马的话，用它的骨头、筋和尾做成了一只琴。每当他拉起琴来，他就会想起对王爷的仇恨；每当他回忆起乘马疾时的兴奋心情，琴声就会变得更加美妙动听。从此，马头琴便成了草原上牧民的安慰，一听到这美妙的琴声，便会忘掉一天的疲劳，久久不愿离去。

很久很久以前

在草原的边缘

有一座孤立敖包

敖包旁

有一棵老榆树

树干上挂着

一把风吹雨打

永不败落的马头琴

老榆树哭泣

马头琴悲怆

我的心疼痛

呼啸的狂风

小苏和的梦

赛马选婿

获头名

悲壮厚浑

遥远的夜

遥远的风

小白马

忠爱主人

冲出万险重围

踏遍千里草原

听见马在嘶鸣

奔腾的马蹄声

由远而近

听见舒缓的流水

悠扬的白云

青青的牧草

欢腾的羊群

抱着马头琴入睡

听见天籁之声

整个草原万马奔腾

山上一声喊

山下有回声

白马夜托梦

心中有回音

草原的精灵

马的化身

一生眷恋草原

天地间的魂

马头琴

最美乐器

蒙古族舞

独具特色

一曲悠扬

陶醉痴迷

马头琴的沧桑

抚慰着牧民的心

抑扬的蒙古长调

余晖下的勒勒车影

蒙古包的袅袅炊烟

远处飘来的奶茶清香

揉进了岁月里

古老的传说

马头琴的演绎

所有的人生悲欢

岁月流转

追赶风的日子

都在古老的马头琴声里

马头琴声

低回婉转

高昂激情

如山涧小径

蜿蜒千回百折

如大自然歌声

不禁雕琢自然质朴

马头琴声

用心感悟人生

配合律动溶入血液中

马头琴声

千里草原回荡

华夏儿女

向祖国母亲致敬

不朽的丰碑

——纳林塔战国秦长城写照

　　夏日炎炎，似火丽日照，蓝天白云丝丝飘，田野旱土干焦。我随伊旗政协文史专员采风团，又一次登上束会敖包梁（纳林陶亥镇纳林塔村，束会川西岸），望着蜿蜒盘旋，沟壑纵横伸延的这段 2200 年前的长城，如同一条长龙，在苍茫的漠野中活灵活现。这就是纳林塔战国秦长城，在鄂尔多斯乃至全国保存最完整、最为高大、最具观赏性的战国秦长城段落。我的心灵震撼，感慨万千。

　　长城已经成为中华民族勤劳、智慧和精神的象征。纳林塔战国秦长城是公元前 272 年以后开始修筑的，在伊金霍洛旗境内有 41 公里。1987 年，长城由联合国教科文组织整体列入世界文化遗产。早在 2001 年，纳林塔战国秦长城已由国务院公布为第五批全国重点文物保护单位。

　　　　束会敖包山上
　　　　纳林塔战国秦长城
　　　　随地形高低起伏
　　　　隐没苍茫荒野之中
　　　　两千多年沧海桑田
　　　　气势博大恢宏

　　　　战国秦长城
　　　　秦昭襄王所筑
　　　　中国古代最早长城

无白灰无引泥

石缝中添加黄土

垒砌精致规整

就地取材

因地制宜

蜿蜒起伏

寻找后世

永向前进

反映秦国军事远虑谋深

折射农业文明

牧业文明

民族团结一心

战国秦长城

一条自然地理分界线

农牧业交错发展

北方地区

互相促进繁荣

站在束会敖包梁上

望着战国秦长城

超越我心中气势的磅礴

胸怀顿时开阔

抚摸每一块青黑色的石片

深入时光的黯淡

石缝中夹杂的探索

激情如蓬剥的烈火

每一层石垒的城墙

每一个烽火的垛口

从关里望向关外

抖起挺拔的脊梁

长城长

明日何其多

独留黄昏的传说

北国风光

气候肃杀苍茫

烽火台

大城堡

无了狼烟

青砖瓦砾

陶瓷沙砾

草枯石烂野荒

长城长

其修远兮

吾将上下而求索

我从泥土上来

高山上过

长城内外

秦曲悲欢离合

战国时代

七雄争霸

鄂尔多斯高原

赵、魏、秦、义渠

林胡、楼烦、匈奴争夺

肥沃牧场

战略要地

细数流年飞过

长城长

故事繁多

夜空洒下古曲

憧憬粗犷辽阔

长城放飞

像雪里红梅

像苍穹神鹰

跌宕壶口

叩击河套

像奔流的黄河

像民族的雄魂

好汉壮怀

赤子的热恋

紧贴祖国的胸襟

长城是新时代的发射台

炎黄子孙的爱国激情喷涌升腾

燃烧的志气

不屈的人生

我和祖国不老的青春

长城长

俯卧崇山峻岭

长城长

雄横万里岭峰

日出喷薄

蜿蜒起伏高昂的身影

冲天巨龙

庄严鸟瞰大地峥嵘

雄关万道

峭峰乾立

烟波浩瀚

威风凛凛

四季演绎

春夏秋冬

屹立山巅

岿然不动

五千年文化历程

书写万里长城

震耳欲聋的歌声

对您崇爱的心情

不变的万里长城

尊严气派永恒

东方古国文明

世界领域奇迹

记载龙的子孙

长期不懈努力智慧的证明

这是地球上中国人
满腔热血的光辉历程
这是中国人五千年的文化铸就
伟大工程
不朽的丰碑

靓景，丹霞风光美

——伊旗木都希里波浪谷

2022 年 6 月 28 日晨 7 时 20 分，伊金霍洛旗老年大学摄影班，在白云飞老师的带领下，26 名摄影同学，身穿着户外漂亮、飘逸的彩妆，迎着阵阵小雨，乘坐大巴准时在阿勒腾席热镇出发。我虽然是伊旗人，但是第一次来到了伊金霍洛旗乌兰木伦镇木都希里小村庄，植被覆盖严密，山屿沟壑相互纵横，土壤多为砂质。众人所知，这里矿藏丰富，多处矿井正在开发生产中。但山涧中这片神秘之地却鲜为人知，我是第一次来，它相似陕西省靖边县的波浪谷，伊旗人号称木都希里·波浪谷。

我站在乌兰木伦镇木都希里的山梁上，头顶蓝天，脚踩丹霞地貌山巅，身穿在云雾缭绕之中，望着札萨克塔河子（东沟）支流缓缓流淌，河槽对面山就是陕西的木都希里了，一鸡鸣两岸，酸毛杏、土豆丸子、奶酒、漫瀚调、丹霞地貌、走西口，民俗文化，汇聚一堂。红红的砂岩，映红清清的溪水，红红的岸边，朵朵鲜花盛开，心情激动，抒发自由诗一首，这里最美。

> 一条时光隧道
> 足迹分明
> 如此自然神奇
> 植被覆盖严密
>
> 山屿沟壑
> 相互纵横
> 山之巍严

水之浩渺

丹霞地貌风光美

大自然

鬼斧神工

木都希里

波浪谷

出人意料

近在身边

神奇丹霞地貌

风水时间雕琢

沙丘沉积

水中矿物质

漫长风蚀雨蚀

结成砂岩

天长日久

形成层叠结构

平滑的

雕塑般

像人根

像蘑菇

像乌龟

像腾飞的雄燕

层层砂岩纹路

视觉立体威严

令人震撼

走进山涧

我要探险

目光所及

置信难言

山口沙石呈奇

形状惊讶质感

层层叠叠红砂岩

深浅不一沟湾

行云流水纹路

令人蔚为壮观

好奇

疑问

寻解

天空密云突显

时雨时晴

相机美景忽闪

老年大学摄影师

记录美好瞬间

时年天旱

杂草丛生石岩

山顶草青妩媚

沟壑鲜花招展

千姿百态

灿若红霞

黄如秋菊

超强的生命力

视觉冲击

情不自叹

一幅壮观画卷

天云雨草清风

红砂岩

俯视木都希里美景

天造地设

帅哥美女留念

千万条沟壑

风走过的痕迹

分明成级的阶梯

雨走过的痕迹

红砂岩梯田

蹉跎岁月

隐藏在草原

隐藏在山川沟壑之间

规模不大

世外桃源

深深的沟壑里

万年的雨水中

奇特的线条

各种各样的形状

宛如宝剑出鞘

好似云南石林

铺天盖地

美得令人窒息

充满未知

充满期待

伊金霍洛

文化圣地

木都希里波浪谷

本真自然状态

封存千年

突然之间

分外惊喜

一块未开发的处女地

风尘流转中

时间终证美丽

波浪谷

木都希里的财富

青春永驻

永远保住

保住你自然的美

伊金霍洛旗老年大学门球赛

——第八届门球培训学习班开学了

2022年5月16日，伊金霍洛旗老年大学第八届门球培训班，在老干部服务中心二楼门球比赛训练大厅正式开班了，培训班特邀请—伊金霍洛旗门球协会原会长韩蒙英老师授课，还有聂忠平、赵勇军、韩新如等几位门球教练参加。学习班实地演讲培训，理论联系实际，专业基础理论和实战训练操作相结合，通俗易懂，培训班为期15天。课堂上气氛非常严肃，老师认真讲解，从门球的起源，推广发展到中国，门球的竞技规则，撞接门球的战略战术，为学员们进行了系统讲授。年过六甲的男女学员们，个个听得很认真，手拿门球杆，脚踩门球，生龙活虎，气氛特别活跃。

门球是一项多人参加的用槌击打小球过小门的竞技娱乐性体育项目，特别受到中老年人的喜爱。门球由槌球派生的一种以槌击球过门的球类运动。球场长25米，宽20米，场上置三个球门（高20厘米，宽22厘米）。

门球是高尔夫球与撞球的混血儿，不但规则简单、轻松有趣，而且可以激发脑力、促进身心健康，是目前时下最经济实惠、老少皆宜的新运动。

不少老年人抱怨这个社会不大公平，因为从服装等消费品、奢侈品，一直到各种健康活动，都是为年轻人，甚至是为儿童设计的，很少有人想到，目前的老年人也曾经是社会的中坚，国家的主人翁。

我们老年人的活动，不是清晨或黄昏公园里比画几下太极拳，或是街头巷尾来回甩手走步运动。但是，自从引进了门球运动以后，情况可就改观了，三五好友，带着简单的球具，便可以玩它一个下午，不论天阴下雨、阳光灿烂，我们既达到运动的目的，又有联络感情和娱乐的效果，何乐而不为呢？

门球运动是一项非常好的运动，比赛为两队对抗形式，开始后，先攻、后攻队之球员依打顺轮流击球，进行到比赛结束为止。比赛时间为30分钟。每名队员各有自球、独立击球又相互合作的运动。这赋予门球运动与其他球类赛事特有的面貌。

门球博大精深，奥妙无穷，乐趣无限。让人沾上，有永远不舍的感觉，每一杆球都是无法复制的，每一次击球都让人期待，结果都是一个美丽的谜。

打门球魅力无穷，极好地适合中、老年人的一项健身运动。

（一）

老年大学门球场，银龄战士喜洋洋。
蒙英[1]老师台上站，聚精会神把课讲。
最美五月好春光，门球学员炼成钢。
鹤发银鬓众顽童，奏鸣奋进大交响。

注释：[1]蒙英：人名，授课老师韩蒙英。

（二）

老人相聚乐悠悠，精神抖擞学门球。
驰骋东西竞称雄，强身健体个个优。
怡情养性俱丰收，青山满目广交友。
晚晴夕阳乐无穷，延年益寿度春秋。

门球连接你我他

——伊旗老年大学第八届门球培训班结束了

伊金霍洛旗老年大学第八届门球培训班，2022 年 5 月 16 日开始，于 2022 年 5 月 29 日正式集训结束。培训地点在伊旗老干部服务中心二楼门球比赛训练大厅，入门新会员共 20 名。我作为一名新队员，确实感受到了门球的乐趣。门球运动是最适合中老年人健康的一项运动，它让中老年人获得健康和快乐。

门球运动不但规则简单，轻松有趣，而且可以激发脑力，促进身心，是时下最经济实惠，老少皆宜的一项运动。门球有七动：动脑、动眼、动嘴、动耳、动手、动脚、动心。比赛时间短，运动量小，需要手、脚和大脑的协调配合，锻炼肢体的同时，更锻炼了大脑，有助于刺激大脑产生更多的脑细胞，是最适合老年人心理、生理的运动。门球运动也可以促进老年人建立"人间晚情"的氛围，以球会友切磋技艺，加强互动配合，相互关心帮助，使大家在运动的同时收获到更多的乐趣，雅俗共赏，妙趣无穷。

我作为一名新队员，我认为门球既是一项群众喜闻乐见的健身体育活动，又是一门科学，一门艺术。门球娱乐健体，是一种文化，一种享受，一种境界，享受灿烂阳光，呼吸新鲜空气，活动浑身筋骨。若能打上两杆好球，眉开眼笑，心里有说不出的高兴；很近、很简单的球打不到，惹得一旁观众，人人笑弯了腰，本人也不好意思了，只好有趣地说："我是'种子选手'。"这些笑声使大家放松高兴，乐陶陶，喜洋洋。但是教练脸气得通红，"这学员素质太差"。门球场注入了欢乐剂，荡漾着喜悦气氛，得到快乐的感染。只有在欢乐中体悟门球的魅力，感知门球的奥妙，探索门球的神奇，除去人生的烦恼，这样的娱乐有品位，乐得高雅舒心。

祝愿我们伊金霍洛旗门球事业，蒸蒸日上，走向全运会，走向奥运会。让伊金霍洛门球人携起手来，共同奋斗，努力拼搏，不断创造门球事业的新辉煌。

（一）

小小门球趣味深，愉悦健脑又健身。
早起提棒到球场，磋球增艺乐开心。
独将此球老年迎，更适青少练精兵。
四季打球不间歇，踊跃参与炉纯青。

（二）

丽日清风精神抖，唤友结伴打门球。
慢跑轻走身矫健，勤学苦练度春秋。
击杆到位烈鹰眼，联手同心带虎钩。
金杯夺冠手中举，驰骋东西乐悠悠。

（三）

门球场里红白球，鹤发银鬓竞自由。
凤舞绿茵逐玉翠，龙游沧海戏红牛。
辗转奔波巧技优，动作平和汗水流。
欢声笑语勤苦练，心身康健俱丰收。

（四）

红白十球依次轮，绿茵平内显精英。

穿门撞柱平心静，你追我赶夕阳红。

育才教诲韩蒙英，传技导师聂忠平。

老年大学门球赛，优胜金杯映彩虹。

"三八"赞巾帼

"三八"天阴挂雪霜，群花靓丽显芬芳。

国家有难冲先锋，重担挑肩溢清香。

惊蛰逐暖鸿雁翔，农家欣喜春耕忙。

苍穹浩瀚巾帼韵，凤凰涅槃成就煌。

神奇的世界

伊旗苏布尔嘎大草原观游记

2019 年 5 月 18 日，集宁市同学陈锦平，包头市同学侯建平两口子、袁贵俊两口子、马九刚一行六人，来鄂尔多斯游玩，在鄂尔多斯的所有同学和家属共同陪玩，到伊金霍洛旗苏布尔嘎大草原游玩观赏。我虽然生在伊旗，长在伊旗，工作在伊旗，但是到苏布尔嘎大草原玩，我还是第二次。第一次根本就没到草原上，只在蒙古大包里看了一场蒙古族大戏。这次才感受到"苏布尔嘎"大草原的魅力，夏草鲜艳，蓝天白云，溪水潺流，牛羊悠闲，让人激动难忘。

一、苏布尔嘎草原

"苏布尔嘎"是蒙古语，意为"塔"。明朝时期达赖喇嘛来到蒙古地区弘扬佛法，途径鄂尔多斯，亲选庙址。后来五世班禅大师在谒见清朝皇帝永桢返回西藏时路过苏泊罕，他的黑马不幸在这里得病升天。杭锦旗的王爷立誓为黑马修建一座白塔，这就是"苏布尔嘎"的来历。苏布尔嘎大草原在蒙古帝国时期，曾作为成吉思汗屯兵修养的地方。清朝时期，当时的政治环境要求各旗的王爷采取分旗而治，七个旗的王爷每三年在苏布尔嘎大草原会盟一次，主要目的是"叙尊卑、联族谊"，会盟的主要内容是阅兵，祭祀成吉思汗和举办蒙古族传统那达慕。伴随鄂尔多斯历史发展的重大历史事件——七旗会盟，已在苏布尔嘎大草原延续了近 400 年，直到 1958 年才完全停止。

五月草原嫩草艳，白云轻浮映蓝天。
车水马龙游人玩，牛羊成群驼马闲。

远望青山隐约连，近观沙丘飘轻烟。
天边悠悠鸿雁飞，小溪弯弯绿草园。
五世班禅苏泊罕，不幸黑马病升天。
杭旗王爷建白塔，弘扬佛法念祖先。
清朝七旗王爷会，叙尊联谊延近年。
展示民族风情力，草原文化瑰丽显。

二、午餐郡王府

广袤草原毡包立，醒目靓丽并排齐。
苏布尔嘎同学聚，酒店小姐笑迎嬉。
手抓羊肉蒙古茶，草原明珠恰心里。
天然沙葱炒鸡蛋，酥油奶酪达西尼。
现杀猪肉烩菜酸，油炸软糕拌汤稀。
酒香歌舞态千姿，彩照纷飞传故里。
惊叹人间真情在，只盼天长创奇迹。
郡王府内热气浓，同窗挚友皆欢喜。

三、鄂尔多斯婚礼

　　鄂尔多斯婚礼，始源于蒙古远古时期，形成于成吉思汗时代。《蒙古秘史》中记录了蒙古族婚礼产生的原始佐证，成吉思汗第十三代祖先孛儿只斤氏陶日古勒金巴彦之子图喔莫尔根，曾设宴迎娶浩利拉尔莫尔根之女阿拉坦高娃为妻。据此记载，蒙古先人们早在一千多年以前，就创造了民族婚礼文明。

　　20世纪70年代末，人们将鄂尔多斯婚礼搬上了舞台，使其从草原走进都市，从中国国内走向世界，成了一种瑰丽的民俗奇观，为展现民族风情，发挥魅力。

鄂尔多斯婚礼以男方娶亲为主线，浓缩了蒙古族娶亲的过程中的精华内容，寓情于歌舞，场面热烈欢快，诙谐喜庆，内容健康，品格高雅，突出表现了蒙古族人民粗犷剽悍、豪爽热情、讲究礼仪的民族性格。

鄂尔多斯婚礼的流程为：

哈达定亲、佩弓娶亲、挡门迎婿、献羊祝酒、求名问庚、分发出嫁、送亲路上、圣火洗礼、跪拜公婆。

鄂尔多斯婚礼音乐具有鲜明的地域特色，其婚礼宴歌的内容、题材、歌词的韵律、旋律、节奏及演唱风格等，都显示出它特有的形态特征。这种婚礼仪式音乐需通过表演语境，即婚礼场合才能完全表现其自身所具有的各种功能和作用，它对婚礼的每项环节产生影响。参加婚礼的个人和群体之间所承担的仪式任务及相互协作的特殊关系，这种交流的基本方式或手段，就是演唱和表演完整的婚礼宴歌。这一系列的习俗行为，在音乐中得到了传承和延续。

马背民族轮回年，原始婚礼传古远。
演唱歌舞民俗风，浪漫红装继承延。
哈达定亲蒙包前，挡门迎婿牧民间。
献羊祝酒佩弓娶，求名问庚特色鲜。
分发出嫁歌声起，送亲路上圣火显。
呼麦雄宏谐喜庆，蒙古长调高悠远。
粗犷剽悍豪情放，热烈欢快喜结缘。

同学大连聚会、东北旅游散记

　　2018 年 8 月，我们内蒙古 80 届气象学校（十班、十一班）毕业的学生，在美丽的海滨城市聚会，虽然八月的骄阳很毒，大连很热，但是同学们还是激情满怀，带着真诚的祝福，带着美好的祝愿，兴高采烈从四面八方赶来。依依惜别四十年，情相牵，心相连，风物长宜放眼量，同舟共济永不忘，苍老的是过往的漫漫岁月，不老的是情深意厚的同学。笑对人生，快乐度过每一天，走向美好梦想的幸福世界！缅怀峥嵘岁月，续写美好年华。

我们相聚的时候

（陈锦平）

翻开影集找到你

沉醉在青春的记忆

读你笑容又想起

想起我们故事的甜蜜

莫叹花季已远离

岁月抹去天真的气息

斟满这一杯酒

祭奠我们尘封的记忆

常想起那时的你

满脸的青涩

面带着犹豫

常想起青春的你

眼角流下相思的泪滴

相思的泪滴

莫叹花季已远离

岁月抹去天真的气息

斟满这一杯酒

祭奠我们尘封的记忆

常想起那时的你

满脸的青涩

面带着犹豫

常想起青春的你

眼角流下相思的泪滴

相思的泪滴

翻开影集找到你

沉醉在青春的记忆

读你笑容又想起

想起我们故事的甜蜜

一、旅游篇

（一）

1. 列车相聚

烈日当空福星照，柏油马路火燃烧。
各路同学列车聚，分享坐铺和谐号。
汗食杂粮相随到，白酒香菜礼溢飘。
闷热车中情谊浓，畅游大连心欢笑。

2. 聚会感怀

一声呼唤来相应，万般情怀自然生。
强拖病体前赴约，羞煞托词康乐人。
大连之旅六旬心，筹划聚会赤诚真。
离别四十沧桑变，天下永远无大同。

3. 暑热

酷热炎炎心躁烦，苍龙郁郁泪成干。
含苞待放多情女，眷念风沉月下寒。
同学聚会大连玩，老天热情满头汗。
秋老虎威强又劲，北个半球同样旱。

4. 虎滩公园游

览游公园虎滩水，驰名中外旅客追。
高温浴热火炉烤，辽东半岛映朝辉。
奇峰异石碧绿翠，黑燕惊涛峡谷飞。
巨龙倒注百丈高，大连腾跃万人推。

5. 赞荷花

傲骨华裳丽端庄，虎滩公园好风光。
领颜逾秀留倩影，流光溢彩胜国香。

6. 棒棰岛

　　棒棰岛位于大连市滨海路东段，是一处以山、海、岛、滩为主要景观的风景胜地。三面环山，一面濒海，极像农家捣衣服用的一根棒槌，故称棒槌岛，岛上主峰海拔48.1米，登临其上，市区景色和海滨风光尽收眼底。

无冕之王棒棰岛，依山傍水风光好。
峡谷地貌怪形状，碧波荡漾云雾绕。
恍如蓬莱鲜花笑，苍松翠柏群山绕。
金石滩边别墅建，雅致美观海靓俏。

7. 大连金石滩地质公园

　　大连市金石滩著名自然奇石地质景观，占地面积3万平方米，奇石林立，岩石形态千奇百怪，如龟似象，如鹿似犬。不仅再现了几亿年前大自然稀有的气势磅礴的壮丽景观，而且展现了大自然的魔力，为现代旅游增添了亮点。

奇石林立金石滩，天工地造古人罕。
贝多头像猬觅食，恐龙探海大鹏展。
蟹将出洞石猴观，神龟大象鳌出滩。
天然氧吧令陶醉，滨海岸边游人玩。

8. 秋怨

旭日迎空照，清泉石上流。
滨海谁与共，雁字诉清秋。

9. 岁月蹉跎

烈日直射掠枝头，钭风轻拂未思绸。
绚焕绿芽犹恋夏，飘零黄叶已知秋。
季节更替无痕迹，岁月蹉跎有黯愁。
暑去寒来争竞渡，生活岂可慢清悠。

10. 同学情

酒烧肚皮火热情，水凉冲澡痛我心。
四〇青春大连叙，花甲之年少壮龄。
恰忆气校往事灵，岁月峥嵘健康宁。
明日欣游广鹿岛，子夜做梦弯月明。

11. 向广鹿岛挺进

散文诗

浮在温润的水中，轻风拂面而吻；仰望蔚蓝的天空，海鸥飞翔
而伴，云朵排队向你招手，海风习习，金色的阳光使人迷离；云卷

云舒，浪花翻腾，巨轮划出了美丽的尾迹，留下一串串轻快的脚印。享受着阳光、大海、天空的自由与畅快，世间尊贵，唯我气校十班、十一班俊男美女。快乐时光，沁人心脾！

12. 广鹿岛吟

广鹿岛位于黄海北部长山群岛西部，国家级海岛森林公园，陆地面积31.5平方公里，海域面积1000平方公里，海岸线长74公里。

大海明珠广鹿岛，美丽漂亮遍地宝。

海底珍珠鱼虾多，山上鹿群比赛跑。

仙女湖美金沙笑，月亮湾恋彩虹飘。

风景名胜游人返，璀璨耀眼开怀抱。

13. 篝火晚会

夜色朦胧篝火明，繁星闪烁静天空。

广鹿岛上景色美，酒店广场展新容。

山上鹿奔隐翠蓬，海里珍珠耀眼伦。

婧女雄男舞蹁跹，老当益壮夕阳红。

14. 别也难

相聚开怀绽笑容，不忍三日又离分。

但愿日后常聚首，再创辉煌捷报频。

大连相聚活力添，别后不忘同学情。

聚时豪言依旧在，老当益壮奔征程。

奋发图强创佳绩，期盼来年再重逢。

祝愿各位身体健，平安开心伴一生。

工作顺利家和美，晚年乐享夕阳红。

（二）

1. 图们口岸

图们口岸是我国对朝鲜的第二大陆路口岸。位于图们市区图们江畔，对面是朝鲜南阳国际口岸，距朝鲜清津 177 公里。

天阴掉泪雨朦胧，图们口岸江潮涌。

翻山越岭观朝景，江水一割路不通。

一颗明珠图们市，三面环山情谊浓。

风光旖旎环境幽，草原儿女胆情动。

2. 镜泊湖赋

黑龙江镜泊湖在牡丹江宁安市境内，是我国北方著名的风景区和避暑地，AAAAA 级旅游区，被誉为"北方的西湖"。面积约 80 平方公里，南北长 45 公里，东西最宽处 6 公里，最窄处 300 米，库容量 16 亿立方米，森林覆盖率 68% 以上。是一个狭长形的高山堰塞湖，也就是约万年前火山喷发，流出的岩浆，把牡丹江截断而形成的湖，湖面海拔 350 米。

清风湖上坐船行，两岸景色美绝伦。

倒影波平山照镜，飞流瀑坠练当空。

峡谷裁天峰石横，悬崖壁上鸟争鸣。

雾锁云遮凝彩显，霞飞浪滚吐霓虹。

一缕灵思入梦沉，三千追感赋成林。

风声螯语真迷我，树影花光正切心。

远眺丛林天色景，近眸云霭波影中。

同学欣喜峃倩影，牡丹不吝镜泊情。

3. 同学会

喜鹊衔情动，银河架桥通。

牛郎织女会，悲喜惹腮红。

天规显沉重，同学聚会浓。

友谊真心现，甘苦赤胆衷。

4. 七夕哈市会

银河莽莽织女牵，岁月悠悠约誓言。

悲欢离合架下愁，流淌跌宕数千年。

七夕相逢鹊桥缘，一生眷属诉琴弦。

四〇之友哈市聚，六旬婉言心相连。

5. 太阳岛赞

太阳岛风景区坐落于黑龙江省哈尔滨市松花江北岸，总面积为88平方公里。是一处由冰雪文化、民俗文化等资源构成的多功能风景区，也是中国国内的沿江生态区。

风轻丽日太阳岛，电瓶轿车同学笑。

垂钓桥边杨柳依，亭旁水浅金鱼豪。

湖中小岛鸟鸣叫，古塔穿杨松鼠跑。

浪打翠堤瀑布飘，浪男倩女奔又跳。

6. 友情永恒

浩瀚宇宙远深空，闪烁繁星各含情。

同学聚会分批散，诉语难言挂念心。

双盏同醉共雁鸣，七夕相逢哈尔滨。
人间羡慕纯真爱，天堂守望情永恒。

7. 思念永长久

岁月如歌四十秋，气校同学大连牛。
各行各业尽栋梁，夕阳红艳近退休。
改革壶年数风流，青春芳华事业秀。
回首沧桑同学情，印痕思念永长久。

8. 返航

鸡头版图空中飞，太平机场返程回。
青天丽日云朵白，绿水青山风轻吹。
中华改革驰中外，黑吉辽沈经济推。
天骄之子同学会，游景购物满载归。

二、聚会篇

1. 同学之歌

亲爱的同学——
这是我们共同的名字，
有你有他有我，
当初来自五湖四海，
在气校相聚，
同样的书，读出不同的情节，

同时告别，走向四方各自创业，

育出不同的苗，开出不同的花，

结出不同的果，收获各有千秋。

依依惜别四十年，

情相牵，心相连，

一起翻开，气校的同窗的岁月，

那时的情，那时的爱，

依然十分亲切，

那时的笑，那时的痛，

融入每个人的血液，

风物长宜放眼量，

同舟共济永不忘，

苍老的是过往的漫漫岁月，

不老的是情深意厚的同学。

喊一声同学——

回归青春，擦亮理想的火花，

照亮前行的道路，挺起腰杆往前走，

笑对人生，快乐度过每一天，

走向美好梦想的幸福世界！

2. 相聚（诗三首）

（1）

八月骄阳六旬心，四面八方大连涌。

聚会激情若火红，童颜鹤发喜相迎。

欢歌笑语话往情，吹拉弹唱颂友朋。
依依不舍挥泪去，冥冥期盼再相逢。

（2）

海滨大连爱意长，天涯咫尺念离伤。
当年有幸气校伴，此夜无眠酒馔香。
锦绣河山风浩荡，峥嵘岁月志昂扬。
内蒙儿女乾坤大，笑傲江湖慨而慷。

（3）

岁月蹉跎似水流，时光转瞬四十秋。
风物长宜放眼量，同舟共济大连游。
回首沧桑同学友，印痕思念永长久。
人生百味纷繁事，芳醴情怀意不休。

3. 恋

子夜彩照互相传，楼上楼下念情罕。
梁祝蝴蝶翅膀欢，兄妹同恭金光闪。

4. 相聚在大连

捧起哈达，捧出最真的情
醇香的奶茶倒出所有的感动
天涯隔不断同学的真诚
相聚在大连心灵的重逢
斟出美酒，斟出最醇的情
美酒歌声献出所有的感动

岁月带不走同学的真诚

相聚在大连心灵的重逢

同学啊同学，来自四方

相聚的时候激情飞扬

同学啊同学，幸福安康

大连永远是欢乐的海洋

斟满美酒，斟出最醇的情

美酒歌声献出所有的感动

岁月带不走同学的真诚

相聚在大连心灵的重逢

同学啊同学，来自四方

相聚的时候激情飞扬

同学啊同学，幸福安康

大连永远是欢乐的海洋

5. 相聚一家亲/刘涛

一辈同学三辈亲，同窗友情别样深。

慨叹时光匆匆过，人生难有几度逢。

今朝相聚一家亲，嘘寒问暖诉真情。

声声祝愿出肺腑，事事如意皆顺心。

6. 大连小聚/李银枝

大连小聚三两天，一别不知到何年。

四海五湖兼有情，六十花甲再续缘。

七老八十小青年，九十耄耋正当年。

百岁同学再相聚，不是妖精便神仙。

7. 人生速影

人生短暂几十春，酸甜苦辣虚六旬。
出生农村大跃进，尚书精英旗一中。
教育改革已先行，大学读到北京城。
育儿哄孙倍艰辛，衣食无忧乐天伦。

8. 记忆

记忆的风

吹散了时间的光彩

记忆重现

美好的怀念

记忆的回旋

我们又有些心酸

美好的回不去

只能向前

记忆的线把我们越拉越远

开始的起点

已模糊看不见

那根线的牵扯

把我们带向未来的世界

那幅画面的空白

需要我们填写精彩

不管人怎么样

天空也会蓝
时光带来的变迁
生活掺杂的事
我们依然遥望
依然留恋
过往走过的那条路
因为你我都知道
不管回忆怎么样
路还是要走下去……

同学聚会三地游（贵州、重庆、三峡）

去年，呼、包、鄂、乌近邻 14 个亲同学，相聚一起，由陈锦平同学带队，去贵州、重庆、三峡旅游，大家兴高采烈，团队一致，好像一杯醇香浓郁的美酒，永远甜蜜。记忆回旋，让人有些心酸，不管怎样，路还是要走下去，需要我们填写精彩，真是一篇难忘的故事。

一、贵州

1. 夜入爱丁堡酒店

轻风丽日鄂市行，动车一鸣进青城。
呼包鄂乌同学会，游团一行十四名。

万马奔腾行天宫，川鹰破雾飞铜仁。
团结友爱兴彩烈，夜入酒店息安宁。

2. 梵净山吟

气势恢宏梵净山，群峰高耸叠嶂峦。
翠绿葱茏千姿态，银色飘带百丈泻。

坡陡谷深溪流转，登阶拾级惊奇观。
梵天净土武陵源，披云挂彩负氧罕。

3. 镇远古城

　　"镇远古城"，以"s"形穿城而过，北岸为旧府城，南岸为旧卫城，远观颇似太极图。两城池皆为明代所建，现尚存部分城墙和城门。城内外古建筑、传统民居、历史码头数量颇多。既有临江远眺的吊脚楼，也有恬静幽邃的寺院禅台，有琅琅书声的学子院，更有锣鼓喧天的戏台，集天下山水楼阁荟萃。

镇远古城太极形，南北两岸明代成。
临江远眺吊脚楼，静夜恬观禅寺明。

古时琅琅书声院，而今妙妙戏鼓鸣。
天下山水楼阁萃，民族和谐一家亲。

4. 西江千户苗寨游

　　西江千户苗寨，是一个保存"原始生态"文化完整的地方，由十余个依山而建的自然村寨相连成片，是目前中国乃至全世界最大的苗族聚居村寨。走进村寨，感受着浓郁而古朴的悠闲农居生活，观赏苗寨吊脚楼景观，赏田园风光，层层梯田，架架水车，养育了苗族人民，是苗族人民勤劳和智慧的结晶。

欣坐电车进苗寨，山水相连楼阁萃。
一江碧水向东流，七桥空架世界最。

层层梯田满目翠，架架水车互联推。
西江全景登台望，苗族勤劳极智慧。

5. "小七孔"风景区

古朴悠久七孔桥，清澈幽静瀑布飘。
水上森林龟背山，秀美碧潭卧龙娇。

一曲飞歌冲云霄，移步换景玉阶遥。
誉为贵州九寨沟，精巧布局分外媚。

6. 游丰都鬼城

　　丰都鬼城旧名酆都鬼城，古为"巴子别都"，东汉和帝永元二年置县，距今已有 2000 年的历史，位于重庆市下游丰都县的长江北岸，是长江游轮旅客的一个观光胜地。丰都鬼城又称为"幽都""鬼国京都""中国神曲之乡"。鬼城以各种阴曹地府的建筑和造型而著名。是国家的 AAAA 级旅游区。

长江上游丰都灵，依山面水甲风景。
天堂山上藏古寺，玉皇圣地座鬼城。

大雄宝殿显神明，哼哈二将叫绝伦。
佛道儒家传文化，善美升华继传承。

7. 欣坐三峡豪华游轮

高峡出平湖，当惊世界殊。
领略豪华轮，天堑变通途。

8. 畅游黄果树

同窗挚友出游玩，黄果景区登阶攀。
银色飘带心陶醉，绿浪连波迎客欢。

神清气爽峰顶看，一览无余景壮观。
俯钻滴泉水连洞，惊叹人间心抖颤。

峰回瀑转路也湾，湖水荡漾波浪翻。
靓男倩女拍佳照，老翁颐婆腿肚酸。

瞭望山野杏花展，近观菜花金光闪。
日头偏西赶贵阳，风驰电掣震山川。

触景生情笔显短，翻山越岭路平坦。
高铁如龙东西贯，出行便捷重庆返。

二、重庆

9. 重庆磁器口古镇

磁器口古镇位于重庆市沙坪坝嘉陵江畔，始建于宋代，面积 1.5 平方公里。曾经"白日里千人拱手，入夜后万盏明灯"繁华一时，被赞誉为"小重庆"。是历经千年变迁而保存至今的重庆重点保护传统街。马鞍山踞其中，金碧山蹲其左，凤凰山昂其右，三山遥望，两谷深切。凤凰、清水双溪潆洄并出，嘉陵江由此而奔，江宽岸阔，水波不兴，实为天然良巷。是重温老重庆旧梦的好去处。

> 古镇濒临嘉陵江，斜倚靠在小山旁。
> 苍老矍铄身姿显，青春依貌雄华芳。

> 古色古香砖瓦房，人山人海观琳琅。
> 纵横交错石板路，商品各具五色样。

10. 洪崖洞

"洪崖洞"，原名洪崖门，是古重庆城门之一，是兼具观光旅游、休闲度假的 AAAA 级景区。为巴渝十二景之洪崖滴翠，吊脚楼恢宏壮观，感受张恨水笔下的"最奇特的建筑物"。

（1）

> 飘香飞韵起长虹，带水巴山细雨蒙。
> 街市绿榕生锦绣，连天仙阁画图中。

（2）

> 红窗绿瓦映江滟，吊脚群楼石板连。
> 异域风情韵迷客，洪崖洞古换新天。

11. 渣滓洞

在重庆市歌乐山麓，原是重庆郊外的一个小煤窑，因渣多煤少而得名。渣滓洞三面是山，一面是沟，位置较隐蔽。1939 年，国民党军统特务逼死矿主，霸占煤窑，在此设立了监狱。1949 年 11 月 27 日国民党特务在溃逃前夕策划了震惊中外的大屠杀，仅 15 人脱险。

歌乐山麓渣滓洞，三面环山一面沟。
视死如归撼天地，震惊中外一声吼。

抗日将领黄显声，共产党员萝卜头。
英雄已去精魂在，地球也要抖三抖。

12. 白公馆

　　白公馆位于重庆市沙坪坝区歌乐山，是一处缅怀英烈的革命遗迹，原为四川军阀白驹的郊外别墅，白驹自诩是白居易的后代，借用白居易别号"香山居士"，把别墅取名为"香山别墅"。1939年，军统特务头子戴笠用重金将它买下，改为迫害革命者的监狱。

　　红色教育白公馆，感触很深心震撼。
　　黑云压城天掉泪，游客沉闷红梅赞。

　　血染红旗忆伟岸，松涛竹影咏肝胆。
　　手铐脚镣铁骨铮，气贯长虹牢坐穿。

三、三峡

13. 白帝城赋

　　白帝城国家 AAAA 级景区，全国重点文物保护单位。是长江从四川盆地进入三峡的大门。白帝城位于瞿塘峡，为三国刘备向诸葛亮托孤之地。山清水秀，三面环水，白帝城内现陈列有"刘备托孤"大型泥塑。在白帝城上看长江风景真美！它濒临瞿塘，虎视门，孤峰独峙，气象森严，困距水陆要津，历来为兵家必争之地。白帝城因西汉末年，公孙述据蜀，在此筑城，自号"白帝"而得名。唐宋以来，李白、杜甫、白居易、陆游等历代诗人，在此留下大量诗篇，因此，白帝城又享有诗城之誉。白帝庙内的明良殿、武侯祠、观星亭等建筑均为明清所建，古朴典雅，庄严肃穆。长久以来都是中外闻名的旅游胜地。

山清水秀白帝城，群峰连绵夹道迎。
三面环水挂高坡，山民采药云雾中。

孤峰独峙瞿塘临，水陆要津虎夔门。
刘备托孤论成败，江水滔滔流古今。

14. 长江三峡

长江三峡，西起重庆市奉节县白帝城，东至湖北宜昌市南津关，全长193公里，沿途两岸奇峰陡立、峭壁对峙，自西向东依次为瞿塘峡、巫峡、西陵峡。

瞿塘峡

青山刀岭涧崖危，鳄鱼出水野猪随。
铁板铜墙虎夔门，翠峰绝壁独新奇。

瞿塘巫峡送鸿飞，玉树琼花彩云追。
小船悠悠石缝钻，大江波涌艳阳推。

游神女溪

异石灵崖霞彩间，追云逐雾燕悠闲。
翠屏飞凤涧泉滴，起云上升流水潺。

神女峰绕昭君魂，古棺悬壁叹奇观。
迷离幻化景千万，看遍五岳也遗憾。

15. 三峡大坝

　　三峡大坝，位于中国湖北省宜昌市三斗镇境内，距下游葛洲坝水利枢纽工程38公里，是当今世界最大的水力发电工程——三峡水电站的主体工程、三峡大坝旅游区的核心景观、三峡水库的东端。

　　2015年12月，三峡大坝入选长江三峡30个最佳旅游新景观之一，是国家AAAAA级旅游景区。主要有游览196平台，坛子岭、船闸、观坝平台。大坝雄伟壮观，江峡风光秀丽。三峡大坝，最大的水利枢纽工程，展现了人类智慧，造福一方。

　　　　一江万里独当险，三峡千山无比奇。
　　　　瞿塘峡口称夔门，江水奔腾水湍急。

　　　　自然美景令陶醉，屈原故里添新姿。
　　　　顺应天时创大业，利国利民崛伟绩。

16. 宜昌返程

　　　　湖北宜昌午餐饮，群山连绵送我行。
　　　　九日团游将分离，春海图腾画入心。

　　　　晴天丽日云朵白，深航班机返回程。
　　　　人间羡慕纯真爱，天堂守望情永恒。

防城港之游

春节的脚步越来越近，伊旗阿镇打扮得越来越美，渐渐有了"春意"。但是一月二十二日回到美丽的家园，抖落几天来的疲惫与风尘，以崭新的精神面貌迎接新春，迎接更加美好的生活。在欢度新春的时候，本人怎么也忘不了几天前在广西防城港美好的情景，好像一目目的丽画，展现在眼前，终生难忘。

防城港是广西壮族自治区下辖的地级市，是一座滨海城市，港口城市，边关城市，位于中国大陆海岸线最西南端，背靠大西南，面向东南亚，南临北部湾，西南与越南接壤，海岸线580公里，陆地边界101公里，是北部湾畔唯一的全海景生态海湾城市，被誉为"西南门户，边陲明珠"，是中国氧都，中国金花茶之乡，中国白鹭之乡，中国长寿之乡，广西第二大侨乡。

防城港市地处东经107度28分—108度36分，北纬20度36分—22度22分，总面积：6181平方公里；总人口：97.2万。辖2个市区（港口区、防城区），1个县（上思县），代管1个县级市（东兴市）。年平均气温22.5度，年平均降雨量2362.6毫米，受海洋和十万大山山脉的共同影响，具有明显的海洋性季风气候特点。

防城港市坚持以港立市、以开放兴市、以工贸强市、以文化旅游旺市的发展战略，全面推进东兴国家重点开发开放试验区建设，加快打造现代化钢铁基地、有色金属基地、能源化工基地、粮油食品基地、商贸物流基地、滨海旅游胜地，成为广西北部湾经济区生态良好、开放度高、活力迸发的新兴港口工业城市，重要门户城市和海洋文化名市。

1. 阿镇启程

元月十八防城游，川航晚点滞客留。
候车室内气温高，同学几个争上游。

你言我语瞎吹牛，面红耳赤热汗流。
各种肤色笑颜增，鄂市机场誉全球。

2. 夜入防城港

白云翻滚机上飞，好似天宫万马追。
川航雄鹰刚落地，万盏灯火放光辉。

北方棉衣身上穿，南宁单衣露大腿。
宣总驾车来接客，花季酒店游人归。

3. 游北部湾

人间仙境北部湾，奇山异岛浪花翻。
快艇浮游水上漂，旅客欣喜坐木船。

气候宜人食海鲜，氧都葱繁游人欢。
边陲明珠防城港，中华长寿滨海湾。

轻风悠悠白鹭鸣，细雨蒙蒙浥轻尘。
红树婀秀松吐翠，满园芳馨尽游人。

夕阳俯照溪水清，花艳草绿盛如茵。
客人兴高拣鸭蛋，彩蝶曼舞舒畅盈。

4. 怪石滩

江山半岛怪石滩，石头褐红奇形观。
雄狮守海蘑菇石，鳄鱼跳水笔架山。

似花像兽乱石穿，似宫战阵涛拍岸。
婚纱天堂留倩影，幸福恩爱枯石烂。

5. 好风光

红林白鹭鸟鸣唱，防城边陲好风光。
高楼林立花木鲜，异地购房媒保航。

坐地马总志昂扬，好客宣杰放眼量。
相聚他乡话友情，笑傲江湖慨而慷。

中国氧都防城港，全球各地来选房。
中央商务 CBD，金地时代大广场。

恒大碧园海景房，北湾名都闪阳光。
海风清凉潮水涌，空气湿润精神爽。

6. 赞内蒙古电视 22 农牧频道

内农频道土肥沃，育得众贤多楷模。

广伟老何坐乡村，晓敏慧芳镇沟坡。

飞翔大鸟俩小伙，亲自出手到南国。
农牧专栏奇才涌，编辑影摄修成佛。

7. 赞冬梅

数九寒风挂雪霜，群花早谢我芬芳。
冷夜孤枝哈尔滨，温馨宣伴防城港。

梅兰竹菊成岁友，媒商画诗赋满章。
苍穹浩瀚含情韵，冰心一簇溢清香。

8. 游东兴

最佳生态旅游城，京岛风景胜东兴。
中越友谊通关口，北仑河口红树林。

红木沉香繁荣景，越南"中华"遍地盈。
昔日中越走私道，今夕旅游互商欣。

9. 分别宴

廿一晚宴丰盛会，呼包鄂团精神萃。
海鲜齐全厨艺精，东北原浆大碗推。

场面热烈气势宏，餐桌宾朋各自吹。
上马饺子下马面，老少自劝情中杯。

10. 返航

防城夜赶吴圩镇，穿越高速机场行。

闪烁繁星各含情，诉语难言挂念心。

人间羡慕爱纯真，养老抱团到防城。

明日分机各自归，天堂守望情永恒。

　　春节将临，匆忙而写，祝呼、包、鄂、防城全体群团会员，万事如意，心想事成，每天有个好心情！春节快乐！

三到防城港

2021年5月28日晨8时，我们一行朋友五人，从鄂尔多斯市出发，经北京转机，飞往广西壮族自治区下辖的地级市——防城港。

防城港市地处低纬度，属于东亚亚热带季风气候区，受海洋和十万大山山脉的影响，市境内阳光充足，雨量充沛，气候宜人。

一、三到防城港

机声轰鸣向南行，早起三折转北京。

迎日追风飘白云，大好河山一览情。

航运筑就百年梦，八方连通守初心。

扫码流水过安检，信息时代真创新。

一带一路防城港，华夏速建全球惊。

晚时七点抵吴圩，草原南宁连长虹。

大漠孤烟塞外风，南宁白鹭西域情。

抱团老友想故乡，昂首阔步向前进。

五月末的防城港，天气很是燥热，夏季受副热带高压控制，几天来持续高温，有时海风吹来，但是仍然很热，我们几个北方蒙古族地区来的游人，确实有点受不了。一出户外干热，太阳好像很低很低，直射人体，火辣辣的，晒得人滚烫滚烫，宛如火炉般炙烤着，令人窒息难忍。再加上马冬梅、宣杰二位老总热情款待，美酒佳肴，"酒逢知己千杯少，话不投机半句多。遥知湖上一樽酒，能忆天涯万里人"呀。我们都是信情中人，宁可胃上烂个洞，不叫感情裂条缝。每天每顿好吃好喝，革命的小酒天天醉。在此难忘，回到故乡老家后，久久不能平静，感谢马总、宣总盛情款待。

二、朋友情

酒烧肚皮火热情，相聚开怀绽笑容。
朋友集汇防城港，万般情怀自然生。
万尾金滩景迷人，浪大水柔沙黄金。
岸边游人品海鲜，情深酒享一家亲。

　　金滩，位于京族三岛中的万尾岛南边，海岸线长 15 公里，与越南著名的风景名胜万柱岛隔海相望。这里沙细、水清、坡缓、浪平，且无海藻、无鲨鱼、无污染，沙滩由海岸缓缓斜入海中，大海沙滩珠联璧合浑然天成，是中国沿海不可多得的集阳光、沙滩、海水于一体的天然海滨浴场。岸上 20 多公里长得郁郁葱葱的木麻黄防护林带，海风沙沙，海浪哗哗，荫可蔽日，晴可观花。金滩空气清新自然，负氧离子含量极高，年平均气温在 21——23 度之间，可谓"春秋相连，长夏无冬"，是康体休养的好地方。今日下午正赶上涨潮，千层海浪莽莽，万马奔腾，雄风展现，景色非常壮观感人，吟诗一首。

三、咏万尾金滩

万尾金滩波涛涌，沙鸥群侧低空行。
浩海熠熠击堤岸，层层莽莽显雄风。
海天一色跃玉鳞，亲友热烈古乐淳。
恰逢建党百华诞，燕舞蝉歌岁常新。

红色考察旅游有感

2018 年 5 月 18 日至 21 日，在延安精神研究会会长张亚苹同志的带领下，会员一行 14 人从伊旗阿镇出发，考察，调研，游览红色旅游胜地及冀中抗日根据地。白洋淀——冉庄——西柏坡——泌泌水等地。欢歌笑语一路行，轿车之家真温馨。回味无穷，收获丰赢。旅游有感，赋诗六首。

起程

丽日轻风阿镇行，轿车之家真温馨。
跨越黄河京藏道，穿延阴山故乡情。

窗外绿色郁葱茏，室内红歌逐浪亲。
汗粮杂食互传递，天骄儿女情意深。

白洋淀赞

新区雄安白洋淀，风景秀丽游人闲。
天蓝日旭芦苇芊，轻舟荡漾泛漪涟。

地道战赋

冀中平原绿油油，坐骑接踵似水流。
地道战洞连环套，抗战精英世代牛。

咏西柏坡

北京前站西柏坡，运筹帷幄立新国。
三大战役奏捷报，润之领导是尊佛。
红色摇篮最美窝，精神传承你和我。
创世奇迹中国最，顶天立地高明卓。

沕沕水吟

览游胜地沕沕水，驰名中外旅客追。
红色发电首盏亮，边区霞光映朝辉。

奇峰异石碧绿翠，叠浪惊涛峡谷飞。
巨龙倒注百丈高，平山腾跃万人推。

返航

览游胜地返回程，冀中天泪送客人。
鄂市姊妹望家归，平县弟兄高速封。
左环右绕省道行，陕界长龙堵人心。
卫星定位导航引，延安精神永传承。

重温入党誓词

二〇一八年五月二十日上午，伊旗延安精神研究会一行十四人，怀着崇敬的心情，来到革命红色摇篮西柏坡。踏寻伟人足迹，缅怀伟人丰功伟绩，净化心灵，不忘初心，继续前进。在张会长的带领下，重温入党誓词，坚定安邦信念，心潮澎湃，热泪盈眶，抒发胸臆。

中华崛起如醒狮，民意天心选择之。

西柏坡威豪气壮，运筹帷幄辟地始。

天骄儿女寻伟绩，缅怀领袖丰功绩。

矢志不渝坚信念，初心不忘宣誓词。

赞睡莲、牡丹赞（诗二首）

一、赞睡莲

睡莲露笑脸，众花含羞惭。

绿叶轻扶挽，美名文豪赞。

二、牡丹赞

傲骨华裳丽端庄，白洋淀园好风光。

领颜毓秀留倩影，流光溢彩国色香。

呼、包、鄂同学聚会

　　2019 年 9 月 28 日至 29 日，受包头市同学邀请，鄂尔多斯市六位同学及部分家属，一行 10 人去包头市鹿城聚会，呼市同学李薪和包头市三位同学及家属，共 16 人，欢聚一堂，豪情万丈，欢歌笑语，吟诗三首，以表祝贺。

一、阿镇起程

旭日东升露脸红，轻风吹拂送我行。
三倒轿车进东胜，燥热初秋奔鹿城。
跨越黄河浪潮涌，远望青山绿树景。
圆桌酒香话友情，包头鄂市连赤心。

二、同学聚会赞

古稀华诞红旗飘，包鄂同学鹿城娇。
黄河割开云相连，阴山横亘友情俏。
情牵穹宇扶日笑，意挂人间盼月好。
四十余年秀慈光，花甲抱团志鸿浩。

三、梅力更颂

翠柏奇松梅力更，瀑布潭泉云幻境。

女娲一现天眼瀑，流韵三叠佛掌峰。

天然氧吧令陶醉，高原沁肺清自心。

鬼斧神工骆驼峰，风光旖旎栩栩生。

忻州之旅（诗二首）

2020年6月8日，空气清爽，细雨绵绵，鄂尔多斯市、包头市、呼和浩特市几家气象学校同学自驾游忻州，忻府区南高村浴温泉，品美酒，真也乐乎，集体买菜，几个老婆兴高采烈一起做饭，红火热闹，本人观后，激情澎湃，抒诗二首。

一、忻州吟

芳华剪影真蹉跎，学海行舟一段歌。

月光如水惹人醉，沧桑鉴阅故事多。

疫情抑制心窝火，挚友相约情开豁。

山西忻州浴温泉，余生抱团名显赫。

二、南高村赋

轻风细雨赶朝头，自驾坐骑游忻州。

花甲老同退幕后，南村品酒登高楼。

功成名就自封侯，拨动琴弦荡轻舟。

历经艰辛豆蔻舍，和家欢乐凯歌奏。

神奇温泉

金山角下

奇村温泉

全球罕见

水质优良

水温高强

水感柔滑

水流清爽

温泉、旅游

全面提升发展

声名远播

令人景仰

温泉精美

历史悠久

人文景观荟萃

大堡子山下

王母娘娘度假

留下深深脚印

传说东坡端

山神庙南

坚硬石盆

取之不尽

用之不竭

苍莽东山脚下

唐朝名将尉迟恭

阅兵操练点将台

鉴阅芳古

高品奇绝

东南银山之上

唐朝修建

南高塔遗址

东山中段凤凰山

吃遍四方

富足千里石鼻子

村西南花果山

色彩卧虎山

颇具神话名气

历史上赵绍升

富甲一方

声震西北

人物传奇

珍贵、奇特温泉

有益身体健康

氡为镭射气

医用价值高

脱敏消炎止痛

降压镇静祛痰

神经功能紊乱

治疗诸多疾病

天下奇罕

奇村温泉之乡

世界著名之泉

天然七十二度

多种矿物质微量元素

水质中国第一

游人魂牵梦绕

尽赏忻州秀美山川

深吸负氧清洁空气

释放身心压力

欢天喜地

重游芦芽山

2020 年 6 月 10 日，我们同学几个，去山西忻州市芦芽山旅游。观看古老遗迹，欣赏绝妙自然景观，万年不化的冰洞以及相隔二百米的火山噢头，唐代开凿的悬崖栈道，北方唯一一处崖葬群，还有珍禽褐马鸡等聚集之地，这么神奇的地方，再亲眼看看，让人玩得从容惬意，开心快乐。

一、芦芽山

峰峦重叠芦芽山，奇峰怪石古树罕。
广茂森林鲜绿翠，马仑草原亚高山。
名贵草药悬崖畔，天然氧吧清自然。
历代帝王牧马场，含笑山水怪松苑。

二、冰洞

云邱巅峰云幽罩，汾河秀水浪花笑。
万年冰洞眼帘映，千载难逢翁妪俏。
冰人冰花分外娇，冰帘冰钟墨难描。
晶莹剔透冰世界，亮丽眼花拇指翘。
三伏炎夏气温高，百米之遥地火冒。
洞内冰封人发抖，洞外绿草百花俏。
一冰一火相克较，一山一水刹那妙。
千年地火举世奇，万年冰洞享受好。

三、悬崖古栈道

翔凤悬崖古栈道，唐贞元年风雨摇。

多座山峰筑庙寺，峡谷绝壁天堑俏。

仙人洞寺龙王庙，大石天门过吊桥。

远眺悬棺金定墓，近畈苍柏霞光照。

绿树成荫鸟儿叫，溪水潺潺悬崖跳。

木阶铁索顶天柱，石阶石洞险崖绕。

北方唯一古栈道，千年不朽天知晓。

宁武经济腾飞跃，游客云集山川笑。

忻州古城

山西忻州古城

公元 215 年始建

已有 1800 多年历史

历代州治、为郡

险关要塞

人杰地灵

商贾往来

兵家必争之地

晋北锁钥之称

传统艺术源远流长

忻州文化积淀厚深

摔跤之乡

民歌海洋

班婕妤、杨家将、元好问

历史名人

层出不穷

革命战争年代

晋绥腹地中心

忻口战役

平型关大战

火烧阳明堡机场

战果辉煌

高君宇、徐向前、薄一波

国际友人白求恩

英雄辈出

忻州"秀容"

春秋时期晋地

战国时属赵境

秦汉属太原郡

雁北郡、太平郡

隋为新兴郡

汉高祖击匈奴

兵困平城

忻口摆脱追兵

高祖欢颜而笑

忻州之名而生

忻州老城

四座城门

连同洞门八座

洞门、城门

重重相对

彼此相通

城垣依坡

顺势蜿蜒起伏

整个城楼

红柱蓝瓦

雄伟壮观

富丽堂皇

晋北咽喉门户

游人云集欣赏

中华民族传统思想

历史文化特色名城

古代建筑风格

聪明绝顶才智

坚强超好毅力

劳动人民辛勤

忻州民族结晶

貂蝉故里

山西忻州

忻府区木芝村

原名九原木耳村

貂蝉故里

三国故事

忻州任昂之女

小名字红昌

十五岁选入宫中

掌貂蝉冠

解救天下苍生

使出连环之计

推翻董卓荒淫专权

民间传说

家喻户晓

影响颇大

女中豪杰

可歌可泣

貂蝉故里

占地面积

4000 平方米

坐北朝南

四周围墙

红底黄瓦龙形波浪式

麦海茫茫中

光艳夺目

门檐上悬

貂蝉陵园横匾

两侧金文楹联

"闭月羞花堪为中国骄傲

忍辱步险实令须眉仰止"

园内花墙分隔

北为陵区

南为展区

陵区辟门三

中为甬道

拜月亭、凤仪亭

两侧分立

后部青石墓台

台前貂蝉像碑

碑座高 2.4 米、像高 3 米

在飘带动态下

貂蝉步履娴雅

闭月羞花之貌

婀娜多姿

墓顶

铺青叠翠

芳草萋萋

红昌貂蝉女子

南院仿古建筑 20 间

貂蝉彩塑馆

貂蝉迎宾

祭山惊艳

羞花问世

护村人宫

落难认父

拜月铭志

忧国请缨

忍辱调情

绣袍寄情

引颈祈斩

除奸施计

入庵伴佛

何惧险象生

万金躯不惜

貂蝉

中国古代

四大美人之一

女中英、人中杰

巾帼英雄

聪慧多智

汉末宫廷

风云骤起

推动历史进步

结束专权黑暗统治

舍身报国女子奇

阎锡山故居

阎锡山故居
山西定襄县
一座私宅
三十座院落
一千余间房屋
现存二十七座院落
七百余间房层
占地面积
三万八千平方米
建筑面积
一万八千平方米
上下两院
东西花园
民国初年
仿古建筑杰作
极高历史价值

东、西花园
中国传统建筑
晚清宫殿式
大门古牌楼式

穿过假山

欣赏第一院

宽阔地面

鹅卵石、青砖砌

几何图案流细

穿过过道是二院

正厅大房三间

会议使用

专供阎氏家族议事

三院宫殿式大楼

宏伟壮观高大

登楼远眺全村

近山远水

美景极致

阎锡山故居

始建 1913 年

至 1937 年抗战爆发前夕

都督府、得一楼

上将军府、二老太爷府

穿心院、子明慈幼院

东花园、西花园

气势恢宏堂皇

格局变幻神奇

阎氏家族

繁衍兴衰

珍贵实物

阎锡山

政治仕途升降沉浮

历史遗迹

鲜明民间民俗色彩

中西结合建筑艺术

石雕、砖雕、木雕

精湛绝伦

各主建筑物下

地道、地下室

曲折诡秘

东、西花园建筑

飞檐走善

雕梁画栋

"五脊六善排山瓦

挑檐插飞挂铁马

立栏卧栏露明柱

鼓墩岩石接出厦"

精雕细镂彩画

繁多传说故事

格外讲究

装饰奇异

独特文化、美学价值

阎锡山故居

中国目前保存完整

旧中国最大

官僚私邸

现为省级重点

文物保护单位

馆藏文物 4000 余件

历史文物

近现代文物

民俗文物

剪纸、雕刻、饮食

刺绣、服饰、礼仪

阎府重大事件

定襄文丛

民间百业图说

晋北民俗文化

样样展览陈列

游人各地云集

山西忻州禹王洞

　　2020 年 6 月 17 日，我们同学几家，自驾两辆轿车，直奔忻州系舟山脉禹王洞。山系森林公园总面积 11 万亩，森林区面积 2.3 万亩，海拔最高高度为 1800 米。山体主要由灰岩构成，山势巍峨雄壮，岩石嶙峋怪异，并有许多喀斯特溶洞，尤以禹王洞规模最大，景观奇绝，人称华北第一洞。

忻州城南

系舟山腰

山势雄伟陡峭

风景秀丽

气爽林茂

山间奇松滴甘露

朝阳轻风吹松涛

"神禹系舟无双地

三晋名胜第一洞"

一幅山野景色好

春季

桃杏丁香

争奇斗艳

夏日

蔷薇百合

绽红吐绿

秋天

野菊竞秀

霜叶漫山

冬至

青松傲雪

佳果不落

一年四季

黄羊机敏

松鼠灵巧

野猪贪吃

野兔蹦跳

雉鸡惊飞

黄鹂鸣叫

大禹治水

留下艰辛业绩

住此山腰

古老禹王洞

洞内洞连洞

路通路

造型奇特

九曲回肠环绕

色彩斑斓

气象万千

奇洞怪石

灵光泛动

仙气飘缭

神龟宝图

金龟出洞

二仙对弈

八戒化石

子母狮子

刺猬游洞

睡狮初醒

万佛朝圣

石笋、石柱

石花、石瀑

石佛、石塔

镇海宝塔

龙王宝帐

禹王观瀑

数不胜数

形象逼真

自然景观

赞叹不已

流连忘返人如潮

禹王洞中心

场面宏伟

景观优美奇妙

沿洞而下

悬崖上挂"千枝梅"

雪后绽放傲寒冬

北国赏梅异趣笑

禹王洞

惊、险、奇、美一体

洞深两千余米

现供游人参观

长约七百多米

四层三厅十洞

垂直而下

深不见底

高不见顶

直上扶摇

美丽神话传说

中国古代

大禹治水围绕

三过洞门不入

滔滔洪水中

拴缆稳舟命名

敬业精神

功在千秋

后人敬佩叫好

忻州禹王洞

走出封闭

走向明天

走向辉煌

水鉴台

雁栖湖

遗山书院

书画艺术

国学讲授

文史研讨交流

登山探险

观光旅游

避暑度假

滚滚人流

物流、信息流

金色纽带桥梁

风光无限好

西河头地道战遗址

　　2020 年 6 月 16 日，我们同学几家，自驾两辆轿车，到山西省定襄县西河头地道战遗址游览。西河头地道战遗址，驰名中外，它是中国保存最完整的两个地道战遗址之一，是一个点缀在五台山旅游线上的一颗璀璨明珠，现已成为华北地区极具吸引力、感染力、震撼力的红色旅游景点。

山西定襄县

西河头村

红色旅游线

一颗璀璨明珠

晋察冀根据地

西线重要门户

解放战争时期

军事战略要地

西河头地道战遗址

驰名中外

中国保存最完整

两大地道战遗址之一

全国重点文物保护单位

爱国主义教育基地

国防教育基地

西河头地道

蕴藏着太多太多的启迪

西河头地道战遗址

抗日战争

解放战争

中国共产党领导

开展武装斗争

伟大创举

毛泽东思想

人民战争

生动体现

防御敌人袭击

消灭敌人

保护自己

艰苦年代

挖掘地道

逐步发展完善

地道形式秘密

纵横交错

三条主干线横贯东西

八十多个村庄

地道相连二百公里

地道，地道

让人兴奋激动

结构三层

上层有出入口

出击口、上下翻口

卡口、陷阱、翻板

迷魂阵、暗枪眼

地堡、水井、厨房

祠堂、庙宇、碾盘

矮墙联通

锅台、牲口槽

神像、夹壁墙

处处有暗机

中层设有

指挥部

休息室

储蓄室

下层有

武器库

机要室

保障安全

具全各种生活设施

防火、防烟

防毒、射击

能打能藏

可攻可守

地下长城

灵活机动

抗击来犯之敌

地道战

地雷战

英勇顽强斗争

做出重大贡献

保证抗战伟大胜利

地道很长

沿着灯光前进

勉强直立一人

岔道很多

气喘吁吁

讲解导游领路

空气稀薄

感到压抑

真敬仰抗战英雄好汉

解放全人类

胸怀大志

西河头地道战纪念馆

最早开放红色景点之一

实物展览众多

图表真实清晰

充运声、光、电

景观、雕塑、油画

系统、完整、现代

地道战遗址

表现华北人民战争

发展、创建奇观

强大吸引力

感染力、震撼力

爱国主义教育

综合教育基地

游乐一体带商机

游人蜂拥而至

波浪谷

2019 年 11 月 18 日，丽日晴空，同学五人自驾小车，去靖边波浪谷一游。距陕西省靖边县东南 22 公里处龙洲乡的闫家寨子。波浪谷岩石红砂岩，学术上称为"砒砂岩"，成于古代二叠纪和中生代三叠纪、侏罗纪、白垩纪之间。这是地球历史中地质最活跃、生物最繁茂、动物最庞大的时代。

奇形怪石

五彩斑斓

丹霞地貌

盆地峡谷型

红岩绿水萦绕

时间雕琢而成

陕北黄土高原

万年大风吹袭

千年暴雨冲刷强劲

自然鬼斧神工

千奇百怪

红白间夹线条

色彩错杂灿烂

波浪谷

红色石头

一圈圈

一坨坨
一弯弯
一种流水状
向沟壑中涌
在游客面前纷呈

闫家寨子
长嘴畔
地势相对缓平
层层叠叠石头
像浸染后的红布
一层层
一卷卷
一盘盘
在夕阳渲染下
异常鲜红

同学五人
沿红石河沟
踏小道踪迹
蜿蜒崎岖而行
黄水一股
盘山半腰喷下
向低洼处流淌
红石头水状凝固
像株株红色冰挂

又似股股岩浆冻封

与沟底一处处

流淌细小河水

欢笑携手汇合

构成丽画实景

夕阳斜坠

霞光万道天地红

云卷云舒

天红、山红、水红

站在红砂岩上

好一幅壮丽美景

这是大自然馈赠

黄花沟、苏木山之恋

　　2019 年 7 月 6 日至 7 日，受乌兰察布市同学马志强夫妇、陈锦平同学邀请，鄂尔多斯市、包头市几位同学，自驾两辆小车，向心中向往神秘的辉腾锡勒草原和三省（内蒙古、山西、河北）交界，奇山绿荫的苏木山挺进。

　　当天下午进入辉腾锡勒草原（黄花沟），总面积 600 多平方公里，平均海拔 2000 米，属于典型的高山草甸型草原。一望无际，山峦起伏，沟壑纵横，悬崖壁立，蜿蜒曲折。流火的七月，同学们进入此地，却冷得浑身直打哆嗦（天有点阴，有风），真不愧是中国避暑之都！元朝起，历代皇帝的避暑胜地。现在最壮观的美丽风景，是耸立 1000 多台大型风机，亚洲最大风力发电场，独一无二标志性建筑群。绿草如茵，牛羊成群，蒙古包坐落有序，鲜花似锦，绚烂夺目，郁满芳香，塞外江南，精彩绝伦黄花沟。

一、黄花沟

辉腾锡勒

美丽大草原

五到九月间

水草丰盛

牛羊游动

牧歌嘹亮

鲜花遍野

辉腾草原

夏季凉爽宜人

北魏开国元勋

拓跋第一光临

窝阔台元太宗

避暑消夏观光

享受高原一湾境

肥沃土地

降水充沛

黄花神葱沟

山水灵秀集

挂瀑崖

仙人洞

三叠泉

木鱼台

神葱岩

堪称塞外奇

香风温馨

山势险峻

奇峰曲径突显

更有诗情画意

双驼峰

卧龙峰

佛手山

神龟岭

一镜天

真乃百态千姿

独贵林区

古柏参天

森林茂密

林间弹性草坪

白蘑菇、黄花、百合花

春画、奇观

森林、奇花、异草

天然大花园

自然色彩美丽

闻名绚烂黄花沟

天似穹庐

笼盖四野

蒙古族民俗

更具特色

手抓羊肉

焦脆烤羊腿

酥油奶茶胡日达①

歌舞之乡真特殊

注释：①胡日达，蒙古语奶豆腐

　　7 日早晨，赶往苏木山，阳光明媚，天气晴好。兴和县大南山深处，以其险峻的山势，茂密的森林，纷呈的花卉以及浓郁的民族风情，让人无不为其绝美所折服。苏木山属阴山之尾，长达 35 公里，宽约 25 公里，平均海拔为 1800 米，沿蛇形山径攀缘而行，直上景致迷人的最高点——望天涯。山峦秀顾，古柏参天，蓊郁苍翠，白桦林、松树造就了独特、静谧、幽深的奇观，犹如一幅浓淡相宜的壁画垂挂天际，如入仙境，心旷神怡，进入了童话国度般美丽感受，一切烦情愁绪荡然无存。

二、苏木山

苏木山
群山叠翠
雾色缥缈
茫茫林海
松涛阵阵
鸟语花香
野生花草点缀
白云飘浮映蓝天
真是人间仙境

苏木山
怪石嶙峋
形态各异
登临绝顶
山形奇雄
罗汉张臂迎客宾
金龟伸头探海碧
宛如通天柱

浑圆挺拔顶天立

逼真"情人石"

头靠身依情切切

恩爱千年幽幽思

苏木山

山水林木

纷繁花草

飞禽走兽

一体相附相依

隔世而立

人工十六万亩松林

花松翠杉染群山

蔽日遮阴

神采坚毅盎然生机

可见山泉喷涌

或突泻于蓝天

或隐没于花丛

潺潺涓涓如诉如泣

苏木山

地处偏僻

锁在深闺

改革强劲东风

人与自然和谐

袒露多情风采

显示人间仙境

雄展芳容佳丽

国庆快乐一日游

2021 年，中国共产党建党 100 周年，中华人民共和国成立 72 周年，在中国共产党的正确领导下，中国发生了翻天覆地的变化，中国社会主义进入了新时代。到处都是最美"中国红"的祝福，普天同庆，欢歌笑语，人民生活更加自信、快乐和轻松，国庆假期朋友组团旅游、家庭旅游为时尚。10 月 4 日早晨 9 时，天气阴蒙，云卷云舒，凉爽适宜，我们全家六口人，妻子、儿子、儿媳妇、双胞龙凤胎孙子、孙女，自驾一辆七座商务车，沿着宽广笔直高速柏油马路，向包头古城、花舞人间——石拐区喜桂图新区进发。

石拐区是内蒙古自治区包头市的市辖区，石拐是蒙语"喜桂图"的音译，其意为"有森林的地方"。位于包头城区东北部，内蒙古阴山山脉大青山腹地，地处呼包鄂金三角中心地带，被评为第一批国家智慧城市试点地区。

包头古城文化旅游景区位于喜桂图新区，以"西北民俗风情、重现老包头文化"为主题，包括农耕文化观光、传统手工坊、民俗美食街、民俗工艺街、梯田体验设施、乡村大舞台、多项现代时尚游乐设施、蒙元文化体验区、景区服务、民俗体验、动物观赏等。

包头花舞人间，突出"生态宜居、休闲观光"的主题，塑造包头市休闲观光"后花园"、城市"绿肺"，生态旅游观光文化园、国家级旅游景区。通过创新规划设计，形成了商住社区、生态观光、采摘、文化展示、民众休闲于一体的现代生态体验园，荣获"全球低碳景区最佳范例"称号，成为"花舞人间"的精髓。

一、包头古城览景

1. 包头古城

包头古城

风土人情

原汁原味

黄土地文化

塞外农耕文化

走西口风情

知青岁月

包头一条老街

茶马古道

现形串行店

黄土为墙

青砖为体

茅草为屋

红灯为饰

没有华丽的装扮

姿态再现

穿越时空

旧屋子

四合院

老酒房

供销社

老物件

老电影院

乡村大舞台

古怪串行街

似旧上海风情街

现代游乐设施

表现古城风貌

体验现代游乐

特色小吃

风土人情表演

好玩景区

古色古香

很接地气

温馨到家

带着孩子兜一圈

玩得充实

多元文化

轻松愉快

2. 鹦鹉表演

鹦鹉表演

大开眼界

彩色鹦鹉

白色鹦鹉

绿色鹦鹉

红色鹦鹉

黄色鹦鹉

蓝色鹦鹉

各站一个舞台

拍打着翅膀

摇头摆尾

滑稽地跳舞

单脚站立

伸展身体

抖动羽毛

鹦鹉学算术

动物天才

鹦鹉叼钱

拣大放小

鹦鹉走钢丝

鹦鹉钻火

滑滑梯

摘苹果

骑自行车

清扫环境卫生

学说话

唱红歌

八仙过海

各显神通

美丽聪明鸟

可爱小精灵

表演精彩

让人捧腹大笑

永远难忘

3. 旋转高空过山车

旋转高空过山车

追求速度

挑战极限

陡峭的山峰

深藏的峡谷

绝大的回旋

恰当时机起跳

适时高度坠落

宽广的空中滑翔

兴奋随高一起升级

速度感官享受

飚到极限

溜滑梯

旋转木马

摩天轮

刺激刺激

激流勇进

引来阵阵惊讶喝彩声

中午在古城串行街吃了一顿丰盛的特色小吃，陕西风味肉夹馍、炸酱面、油泼面……饭后赶往包头花舞人间景区。

二、花舞人间仙境

1. 花舞人间

百花盛开

万紫千红

远远望去

一片花海让人陶醉

与蓝天青山交相辉映

美化

香化

彩化

文化

人文景观

花舞人间

惬意轻松

欢度国庆

云淡风轻

草原珠明

依山傍水

不愧鹿城

2. 恒大麓山庄园

恒大麓山庄园

环境幽雅

山水

花鸟

绿树丛林

万亩花田

与自然融合

安静悠闲

隐繁华闹市

世外桃源

剥去世俗光辉

初心烟火人间

荏苒浮生岁月

静待花好秋月

一茶一墨

一灯一影

一坛老酒

一架葡萄

一棵榆树钱

一分田地

清风小酌

高山流水

牧歌之乐

书香会桃李

胜景一合院

坐观云卷云舒

心归诗酒田园

3. 玻璃栈道

玻璃栈道

一座透明玻璃桥

晶莹剔透的长龙

悬挂在空中

云雾中飞舞

阳光下闪耀

天堂上旅行

格外引人注目

胆小鬼爷爷

看着腿软

头昏眼花

不敢睁眼

勇敢的孩子

穿上干净鞋套

爬上了透明的栈道

一家四口

气定神闲

随心所欲

轻松向前

树木葱葱

河水潺潺

头顶白云

伸手可摘

崇山峻岭

连绵起伏

天地相连

一览无余

美啊

心旷神怡

勇敢的孩子

顺利到达彼岸

爷爷长出一口气

惊险刺激

　　太阳偏西了，云都穿上金灿灿的盛装，宛如一团烈火，分外妖娆。我们开车返航，到了包头市东河区摩尔城游玩一阵后，去吉野家（快餐店），吃了牛肉炒饭、酸汤煮牛肉泡饭，孩子们玩得非常开心，晚上八时返回东胜，结束了国庆一天快乐游。

长寿圣地——巴马善水

连续阴雨低温几天，2021 年 10 月 16 日终于放晴，温度也升上去了，一大早心情格外高兴，我们一行六人自驾一辆七座汉兰达轿车，从广西防城港出发，冲上高速公路，向一个令人神往、神秘而美丽的地方驶去。巴马——被誉为"世界长寿之乡·中国人瑞圣地"，拥有丰富的长寿养生旅游资源、世界级的岩溶地质景观、世界级的自然山水风光、国家级的铜鼓文化资源、原生态的壮瑶民族风情、优良的自然生态环境、地磁，哺育了一代又一代神奇长寿生命，巴马活泉，人间善水，人间一块净土，其中的奥秘正等着您去探索和体验。

在这块神秘的土地上，如桃花源般令人难以忘怀的盘阳河秀丽风光，被英国探险队称之为天下第一洞的百魔洞，令人如梦如幻般经历三昼夜的祈寿宫（百鸟岩）水上溶洞，美如西湖的赐福湖风光、弄友原始森林、龙洪田园风光、龙洪天然八卦景观、东山瑶族风情、瑶族竞技大观及好龙天坑。走进小城，被一条蜿蜒绵长的河流所惊叹，河水清澈见底，因其富含对人体健康有益的矿物质和微量元素，故又称"长寿河"。上帝几乎把世界上最好的生命资源都放到了巴马。人类健康的几大要素：水、食物、阳光、空气、磁场，巴马全占有了，而且都是特殊优质的。

巴马的水可以说是人间一个奇迹，小分子水，是碱性离子水，富含大量对人体有益的矿物质和微量元素，溶解度高达 71%。它的负电位为 -292，具有很强的还原性，是清除导致人体疾病与衰老的氧自由基的能手。巴马的河水和泉水，多数经过数千米的伏流才露出地面，从不同的地层中融入了有益于健康的硒、锶等微量元素，长期饮用能调节生理机能，起到延年益寿的作用。

巴马山青、水秀、洞奇、物美、民淳、人寿，"上天遗落人间的一片净土"。我们沿盘阳河岸公路一路进山，空气清新，山里负氧离子满满，美轮美奂，让人精神抖擞！

巴马活泉

人间善水

全国罕有

势在珠穆朗玛

缘起高原冰川

不染尘世

隐身修行

入地万丈

潜行千里

采硅钙低电滋身

集弱碱小分养体

吸光磁负氧气息

纳儒道佛家精神

青山

活水

森林

奇洞

美物

淳民

偏爱巴马净土

破岩喷涌出山

纯真文雅感王母

甘洌润心动玉皇

清澈仁爱

如孔子史前所赞

朴实厚德

令人再世倾心

盘阳河水绿油油

惹得嫦娥逐浪游

天生丽质甲篆女

朵朵莲花水中浮

清新甜美空气

令人心旷神怡

葱茏山峦

叠嶂翠绿

自然风景

如诗如画

幽雅环境

美不胜收

三面环山

一条平坦的村路

驶进活水山庄酒店

房屋背靠山根而建

不冷不热的深秋

阳光明媚

给人一种温暖的享受

泉眼

溪流

瀑布

地下河

瑶池

木楼

山庄

怡养眼球

翠竹

桫椤

香花

瀑布声

高地磁

高负氧离子

完美交融

耳听啾啾的鸟鸣

眼望金黄枝头的柚子

呼吸着清新的空气

啜饮着甘洌的山泉

好似世外桃源

置身人间仙境

石上清泉

天然养心

享誉世界

上善若水

仁寿合身

养育巴马寿星无数

造福天下有缘之人

走近科学养生

中国最好水源

飘逸脱俗

让人称奇

天地人合一佳境

养生天堂

健康中国

福祉世界

观天探地——中国神眼

　　我们在巴马镇设长村班足屯巴马活泉山庄酒店住了一晚，10月17日离开了这个长寿之乡，再次呼吸一下这里的新鲜空气，喝一杯甘甜的巴马善水，留恋不舍地望着湖光山色、理想胜景，优师傅脚踏油门，小车像脱缰的野马，向贵州神秘的平塘进发。

　　中国天眼，即贵州平塘球面射电望远镜，位于贵州省黔南布依族苗族自治州平塘县克度镇大窝凼的喀斯特洼坑中，500米口径球面射电望远镜被誉为"中国天眼"，拥有30个标准足球场大的接收面积，由我国天文学家南仁东先生于1994年提出构想，历时22年建成，于2016年9月25日落成启用。2021年4月1日，500米口径球面射电望远镜将正式对全球科学界开放。全新的设计思路，加之得天独厚的台址优势，使其突破了望远镜的百米工程极限，开创了建造巨型射电望远镜的新模式。将在未来20至30年保持世界一流地位。2019年9月，被中宣部命名为"全国爱国主义教育示范基地"；12月10日，获建筑业科技创新暨2018——2019年度中国建设工程鲁班奖。

中国天眼
国家天文台主建
中国自主知识产权
全球最大单口径
最灵敏射电望远镜
全新设计
世界雄霸
突破工程极限

观天探地

慧眼璀璨

台址优势

得天独厚

大窝凼洼地

北高南低

喀斯特洼坑

坡度较陡

地貌类型简单

局部山体陡峭

形成陡崖

悬壁

区域内碳酸盐岩

广泛分布

岩溶峰丘

洼地

落水洞极为发育

喀斯特地貌

接近天眼造型

开挖量较少

喀斯特地质

能引流雨水

防止设备腐蚀

五公里范围

没有乡镇

无线电环境理想

绝壁悬崖

惊险幽深

天然好地形

神奇

中国天眼

地方神秘

充满色彩的景区

手表

钱包

香烟

火柴

打火机

易燃易爆物品

水果刀

一切刀具

充电器

充电宝

智能手环

平板电脑

手机

照相机

所有电子设备

必须放存

穿行博物馆

转大厅

层层安检

坐上摆渡车

半小时

翻山越岭

到达目的地

爬四十楼高阶梯

观赏到中国天眼

银灰色天锅

科学智慧结晶

鬼斧神工极品

世界旷世杰作

测地球运行

观九大行星

积累科学数据

攻克世界难题

泰斗级南仁东

默默安息

肉眼感受

山风吹过

我们的声音

带向宇宙深处

四处探索

无穷魅力

祖国

　　骄傲挺立
　　厉害了
　　我的国
　　震撼
　　全球奇迹

　　在去看中国天眼的"真面目"之前，先去了天文体验馆参观，一进大门就和古代天文学家张衡的雕塑合了一影，大体了解一下太空知识。真是快乐的海洋，梦想的天空，兴趣的摇篮，理想的乐园。有星际冒险厅、天象影院，射电天文厅、太阳科普厅、星际探秘厅等等，天文体验馆里的知识太多了。我最喜欢星际冒险厅，那里有一个仿真黑洞，灯光效果好像要把人吸进去，好刺激呀。我看到我们的优师傅雅兴地踩着星星玩，我顺手给他抓了一个镜头。由于时间关系，科普电影马上开演，我们只好冲上二楼天象影院。电影已经开始，黑布隆洞，我们几个人摸索着坐在座位上。"太阳系奇观""系外行星"、火星、木星，穿越了整个宇宙，灯光时明时暗，我的知识短缺，昏头昏脑看完，整个电影院在摇晃，好像我们也在真空中。

　　太阳快要落山了，红霞映照着美丽的现代天文小镇，我们匆匆照了几张照片，依依不舍离开了，驶向贵州平塘县城，结束了这次科学参观之旅。

自然生态民族风情

——中国最大苗族传统建筑群蚩尤九黎城

2021年10月18日8时，我们一行六人，吃了自助早餐，从贵州平塘县城上车出发，开往重庆彭水县。自古以来苗族先民们在那里繁衍生息，孕育了古老的黔中文化、盐丹文化、苗族文化，是中国民间文化艺术之乡，苗族民歌《娇阿依》发祥地。彭水苗族土家族自治县境内居住着苗、土家、蒙古、回、仡佬、侗、藏、彝、哈尼、壮、满11个少数民族，是重庆唯一以苗族为主的少数民族大县，也是全国苗族人口最多的县。小轿车在高速公路上飞速行驶着，旭日东升，彩霞缤纷，走着走着，天气转阴，雾气蒙蒙，山头上更是云雾缭绕，时而下着毛毛雨，时而在高架桥上云雾中穿行。在这深秋的季节，黔西南还是绿水青山，生态景观奇特，云雾幻化，奇藤异草，山花野果，参天古木，山林秀色，没有一块裸露的空地。自驾游的劳累早已抛到九霄云外，注目转晴，大家望着窗外的天象丽景，好激动啊。下午五时到达蚩尤九黎城。

谈起苗族，很多人都会想到蚩尤，认为他所带领的九黎部落即是如今的苗族。而苗族人本身，也将蚩尤奉为自己的先祖。今天，在苗族族群之中还广泛流传着蚩尤的传说故事。据说，史学界明确了"三祖文化"，将蚩尤与炎帝、黄帝置于同一圣殿，蚩尤终被正名，成为华夏三大人文先祖之一。相传蚩尤面如牛首，背生双翅，是牛图腾氏族和鸟图腾氏族的首领。蚩尤有八只脚，三头六臂，铜头铁额，刀枪不入，善于使用刀、斧、戈作战，不死不休，勇猛无比。他有兄弟八十一人，都有铜头铁额，八条胳膊，九只脚趾，个个本领非凡，骁勇善战，势力强大。黄帝和蚩尤之间的战争是中国最早有记录的战争。

蚩尤九黎城位于重庆市彭水苗族土家族自治县城区，是展现和传承蚩尤九黎文化和苗族文化的胜地，以"自然生态、民族风情、历史文化"

为特色，集历史、文化、休闲为一体的国家 AAAA 级旅游景区，有丰富多彩的苗族非遗展演和民俗仪式。

蚩尤九黎城的建筑里，有三个苗族文化建筑被列入"上海大世界吉尼斯之最"——九道门、九黎宫、九黎神柱。

一、九道门

九道门是蚩尤九黎城的标志性建筑，沿着山脊建造的，远看宏伟壮观，九道门的每座牌门建筑错落有致，造型各异，分别是三座石门，三座木门，三座砖木结构门，以九黎部落命名，分别名为：畎夷门、于夷门、方夷门、黄夷门、白夷门、赤夷门、玄夷门、风夷门、阳夷门。"九道门"是世界上唯一的九进门庭，采用了天地五行——金木水火土作为用材和风水的象征，面朝北方，彰显了蚩尤九黎城的威严和气度。每一座牌门上都雕刻着有关苗族民俗文化、历史故事和民间吉祥的图腾。脊皂的雕塑十分精美、栩栩如生，有飞禽走兽和古代人物，这些都是苗族的神话传说和崇拜的鬼神瑞兽之像。苗家有句话叫作"三堂不如一门"，意思就是修建三座堂屋不如修建一座牌门来的重要。

二、九黎宫

九黎宫，科学地利用山水自然资源，因地制宜，依山造势，退山而居。宫高99米，呈11开间，象征九九归一之意。建筑的形式由四合院到吊脚楼到冲天楼三合为一，九黎宫内有苗族接龙堂、晒楼虎口堂、四合院、八字朝门和吊脚楼群等多种文化符号，是展示苗族文化、民风民俗的博物陈列展示馆，是全球最大的吊脚楼群。

三、九黎神柱

九黎神柱是苗族的象征之柱，采用汉白玉精雕细刻而成，总高24米，象征一年四季十二个月，二十四节，有圆满团圆之意。神柱上雕刻的是苗族古歌里崇拜的三十六堂鬼、七十二堂神（即36天罡、72地煞）的各种雕像，这些鬼神都是苗族的保护神。石柱底部直径3米，是世界上最高、最大，雕刻人物最多的苗族石柱，30个石雕艺人花了整整八个多月建造而成。

　　接龙桥，就像空中腾云驾雾的飞龙的一段身子，它的建造采用左右摇摆，上下起伏之势。这也是蚩尤九黎城一处最佳观景休闲之地，大家可以在此品茶、休闲、赏景。苗王府、九黎遁道、苗戏楼、蚩尤大殿等我就不一一介绍了。

蚩尤九黎城

彭水乌江左岸

自然生态

民族风情

历史文化

苗族文化胜地

引人眼球

繁华胜景

建筑壮观

世界之最

气派恢宏

蚩尤三祖[①]有名

铜头铁额

金戟银缨

血染涿州

吊楼倚嶂九门

逐鹿中原野

驱骑外寨营

穿越时空

"擎天一柱"泣鬼神

苗风万古承
中华民族大团圆
感慨华夏文明

天色已晚，小雨连绵，霓虹灯闪烁，山上云雾缭绕，如同仙境，我们快速离开蚩尤九黎城，进入彭水县城，下榻兰里酒店（江城名都店）休息。

注释：①三祖：炎帝、黄帝、蚩尤。
②本文中数据、故事介绍等参考"九黎旅游"资料。

千里乌江 百里画廊

2021年10月19日8时30分，我们一行六人在彭水县兰里酒店吃了自助早餐后，驾车到了彭水县乌江画廊码头，测体温，过安检，买船票，坐上游览乌江的轮船，开始游览乌江画廊。清晨的乌江，天气阴沉沉的，太阳被云雾遮住，下着小雨，好像覆盖着一层薄薄的雾，但是也挡不住游客们观赏的心情。人们还是纷纷站在船舶二楼甲板上，一边看着乌江两岸的风景，一边听着喇叭里讲解员的讲解介绍声，一边雅兴地拍着照片，远处的山和古镇都在朦胧中若隐若现。乌江江畔，自然优美，感受大自然鬼斧神工的秘诀和魅力……讲解员给大家讲解奇山怪石，历史悬葬，文革故事，知青的故事，农业学大寨的故事，龚滩古镇，玉米棒山，乌龟画山，鳄鱼形象山……山清水秀，风光旖旎，一幅幅美丽的山水画卷，清晰舒展地映入眼帘，太美了，简直美不胜收。

乌江干流全长约1037公里，发源贵州，途经重庆的酉阳、彭水、武隆、涪陵地区。而酉阳约60公里是"乌江百里画廊"中最精华的部分，水清澈平静，山葱翠险峻，如在画中行游，真值得观赏游览。龚滩古镇位于乌江与阿蓬江的交汇，隔江与贵州省沿河县相望，是酉阳乌江百里画廊的起点，自古以来便是乌江流域乃至长江流域著名的货物中转站，现是世界上唯一在大江大河边上保存完好的千年古镇。龚滩古镇是中国历史文化名镇，重庆市第一历史文化名镇，国家AAAA级旅游景区，乌江画廊核心景区和璀璨明珠，重庆著名旅游胜地。古镇有条较窄的石板街，长约两公里，走在石板街道上，挺好玩的，很有味道，没有过度商业化的人山人海。龚滩古镇最大的特色就是在乌江边上，而乌江水色又非常漂亮，古镇对岸是雄伟的大山，山水小镇组成一道绝美的风景。

这座古镇在古代的三国蜀汉时期就置镇了，发展至今也有千年历史。在悠久的城市历史中，这座古镇也有自己的发展内涵，它从古代开始，就凭借便利的地理位置，成了乌江流域乃至长江流域的货物中转站，来往密切的游客带动了这座古镇的繁荣，进而促进了其古镇的发展。这座古镇体现出很不一样的文化发展趋势和社会吸引力，也是重庆人的骄傲。

深秋乌江

百里画廊

随船而行

一步一景

奇山

怪石

碧水

险滩

廊桥

纤道

悬葬

古镇

美丽阿依河

千年不变

民俗古朴

画廊精品

独具魅力

历史文化

民族风情

蜿蜒曲折水路

山景一路变幻

画舫船头

举目看山

层林尽染

叶落声

风声

水声

鸟鸣声

交响合奏

令人惊心飞魂

当之无愧

蜀中第一名

　　乌江百里画廊不虚此行，坐着画舫欣赏"山似斧劈，水似碧玉，虬枝盘旋，水鸟嬉戏"，江水湍急，山峦雄奇，一里一景，风光旖旎，峡岸奇峰对峙，滩险壑幽，飞瀑流泉，嵯峨怪石，古树苍藤，珍禽异兽，景观奇特，蔚为壮观。有"千里乌江，百里画廊"之美誉。乌江的山，有夔门之雄三峡之壮，峨眉之秀；乌江的水，碧若琉璃。当真是船在水中游，人在画中游，用清代诗人梅若翁赞誉为："蜀中山水奇，应推此第一"。

安塞腰鼓天下第一

安塞区，我去过三次，每次都是匆匆过客，路过住上一晚，没有细细地转一下，但是，安塞腰鼓，我还是了解的，被称为天下第一鼓。由几人或上千人一同进行，磅礴气势，精湛的表现力令人陶醉，1996 年，延安市安塞区被国家文化和旅游部命名为中国腰鼓之乡。2006 年 5 月 20 日，安塞腰鼓经国务院批准列入第一批国家级非物质文化遗产名录。

安塞区，隶属于陕西省延安市，地处内陆黄土高原腹地，鄂尔多斯盆地边缘，位于陕西省北部，延安正北。自古"上郡咽喉"之称，处于以仰韶文化为代表的中原民族文化向北发展，以阴山岩画文化为代表的北方民族文化向南发展的文化融合地带，经过历史文化变迁，形成了独特的艺术体系和造型体系，成为中国西北地区黄土高原文化保存最好、民间艺术最集中、最具代表性的区域之一。

安塞腰鼓的形式与发展，和当地的历史地理环境及民情习俗是分不开的。安塞区地域辽阔，沟壑纵横，延河在境内蜿蜒流过，属典型的黄土高原。历史上就是军事重镇，素有"上郡咽喉""北门锁钥"之称，为抵御外族入的边防要塞之一。当地群众传说，早在秦汉时期，腰鼓就被驻防将士视同刀枪、弓箭一样不可少的装备。遇到敌人突袭，就击鼓报警，传递讯息；两军对阵交锋，以击鼓助威；征战取得胜利，士卒又击鼓庆贺。随着时间的流逝，腰鼓从军事用途逐渐发展成为当地民众祈求神灵、祝愿丰收、欢度春节时的一种民俗性舞蹈，从而使腰鼓具有更大的群众性，但在击鼓的风格和表演上，继续保留着某些秦汉将士的勃勃英姿。

1942 年，延安和陕甘宁边区兴起的新秧歌运动，使安塞腰鼓这一古老的民间艺术得到了发展，成为亿万军民欢庆胜利、庆祝解放的一种象征，并被誉为"胜利腰鼓"，遍及中华大地，载入了革命文艺运动的光辉史册。后来，安塞腰鼓参加了全国民间音乐、舞蹈会演，由安塞冯家营村的艾秀山等民间艺人向中国青年文工团传授了腰鼓技艺，在布达佩斯举办的世界青年与学生联欢节上演出后，荣获特等奖，从而使安塞腰鼓扬名海内外。

安塞腰鼓是陕北各地广泛流传的一种传统鼓舞形式，具有 2000 多年的历史，独具魅力，像掀起在黄土地上的狂飙，豪迈粗犷的动作变化，刚劲奔放的雄浑舞姿，充分体现着陕北高原民众憨厚朴实、悍勇威猛的个性与性格。陕北腰鼓有着广泛的群众基础和悠久的发展历史。在一些主要流传地区，几乎是村村有鼓队，家家有鼓手。而且世代传承，经久不衰。正由于它流传的时间长，范围广，参加的人数多，所以，舞蹈的基本形式和律动虽然大致相同，但在不同的地区，形成了各自不同的表演风格和习俗。安塞腰鼓是其中具有代表性的一种。

安塞腰鼓

独具魅力

黄土地的狂飙

变化神速

自然大方

欢快流畅

刚柔并济

精神振奋

击鼓狂舞

彩绸翻飞

鼓声如雷

震撼大地

声势逼人

极富感染力

陕北大汉

摇头晃肩

上打下打

缠腰打

双手都打

头扎英雄巾

身穿灯笼裤

彩带腰系

脚蹬红樱鞋

踢腿跳跃

马步蹬腿

装扮装饰

武生相似

鼓槌甩开

猛劲有力

粗犷豪放

刚劲泼辣

不失细腻

龙腾虎跃

拼搏精神显示

鼓舞结合

舞出农耕文化

舞出军威长风

激励团结奋进

飒爽英姿

精彩神秘

安塞腰鼓
传统民俗舞蹈
令人陶醉
磅礴气势
天下鼓第一
打遍中国
冲出亚洲
走向世界
华人欢喜

最后，我还是用陕西省延安市人，当代诗人、散文家刘成章写的《安塞腰鼓》节选结束此文，"一群茂腾腾的后生，他们的身后是一片高粱地，他们朴实得就像那片高粱。咝溜溜的南风吹动了高粱叶子，也吹动了他们的衣裳。他们的神情沉稳而安静，紧贴在他们身体一侧的腰鼓，呆呆的，似乎从来不曾响过。但是：看！——一捶起来就发狠了，忘情了，没命了！百十个斜背腰鼓的后生，如百十块被强震不断击起的石头，狂舞在你的面前。骤雨一样，是急促的鼓点；旋风一样，是飞扬的流苏；乱蛙一样，是蹦跳的脚步；火花一样，是闪射的瞳仁；斗虎一样，是强健的风姿。黄土高原上，爆出一场多么壮阔、多么豪放、多么火烈的舞蹈哇——安塞腰鼓！"

黄河奇观——壶口瀑布

我在 2019 年 5 月 1 日去过一次壶口瀑布，那是一次红色旅游，到了延安，参观了黄帝陵、壶口瀑布、枣园革命旧址、宝塔山等地，现代革命圣地，历史文化名城。现在记忆犹新，永远难忘。今又路遇壶口瀑布，我们和优师傅商量，咱们再去参观一下那黄河壶口瀑布名胜风景区，六人一致同意，兴奋地前去参观。

壶口瀑布，号称"黄河奇观"是黄河上唯一的黄色大瀑布，也是中国的第二大瀑布。以壶口瀑布为中心的风景区，集黄河峡谷、黄土高原、古塬村寨为一体，展现了黄河流域壮美的自然景观和丰富多彩的历史文化积淀。1988 年被确定为国家重点风景名胜区，1991 年被评为"中国旅游胜地四十佳"，2016 年，晋升为国家地质公园。

大自然造化之神奇，没见到，无法想象，见到了，惊叹不已。地处晋陕大峡谷中段，两岸夹山，滔滔黄河到此两岸苍山挟持，束缚在狭窄的石谷中，600 米余宽的洪流骤然收束为 30 余米。河水奔腾怒啸，山鸣谷应，形如巨壶沸腾，最后从 20 多米高的断层石崖飞泻直下，跌入 30 多米宽的石槽之中，听之如万马奔腾，视之如巨龙鼓浪，波浪翻滚，惊涛怒吼，震声千里。

壶口瀑布，东岸是山西省临汾市吉县壶口镇，西岸则属于陕西省延安市宜川县壶口乡。黄河壶口瀑布风景名胜区内的壶口瀑布是世界上唯一的金黄色瀑布、是国内唯一的潜伏式的瀑布、移动式的瀑布、四季景色各异变化无常的季节、不同的时间、不同的水流有着梦幻般的变化，形成了奇绝壮观的八大景观：烟从水底升，船在旱地行，未霁彩虹舞，晴空雨蒙蒙，旱天鸣惊雷，危岩挂冰峰，海立千山飞，十里走蛟龙。

黄河奇观

壶口瀑布

滔滔黄河水

雷霆万钧之势

直下百丈悬崖

掀起腾空黄浪

悬水奔流

山飞海立

风雨迷离

排山倒海

雷天动地

九曲黄河

绵延五千里

壮丽诗篇一部

滋养华夏民族

渗透进了中国人的血管

染就了中国人的肤色

黄土地

黄皮肤

凝重颜色尊贵

漂染性格坚毅

看到一个民族的魂魄

一个自强不屈的精神

粗犷豪迈

雄姿浩然

气势磅礴

中华民族雄浑的乐章

震撼世界

黄河壶口

奔腾的黄河水

凝重的黄土文化

高亢的信天游

朴实的陕北汉子

组成壶口丰富的景观

声如雷鸣

气势壮观

彩虹飞度

美轮美奂

奔腾怒啸

山鸣谷应

涛声震天

景色壮丽

罕见瀑布奇观

母亲河

孕育中华文明

哺育中华儿女

博大胸怀

辉煌灿烂

黄河，是一部壮丽的诗篇，壶口是诗垄里一字一词点睛的诗眼，黄河是中华民族的一部雄浑的乐章，壶口是掌声轰鸣喝彩的高潮。黄河上壶口瀑布其奔腾汹涌的气势，是我们中华民族精神的象征。"风在吼，马在叫，黄河在咆哮，黄河在咆哮……"

2021 年 10 月 22 日 15 时进入札萨克镇新区，我们六人在一个不起眼的小饭店点了本地猪骨头烩酸菜，两个小凉菜，几人喝了两瓶伊金霍洛旗乌兰煤炭集团产的"乌兰液"，酒足饭饱后，17 时到达阿勒腾席热镇我们的家。23 日上午我们去了伊旗人民医院做了核酸检测，大家均为阴性，并把绿色的健康码、行程码、阴性核酸检测结果上报管辖社区，在我发稿时，我们已经通过了 14 天的行程，安全、放心、圆满愉快地结束了此次旅行。

西藏旅游散记

一、阿镇起程

天蒙雨淋阿镇行，娇车相遇老乡亲。
汗粮杂食互传递，笑语欢歌理中情。

跨越黄河包头境，穿延阴山兰州明。
高蓝山上望星空，碧绿列车拉萨行。

二、河西走廊

河西走廊绵延行，植被稀疏无森林。
干旱少雨畜牧罕，禾苗拧腰盼甘霖。

（火车上而作）

三、兰州

兰州赋

兰州天阴灰蒙蒙，沧桑巨变仍繁荣。
车水马龙楼高立，民族团结气象新。

赞兰州拉面

兰州拉面美名扬，面薄汤清甘醇香。
清真牛肉穆萨味，千年传承补体壮。

（火车上而作）

兰州合影

兰州车站全家影，一行十二同乡人。
年近花甲体魄健，互相关贴一家亲。

四、青海

青海赋

和谐长龙青海停，旅客上下窗外明。
三江源头绿色行，避暑夏都塔寺①灵。

（塔寺：青海塔尔寺）

干旱严重

天干地燥缺甘霖，牧草枯萎未返青。
牦牛毛长体形瘦，牧羊倒场三江行。

青海刚察县吟

白云蓝天牵手，绿地溪水长流。
察县鱼鸟天堂，藏域牛羊自悠。

远望隐隐沙丘，近观朵海波流。

牛羊星罗棋密，藏獒雄览牦牛。

格尔木市

矿藏丰富河流多，铝镁食盐超美国[②]。

方圆四百多公里，无数野生动植物。

野驴野牛雪豹多，雪莲虫草红花朵。

海拔三千格尔木，踏进拉萨喜心窝。

（格尔木一个市的铝镁矿藏是美国的 50 倍）

五、西藏

（1）草原晨曲

红日喷薄霞光照，雪山辉映白云笑。

藏民建筑典风雅，牦牛沉稳藏獒叫。

（2）那曲雪山与草原

皑皑白雪包山头，绿绿草地全牦牛。

藏民家居山凹处，弯弯曲曲小河流。

（3）拉萨初印象

西藏高原拉萨城，政治经济区中心。

海拔三千六百五，日照三千三零零。

降雨稀少天气晴，冬无严寒夏宜人。
资源富集风光秀，旅游独特世闻名。

（4）高原反应

高原反应特别灵，头疼腿痛活揪心。
辗转反侧难入睡，倾忧今日倍艰辛。

（5）米拉山

乘车前往林芝市，沿途风光魅力奇。
五零壹叁米拉山，景美氧缺屏呼吸。

尼洋河水东南流，拉萨水系西北挤。
米拉山高真豪气，拉萨林芝分界地。

（6）卡定沟

山势险峻耸云端，奇峰异石古树罕。
峡谷地貌怪形状，飞流瀑布雄壮观。

大佛女神护观音，神龟雄鹰酥油灯。
天然氧吧令陶醉，高原沁肺清自然。

（7）措木及日冰湖

观音菩萨眼睛，措木及日藏音。
故事传说林芝，青山花海观景。
江河碧水奔涌，芳草乳香沁心。

野牛雪豹传情，红石藏药奇林。

自然风光秀丽，冰湖昂措联英。

（8）尼洋河

尼洋河是林芝地区的母亲河，发源于米拉山西侧的错木梁拉，由西向东流，全长307.5公里，落差2273米，平均坡度降低7.39/100，又称"娘曲"，藏语为"神女的眼泪"。

高山融雪神女泪，碧水湍急峡谷飞。

车沿川道弯曲行，重峦叠嶂紧相随。

近观两岸鲜绿翠，远望天边鸟群队。

鬼斧神工云雾绕，风光旖旎景色美。

（9）赞雅鲁藏布大峡谷

雅鲁藏布江是中国最高的大河，也是世界上海拔最高的大河之一。发源于西藏西南部喜马拉雅山北麓的杰马央宗冰川，世界水能资源最为富集的地方。全长2900公里以上，在中国境内全长2057公里。被藏族视为"摇篮"和"母亲河"，上游马泉河，自西向东横贯西藏南部，于墨脱以北切穿喜马拉雅山，转而南流，形成雅鲁藏布大峡谷。从派镇到墨脱县希让河长220公里的河段内，河床下降了2200米，平均1公里内跌落10米多。是世界上落差最大的大峡谷。

峡谷雅鲁藏布江，世界屋脊落差长。

曲折分散上游道，星罗棋布湖泊塘。

清澈见底翻金浪，两岸绿草丰盛旺。

世外桃源与伦比，峡谷两侧森林昌。

连绵峰峦层迭状，悬崖峭壁云雾嶂。
绚丽灿烂藏文化，民族团结新气象。

哺育藏民源流长，智慧锦绣山河壮。
拉萨江孜日喀则，坐落流域富西藏。

（10）大昭寺

"大昭寺"，又名"祖拉康""觉康"（藏语意为佛殿），位于拉萨老城区中心，是藏王松赞干布为了迎娶唐朝文成公主，尼泊尔尺尊公主，建于公元七世纪中叶，距今已有1300多年的历史，国家重点文物保护单位。大昭寺主殿供奉的主尊文成公主入藏时带来释迦牟尼12岁等身鎏金铜像。

金顶主殿大昭寺，坐东面西显神奇。
两侧配殿主四层，仿汉宫殿八廓立。

释迦牟尼宗喀巴，松赞干布班旦拉。
格鲁派系藏王殿，寺内木雕金壁画。

（11）布达拉宫赋

世界上海拔最高（3700米）的古代宫堡式建筑群，有"高原明珠"之称的"布达拉宫"，始建于公元七世纪，拉萨市中心的红山上，历史悠久，自五世达赖喇嘛以来，一直是西藏的政治和宗教中心。布达拉宫珍藏着历辈达赖喇嘛真身的金质灵塔和大量珍贵的壁画、唐卡、佛像，是藏民族文化的集中体现，成为举世闻名的名胜古迹。

雄伟壮观布达拉宫，千步高台气势恢宏。

佛像经书宝藏胜数，红白相间宫殿叠重。

木雕壁画精美绝伦，唐卡灵塔藏域情浓。
祈求福生叩拜虔诚，民族传承转经颂文。

（12）纳木错

"纳木错"为藏语，蒙古语称为"腾格里海"，都是"天湖"之意。位于西藏自治区中部，三大圣湖之一，海面海拔4718米，它是世界上海拔最高的咸水湖，东西长70多公里，南北宽30多公里，面积约1920平方公里，形状近似长方形。湖的尽头是白雪皑皑的雪山，茵茵的草地，朵朵羊群以及帐篷里飘出的袅袅炊烟，像是到了远离城市喧嚣的仙境。

西藏天湖纳木错，断陷地育造湖泊。
东边晴朗西边雨，山上落雪地下火[③]。
狗熊岩羊狐狸出，野鸭水獭鳞鱼多。
虫草贝母雪莲药，藏民幸福好生活。

（地下火：指山脚下很热，还冒热气）

六、返航

雪域高原空中飞，贡嘎机场返程回。
青天丽日云朵白，绿水青山风轻吹。

佛教圣地驰中外，西藏拉萨经济推。
天骄儿女硕果丰，游景购物满载归。

蒙古国之游

一、阿镇起程

风轻天阴鄂市行，动车一鸣进青城。
跨越黄河薛家湾，远望沟壑绿树景。
阿镇起程十五名，团结友爱彩烈兴。
蒙古之旅话挚情，夜宿酒店连赤心。

二、进关扎门乌德

青城大巴二连行，六个小时很艰辛。
中餐车站一碗面，匆忙过关蒙古门。
道路狭窄兼不平，检官蒙语笑脸迎。
中蒙商贸人流大，山水相连情谊深。

三、夜行乌兰巴托

夜色朦胧列车行，静静草原数繁星。
车内喧嚣语杂乱，速盼蒙都游新城。
火车一下美女迎，银碗敬酒哈达灵。
蒙汉团结友谊长，马背民族好热情。

四、乌兰巴托初印象

蒙古国，位于中华人民共和国和俄罗斯之间，被两国包围的一个内陆国家。首都及全国最大城市为乌兰巴托，占全国总人口45%。1206年，成吉思汗建立大蒙古国，1271年，他的孙子忽必烈建立元朝。

蒙古国土地面积为156.65万平方公里，是世界上国土面积第19大的国家，人口约300万人，是世界上人口密度最小的国家。蒙古国可耕地较少，大部分国土被草原覆盖。北部和西部多山脉，南部为戈壁沙漠。约30%的人口从事游牧或半游牧。1997年加入世界贸易组织，2017年国内生产总值111.49亿美元。

蒙古高原巴托城[①]，政治经济国中心。

人口约有三百万，原始草原游牧新。

建大蒙都思汗王[②]，创立元朝忽必孙[③]。

资源丰富风光秀，旅游独特世闻名。

注释： ①巴托城：乌兰巴托的简称；②思汗王：成吉思汗的简称；③忽必孙：成吉思汗孙子忽必烈的简称。

五、甘丹寺

乌兰巴托的甘丹寺位于市中心的西北部，是蒙古国最大的寺庙，也是乌兰巴托藏传佛教的最有代表性的寺院，具有不可撼动的地位。19世纪初期，尚归属清朝的乌兰巴托虽然不到五万人，但却拥有100多家僧院和寺庙，可谓三步一僧院，五步一寺庙，香火鼎盛之极。甘丹寺，称极乐世界，建于1838年，由当时的四世活佛主持修建。1990年，苏联解体，蒙古国重新恢复宗教活动，甘丹寺重新焕发活力，成为乌兰巴托最有代表性的宗教寺院。甘丹寺标志就是有 28 米高的铜铸观音像，这座慈眉善目的菩萨让很多蒙古人为其倾所有，捐的钱币到处都是。蒙古新人结婚一般也要到甘丹寺告知菩萨即将开始新的人生旅程，来祈福求和睦。

雄伟壮观甘丹寺，香火鼎盛极乐地。
灵塔弥勒神光灿，永寿佛经净土立。
木雕壁画绝伦美，唐卡祥和摸柱底。
求福敬神拜虔灵，格鲁派系和睦祈。

六、乌兰巴托成吉思汗广场

乌兰巴托成吉思汗广场（苏赫巴托广场），面积 57600 平方米，位于乌兰巴托市中心，蓝天大厦北面，犹如天安门广场在中国的地位。每逢蒙古国重大节日和庆典，蒙古官方常会在成吉思汗广场举行仪式，向纪念碑献花圈。这里也是蒙古为来访的外国国家元首和政府首脑举行欢迎仪式的地方。国家宫正面，正中位置是成吉思汗大型坐像。成吉思汗广场中央是苏赫巴托纪念碑。

大汗光芒照高原，山川丘陵朔方野。
亘古兵戎征战地，乌兰巴托共建天。
天骄一代雄韬略，横征四十欧亚烜。
摧枯拉朽丰功绩，开创人类新纪元。

七、蒙古国家历史博物馆

蒙古国家历史博物馆，位于成吉思汗广场西北角，原称革命博物馆，90 年代初改为蒙古国家历史博物馆，蒙古国成立最早，馆藏最丰富的博物馆，主要展示及介绍蒙古的发展历史。

　　博物馆成立于 1924 年，收藏品涉及历史学、考古学、民族学领域，由跨越旧石器时代至今约 59000 件展品组成。一共有九个展厅。（1）古代蒙古历史；（2）历代古朝代历史；（3）传统民族服饰；（4）蒙古帝国；（5）蒙古传统文化；（6）蒙古传统经济；（7）17—20 世纪初的蒙古国；（8）社会主义时期蒙古国；（9）民主革新时期，1990 年至今。

一

历史见证前人留，沉默文物记春牛。

坦露秘密重天日，隐藏尘封故事久。

旧石时代展品优，考古民俗不可丢。

蒙古帝国堂皇史，色彩斑斓传千秋。

二

这个地方，亘古至今

只需一眼，便可阅览历史的长河

这个地方，盛纳人文哪怕一个小小的器物，背后都饱含丰富的故事

这个地方，博大精深

满足好奇的同时，默默地向观者传输着文化养料

这就是博物馆

找寻、感受着蒙古帝国文化印记

八、蒙古国巴音淖尔草原

（一）

五月初夏嫩草艳，万里草原绿满园。

蓝天白云难望穿，红日喷薄出东山。

轻风和煦音婉转，野鸭飘游喜簇团。

巴音淖尔草原美，车水马龙游人玩。

天空清澈织红月，湖泊宁静展笑颜。

远方青山隐约显，近住蒙包闻炊烟。

辽阔草原连天际，牛羊成群马悠闲。

烤肉美酒垂涎食，蒙古帝国碧玉园。

（二）

白云蓝天牵手，绿地溪水长流。

淖尔鹅鸭天堂，草原牛羊自悠。

近观袅烟蒙包，远望隐隐沙丘。

牲畜星罗棋密，猎狗雄览驼牛。

（三）草原晨曲

东君红脸霞光照，远山辉映白云绕。

牧民蒙包典风雅，驼马沉稳狗狂叫。

天边悠悠鸿雁飞，绿园遍地牛羊跑。

巴音淖尔草原美，弯弯曲曲小河笑。

（四）牧民家访

广袤草原毡包立，孤寂两座并排齐。

猎狗藏獒门前叫，牧民欢心迎客希。

男公拉驼套走马，女主烧茶驼奶挤。

牛粪火旺奶茶香，酥油奶酪客人喜。

骏马伟驼草原飞，牧民随行保护你。

游客欣慰孩儿追，彩照纷飞传故里。

九、蒙古国图拉河

图拉河，是蒙古中北部的一条河流，全长 704 公里，流域面积 49840 平方公里。发源于肯特山特热勒基国家公园，并在首都乌兰巴托南面流过。它是鄂尔浑河的支流，并经色楞格河流入贝加尔湖。是流入北冰洋的叶尼塞河系统的一部分。

弯弯曲曲的图拉河

波光旖旎流水绵绵

黄鸭相伴水面游

鸿雁结队远方鸣

千里草原铺翡翠

天鹅飞来不想回

两岸牛羊马成群

绿草茵茵真喜人

望着水流中沉浮的月亮

细数着水中漂浮的星星

怀念昔日朦胧的过往

喜欢在河边待到天亮

暮色草原渐远渐行

清澈的河水冰蓝纯净

十、蒙古国 800 年前成吉思汗祭拜敖包

蒙古国布尔干省 800 年前成吉思汗祭拜敖包，是世界上最原始、最大的敖包，蒙古语意为"堆"，指凸起的自然石峰或在高处用石块堆积而成的顶尖底圆的石堆。敖包是蒙古人的精神家园，也是一种特殊的图腾。见证着蒙古民族热爱自然、敬畏生命、生态文明的历史轨迹，成为草原的绿色守护神。

敖包从 3000 多年前的远古走来，逐渐成为草原上的地标建筑。敖包，有独立敖包，也有十三敖包，十三敖包是当年成吉思汗为祭祀其十三世远祖而建，沿袭至今。十三敖包是以一个大敖包为中心，周围有十二座体积相同的小敖包，布局形状可以变化排列。随着历史的发展，人们赋予敖包不同的思想内涵和用途，每座敖包的始建，都具有历史和文化背景。

千百年来，敖包巍然屹立，以海不枯石不烂的姿态，静静地仰卧在广袤的大草原上，仰望着蓝天白云，护佑着这片风水宝地，倔强不屈地保存着人类与天地与自然对话的印记，在星移斗转中，见证着一个民族天地人和、福瑞吉祥的祈愿，立体永恒地传达给长生天。敖包高高耸立在茫茫的草原上，祭拜的人们顺时绕敖包三圈，每绕一圈拣一块石子掷于敖包之上，敖包顶端苏鲁锭高耸，直插蓝天，这时敖包就成了蒙古民族与长生天对话的祭坛，仿佛万物都有了灵魂。

很久没有凝神仰望了

敖包牵着目光向远方飞翔，向蓝天飞翔

一向认为自己是一个很有文运的人

生长在地上地下富含文化宝藏的地方

滋养我生命的敖包文化气息

就这样在长期的耳濡目染中

一点一滴渗透到我的血液里，情感里

怎能不让我心存感激，为之讴歌

凡是有蒙古人聚居的地方

都有敖包的分布

祭祀敖包的习俗延续至今

敖包虽然在风霜雪雨中经历无数创伤

但是敖包始终屹立在蒙古族人民的心中

维护着大自然的阴阳平衡

敖包，是山的灵魂

连接着大自然的气脉

蒙古人的风骨

敖包，世世代代令人膜拜，令人敬仰

十一、翟山抗日纪念碑

翟山抗日纪念碑，位于蒙古国首都乌兰巴托南部的一座山上，主要纪念在二战中牺牲的苏维埃和蒙古国战士而建。它不仅是蒙古国各地中小学校郊游最喜欢去的景点，而且也是各地学生举办毕业典礼最受欢迎的地方，成为蒙古国进行爱国主义教育最重要的地方之一。

翟山纪念碑整体是个环形，环形墙上粘着瓷砖彩，瓷砖彩图案以苏维埃社会主义共和国联盟和蒙古国的友谊为主题，生动形象地再现了1921年苏维埃支持蒙古国独立的场景，1939年苏维埃军队在蒙古国边境打败日本关东军的场景以及包括苏联太空飞行等重大历史时刻的场景。

除此之外，翟山抗日纪念碑所在地也是欣赏乌兰巴托全貌的最佳位置，当你爬上 300 个阶梯，转身俯瞰，乌兰巴托全市风采尽收眼底，还有图拉河静静地流过城市。

> 翟山抗日纪念碑，风霜雨雪历史催。
>
> 乌兰巴托忆往昔，苏维英雄战绩归。
>
> 往事如烟博千回，弘扬正气后人追。
>
> 爱国教育重基地，世代敬仰风骨随。

十二、蒙古国万母剧院传统艺术表演赞

2019 年 5 月 1 日 17 时，在蒙古国万母剧院，我们赴蒙古国旅游团一行 27 人，代团导游 3 人，共 30 人观看了蒙古族传统艺术表演。有蒙古呼麦、蒙古长调、独唱、马头琴、民间音乐、古典音乐、宗教与祭祀音乐，舞蹈、古装戏、杂技等表演，旋律优美，气息宽阔，不愧为马背上的伟大民族，经典、流行、浪漫、快乐、好听、清新，回味无穷，永远难忘。

> 马背民族轮回年，歌舞演唱披星月。
>
> 呼麦雄宏轻松吟，蒙古长调高优远。
>
> 马头琴声蒙包前，宗教祭祀牧民间。
>
> 纯净音乐古典风，浪漫彩装热舞翩。

十三、乌兰巴托之夜

（中文版歌词）

（一）

有一个地方很远很远

那里有风有古老的草原

骄傲的母亲目光深远

温柔的塔娜话语缠绵

乌兰巴特林屋德西

那木汗，那木汗

歌儿轻轻唱

风儿轻轻吹

乌兰巴特林屋德西

那木汗，那木汗

唱歌的人不许掉眼泪

有一个地方很远很远

那里有一生最重的思念

草原的子民无忧无虑

大地的儿女把酒当歌

乌兰巴特林屋德西

那木汗，那木汗

你远在天边却近在我眼前

乌兰巴特林屋德西

那木汗，那木汗

（二）

微风吹起阵阵清凉

宁静大地散发着芬芳

街灯点燃城市的傍晚

相约的人们心情沉醉

乌兰巴托的夜晚好安静

幽会的恋人好浪漫

爱在笑声中蔓延回荡

空气变得温馨愉悦

恋人相依心起涟漪

享受美好爱情的甜蜜

乌兰巴托的夜晚好宁静

幽会的恋人好浪漫

无数星星点缀夜空

闪动着银色细长的睫毛

亲吻爱人羞涩的嘴唇

憧憬未来幸福的生活

乌兰巴托的夜晚好宁静

幽会的恋人好浪漫

越南游

一、鄂市机场

初冬三日越南游，飞机晚点滞客留。

候车室内气温高，同学几个争上游。

一对男打一对女，面红耳赤热汗流。

各种色肤笑增颜，鄂市机场誉全球。

二、夜入南宁

黑云翻滚机上飞，好似天宫万马追。

川航雄鹰刚落地，万盏灯火放光辉。

北乡皮袄身上堆，南宁半袖露大腿。

中华江土如此娇，昌盛酒店游人归。

三、去东兴

早时七点急车行，四个小时去东兴。

车内导游满口喧，窗外绿树高山青。

昔日中越走私道，今夕旅游互商欣。

排队长龙过海关，郁登越境观海景。

四、东兴过关

东兴过关到芒街，华人赛跑紧相连。

中国导游举旗高，排队长龙急闷烦。

语言不通到越南，长相相似卖货缠。

山水相连情谊深，旅游购物心喜欢。

五、人间仙境下龙湾

　　下龙湾在越南北部，离河内 150 公里，是惹人怜爱的山水海湾。有 3000 个岩石岛屿和土岛，典型的形式为伸出海面的锯齿状石灰柱，还有一些洞穴和洞窟，共同形成一幅异国风情的如画景致。船游、看山、看水、看风景。大自然镶嵌在这里一颗璀璨明珠，让你千万里地来此亲近。山海秀丽，景色酷似桂林山水，旅游胜地，1994 年，联合国教科文组织将下龙湾作为自然遗产列入《世界遗产名录》，是越南北方广宁省的一个海湾，闻名遐迩，2011 年 11 月 12 日"世界新七大自然奇观"之一。占地面积 1500 平方公里，潮湿热带气候。

人间仙境下龙湾，奇山异岛浪花翻。

骏马奔驰水上漂，雄鹰展翅矗云端。

蛤蟆衔草栩如生，筷子插水斗鸡山。

鬼斧神工沉海中，绚丽风光惊奇观。

快艇飘浮月亮湾，游客欣喜坐木船。

穿过岩洞望山景，红股猴子跳跃玩。

气候适宜食海鲜，热带葱繁游人欢。

名胜山水天堂岛，世界遗产下龙湾。

六、古都河内之游

越南位于东南亚的中南半岛东部，北与中国广西、云南接壤，西与老挝、柬埔寨交界，国土狭长，面积约 33 万平方公里，紧邻南海，海岸线长 3260 多公里，是以京族为主体的多民族国家。54 个民族，53 个少数民族，63 个省市，5 个直辖市，58 个省。19 世纪中叶沦为法国殖民地，1945 年胡志明宣布越南民主共和国，1976 年改名越南社会主义共和国。人口 9170 万，一年二季，分为雨季：5—10 月；旱季：11—4 月，冬天最低气温 10 摄氏度，属亚热带气候。北纬 8 度 10 分—23 度 24 分，东经 102 度 09 分—109 度 30 分之间。平均气温 24 摄氏度，年平均降雨量为 1500—2000 毫米。越南六多四苗条。六多：1、大米多；2、乳胶多、咖啡多；3、红木多；4、摩托车多；5、省市多；6、民族多。四苗条：1、地形苗条；2、公路苗条；3、房子苗条；4、人苗条（饮食清淡）。

越南古都河内城，政治经济国中心。
历史悠久文物丰，名胜古迹千年称。
十一世纪李公蕴，天扶地阜万民兴。
一九四五独宣言，巴亭广场胡志明。

越南地理哎斯形，从南到北河内经。
京城御苑景色秀，金碧辉煌寺庙林。
几条大街状延伸，两旁古树四季青。
繁华热闹古镇街，各行生意万象新。

交通烦乱摩托行，稀少不见红绿灯。
河内女子上束腰，婀娜多姿穿短裙。

三十六街还剑湖，历史博馆古都心。
独柱寺庙菩提树，西湖美景五百顷。

七、南疆回国

"友谊关"口圆拱门，陈毅元帅题笔亲。
两边高山形险峻，峡谷通道厚实城。
昔日军用御敌侵，现时中越通商境。
同学旅游南疆归，各自分飞友谊恒。

喜庆新年（诗二首）

一

送虎迎卯新气象，万家灯火呈祺祥。
礼花绽放灭瘟神，欢声笑语飘酒香。
辞疫艰辛置阳康，去冬来春兔吉祥。
荧屏歌舞庆盛世，国泰民安著华章。

二

花灯璀璨瑞雪绵，黎民百姓笑容添。
仰望苍穹花雨落，纵观大地彩瀑悬。
八方喜庆迁旧岁，一曲清歌赞新年。
欣逢华夏夜除夕，灭尽毒疫歌笙喧。

下册

心中的歌

葛连光诗歌散文集

吉狄马加 题

葛连光 著

团结出版社
UNITY PRESS

目录 CONTENTS

第七辑　放歌抒怀

第八辑　情韵防城港

第九辑　曲艺集锦

第十辑　风流人物

第十一辑　石榴花开别样红

放歌抒怀

咏内蒙古自治区博物馆（诗三首）

　　内蒙古博物馆是一座综合性博物馆，是内蒙古自治区唯一的国家级博物馆，建筑面积为 6.4 万平方米，展览面积 1.5 万平方米，共四层。它以收藏、研究、展示内蒙古地区历史文化遗产为主要任务，同时也是一个重要的文化交流平台。真是太震撼了，参观博物馆让人感受到文物与历史之间的紧密联系，产生一种摄人心魄的共振。全都是宝藏级文物，让人大饱眼福。展览内容：包括内蒙古历史文化展、自然生态展、民俗风情展和艺术品展等。藏品亮点：包括金缕玉衣、昭君出塞图、铜鼓和赵无极的《草原》等。

　　一层：大概是神奇的大自然。二层：远古世界、高原壮阔、地下宝藏、飞天神舟。三层：草原雄风、草原天骄、草原风情、草原烽火。主要就是现代革命、民族风情、蒙古族通史，还有东胡、匈奴、鲜卑、突厥、契丹等各民族出土的文物，不少镇馆之宝在三层。四层：6 个专题馆，大概有古时候婚丧嫁娶、游牧民族文化、草原服饰、丝绸之路等，小到发饰、农具，大到棺木、岩石，镇馆之宝不同角度也非常多，粗放的草原民族，在精致上一点都不差。件件文物似乎和另外一个时光勾连，穿越时空，摄人心魄。

　　真实的物件，精美的图片，真挚的文字，不仅是对先人智慧的致敬，更是对中华文明辉煌传承的深切见证。这片文明之光，不仅照亮了历史长河，更在每一位参与者心中留下深刻印记。内蒙古博物馆，不仅仅是历史文化馆，也不仅仅是蒙古文化展，还有其他少数民族和多民族融合展。文物与我们的故事、中华文明的故事，还在继续……

一、远古世界

雄浑壮观肃穆严，超殊博馆耸眼前。

远去遗存精美物，万古珍藏史迹连。

曲折漫长生命俨，千姿百态盖世绵。

生机盎然沧桑蕴，神奇草原血脉延。

实物图文先人智，中华文明尽成编。

多姿多彩皆天成，迁徙发展全彰显。

二、亮丽内蒙古

草原风吹牧歌扬，大漠孤烟天地广。

草木森森空灵秀，山峦巍巍风景亮。

高山流水知音遇，铁血雄风壮志强。

苍鹰展翅百鸟戏，骏马驰骋千灯帐。

高速飞行到草原，不挤人海奶茶香。

绿绮轻拨韵绕梁，相如妙艺美名扬。

千秋佳话古今传，蒙汉和亲岁月香。

铸牢命运共同体，交融汇聚著华章。

三、融合之路

漫步博馆耀辉煌，藏品千古永流芳。

华夏文明传四海，融合之路映华光。

拓跋鲜卑迁徙史，平城隆业固边疆。

达斡尔族北桦歌，鄂伦春族民风扬。
石器时代青铜延，春秋战国长城长。
开天辟地迎曙光，改革开放正激昂。
敕勒长歌红日照，大新时代靓北疆。
生机盎然丝绸路，石榴花开遍地香。
社会稳定人民康，复兴中华臻富强。

走进内蒙古美术馆（诗四首）

内蒙古美术馆是自治区唯一的代表国家征集中外美术作品、开展艺术学术研究、面对社会进行造型艺术展示的场所，同时还是进行群众性文化活动的高雅艺术展览活动中心。展馆内有美术、书法、摄影及各种展览。走进美术馆所有的城市喧嚣和浮躁都被关在门外，每一件艺术品都是对生活的精心打磨，也是艺术家的独特创作……所有的艺术都充满了乐趣，凝神驻足的那一刻，一种品位、一种审美便从心底油然而生。

我们来到了一号展厅，布赫书法厅，在领袖人物诗歌创作上取得突出成绩的一位蒙古族诗人，这位血管里流淌着革命先辈血液的诗人，为新中国的建立付出过汗水和鲜血，欣赏到这一幅幅铿锵豪放的作品时，无不敬佩与崇拜。

"美"是令人愉快的精神食粮，是人自由想象的空间，为了让每一位参观者获得、领悟、提升自己的"美"。

书法赞

一

笔下生辉如水流，泼墨云烟映日道。
挥毫娴熟龙蛇跃，点画间尽飞燕游。
绿染大地隶行抖，宁静草原春色绣。
传承中华文明史，弘扬书法布赫尤。

二

长厅满目翰墨香，画展青城远流芳。
胸怀意境浮于纸，妙手丹青墨韵墙。
凤舞青山神韵现，龙腾绿水心怀匠。
相牵逐梦新时代，情感共鸣永向党。

绘画吟

三

名家荟萃展宏图，精品靓涵聚豪情。
巨匠风流谱华章，罕稀真迹韵明清。
砚水添墨如火烈，笔画铺就草木盈。
佳画千秋传今古，岁月长河寄意寻。

四

自然灵气醒骚人，万点丹青妙生韵。
笔存苍润竞万花，写貌鸟争入梦屏。
高山流水藏形神，广袤草原趋意中。
雄馆画魂留长卷，翰墨飘香绽繁英。

石榴花红一家亲（诗二首）

一

大美绿城映苍穹，伊金霍洛景色新。
姊妹同心齐亮剑，兄弟团结一家亲。
山水林田筑障屏，风光氢储车征程。
塞北草原欢歌舞，锦绣航程日月新。

二

石榴花红祖国荣，一零碳愿暖城景。
红河锦绣穿城过，绿能风光浪潮涌。
山水牵手合为情，蒙汉相亲互交融。
赓续中华民族爱，千子同心春更浓。

注："风、光、氢、储、车"为伊金霍洛旗清洁绿能创新工程。

礼赞内蒙古自治区政协文史馆（诗二首）

2024 年 5 月 21 日，政协伊金霍洛旗副主席韩丽带队，一行 14 人前往呼和浩特市参观学习。走进了内蒙古自治区政协文史馆，大家认真聆听讲解，仔细观看一幅幅珍贵的历史照片和档案资料，并不时与讲解员互动交流，详细了解内蒙古自治区政协的光辉历程，并且一起座谈交流。大家感触颇深，受益匪浅。

政协文史馆的特色内容主要包括以下几个方面：光辉历程、履行职能、党派团体、文史资料、旗县区政协、绿色崛起等六个篇章。这些篇章通过丰富的历史图片和文献资料，生动展示了内蒙古政协各党派团体、各族各界代表人士在社会主义革命和建设中的积极参与，以及在推动经济社会发展，为民履职尽责方面的成就。内蒙古政协文史馆展示了人民政协的光辉历程和重要成就，发挥了存史、资政、团结、育人的重要作用，成为爱国主义教育的阵地。

一

五月青城暖意然，政协史馆蓝图展。
团结共商重任履，诤言提案筑梦帆。
长河扬波卷巨澜，草原碧绿萃云端。
国臻大治凝心聚，民奔小康万众欢。

二

人民政协拔地横，光辉历程履职能。

不忘初心凝聚力，情系民生上下通。

探微知宏直参议，观表解里气象宏。

绿色崛起新时代，钟鸣鼎食树新风。

走进呼和浩特市博物馆，观三星堆 文物特展（诗三首）

2024 年 5 月 22 日，伊旗一行 14 人，参观了呼和浩特市博物馆。由呼和浩特市博物院与四川省、陕西省、湖北省等家文博单位及内蒙古自治区文物考古研究院联合举办的"问蜀——东周时期的蜀文化展"。展览将通过"你是谁——特立独行的古蜀文明""你从哪里来——多元文化碰撞下的蜀文化""你去了哪里——蜀文化汇入中华文明的历史长河"三个单元，梳理蜀文化的地域特色及其发展序列，向广大人民群众展示了璀璨神秘的古蜀文化。看着青铜头像、面具等各类文物，好像不由得能够与山海经联系到一起，浮想联翩。这些青铜、陶器、玉器文物见证了人类智慧和文明的辉煌。

一

神秘古朴又庄严，兽面人身夺人眼。

金面具下神人笑，机巧玉器迷娇俨。

神庙遗址犹仁延，奇器秘符叹惋言。

三星堆宝文明藏，历久弥新留万年。

二

古蜀灵光开洪荒，三星伴月堆中藏。
金杖一根神权显，傩盔百样铸辉煌。
雕龙细带纹丝饰，古址遗珍梦娇妆。
赏观倍觉古人骄，历史长河渊流长。

三

三星堆迷晶如霜，展示古蜀幽秘藏。
陶器彩绘凌空舞，青铜神树闪金光。
祭祀遗址留痕迹，文化瑰宝重礴磅。
千年历史显神奇，智慧人类灿骄阳。

赞世界乐器收藏家、摄影家
孛儿只斤·哈斯巴更（诗三首）

2024 年 5 月 21 日晨 6 时 30 分，太阳刚刚升起，火烧云红了半个天空，政协伊金霍洛旗大楼门前，韩丽副主席带队，14 名考察学习队员全部到齐，我们精精神神地上了考斯特中巴车，一群小鸟在景观树的枝头上欢蹦乱跳，"叽叽喳喳"地唱着歌，欢送我们一行出发。目标——呼和浩特市。迎着和煦的晨风，考斯特车疾驰在包茂高速公路上，一路上的绿，一路上的花，映入眼帘，道路两旁绿树成荫，阴山山脉绵延起伏，各种奇草异花泛绿、泛黄、泛红，绿得滴翠，黄得纯粹，红得似火，把人的心也给燃烧起来了。

走进呼和浩特市民族学院校史馆 5 楼的"北疆记忆"非遗乐器展览馆，被各种各样的乐器吸引，20 世纪 60 年代的蒙古四胡、20 世纪 60 年代乌兰牧骑队员使用的古筝和图布秀尔、20 世纪 70 年代的火布斯、哈萨克族冬不拉以及京胡、马头琴等传统乐器令人满目惊喜，忍不住驻足停留。一件件乐器带着各自的文化记忆，在这里奏响北疆文化的和美乐章。孛儿只斤·哈斯巴更，40 多年来，他节衣缩食、游历各地，收藏了 30000 多件乐器、唱片、文献图书等世界各民族音乐艺术藏品。他收藏的乐器分别有 50 年至 5000 年的历史，形成了中华民族乐器和世界乐器藏品体系，并有很多乐器藏品已成为孤品，颇为珍稀。在他的讲解中，希望赋予乐器文物新的生命力，让其"活"起来，"唱"起来，"舞"起来，从众多文物之中脱颖而出，激发更多人探索、理解音乐文化艺术奥秘的兴趣和重大的意义。

哈斯巴更今年 60 岁，生于赤峰市阿鲁科尔沁旗，毕业于呼和浩特民族学院，创业和生活在呼和浩特市。他喜欢音乐文化，毕生的精力、智慧、资金全部投入到了其中。这些藏品里能够看到中华民族 5000 年的乐器演变发展历史，包括中国 56 个民族非遗乐器藏品系列，北疆各民族非遗乐器藏品系列，全国乌兰牧骑乐器藏品系列以及丝绸之路经济带近 100 多个国家和地区的乐器藏品系列，成为名副其实的乐器收藏达人。这里的每一件乐器，都有一段可说的故事。通过这一件件承载着世界各民族智慧与情感的藏品，向世人展示了非遗乐器的独特之美，是各民族多元文化交往、交流和交融的历史见证，是源远流长的传统文化记忆。

孛儿只斤·哈斯巴更，现任内蒙古天堂草原文化传媒有限公司董事长、天堂草原音乐网和天堂草原摄影网 CEO、内蒙古文化产业促进会第一届理事、内蒙古海外联谊会理事、中国摄影家协会会员。他为蒙古音乐文化的信息化、网络化、国际化付出了艰辛的劳动和心血，获得了广大音乐人及世界各地音乐爱好者的喜爱。

一

孛儿只斤贵族姓，哈斯巴更传奇人。
乐器非遗珍藏家，摄影照相流芳存。
哈萨克族冬不拉，蒙古民族马头琴。
中华民族五千年，瑰宝古韵九州映。
历史遗迹纷呈展，文明传承为人敬。
千年旧物丝绸史，万件奇珍集大成。
百国古乐领略真，雄浑瀑布水涛声。
北疆记忆无限多，琳琅满目藏古今。

二

摄影创意技术新，丝绸之路同命运。
旅游风光无限好，生态文明幻方醒。
胶片传统实用精，数码无人航拍清。
上海世博获银奖，草原英才魅力金。

三

红歌唱响时代新，蒙古长调彩排映。
乐队高吭九垓啸，群星璀璨千里名。
黄河沿岸航拍影，阴山北麓网络清。
天堂草原著史篇，尽职为民扶贤正。

赞著名画家赵玉林

　　2024 年 5 月 18 日，艳阳高照，微风轻吹，西部散文学会副主席高彩梅，带领鄂尔多斯市西部散文学会 7 名会员，驰车到包头市赵玉林草原书画院参观学习。赵玉林，笔名三友，内蒙古包头市美术家协会副主席，草原书画院院长，中国美协内蒙古分会会员，台北故宫书画院名誉院长，中华国礼书画家。部分作品入编《中国美术选集》《当代绘画艺术》，2015 年三幅作品在俄罗斯展出，2017 年作品《清风》被瑞士总统多丽丝收藏，2022 年作品《江山如画》被喀麦隆大使馆收藏，2023 年荣邀参加国家与布基纳法索举办的文化产品推介会，另有多幅作品被中东 32 国大使收藏。

　　走进草原书画院，赵玉林老师儒雅的气质，侃侃而谈，对书画事业充满激情活力。室内鸟语花香，伴随着温馨的轻音乐，提笔伏案为我们一行鄂尔多斯市 8 人画画。除了他敦厚豁达的北方人性格，他的山水画更为经典突出，很好地做到了"墨不碍色，色不碍墨"。墨足之处用色清淡、透明，不让色覆盖了墨，不让墨破坏了色彩的清丽。他对景物的描绘细致生动，层次分明，空间结构感很强，展现了不同寻常的塞北风情，栩栩如生，见墨见笔，自然天成，让人心生向往，心潮澎湃，赞叹不已。

一

　　著名画家赵玉林，唯美工笔纳丹青。
　　触目惊心山水画，色彩亮丽创意新。
　　笔下青绿线条清，心中丘壑神气精。
　　写生历练精华提，山水魅力全球赢。

二

青山绿水入画来，浅绛悦目醉观天。
远上高山沐春晖，近踏石板思丰年。
满纸空翠如可俨，参差赤绿大江边。
人文山水主龙脉，惊艳天下古今研。

达拉特旗抒怀（诗二首）

2024 年 5 月 18 日，我们鄂尔多斯市一行 8 人去包头市赵玉林草原书画院参观学习，其中有达拉特旗 4 人参与。下午受达拉特旗作家协会主席刘建光先生邀请，我们一行参观了达拉特旗作家协会的办公场所和黄河阳光大酒店，深受感动。达拉特旗文化铸魂，地方政府大力支持，文企密切合作，成绩斐然，让人欣慰。

这天，阳光带来丝丝暖意，微风轻拂，我一人漫步于达拉特旗街巷，深深地吸一口新鲜的空气，仿佛能闻到空气中弥漫着花香和黄河畔边泥土的气息。令人心旷神怡，仿佛置身于一个宁静而美好的世界。看着路边的树木郁郁葱葱，鸟儿鸣叫，花儿竞争开放。或红或黄，或紫或白，各自展示着独特的魅力。我不禁感叹大自然的神奇和美丽，这个充满希望的季节，它代表着达拉特旗的富裕和繁荣，代表着新的开始和美好的未来。

一

达拉特旗色斑斓，地处黄河几字湾。
古有神州秦直道，今扬世界响沙湾。
塞北昭君萦回岸，蒙汉长调震阴山。
文化铸魂振乡村，瞻望平川好奇观。

二

文化铸魂耀北疆，阵地隽领刘建光。
群英荟萃砥砺志，今史悠书续华章。
政府助力携清香，文企合作捷步扬。
九曲黄河描盛景，耀眼细沙梦远航。

祝贺鄂尔多斯市第三次文代会胜利闭幕

2024 年 5 月 16 日，鄂尔多斯市文学艺术界联合会第三次代表大会胜利闭幕，全市文艺界代表汇聚一堂，共同回顾文艺事业奋进历程，共同商讨文艺事业发展大计。是鄂尔多斯市文艺界的一件大事，更是文艺工作者的一次盛会。贯彻落实全国全区宣传思想文化工作会议及市委关于文化文艺工作的决策部署，团结激励广大文艺工作者投身全市经济社会高质量发展的火热实践，担负起新的文化使命，推动文艺事业繁荣发展。心情激动，吟诗二首，以表抒怀。

一

五月康城①意然，文会聚贤蓝图展。

谱写时代华章弘，铸就文艺事业繁。

激励俊杰英雄志，鼓舞文人气势寰。

同心共筑兴国梦，独领风骚荣艺苑。

二

文坛盛会花百盈，时代雄言俊齐欣。

重担铁肩心凝聚，文学艺术是尖兵。

"二为"弘扬方向明，"双百"开拓辉煌景。

使命践行仰丰碑，征途逐梦任驰骋。

注释：①康城：鄂尔多斯市康巴什城。

参观伊金霍洛旗铸牢中华民族共同体意识展览馆（诗四首）

2024 年 5 月 23 日至 24 日，伊金霍洛旗铸牢中华民族共同体意识促进会全体成员，参加了伊金霍洛旗委组织部、统战部、党校，组织的"关于举办铸牢中华民族共同体意识培训班"，24 日下午参观了伊金霍洛旗铸牢中华民族共同体意识展览馆。

一部中国史，就是一部各民族交融汇聚成多元一体中华民族的历史，就是各民族共同缔造、发展、巩固统一的伟大祖国的历史。中华民族共同体意识是国家统一之基、民族团结之本、精神力量之魂。各民族之所以团结融合，多元之所以聚为一体，源自各民族文化上的兼收并蓄、经济上的相互依存、情感上的相互亲近，源自中华民族追求团结统一的内生动力。正因为如此，中华文明才具有无与伦比的包容性和吸纳力，才可久可大，根深叶茂。

一

锦绣中华一家亲，同心共济敬如宾。

政通人和笃堪夸，党聚民心诚可信。

花开盛世映丹霞，合力千秋齐筑梦。

铸牢命运共同体，构建福祉到万门。

二

和谐社会著文明，民族融合建绿城。
能源转化显科技，零碳产业聚氢能。
羊煤土气争鼎盛，风光氢储举繁荣。
盛古草原换新装，石榴花开别样红。

三

昔日黄沙天地连，今朝伊旗换新颜。
天赐西开好政策，地赋宝藏绿能源。
携手耕耘塞北田，并肩开拓大草原。
一同筑就中华梦，共建家乡逐梦圆。

四

雄浑旋律奏弹响，炫目耀眼闪金光。
科技魔力显神奇，精彩纷呈著华章。
铸牢展馆古韵长，命运与共同理想。
民族交融齐发展，多元一体创辉煌。

礼赞伊金霍洛旗铸牢中华民族共同体意识促进会（诗三首）

　　伊金霍洛旗铸牢中华民族共同体意识促进会，成立于 2023 年 4 月。紧紧围绕鄂尔多斯市委"144610"（1）工作思路，充分发挥旗、苏木乡镇街道、嘎查村（社区）三级促进会职能，发挥"七支队伍"重要作用，有形有感有效开展铸牢中华民族共同体意识各项活动，积极推动伊金霍洛旗新时代的党的民族工作高质量发展。"石榴花开，籽籽同心""石榴花开红，同心共筑梦"，构建一镇一品一特色的格局，共谋发展，成绩斐然。

一

　　大美绿城真情融，民族聚力盖七镇。
　　敢教大漠碧翡翠，乐把红河化彩虹。
　　塞北沃土勤耕种，草原明珠变新能。
　　人民幸福国家安，民族睦邻团结紧。

二

　　旗镇携手走天涯，文化交融进万家。
　　秦直大道共祝酒，蒙陕交商同斟茶。
　　大块羊肉千年史，漫瀚歌舞九域花。
　　合力千秋齐筑梦，互助和谐巨浪加。

三

中华民族大家庭，多元同体聚相亲。

同建小康美生活，共创大业向天蒸。

百合花间同旺盛，石榴籽里共繁荣。

万众一心齐奋斗，复兴强国跨征程。

注释："144610"内涵："1"各级党委、政府及所有部门、单位都要在一切工作中紧紧围绕"铸牢中华民族共同体意识"这条主线；"44"第一个"4"即市、旗区、乡镇苏木（街道）、村嘎查（社区）四级组织；第二"4"指的是市级成立"铸牢中华民族共同体意识实践教育中心"，旗区成立"铸牢中华民族共同体意识实践教育基地"，乡镇苏木（街道）成立"铸牢中华民族共同体意识实践教育所"，村嘎查（社区）成立"铸牢中华民族共同体意识实践教育平台"；"6"实施"六个工程"，一是主题宣讲工程，二是"石榴籽"工程，三是建设共有精神家园工程，四是共建共享现代化工程，五是依法治理工程，六是民族团结进步建设工程；"10"十个纳入，纳入党委（党组）重要议事日程，纳入党建工作责任制，纳入意识形态工作责任制，纳入政治考察工作，纳入巡察工作，纳入实绩考核工作，纳入人大依法监督，纳入政协民主监督，纳入政府工作和部门业务工作，纳入基层组织重点工作。

庆祝伊金霍洛旗天骄门球协会成立十五周年

2023 年，是伊金霍洛旗天骄门球协会成立 15 周年。从月 21 日开始，"主席杯"暨"老玩童迎六一"门球邀请赛正式拉开帷幕，为期两天。来自全旗七个镇的 26 支参赛代表队，门球队员 160 多人参加了比赛。进一步激发了参与健身运动门球队员的热情和积极性，充分展示了广大中老年人健康向上的精神风貌，提升了他们的健康水平，推动了全旗老年体育运动事业的全面发展。

日复一日，不辞劳苦辛勤；年复一年，披肝沥胆砥砺前行。不骄不躁改革向上，迎着风雨笑看沧海，取得了伟大的成绩。十五年，经历了起起伏伏，毫无畏惧。虽然有时波涛汹涌，挑战不断，天骄门球协会却依然笑立潮头，似春笋破土而出，似流星划破苍穹，人才辈出，成就辉煌。

成绩属于过去，梦想还在未来。2023 年是挑战的一年，全体协会会员将不惧风雨，坚定信念，众志成城，披荆斩棘。创造优良的工作环境，信心百倍展未来，引吭高歌，昂首挺胸，踏上新的征程，携手奋进，再续辉煌！

一、银龄战士

伊金霍洛门球场，银龄战士喜洋洋。
强身健体个个优，驰骋东西竞技强。
屏气凝神不慌张，连进三门又撞桩。
球杆一挥作新奏，笑看绿城①我为王。

二、咏门球赛

东方露红太阳升，门球场内人气盛。

持槌携球施巧计，闪带擦击似蛟龙。

赛装白衫②映日空，飘胸红巾③贯长虹。

红白对阵绿茵场，银须华发乐无穷。

注释：①绿城阿勒腾席热镇；

②赛装白衫统一运动服装，白色衬衫；

③红巾庆祝"六一儿童节"，老玩童全戴上了红领巾。

非遗盛宴，春光无限

——参观首届中国非物质文化遗产保护年会有感

2023年2月17日，有幸到了榆林市，参观了首届中国非物质文化遗产保护年会，并且参观了榆林市几个著名的博物馆。通过原汁原味的细节呈现、意趣盎然的场景铺展，让我们沉浸式体验了一场非遗盛宴。非遗和旅游的融合，催生了很多独具文化意蕴的旅游产品，让非遗文化重新焕发了青春活力。

悠久的历史，独特的民俗，多元的文化，浓郁的民风，榆林，作为黄土文化的发源地。游牧文化、中原文化、边塞文化、黄土文化等相互交融，神秘、厚重，总是令人神往，让人倾听榆林的文化故事。精彩，走近的一刹那，心情激动，回味无穷，永远难忘。

一、庆祝首届中国非物质文化遗产保护年会胜利召开

非遗年会榆林开，多元文化放异彩。

匠心绝技一堂荟，手艺美食依次排。

秦腔刺绣独力魅，面塑变脸精品海。

黄土风情天下传，中国文化全球美。

二、民俗文化馆

民俗风格四合院，灿烂文化智慧牵。

穿廊抱厦画雕梁，古色古香构神仙。

春秋岁月无数穿，故事传奇时光淀。

深藏先人铭记史，传承后代精神篇。

三、中国算盘博物馆

中国算盘博物馆，位于榆林市榆阳区夫子庙步行街 B 区 1、2、3、4 楼。馆内展品全部由算盘收藏家赵占明先生无偿提供。展馆通过算盘的发展历史，古今算盘，材质种类繁多，民俗寓意，教育实践等展区，展陈从东汉到现代各种算具，算盘 9999 件。以保护、弘扬、交流为初衷，讲述算盘的前世今生，展现算盘的千姿百态。

算盘工具中外名，阅尽桑田千年盛。

八卦图形道仙传，十二生肖寓意深。

吉祥如意财宝进，精打细算运亨通。

七子之家两行隔，十金归一社稷稳。

四、陕北民歌博物馆

陕北民歌发生、兴盛于陕北黄土高原。陕北民歌自古就拥有一个属于自身的歌唱天地，这片歌唱天地广阔而丰饶，随时都可以听到情趣别样的陕北民歌。不知歌谣妙，声势由口心。陕北民歌的美，在充满诗情的唱词中，在直浸人心的音调里，大胆而质朴，浓郁而深沉，每一首经典都是一部感人至深的历史叙事，值得令人再挖掘、再玩味，再深思……

走进民歌博物馆，讲解员随口而讲，开口而唱，新的陕北民歌口中飘然而出，让你身临其境，感慨万分，真是铸成了一座承载并珍藏于陕北人文化记忆的丰碑。

（一）

榆阳展馆亮新妆，民歌传承映心房。
融和骨气血水浓，刻进命中岁月长。
根植民生变迁史，紧随时代著华章。
黄土高原文化符，陕北精神世代扬。

（二）

千沟万壑起伏荡，陕北民歌正气扬。
四胡扬琴音调起，酸曲小调婉高亢。
五哥放羊打坐腔，姑嫂挑菜转山梁。
地方色彩浓厚重，黄土风情渲四方。

（三）

地火淬炼榆林红，铁血洗礼中华明。
大漠草滩交织地，黄土高原标识城。
黄河长城秦直道，农耕游牧金烙印。
文化福地谱新章，富甲陕北秀钟灵。

府谷颂（诗二首）

2024 年 6 月 15 日至 17 日，由府谷县委县政府、西部散文学会、《西部散文选刊》杂志社主办，府谷县委宣传部、县文学艺术界联合会、县文化和旅游文物广电局承办，县作家协会协办的"清爽榆林季·府谷等你来"——全国著名作家"走进府谷"采风活动暨第十五届西部散文节在府谷县举行。大美府谷，魅力无穷，论史上下千年，求索纵横万里，天翻地覆，沧桑巨变，喜闻百强，万民欢腾，山高水长，百代生辉。

一

黄河掉头向西流，壮美弧线府谷秀。
气势磅礴山水画，人杰地灵百强尤。
秦皇策马东进游，康熙挥鞭西征抖。
璀璨明珠塞北府，圆梦中华金镁都。

二

艳阳高照府州城，物阜民丰万象荣。
大河滚浪好流觞，紫塞名家堪诗锦。
相伴老墙觅旧踪，惊尤岁月吟古今。
依山傍水多灵韵，盛世府谷正前行。

乌兰察布火山吟（诗三首）

2024 年 6 月 18 日至 21 日，文润北疆——内蒙古作家协 2024 年度新会员培训班在乌兰察布市举办。培训期间，几位北京邀请的专家老师，深入剖析了散文、诗歌、小说创意和写作，分享了自身丰富经验，与学员们积极互动，在与授课老师的交流中，提高了思想认知，开阔了创作思路，明确了创作目标。20 日下午，学员们赴乌兰察布市后旗草原火山群和新农村示范区进行采风活动，感受到了乌兰察布独特的自然景观和乡村振兴的示范样板。

乌兰察布火山是活动始于 3 万年前晚更新世晚期的著名的火山群，是蒙古高原南缘发现的唯一全新世有喷发的火山群，该火山群成于地质历史的第四纪晚期，最后一次喷发距今约一万年，属年轻的休眠状态下的"活火山"，共 20 余座，是举世罕见的火山群奇观；有许多奇山怪石，山头形似骆驼、羚羊、青蛙、大象、河马、海豚等动物；还有令人神往的千年古榆。国内少有，世界罕见，被誉为天然的"火山博物馆"，是研究现代地壳深结构及其活动性的天然"窗口"，是研究火山资源、环境及灾害的直接参照。

一

升温数伏日最长，察右后旗送清凉。
踏云悦目醉心州，举步胜境乐观光。
玉带峰巅形多样，玛瑙奇石景百藏。
集聚草原火山群，熔岩地貌尽沧桑。

二

万古遗踪火山群，乌兰哈达北疆情。
大象河马骆驼影，羚羊青蛙海豚形。
万客动情卓惊魂，天赐奇瑰炼炉熔。
绿意盎然天府国，盛夏草原万物荣。

三

六月草原翠碧茵，火山奇石满山红。
雨后舒爽清风醉，雾薄纱裙太阳明。
大路迢遥丹炉隐，无炊天灶亿载尘。
牛羊似云蹁跹舞，奶酒香甜牧马腾。
乌兰远古一掬歌，哈达飘扬文化韵。
自然风光神奇美，地质公园游客引。

放歌信天游

　　信天游是流传在中国西北地区的一种民歌形式。是一部用老镢镌刻在西北黄土高原的传世巨著。这是黄坡黄水之间的一朵奇葩。"信天游"又称"顺天游"，也叫陕北民歌，在山西被称"山曲"，在内蒙古被称"爬山调"。

　　陕北民歌是历代陕北地方劳动人民精神、思想、感情的结晶，是陕北人民最亲近的伴侣，是陕北地方劳动人民生活的最直接反映。陕北是民歌荟萃之地，民歌种类很多，当地俗称"山曲"或"酸曲"，其中以信天游最富有特色，最具代表性。

一

悠扬高亢信天游，粗犷奔放竞自由。
日月星辰风雨露，花草树木鸟鱼兽。
爱情甜美长相守，生活幸福永追求。
精神世界陕北人，文化高原万年秀。

二

黄土高原古苍茫，万壑纵横大乐藏。
胡琴山歌恰流水，唢呐长调似黄粮。
美女浪淘换红妆，男儿琴弦怜秦腔。
陕北笙歌绝古今，文旅会演华韵香。

三

旭日东升毛泽东，霞光普照救万民。

建立革命根据地，领导人民翻了身。

情真意切绣金匾，脍炙人口东方红。

陕北民俗红歌颂，文艺盛兴满天明。

四

山歌对唱颂党恩，陕北高原放天晴。

"保卫黄河"征途转，"十送红军"鱼水情。

二妹关爱同梦筑，三哥传唱固初心。

劲舞青春跟党走，红歌千首万象新。

延安精神放光芒（诗二首）

2023 年 3 月 24 日上午，伊金霍洛旗延安精神研究会第三届换届大会胜利闭幕，选举新的一届理事会理事，选举产生了延安精神研究会第三届理事会会长、副会长、秘书长，并且参观了伊金霍洛旗红色革命教育馆，让人回味无穷，赋诗二首，以表心怀。

一

延安精神放光芒，子孙万代要弘扬。

全心全意为人民，实事求是明方向。

风雨百年创辉煌，凝心聚力新希望。

兴筑征程中国梦，百姓生活乐福强。

二

红色教育聚俊贤，纪念馆中精彩添。

依稀往事记得清，最爱宝塔白云牵。

精神谱系新时代，光芒绽放如人愿。

民族复兴康庄道，世界同谋秉贡献。

情韵防城港

人间仙境——广西南宁青秀山（诗六首）

　　南宁的山水名声在外，青山绿水让人陶醉。绿城翡翠，壮乡凤凰——南宁青秀山风景区，人间仙境，最美的公园。南宁市唯一荣获国家AAAAA级旅游景区称号的青秀山风景区，素以"山不高而秀，水不深而清"著称，景区具有很高的森林覆盖率，负氧离子含量高，由于它地势较高且处于城市上风带，因而享有南宁"绿肺"之美誉。青秀山旅游风景区，位于广西首府南宁市中心，坐落在蜿蜒流淌的邕江畔，面积13.54平方公里。是广西壮族自治区风景名胜区，是"广西十佳景区"和南宁市"十佳旅游景点"。年接待游客量超260万人次，是国家领导人、外国政要、商贾、中外游客来邕考察参观和旅游度假的首选之地。

一、青秀山

　　青秀山景风光胜，遮天蔽日葱木林。
　　龙象塔伟铁苏园，凉亭极目眺江心。
　　迎星兆月瑶桥影，破雾乘风花灯明。
　　诗人风骚摩岩刻，游客纷涌友谊存。

二、绚烂花田

　　冬日秀山胜陶春，鲜花盛开满山红。
　　游人如织踏春泥，风光迷眼入仙境。
　　似火赤忱燃绿野，如金黄灿曜红尘。
　　向往家园青秀山，邕城明珠一颗星。

三、樱花园

火车直达樱花园，坐观烟柳遮眉眼。
云雾缭绕凤翼岭，峰峦秀丽红万千。
细雨轻抚樱花艳，清水摇荷彩灯连。
翠鸟争鸣繁花锦，游人神驰青秀山。

四、桃花岛

游客涌聚桃花岛，满山遍野红霞飘。
枝头斜倚绿玉缀，细雨绵洗桃花俏。
男女虔诚向月老，彩带红绸系树梢。
桃运惜缘自然在，人面桃花竞妖娆。

五、兰园

兰园生态色景秀，丽影山前潭满秋。
丝竹风吹兰花香，芭蕉雨淋聚水流。
幽兰五彩娇百态，清澈一泓解心忧。
登高眺望美邕城，绿掩花团丈百楼。

六、南宁之夜

灯火阑珊满天明，流金夜色醉人心。
岭南有信此一游，韵入芬芳馥梦中。
奇特游艺城南宁，六象连子喜相逢。
娱乐游玩夜无眠，众客连赞网地红。

南宁之游——南湖公园（诗三首）

南宁南湖公园，位于南宁市区东南部，总面积93万平方米，湖的面积占总面积的四分之三，湖水澄碧，湖岸上芳草绿树相依。园内具有南国特色的棕榈、蒲葵、槟榔等热带树木林，还有三个"园中园"，即种有200多种名贵中药材的中草药园圃，种着夏惠、剑兰、墨兰及火焰兰等名贵兰花的兰花圃和一个盆景园。园内名贵花木琳琅满目，是市民和游客休闲娱乐的绝好去处。荡舟湖中，临湖垂钓，更会令人心旷神怡。

一、南湖公园

南湖公园香清溢，鲜花野色舞娇姿。

榕树浓荫仙家安，椰木成行湖岸立。

奇石嶙峋诗画袭，飞瀑流泉心旷怡。

一派水天融合美，休闲娱乐绝佳地。

二、兰花圃

中草药园兰花圃，花海仙境邕江湖。

名贵草药香诱人，绿意盎然紫气注。

玫瑰含苞斑斓秀，剑兰香飘彩蝶舞。

人工巧夺立体画，妙幻芬芳万年福。

三、南湖

南湖潋滟桃花艳，碧水澄清翠荷莲。
兰亭颖秀江水绕，曲径幽馨浪逐天。
鸟鸣风拂声悦耳，舟飘雨洒眼入帘。
最是绿岛千姿美，光照游人万景仙。

惊蛰海边散步（诗二首）

一

沿海线岸散步走，顿觉身轻赴翠幽。
远望巨轮浪上飞，近观渔舟迤逦游。
人老春风节气牛，花开惊蛰轮回流。
春生暖水耕田好，希望丰登五谷优。

二

惊蛰阳升万物醒，生机萦岸水边亭。
蝶舞蜂欢百卉催，鹭飞鸥翔鸟蛙鸣。
大山十万簇花锦，碧海千浪万舰行。
璀璨文明防城港，盛世大业迎东风。

甲辰初九感吟（诗）

海边静坐吹春风，妙境寄语诗耕耘。

甲辰正月富初九，大地畅荣万象新。

紫气东来人和欣，红尘昔去圆梦生。

雅室南居候鸟乐，温暖日洒物华明。

海畔榕枝连鹊语，山高翠林白鹭鸣。

时年隆重悄然去，记忆丰满苍老容。

四季流转恋峰巅，故乡雪融还家亲。

防城港观海（诗二首）

在众多的自然风景中，海是永远不会令人厌倦的。防城港是较热门的旅游城市。防城港沿途有漫长的海岸线，处处皆是海景，市区的城市沙滩，则自发形成了热闹的夜市，面朝大海，背靠美食街，实在是独特的体验。家住拥军路天宁白鹭湾，到西湾海岸线不到一公里，步履而去，坐在向海小酒店的饭桌上，正面对大海，视野开阔，水质湛蓝。退潮时，沙质细腻光滑，还有很多人在海边捡贝壳、小海螺与各种小海鲜。涨潮了，水深了，溢上海岸的半腰，蓝蓝一片，飘逸着很多的轮船和渔舟。雨后初霁，天气逐渐变暗，阳光隐隐从云层中透了出来，路灯、小酒店的彩灯也亮了起来，真是太棒了，霞光格外绚烂，迎着徐徐的海风感慨万千，留下温柔的一刻。

一

面向大海精神爽，四人对座话衷肠。
十万大山碧苍翠，千里阔海野雾茫。
远看巨轮翻波浪，近观小舟浅水航。
经济腾飞繁荣景，东盟智城防城港。

二

夕阳破云彩霞红，海岸路灯水中映。
东闪仙山楼阁伟，西烁边陲珠亮明。
长龙二层火汽鸣，天桥一格轮舟行。
绝妙佳境北部湾，盛世大业耀东盟。

防城港白鹭公园之游（诗二首）

　　防城港白鹭公园是防城港为丰富市民文化、休闲生活，提高城市品位，带动城市中心区发展而建设的一个集自然生态、海边文化元素为一体的山体公园。白鹭公园位于倒水坳大桥北与迎宾路交会处，占地12万平方米，其中绿化面积达8万平方米，内设白鹭群雕、船型观景台、山顶瞭望塔、人工湖、月亮拱桥等景观景点，以及儿童海洋乐园、攀岩等游乐项目。

　　白鹭公园为小山体公园，山顶有著名景点瞭望灯塔，山脚下有多条游行步道连接山顶，市民朋友可以登上山顶瞭望防城港市中心区鳞次栉比的现代建筑，远眺美丽的红树林景观，俯瞰好似彩虹横挂的倒水坳大桥。

一、白鹭公园

公园独特依山造，白鹭展翅湖水绕。
海洋乐园劲攀岩，山顶瞭望人欢笑。
海阔天蓝群楼缈，红林碧水彩虹桥。
遥数新景防城港，藏容岂墨笔人骚。

二、山顶瞭望塔

日丽登高广西游，风暖港口尽自由。
群山环抱江心月，红林树钭波上舟。
黄鹂惊鸿转桥友，白鹭树梢戏云头。
彩虹横挂倒水桥，鳞次栉比浑高楼。

防城港市政府广场、红树林景区
之游（诗四首）

　　防城港市，位于中国海岸线的最西南端广西壮族自治区，是广西壮族自治区北部湾畔的全海景生态海湾城市。防城港市拥有580公里的海岸线，海岛多，海湾多，海滩多，"海在城中，城在海中"，是北部湾畔唯一的全海景生态海湾城市，随处可建海景房。全市生态好，气候好，环境好，人长寿，被国家权威机构授予中国氧都，中国金花茶之乡，中国白鹭之乡，中国长寿之乡。

　　随着城市建设日新月异的发展和人民生活水平的快速提高，城市广场已成为市民心目中的精神中心之一，体现着城市的灵魂，尤其是城市中心广场是一个城市的标志和名片，它不仅是城市的象征，也是融合城市历史文化、塑造自然美和艺术美的环境空间。防城港市政府广场着力打造休闲性、文化性、主题性、生态性、时代性，简洁气势的人性化市中心广场。

一

政府广场景观壮，清幽如画山水傍。
城中之海鱼虾追，林威旭日翠岸扬。
诗词石刻立中央，文明璀璨传四方。
盛世东盟成大业，铺就康道到远方。

二

政府广场尚有稀，简洁大气未足奇。

溯古海洋山色变，观今林峦锦绣迷。

迎春初二秧歌起，游客熙攘围观挤。

边陲西南盛世庆，中华大地国民喜。

防城港市拥有 1414.5 多公顷的红树林，是全国最大、最典型的海湾红树林和最大的城市红树林，素有"红树林的城市"之称。2004 年 3 月，防城港市被联合国环境规划署批准列入全球 GEF 红树林国际示范区。

红树是唯一一种能够生长在海水里的树，因生长范围广便成为林，防城港市红树林风景区就是这样的美景。长在防城港市海边的红树林，就是我们平时说的海榄，长得很矮很小，长成大树估计得几百年的时间。由于海水环境条件特殊，红树林植物具有一系列特殊的生态和生理特征。为了防止海浪冲击，红树林植物的主干一般不无限增长，而从枝干上长出多数支持根，扎入泥滩里以保持植株的稳定。与此同时，从根部长出许多指状的气生根露出于海滩地面，在退潮时甚至潮水淹没时用以通气，故称呼吸根。

红树作用很多，以凋落物的方式，通过食物链传换，为海洋动物提供良好的生长发育环境，同时，由于红树林区内潮沟发达，吸引深水区的动物来到红树林区内觅食栖息，生产繁殖。由于红树林生长于亚热带和温带，并拥有丰富的鸟类食物资源，所以红树林区是候鸟的越冬和迁徙中转站，更是各种海鸟的觅食栖息、生产繁殖的场所。生态效益：在陆地与海洋交界带，红树林像母亲庇护孩子一样，维持了一个食物链复杂的高生产力系统，是物种基因和资源的宝库。海岸卫士：红树林是重要生态效益，防风消浪，促淤保滩，固岸护堤，有净化海水和空气的功能。红树林通过将大量二氧化碳转化为有机碳，同时释放大量氧气，起到净化空气的作用。红树林对氮磷的累积能力强，可以减弱由于鱼虾过度养殖所产生的富营养化，起到水体净化和避免赤潮的作用。盘根错节的发达根系能有效地滞留陆地来沙，减少近岸海域的含沙量。茂密高大的枝体宛如一道道绿色长城，有效抵御风浪袭击。红树林不仅有很高生态价值、科研价值、观赏价值，还具有较强的医药功能。

三

青葱茂密红树林，绿色屏障傍水生。
防风固沙燃堤岸，促淤消浪付己任。
瀚漠滩林白鹭鸣，游泥蓝岸黄鹂吟。
根须盘结黛漪吭，繁滋生态侍卫兵。

四

绿水红林相映融，根冠直挂碧波中。
繁枝巢息八方鸟，茂叶频迎四季风。
污染降解海水净，风浪抵御作先锋。
医药价高维庶黎，家国永保肩使命。

边陲明珠广场之游（诗三首）

边陲明珠，位于防城港市的明珠广场，珠高 12.88 米，直径 8.99 米，由 236 块花岗岩精雕细凿而成。构思独特，寓意深邃，顺观沧海，乐趣多多。明珠广场四周环海，环境幽雅，景致美丽，这里还是观望防城港跨海大桥雄风的最佳位置。边陲明珠，在明珠广场跨海大桥中段，广场中心那个不高的小山上，有一尊闪闪发亮的"双龙戏珠"文化图腾，是防城港标志性的人文景观。明珠广场见证了西南第一座跨海大桥，东起渔万岛，中跨龙孔墩，西接黄帝岭，全长 2600 米，建于 2003 年，坐落防城港西湾，人称"西湾大桥"。

跨海大桥因"明珠"而伟大壮观，"明珠"又因跨海大桥而美丽迷人。"边陲明珠"远远看上去，像是海上升起来似的，尤其是在阳光的照耀下，闪闪发光的"明珠"，让方圆多少海里都增添了无穷的魅力。大桥建成将防城港至边陲镇东兴由 70 公里缩短为 40 公里，南宁至防城港高速公路直达边关，使千百年来人们"仙人架桥龙孔过，将军脚踏马鞍山"之梦想变为现实。为实施西部大开发，兴边富民，全面建设小康，构筑东盟自由贸易区桥头堡发挥重要作用。"明珠广场"的对面是新建的"龙马广场"，上有"龙马"雕塑，龙头马身，腾空奋蹄，护佑港城，栩栩如生。其高 19.93 米，寓意防城港 1993 年建市。"龙马"最早载于《尚书》，"伏羲王天下，龙马出河，遂则其文以画八卦，谓之河图。"《汉书》载，"龙马者，天地之精，其为形也，马神而龙鳞，故谓之龙马。"后人用"龙马精神"，寓意中华民族所崇尚的健旺昂扬、自强不息、进取向上的伟大精神。

一、西湾大桥

春山两岸苍翠葱，平波万里映日红。
海风漫抚骚人脸，轻雾还留锦赋痕。
戏珠二龙文图腾，天桥一座跨海通。
西湾祈愿春长驻，大港容纳福寿臻。

二、边陲明珠

边陲明珠赏白云，东风拂面观沧穹。
环境幽雅渔万岛，景致美丽黄帝岭。
朝霞漫海高楼映，林峦十万俯仰中。
兴边富民大开发，东盟贸易一帆顺。

三、龙马广场

奋蹄昂扬栩如生，龙马腾空护港城。
西南门户自立强，边陲明珠正东风。
广西豪杰梦传承，华夏儿女砥砺行。
苍生福造加油干，盛世龙腾时代新。

桃花湖公园之游（诗三首）

　　桃花湖公园位于防城港市桃花湾片区中心地段，占地总面积 2722.5 亩，拥有美丽的自然风光和宜人的景色。公园北至马岭，南靠朱砂岗西街阳光海岸，东至深沟岭和白鸡龙。公园以海洋文化为灵魂，桃花湾自然资源为基础，结合周边房地产项目而建的城市综合旅游区。公园的主题功能包括休闲散步、垂钓、跳广场舞、摄影展、赏花会等，丰富了居民们的文化生活。

　　春节临近，腊月二十七，我们和老张老高共 5 人，信步来到桃花湖公园。一片、一簇、一树、娇而不艳，让人心生欢喜。波光粼粼的湖水倒映在蓝天下，加上湖畔上各种植物及木栈的点缀，不到现场，根本不知道它的美丽。桃花湖畔，灼灼其华，空气清新，环境幽雅。一个美丽的人间仙境，一个充满诗情画意的世外桃源。人面不知何处去，桃花依旧笑春风。清晨的第一缕阳光刺破云层，早市也在这里唤醒，晨练的大爷大妈锻炼完毕后，逛早市抢购低价的蔬菜水果等食品。熙熙攘攘的人群中，摆摊人的叫卖声响亮入耳。

一

新年旧岁交替荡，桃花湖畔漫步扬。
微风轻吹金片玉，粼波烁闪携清香。
回味日常奔跑忙，隽永未来梦远航。
时光绚丽媚心笑，人生途旅福安康。

二

桃花公园景色新，湖水清澈似明镜。
一帘红雨映荷开，万丈高楼十里影。
垂钓休闲慢步行，观光摄影节序嵘。
中国氧都防城港，白鹭之乡边陲明。

三

桃花公园万象景，紫气祥云人潮涌。
耄耋老头歌洪亮，长寿姥妪舞轻盈。
蔬菜新鲜早市荣，瓜果香甜叫卖声。
欢天喜地送玉兔，群情激奋迎金龙。

仙人山公园之游（诗三首）

仙人山公园位于防城港海边，建在半山崖上，西湾东侧，占地面积347892平方米，最高海拔196米，从大门至山顶有级台阶。山顶的仙人阁是仙人山公园的标志建筑。绿树葱茏，曲径通幽，楼阁掩映，登上山顶的仙人阁俯瞰，港口市区美丽景色尽收眼底；北部湾烟波浩渺，帆影点点；防城港码头吊车林立，巨轮穿梭；西湾海面大桥飞架，天堑通途，是在港口区登高览胜的最佳去处。传说仙人吕洞宾驾鹤到此而得名。在防城港千里海岸线上行走，它是不可错过一处幽静的休闲地方。闹市里有山，可谓别具一格，若登上山顶，再登上观景楼观海，真使人心旷神怡，视野更为开阔。站在这里，既可鸟瞰现代化的大港的雄伟壮观，又可领略南国山水相连、海天一色的美景。

山不在高，有仙则名。据说这山是明朝国相刘伯温的儿子刘半仙得道坐化之山，刘半仙坐化之时曾经吟诗一首："西湾海水万丈深，四海汇集聚金银；日间穿梭千帆过，夜观大港万盏灯。"如今，站在仙人山观景台上，看龙门吊连绵十里豪情万丈，海中巨轮仿佛平地高楼。身处闹市，这里却是风景独好，环境分外幽雅娴静，漫步林中小径，花香扑鼻，鸟语呢喃，心情豁然开朗，仿佛走进人间仙境。置身高处，面对大海，海风拂面，海涛声声，让人生出无穷的遐想。

一

登高望远仙人山，领略南国山水连。
海天一色楼阁映，现代港城美壮观。
帆影点点北部湾，码头林立吊车转。
天堑通途大桥飞，别具一格闹市山。

二

临风而立仙人阁，俯瞰港城多姿歌。
半空凌驾千山眺，滔天海浪名显赫。
笑看古榕苍翠色，独揽闹市百姓乐。
海岸品位金光道，经济腾飞前景阔。

三

仙山密林万年青，天梯如悬在险峰。
海阔方知独难棹，楼高屡问轻飘云。
洞宾驾鹤掩羞容，刘仙坐化观古榕。
笑看青屏进港湾，独揽广西迎春景。

桃花湾广场、伏波同心文化公园（诗三首）

一、桃花湾广场

    桃花湾广场是一个大型城市广场，位于西湾跨海大桥东岸，占地面积约251亩，临海而建，周围被居民别墅和办公楼宇所环绕。广场的功能非常全面，有大型音乐喷泉、休闲长廊、儿童游乐园、体育运动场、卡拉OK茶座等。每当夜幕降临，广场上华灯璀璨，与海风的吹拂相结合，营造出一种优雅而又浪漫的氛围，成为市民们休闲和享受生活的重要场所。丰富的景观绿化，祥和的休闲设施，再加新年树挂得高高灯笼红，喜庆吉祥。虽是大寒节气，绿树成荫，鲜花盛开，花叶饱满而舒展，在枝头迎风摇曳，清香阵阵，沁人心脾。

        桃花广场美胜锦，目不暇接浪人心。

        儿童游乐休闲廊，体育运动喷泉涌。

        鲜花盛开灯笼红，大寒节气绿树荫。

        华灯璀璨海风吹，防城辣地迎新春。

二、伏波同心文化公园

    伏波同心文化广场（文化公园），位于防城港市西湾海堤中段，港口车站旁边红绿灯处。我和老张信步而去，一座高约25米的伏波将军主题雕塑坐落在伏波文化公园中心广场。文化公园景观和伏波雕塑群两部分组成，文化公园景观包括亲水休闲绿地、绿化景观带、休闲长廊等，伏波雕塑群设在广场上。伏波文化公园是防城港市打造海洋文化名城，提升城市品位的民心工程。西湾风光很美，注入了"伏波文化公园"元素后，真是锦上添花。你可以坐在台阶上欣赏西湾的晚霞，可以聆听大海的声音。亦可以在伏波公园码头批发海鲜，饱尝舌尖上的快乐。伏波将军者，西汉路博德、东汉马援也。汉两伏波，有功德于岭南（广东，广西）之民。为了"国家统一，民族团结，地方安定，社会文明"，做出了贡献，功昭日月，深受各族人民的爱戴。

　　丝路要冲，千年古津，防城新港，英雄城市，崇敬英雄；防城江畔，文化公园树翠、草绿、鲜花四季；跃马迎风，扬手呼唤的伏波将军青铜雕像矗立在花岗岩基座上高耸云际，近观碧海，远眺万山，戍守着昆仑的朱雀之门；精美的浮雕环绕展布，块块屏立；雀门、宫灯神秘，戍卒雕像各执兵器，将军亭静谧，故事连篇，颂扬着开疆拓土、民族大团结英雄们的丰功伟绩。文化长廊随岸畔雁翅两边展布，歌声悠扬，颂唱朗朗，鸿儒笔墨飞扬，是民族团结、石榴子精神的教育基地；公园的核心，伏波将军身前，是防城港人们心目中最为神圣的地方——同心文化广场；伏波将军的呼唤，也是壮乡各族同胞的心愿，戍卫好祖国的南疆，建设好美丽家园。自然景观异彩纷呈，世界所罕见，秀丽与宏伟同在，人文与历史并存。2024 新年来临之际，装典辉煌，民族团结一家亲，同心共筑中国梦。这里是防城港市传承优秀文化历史最悠久的一笔文化遗产。

一

伏波文化大广场，英雄先烈荡气扬。

历史厚重后人敬，民族古典远流长。

码头吊机坚臂膀，万吨巨轮肩上扛。

疍家世代勤劳勇，可歌可泣防城港。

二

英雄城市防城港，千年古津丝路长。

美好家园共同建，壮族同胞守南疆。

十万大山文化廊，北部雄湾歌悠扬。

民族团结一家亲，筑梦同心共产党。

防城港市企沙镇之游（诗四首）

2024年1月30日晨9时，我们在防城港市的3户伊盟人家8人，自驾两辆小轿车，前往防城港企沙镇海港海鲜市场。品种和种类繁多，深海里游的，浅海里爬的应有尽有。虽然天气有点寒冷，下着毛毛雨，天地海灰蒙蒙的，但是海鲜市场里人潮涌动，卖的买的混杂着，生意兴隆。上岸的靓货，眼花缭乱，鱼虾蟹等等各色新鲜，我是纯粹一个北方大汉，闻着刺鼻的海腥味，看着鲜活乱奔的海生动物，心中五味杂陈，跟着老婆她们游逛，只买了一大瓶野鸭腌蛋，再的我是不会买呀。

一、海鲜市场

企沙市场吃货园，规模盛大在海边。

筐满鱼虾举上岸，箱载海鲜热线连。

挑鱼过秤勤商贩，游人鼎沸接踵肩。

种类繁多目不暇，色彩缤纷拥闹凡。

企沙镇簕山古渔村，位于防城港市港口区企半岛南面，三面环海，毗邻北部湾，与越南隔海相望，是一个面积约480亩的半岛村落（自然村屯），全村共87户328人，年接待游客约15万人。古渔村已有300多年的历史，村史文化渊远深厚，有建于明朝的李庄古堡，有号称南方雪原的沙丘，有陆地红树林——千年银叶树。有古树参天、珍稀树种40类之多的上百亩滨海原始森林，有数十平方公里盛产沙虫的沙质台地海滩，还有北部湾中不可多得的天然观潮点，是广西沿海地区现存较完整的古渔村之一，亦是北部湾沿海渔村历史发展变迁中颇具代表性的一个缩影。

围绕古村、古树、古渔猎的特色，村内环道、防浪海堤、观潮广场、综合服务楼、邀月台、云海亭等建筑美观大方，已成为港口区发展特色旅游名村的一张靓丽名片。真是一个幸福古村。

二、簕山古渔村

（一）

滨海簕山古渔村，最佳生态旅游称。
观潮广场邀月台，防浪海堤望云亭。
对虾青蟹捞沙虫，带鱼文哈捕海星。
海风温柔摄影地，礁石魔幻威赫名。

（二）

美丽和谐古渔村，逍遥岛上翠幽林。
紫燕高飞对虾红，白鹿过溪青蟹横。
渔舟晚渡新影亭，老树参天人海荣。
区位优势海洋业，全国文明党旗红。

（三）

怪石嶙峋萦回岸，奇波助浪拍金滩。
水陆同旺家足富，人海欣荣岁平安。
绿草古树织春光，明珠村道景优罕。
风桑巨变抽新枝，福泽万民代代传。

德天独厚，跨国风情——德天瀑布、古龙山大峡谷之游（诗六首）

2024 年 1 月 21 日至 22 日，我们在防城港市的一行 14 个伊盟人，乘坐大巴车，参加地方旅行团，到德天跨国瀑布景区及古龙山大峡谷 2 日游。那巨大的水花溅起的水雾就像是仙气一样环绕在这美丽的景色之中，让人有一种身处仙境的感觉。

德天跨国瀑布因为地处新县硕龙镇德天村而得名，景区地处中越边境的百里山水画廊上，距大新县城 57 公里，距离崇左市 95 公里，距广西首府南宁 196 公里，景区占地面积约 5.75 平方公里，整块区域盘桓，好似一块玉如意，呼应得天独厚之名，以德天跨国瀑布为核心，涵盖了跨国集市、归春河、绿岛行云、太阳幽谷等多个具有跨国旅游价值的景点。

德天瀑布气势磅礴、蔚为壮观，与紧邻的越南板约瀑布相连，是亚洲第一、世界第四大跨国瀑布，年均水流量约为贵州黄果树瀑布的三倍。德天瀑布位于大新县归春河上游，距中越边境 53 号界碑约 50 米。清澈的归春河是左江的支流，也是中越边境的国界河，德天瀑布则是它流经浦汤岛时的杰作。浩浩荡荡的归春河水，从北面奔涌而来，高崖三叠的浦汤岛，巍然耸峙，横阻江流，江水从高达 50 余米的山崖上跌岩而下，撞在坚石上，水花四溅，水雾迷蒙，远望似缟绢垂天，近观如飞珠溅玉，透过阳光的折射，五彩缤纷，那哗哗的水声，振荡河谷，气势十分雄壮。瀑布三级跌落，最大宽度 200 多米，纵深 60 多米，落差 70 余米，年均流量 50 立方米/秒，所在地地质为厚层状白云岩。被国家定为特级旅游景点。它与越南的板约瀑布就像一对亲密的姐妹，袅袅婷婷，携手而立。在水一方，腰缠春江如玉带，垂首秀发落巢湖，身倚峥嵘奇峰怪石，背靠满山梯田古木，巧笑盼兮，眉目传情。这实在是一个如诗般浪漫清雅的所在，步步是景，处处含情。人在其中，若画中游，心无旁骛，更无纤尘。还是《酒是故乡醇》和《花千骨》的外景拍摄地，神奇而美妙。

一、德天瀑布

（一）

瀑布如悬崖倒挂，江水横流舞精花。
阳光折射缤纷飞，水雾迷蒙垂天涯。
飞珠溅玉虹彩霞，三叠湍流奔万马。
游人悦目观奇景，仙境入帘不应暇。

（二）

德天瀑布万丈高，声闻千里动山腰。
临风遥看银河落，游人竹筏春河飘。
龙涎挂壁青松梢，凤尾横空云中跑。
天生丽质桃源景，莫失良机醉意消。

（三）

瀑布悬流尽自成，大寒之节翠墨生。
清澈玉带似倒海，巍峨群山壑中涌。
远眺奇峰景色新，近观银龙云中腾。
中越边陲异观好，山光水色盖宇魂。

古龙山大峡谷，位于广西靖西市湖润镇，集峡谷群、瀑布群、溶洞群、地下暗河群、原始植被、峰丛绝壁、溪流奇石于一体，是广西山水旅游的重要组成部分，是桂西旅游的王牌景点。

古龙山大峡谷有古劳峡、新灵峡、古龙峡、新桥峡四个峡谷；有迎宾洞、百福洞、古龙洞三个洞；有地下三条暗河、溶洞；有单级落差128米的古龙大瀑布和12个美丽画卷的壮丽瀑布景观组成。全长7.8公里，占地约17平方公里，集峡谷山水之灵气，汇暗河溶洞之精华。四个峡谷之间的河流及三个地下暗河溶洞相通，形成四峡三洞三暗河连通的奇观。有徒步峡谷观光游，地下河探秘漂游，三峡二洞经典漂，三峡二洞自由漂，快乐而激情，非常好玩，我是无法用语言来形容的。

古龙山大峡谷以优美的原始生态山水风光、神奇的溶洞景观和浩瀚多姿的原始森林景区为主体，以暗河峡谷群及溪流瀑布为特色，由山、水、林、藤、洞、瀑、石为一体，具有秀、奇、险、幽、奥、野的景观特色，真让人惊叹。峡谷画廊、险崖飞瀑、水帘幽洞、暗河金滩、金鱼吐珠、蛟龙戏水、水滴冰俑等等，幽深险峭。

古劳峡主要有秀瀑幽潭、层林抱丘、峡谷沙滩、绿海密林，随处可见飞瀑流水，随处可是野花飘香。128米的古龙大瀑布凌空飞泻，蔚为壮观，经过亿万年河水冲刷过的鹅卵石沿河堆砌，令人叹为观止。

新灵峡主要有古龙洞壁、神秘洞天、峡谷河道蜿蜒，水流湍急漂流刺激。此峡谷弯弯有景，滩滩有趣，漂流于九九八拐疑无路的急流中，既可追波逐浪中放松身心，感受大自然力量的张扬，体验劈波斩浪中奋勇拼搏的人生真谛。

"游时尽览峡中趣，游罢长思世外天"。整个游程历经数里绝壁，十里喷泉，百里画卷，千里洞天。原始的生态风景长廊，让人仿佛置于世外桃源。真的很美啊，永远难忘。

二、古龙山大峡谷

（一）

峰丛绝壁古龙山，林奥幽密桂昆冠。

瀑布畅飘帘珠溅，溶洞暗河循仙幻。

崖边画廊惊人叹，峡谷风光迷墨翰。

靖西大峡醉天涯，身离龙山又想还。

（二）古劳峡

古劳峡美暗幽潭，层林抱丘金沙滩。

绿海深地飞瀑流，野花随处飘香兰。

山水林藤洞石瀑，秀奇绿野幽奥罕。

鹅卵堆砌亿万年，蛟龙戏水蔚壮观。

（三）新灵峡

新灵神秘古洞壁，河道蜿蜒水流急。

峡谷处处皆有景，漂流九九路无疑。

水帘幽洞鱼吐珠，金滩暗河冰水滴。

追波逐浪心松放，感受自然人生谛。

　　两日之游，虽然天气有点寒冷，但是心情特好。游览明仕田园、那榜田园、独秀峰，五指峰，仙山瑶池，水上石林等景区，让人有行走于山水画廊中的独特真切感受。德天独厚，跨国风情。

防城港之游——怪石滩、白龙洞（诗二首）

2024 年 1 月 19 日，农历腊月初九，早晨还下着蒙蒙细雨，10 时左右就阳光明媚，天气晴朗。我们一行五人自驾一辆小轿车，从防城港市天宁白鹭湾出发，25 公里的路程，半小时到达怪石滩。怪石滩位于防城港市江山半岛南端，坐落在半岛第二高峰灯架岭脚下，系海蚀地貌，石头呈褐红色，经海浪千百万年的雕刻，形成今天形态各异、奇形怪状的天然石雕群。有的像怪兽，有的似花木，有的如战阵，有的似迷宫，逼真的要数"笔架山""金龟望海""袋鼠观海""鳄鱼跳水""雄狮守海疆""蘑菇石"等等，无不惟妙惟肖，引人入胜。涨潮时，更可观赏到"乱石穿空，惊涛拍岸，卷起千堆雪"的壮观场面。站在灯架岭上，朝可看日出，目睹红日冲破黑暗，从东方海中喷薄而出的壮观情景；晚可观日落，望眼碧海映红霞，海天一色，烟水茫茫，恍如散银碎金，闪烁跳动，美不胜收的夕景。

怪石滩是全国罕见的奇异景点，是人间少有的婚纱摄影天堂。这里，天高，海蓝，石奇，是海誓山盟、海枯石烂、沧海情深、深情似海等主题婚纱摄影的最佳场所。

一、怪石滩

形态嶙峋怪石滩，奇波翻动萦回岸。
怪兽花木蘑菇石，金龟雄狮笔架山。
鳄鱼跳水千堆雪，乱石穿空拍惊岸。
婚纱天堂绝佳地，沧海情深天地蓝。

　　白龙洞是一座人工打造的洞穴，与观海小道一起成为怪石滩的新景点。看到白龙望海的盛景，龙头望向大海，龙身潜伏在海湾，龙尾在远方摇摆，一条巨龙横耿在我们脚下，多么形象，多么逼真。白龙望海，是天然的礁岩，在海水这把温柔的叼刀面前变成了最美的自己。看着这海浪的足迹在岩石上留下自己的身影，一道道粗犷的笔画，精美绝伦的云图构织出一幅天然的景象，震撼人心，这是最美的海景。爬上白龙洞的上面，风景更加秀丽，夕阳斜照下的小山峰和灯塔，感觉更加美好啊。

二、白龙洞

　　白龙洞内藏乾坤，神针定海矗高峰。
　　观潮乱石浪涛岸，望海魔阵赏日红。
　　石奇天惊泣鬼神，江山半岛好风景。
　　骚人醉动妙诗笔，秘境莫堪世界闻。

防城港游（诗歌三首）

2024 年 1 月 14 日，农历腊月初四，阳光灿烂，我们在防城港市四家伊盟人家 12 人，自驾三辆小轿车，前往防城港东兴市旅游。从天宁白鹭湾出发，沿着高速公路，不到一小时车程，到达边关风情、庄严国门口岸，饱览中西合璧、古今兼容的独特城市风貌，商业街繁华，人流涌动，在东兴邂逅诗和远方。

一、东兴市游

（一）

连阴几日天放晴，自驾轿车到东兴。
北仑河畔绣风光，繁华街头景不同。
过往店铺生意欣，品牌红木荐知音。
人欢物美连世界，中越商贸更兴隆。

（二）

口岸留影好心情，人来车往景繁荣。
静默界河桥通畅，旅游潮涌客步匆。
群山妩媚相辉映，绿水晶莹互照临。
一号界碑大清立，国门花开依旧红。

二、白浪滩游

　　白浪滩（又名大平坡），位于防城港市防城区江山半岛东北部，因在沙滩上可见一排排滚滚而来的壮观白浪而得名；又因其极为宽广平坦而又名大平坡。海滩最宽处约 2.8 公里，长约 8 公里，堪称中国最大的海滩。白浪滩的沙质细软，又含钛矿而白中泛黑，沙滩坡度极小，潮差带长达几百米，是开展海滨体育运动的最佳场所，可供几万人开展海滨体育运动，如沙滩汽车赛、沙丁车玩乐、沙滩足球、排球等，还可以进行海上摩托艇、海上跳伞等活动。

地势坦荡白浪滩，南国第一好奇观。
号称东方夏威夷，惬意美景海天蓝。
大寒节气海风暖，乌沙细腻铺金滩。
体育运动场所佳，一望无际北部湾。

防城港吟（诗二首）

2024 年 1 月 11 日，农历腊月初一，我与老伴从老家鄂尔多斯市伊金霍洛旗出发，当天 18 点 20 分到达广西南宁机场，晚上 20 点到达防城港市。一下车，灯火辉煌，高楼林立，气温暖和，下着蒙蒙小雨，空气清爽，精神振奋，感慨万千。

一

时至小寒降防城①，云传风送雨疾倾。
高楼林立尽繁华，绿树叠翠亮金容。
北疆家园白雪映，南国港城红花衬。
萍水相逢天赐意，年味渐浓送佳音。

二

繁华锦簇壮观景，成行椰树立城中。
铺就金道向远方，东盟大业盛防城②。
深港码头铁锚坚，碧浪滔天军舰雄。
彩旗高展迎风舞，风采璀璨耀文明。

注释：①、②防城：防城港市。

钦州之游——抗法大英雄冯子材故居（诗三首）

2024年2月23日，天气降温比较冷，我们在广西防城港过春节的四户人家8人，坐旅游大巴车去钦州一日游玩，前往抗法大英雄冯子材故居，参观游览。

爱国人士冯子材故居，位于广西钦州市，始建于清光绪元年（1875年），因冯子材抗法有功，光绪皇帝授予太子少保后加封兵部尚书衔，故人们又称冯子材旧居为"宫保府"。是一座规模庞大的宅院，共有三个院落，每院有三进，共有厅27房，构成了富有特色的"三排九"建筑模式。建造时用料讲究，室内梁、柱、门窗、匾联多为珍贵的格木制成。浮雕工精，壁画色艳，造型端庄，朴实严谨。冯子材是晚清时期的抗法将军和民族英雄，已年近七十，出任统帅，身先士卒，他在中法战争中抬着棺材出征越南，力催敌寇，取得了镇南关大捷，被誉为南疆老将。故居内展示了冯子材将军的故事和功绩，包括他的卧室、书房和会客厅等。故居还包括一个花园，总面积约15000平方米。

冯子材故居是全国重点文物保护单位，全国一百个中小学生爱国主义教育基地之一。

一

爱国将士冯子材，抗击法军震云开。
智勇双全腹韬略，鏖战浴血敌仇忾。
老臣战绩冠三朝，银甲雕鞍换新彩。
天地英雄荡豪气，千秋凛然尚未来。

二

钦州览馆萃亭①翁，文韬武略事迹丰。

子材为官清正廉，本分挺直省吾身。

开设考场录新生，创建书院育教兴。

榜样楷模奋劲力，国强民富赞英雄。

三

冯公衰世苦独穷，天赋创业建大功。

卓扶黎局兴办校，治理海南立纲精。

顾全大局官气正，高风亮节表率从。

民族团结一面旗，古之良将至今荣。

注释：①萃亭：冯子材，号萃亭。

钦州之游——园博园（诗二首）

2024 年 2 月 23 日，天气降温比较冷，我们在广西防城港过春节的四户人家 8 人，坐旅游大巴车去钦州一日游玩，前往园博园参观游览。

钦州园博园，位于钦州市金海湾东大街，是第九届广西园林园艺博览会举办地，占地面积 82.17 公顷。重点打造坭兴陶博物馆，钦州城市园，东盟园，广西各城市展园，生态科普园，自然山林体验区，水岸湿地风光区，滨海广场、雨水花园等景点，使远景、近水、展园内景有机地融为一体。"滨海风情·陶都绿韵"，通过结合山林湖岛特色资源和当地突出的陶文化，突出展示钦州市本地风景文化特色。14 个城市展园将结合现有地形地貌，融合各地民俗文化和地域特色，像南海明珠般散布在山水之间，主要交通要道如丝路串联各个展园，形成一条醒目的"南珠项链"。"生态文化、科技教育、休息度假"为主题的大型园博园。园内以绿色生态为主线，配合人文科技元素，展示了钦州的自然风光和历史文化。

一

天飘细雨蕴古情，园博山水醉人心。

密林曲径花纷飞，池塘霞烟跃金鳞。

雨水花园依山林，滨海广场陶都韵。

自古钦州风水地，何须锦绣世界寻。

二

园博园景借韵吟，滨海文化特色新。

水岸湿地黄莺舞，生态科园紫燕频。

文昌阁楼八角顶，青云景台盛繁荣。

十四名城钦州展，南疆风情有机融。

钦州之游——三娘湾（诗三首）

2024 年 2 月 23 日晨 8 点 30 分，天气降温比较冷，我们在广西防城港过春节的四户人家 8 人，坐旅游大巴车去钦州一日游玩，前往三娘湾白海豚之乡、园博园、抗法大英雄冯子材故居，参观游览。

三娘湾，广西十佳景区之一，国家 4A 级景区，是中华白海豚的故乡。地理位置十分优越，它拥有着丰富独特的旅游资源，三娘湾不仅以白海豚而闻名于世，而且还以神奇、壮丽的大潮而闻名。三娘湾景区以碧海、沙滩、奇石、绿林、渔船、渔村、海潮、中华白海豚而著称，由三娘石、母猪石、乌雷岭、威德寺等景观景点组成，是著名电影《海霞》的外景拍摄地和中央电视台 MTV《湾湾歌》、20 集电视剧《海藤花》的拍摄基地。

三娘湾有许多动人的传说，其中之一是相传三娘湾原来只有三个英俊的小伙子居住，他们共在一条船上，共用一番网，共住一个舱，相依为命。一天，三仙女下凡，发现这独特的海湾和勤劳英俊的小伙子，决定下嫁人间。玉帝得知，允许暂住三年。丈夫出海打鱼，妻子在家织网，相亲相爱，生儿育女，过着美满的生活。三年后，玉帝不见仙女回来，大怒之下，掀起狂风恶浪，吞没渔船。三位娘子在海边并排站着，顶着狂风恶浪，等待丈夫归来，天长日久化成三柱并排站立的花岗岩石，大海见证了他们坚贞的爱情、勤劳勇敢的象征，人们都捧来鲜花香烛敬献三娘石，常年香火不断，以表示对伟大母亲、美丽女性和坚贞爱情的向往。

三娘湾的美不仅仅在于她动人的传说，而且在于她超凡脱俗的气质。黄金的沙滩软而亲切，婆婆的树林清丽恬静，清澈的柔波坚韧而执着，千姿百态的礁石巍然屹立，古朴的渔村温馨而恬淡，灵动的海豚亲切的呼唤，还有那悠闲的从容的渔民……最富特色的是这里的海豚和奇石，海豚有各色的，有粉色的、蓝色的、白色的、黑色的、灰色的等等。海域内，常年活跃着数百头五彩斑斓的中华海豚，而且一年四季都能近距离观看，每当渔民出海捕鱼或游人出海观光时，海豚常常追逐渔船、亲渔夫、逗游客，或在海中嬉戏，构成了一幅人、豚亲密无间、和谐相处的美好画面。这里的另一个特色是遍布各处的奇石、沙滩旁、浅海中奇石林立。金色的沙滩、明媚的阳光、神奇的传说、淳朴的民风、可人的海豚，演绎着一个个美丽动人的故事，当游人每每踏入这片土地，无不沉醉其间，捕捉着平凡而深刻的镜头，三娘湾骄人的魅力就像一股春风，吹得人心花怒放。

一

细雨重峦烟雾浓，寒风刺骨钦州行。
午时进入三娘湾，海水波澜景迷人。
三石岸立降仙境，白海豚生伴成群。
《海霞》外景拍摄地，三娘传说贞爱情。

二

三娘湾美丽乡村，虫鸟鸣环境宜人。
望大海漫无边际，观椰树海岸美景。
玩野地沙滩露营，会篝火烧烤气氛。
花岗岩观潮起落，大自然和谐宁静。

三

钦南苍海丽金湾，三娘化石立奇岸。
母性伟大坚可爱，故事动人不平凡。
乘浪坐艇豚争先，静观霞烟船天边。
海豚愉悦生长地，倦客逾海好奇观。

咏甘肃天水麦积山石窟（诗二首）

2024 年 7 月 28 日，阴天湿润，空气清爽，伊金霍洛旗一行 28 人，参观甘肃省天水市麦积山石窟。位于天水市东南 45 公里秦岭山脉西段北麓，始建于十六国后秦姚兴皇帝时期，即公元（384——417）年。在中国四大石窟中，麦积山石窟以其精美的北朝泥塑和早熟的西魏壁画闻名于世，有成百上千的蜂窝似的洞窟和佛像，孤峰独秀，犹如麦垛，石窟凿于绝壁，自然风光美丽，不愧是我国石窟文化的瑰宝。

一

甘肃天水麦积山，中国四大石窟显。
泥塑石雕岩壁画，栈道凌空层叠联。
洞奇挺秀临悬岸，密刻蜂窝绝窟禅。
敬佩祖先匠心制，镌石成佛程巨艰。

二

天水麦积奇秀峰，丝路窟列绝壁中。
攀登栈道错落梯，精湛古雕夺天工。
阿弥陀佛栩如生，端庄慈祥笑含容。
东方艺术瑰宝库，人民江山更千红。

第九辑

曲艺集锦

伊旗是个好地方

建党百年举国庆
文联组织去采风

伊金霍洛旗七个镇
参观到哪儿哪喜人

花园新城阿勒腾席热镇
建筑亮丽百业腾飞万象新

大厦高楼清澈透明湖中映
城在绿中人在画中行

一街一品四季常青
精美大气生态文明

三河两湖自然亲近
宜居宜业幸福之城

人称"煤都"乌兰木伦镇
天蓝地绿气爽水更清

这里产煤不见煤
郁郁葱葱好风景

村民受益乡村振兴
旅游发展光伏发电能源新

太阳石故乡人间仙境
可持续发展总揽统领

生态优先纳林陶亥镇
高标准绿色矿区结构转型

复垦绿化稳定推进
崇山峻岭风景迷人

朱开沟、青铜器文化底蕴深
齐秦并存纳林塔中国古长城

陶亥召早年建筑气宇恢宏
农耕游牧两大文明互相交融

天骄圣地伊金霍洛镇
经济繁荣乡村振兴局面新

蒙元文化打品牌
达尔扈特文化魂

乡村旅游"大成陵"
民俗体验带货直网红

龙虎渠幸福田园草原情
现代化双语自然见学展雄风

五彩新镇札萨克
经济腾飞搞得活

一村一品唱新歌
转型发展百姓乐

查干柴达木音乐公路唱红歌
草原寨巷美丽新村名显赫

市旗红会建厂扶持塔河村
治沙站退休老汉写信感党恩

生态魅力大镇红庆河
挖掘潜能前景真广阔

特色种养施良策
各类食品蔬菜纯绿色

东水西调高原上的人工河
灌溉两岸农田湖淖解干渴

蒙泰综合项目农民受益多
白格针规模化种养植百姓乐

草原明珠苏布尔嘎镇
文化搭台旅游唱戏产业振兴

"百企帮百村"红色航领
"一村一品"强村富民

养殖园区栽出摇钱树
"敏盖"绒山羊走出致富路

耳字梁新科技生物细加工
壕赖苏村种植羊肚菌富了民

百年建党新征程
成就辉煌真感人

七镇奇葩天地惊
只争朝夕向前进

百年建党新征程
只争朝夕向前进

再唱伊旗抗疫情

秋去冬来天气冷
新冠病毒又发疯
播击全国十四省
伊旗抗疫不松劲

我家就在新阿镇
抗拒病毒来入侵
旗委政府发号令
众志成城抗疫情

市旗安排早行动
全民动员严把门
基层组织急先锋
严防严堵先挺身

外来人员登记勤
规范检查自觉行
健康行程两码查
核酸检测量体温

保护自己和家人

不让病毒人传人
不去中高风险地
高高兴兴呆家中

千里戈壁胡杨林
额济纳旗传疫情
小镇景色无人赏
滞留游客近万人

中央内蒙心系民
八方支援救苍生
转移出去安监测
早日回家避寒冬

天骄圣地热心人
手捧哈达车站迎
千里奔赴"疫"路行
两批转移全完成

隔离酒店幸福家
服务细致献爱心
一人一间真温馨
第二故乡适舒心

用品俱全美环境
防疫工作做严谨

"伊金霍洛欢迎您"
热泪满眶大爱盈

日月同天担雨风
大疫袭来伊旗承
歼灭疫情阻击战
风雨过后是彩虹

百年建党新征程
疫情常控警钟鸣
惊涛骇浪无所惧
使命牢记中国梦

庆丰收著华章

我为伊旗放声唱

日暖风轻碧水淌

哈沙图村精打造

消费扶贫销售忙

忆想过去太荒凉

晴天风吹眼迷茫

雨天泥泞路难走

乡村道路不通畅

而今家乡大变样

交通便捷通四方

美丽村庄披彩虹

家家砖房亮堂堂

金秋时节满院黄

彩椒鲜艳挂门窗

圈养猪羊慢扭动

笼中鸡鸭摇楼晃

番瓜如盆晒太阳

谷穗二尺半挂装

葵花饼饼大锅盖

玉米棒棒垒城墙

绿色家园　伊金霍洛（配乐诗朗诵）

甲：一双双眼睛，满怀激情对家园的期望，

乙：她见证了城市的发展，也目睹了岁月的沧桑。

丙：一双双眼睛抚慰岁月的留痕，一段段表白发自内心的呼唤，

丁：让我们听听他们的声音，聆听那变迁中的心灵回响。

合：啊，美丽的绿色家园——伊金霍洛！

甲：看，平静如歌的乌兰木伦河水，源远流长，

乙：看，那满山的青松翠柏与柳杨，正在冬日里蕴藏、春芽、夏长，

丙：看，煤转油化工圆梦，光伏发电，矿区绿色建设展翅飞翔，

丁：看，那茫茫的草原上，牛羊肥壮，白云飘飘，鲜花吐香。

合：啊，伊金霍洛，新城正在崛起，在历史的洗礼中焕发新装。

甲：伊金霍洛，亘古久远，青史流芳。

乙：纳林塔战国秦长城印证着驼道的起点，

丙：朱开沟烈焰铸青铜日明月亮，

丁：昭君和亲秦直道奏响民族华彰。

甲：成吉思汗雄韬伟略演绎壮阔波澜，

乙：穿越时空伊金霍洛选定此地长眠，

丙：今日旅游产业快速发展神奇飞越。

丁：蒙汉人民水乳交融，满载着伊金霍洛人进取的信念。

甲：民族团结，春风化雨，改革开放，

乙：励精图治，披荆斩棘，斗志昂扬，

丙：政统明策，扬帆破浪，铁拳砸向沙漠，

丁：伊金霍洛，绿树成荫，鲜花开放。

甲：北斗七星，在蓝色的夜空中变幻，

乙：乌兰木伦河南岸，高楼林立，灯火灿烂，

丙：阿勒腾席热镇，草芽舒张，灵动绿染，

丁：幸福新城，壮美如画更娇艳，国泰民安。

甲：伊金霍洛，资源富集，煤海绿洲，

乙：依靠科技力量，转化能源，绿能发电，

丙：羊煤土气，抒写上天对你的眷恋，

丁：奋进号角响彻天边，描绘北疆多彩画卷。

甲：伊金霍洛，生态优先，绿色发展，

乙："一村一品"富民工程，"百企帮百村"，红色领航，

丙：龙头企业、支柱产业、养殖大户，家庭农场，

丁："乡村振兴战略"，调结构，优环境，稳定增长。

甲：打造特色品牌，优秀传统文化传承发扬，

乙：红色文化、农耕文化、草原文化、沙漠生态文化，

丙：展示靓丽名片，助力经济快速发展，依托自然风光，

丁：让伊金霍洛天更蓝、山更绿、水更清，环境更优美更强。

甲：伊金霍洛伴随浩荡东风，与时间赛跑，精彩发展，

乙：献哈达起舞，迎四海佳朋，

丙：斟奶酒放歌，邀五洲贵宾，

丁：期待世界了解，浸润共赢喜氛之中。

甲：伊金霍洛，盛古草原明珠，驾马御风，

乙：宏图绘就，一日千里，虎跃龙腾，

丙：破浪开新篇，千秋明媚，众志成城，

丁：蒙古马自由驰骋，万古朗润，焕发青春。

合：啊，美丽的绿色家园，伊金霍洛！

春暖花开时，大美绿城别样红（配乐诗朗诵）

沐浴在阳春三月里，春光灿烂，空气清新，
在这云淡风轻的日子里，春暖花开，
传递诗情画意，感受春天的美好，
看到希望的春天里，万物复苏，盈盈私语，
散发着淡淡的幽香，
小河里潺潺的流水一路欢歌，
听小鸟在枝头低吟婉唱，
啊，我们集结在新时代的旗帜下，
体会春的盎然生机，
划开时间的激流，扬帆远航。

或许是经历了严寒的洗礼，
我们分外喜欢春日里的每一束阳光，
大美绿城，天是蓝蓝的，风是柔柔的，
没有阴霾，心是惬意的，没有忧伤，
大美绿城，如歌如画，
平静的像乌兰木伦河水，清丽、流畅，
大美绿城，生活是温馨的，
各族人民肩负重任，仪态大方，神采飞扬，
啊，大美绿城，你在历史的洗礼中焕发新装，
智慧高超，红心向党，优秀上榜。

一声长啸，撕破东方的地平线，

一道霹雳的闪电，谱写出中华大地的诗篇，

伊金霍洛，大美绿城，一匹狂飙的蒙古马，

高歌猛进，千古纵然，沃土犁田换新天。

伊金霍洛，我们美丽的家园，

五色的土地，神奇的山川，

书会门山口融汇着三省的炊烟，

蒙汉人民水乳交融血脉相连，

纳林塔战国秦长城印证着驼道的起点，

乌兰木伦河流淌着伊金霍洛人的誓言，

乌金滚滚煤海翻卷，煤直油化工梦真圆，

今日矿区路车轮飞转，满载着伊金霍洛人幸福的喜悦。

伊金霍洛，与祖国母亲血脉相连，

朴实的情怀倾注一腔热血，勤劳的双手装点锦绣河山，

你是草原骄健的战神，你是大漠不屈的灵魂，

震撼着万里北疆的声威，灵动绿染，

给大漠插上希望的翅膀，绿树成荫松涛阵阵，

岿然于大漠万壑之上，大美绿城新装展。

伊金霍洛，前仆后继的铁流，捍卫着草原故土的尊严，

一步一个惊奇，在烈业中寻找义不容辞的使命，

固"黑"拓"绿"，打造绿色基地能源，

排除"一煤独大"模式，聚焦零碳产业闯新路，谋发展，

"风光氢储车"狂飙闪烁，技术水平国际领先，

映照横刀立马英姿，崛起新时代，
绘就宏伟蓝图，描绘北疆画卷。

伊金霍洛，大美绿城，追风而去，逐光而行，
构建人类命运共同体，民族团结社会和谐，
初心不动，仰天嘶鸣，依然天地之间，
开放宜游伊金霍洛，引商引智来探秘，
期待世界了解，期待未来更加辉煌，
千秋明媚，万古朗润，壮美如画更娇艳。

春暖、风柔、雨润、花香、树翠、鸟唱，
绿水、青山、桃红、柳绿，一片盎然，
春语、春声、春诵、春耕，一片繁忙，
春游、春聚、幸福、快乐，充满人间希望，
与温柔的时光同行，将春光印在眉梢，
春色穿在身上，春景含在眼里，春花开在脸上，
春情怀在心间，春韵握在手中，花香装入行囊，
一路明媚曼妙的春风，一怀柔软温润的温情，
令人沉醉不知归路，春光无上。

大美绿城，铿锵玫瑰（配乐诗朗诵）

甲：春风含笑柳如烟，人间最美三月天，

乙：三月，带着淡妆，带着春天款款而来，

丙：三月，带着春风浩荡，传递着诗情画意的喜悦，

丁：今天是"三八"国际妇女节，我们心情激动，为巾帼女性唱赞歌，

合：我们集结在新时代的旗帜下，步伐铿锵划开时间的激流，扬帆远航！

甲：女人如歌，仿佛似淙淙如练的飞瀑，开朗、奔放，

乙：女人如画，平静的像乌兰木伦河水，清丽、流畅，

丙：性情沉静的巾帼女人，肩负重任，仪态大方，

丁：姿态优雅的巾帼女人，各行各业的岗位上，新农村建设上，神采飞扬。

合：大美绿城，巾帼女人，你在历史的洗礼中焕发新装。

甲：伊金霍洛，青史流芳，巾帼心，高超的智慧，永向党，

乙：感党恩，听党话，跟党走，辛勤的耕耘，巾帼榜样，

丙：强化妇女思想，兄弟姐妹一家亲，石榴籽子团结紧，民族华彰，

丁："中国妇女报""奔腾融媒体平台"，各级新媒体传播平台，优秀上榜。

甲：加强党建引领，学思想，强党性，重实践，建新功，无上光荣，

乙：落实"三会一课"制度，开展志愿者服务，巾帼健康行动，温暖如春，

丙：落实党风廉政建设制度，我为群众办实事，明媚阳光下，奉献追求，

丁：铸牢中华民族共同体意识，把青春和热血献给慈爱的祖国，巾帼美，巾帼红。

甲：推进妇女在创业中建立新功，围绕中心，服务大局，卓越贡献，

乙：北疆巾帼电商直播基地，快速发展，神奇飞越，宏伟大业，

丙：北疆布丝瑰创业就业行动项目落地，培育致富，引领示范，

丁：就业暖民心，送岗进社区，巾帼建功标兵，满载着伊金霍洛人进取的信念。

甲：伊金霍洛，为当代女性提供广阔舞台，各行各业妇女争先，奋发向上，

乙："一村一品"富民工程，"百企帮百村"，科技尖兵，红色领航，

丙：企业工厂里、养殖大户、家庭农场，技术能手，劳动楷模，

丁："乡村振兴战略"，调结构，优环境，投入伟大事业中，自立自强。

甲：治病救人，坚守岗位，撑起医疗半边天，无私奉献，

乙：三尺讲台，巾帼逐梦，哺育了多少自信，点燃了多少青春，

丙：城市建设，幕后力量，夏冒酷暑，冬顶严寒，创造优美环境，

丁：警花绽放，藏蓝色彩，春去秋来，用心坚守，一抹靓丽风景。

甲：作为公交战线上铿锵玫瑰，

乙：她们用柔弱的肩膀承担着崇高的使命，

丙：用辛勤的汗水守卫着市民的顺利出行，

丁：在平凡的岗位上展示着"不让须眉"的巾帼秀色。

甲："女神"们仍然坚守岗位，

乙：奋战在养老服务第一线，

丙：在家，她们是母亲、妻子、女儿，

丁：在院里，她们不是亲人，胜似亲人。

甲：她们在各自岗位上任劳任怨，

乙：勤劳、敬业、坚持，奉献，

丙：用尽所有力量守护着我们静好岁月，

丁：优秀的品质，值得我们称赞，她们是"最美"的人。

甲：伊金霍洛伴随浩荡东风，与时间赛跑，绿色发展，

乙：一道霹雳的闪电，撕破东方的地平线，

丙：一匹狂飙的蒙古马，高歌猛进，龙腾虎跃，

丁：伊金霍洛，盛古草原明珠，破浪开新篇。

甲：伊金霍洛，前仆后继，捍卫故土草原，

乙：在烈业中寻找义不容辞的使命，

丙：固"黑"拓"绿"，打造绿色基地能源，

丁："风光氢储车"狂飙闪烁，描绘北疆画卷。

甲：骏马奔腾的渴望，我的情感把春风燃烧成诗行，

乙：鲜花醉饮三月的阳光，我思想的闪电把心中的琴弦弹响，

丙：我们巾帼团队挺直的脊梁，扛起半边天的希望，

丁：我们歌唱铿锵玫瑰装点的春光，闪亮的更有伊金霍洛妇女的形象。

合：啊，美丽的绿色家园伊金霍洛，明天更加美好，更加灿烂辉煌！

大美绿城，供水赞歌（配乐诗朗诵）

男 1：大美绿城，伊金霍洛，毓秀钟灵

女 1：上善供水，流甘淌露，惠泽民生

男 2：民生大计，健康饮水，扬帆远行

女 2：输送万家，科技守神，肩负使命

合：水质如饮甘泉，服务如沐春风

双男：总有一种细微让人感动

双女：总有一种平凡让人震撼

合：总有一种亲和让人倍感温暖

男 1：机遇与挑战并存，供水人奋发有为

女 1：激情与汗水挥洒，供水人硕果累累

女 2：饮水质量稳步提升，民心工程如期完成

男 2：节能降耗效果显著，供水水量日益提高

合："所谓伊人，在水一方"，伊金霍洛上善供水有限公司乘风
　　破浪

男 1：春回大地，万物复苏，奏响最美的赞歌
　　我们让希望的种子在泥土中奋争
　　托举着蓝色的梦想风雨启程

不懈的努力，迎来供水能力的稳步提升

坚毅的执着，促成供水项目的顺利实施

历练中成长，生态优先，实干中腾飞

在奉献的旗帜下，我们甘洒汗水

护航千万家，健康饮水行

女1：阳光灿烂，绿色中怀抱着温暖

我们在湛蓝碧空里燃烧激情

用行动诠释那唯水上善的宗言

面对持续高温，我们无畏无惧

迎战用水高峰期，我们义不容辞

岁月的年轮，用脚步丈量

生命的火焰，用激情点燃

用阳光穿透云层的甘甜流淌人间

男2：秋高气爽，层林尽染，硕果累累，万里飘香

我们用蓝色浸润干涸的生命

掬一捧红叶收获成熟

全力以赴的坚守，换来百姓的安居乐业

锐意进取的开拓，铸就经济的再次腾飞

辛勤的付出，收获成功的今天

勇敢的追求，展望精彩的明天

生命之源泉，健康好生活

女2：岁暮冬日，白雪皑皑，恢宏气派的盛宴让人陶醉

我们将蓝色的清泉变成喷薄的火焰

融化刺骨的寒冰，孕育新的生命

足量供水，优质供水，安全供水

水质第一，安全第一，用户第一

维修快，计量准，水压稳，水质优
现代化、科技化、精细化、人性化
为社会默默奉献，我们责无旁贷

男1：爱企如家，爱岗敬业，勇于开拓
　　　是我们团队的精神
男2：积极进取，求实创新，踔力奋发
　　　是我们前行的动力

女1：供水伊人，无私奉献，撸起袖子加油干
　　　是我们追求人生的境界
女2：不忘初心，牢记使命，幸福万家
　　　是我们供水人的责任

男1：优质服务让用户满意
女1：坚毅执着促成惠民工程
男2：用勤劳的双手，供出沁人心脾的甘泉
女2：用坚实的脚步，走出平凡而伟大的人生
男1：我们是战士，披荆斩棘，一路高歌
女1：我们是勇士，踏平坎坷，勇往直前
男2：每一个字都镂刻着供水人的铮铮誓言
女2：每一首歌都点燃激情拥抱未来精彩的世界
合：大美绿城，伊金霍洛，供水战线，责任在肩，继往开来，
　　甘洒热血，用智慧和汗水，抒写上善供水人气势磅礴的
　　壮丽诗篇

夸夸伊金霍洛旗新气象（表演唱）

伊金霍洛新气象
绿水青山好风光
脱贫攻坚打硬仗
沧桑巨变成就煌

城乡旧貌换新装
人民生活蒸蒸上
生态环境持续好
蒙汉团结奔小康

一唱阿镇大变样
交通便捷通四方
城市楼林披彩虹
靓男倩女展精妆

城乡景点乐观光
游客如云人气旺
经济腾飞万象新
人民幸福在天堂

二唱"煤都"乌兰木伦镇

砥砺奋进开拓新

这里产煤不见煤

生态恢复绿茵茵

乌兰木伦新村景迷人

百姓幸福好光景

公园学校全尽有

各项齐全现代城

三唱圣地旅游城

特色鲜明草原情

伟人功绩所向靡

勇往直前数英雄

乡村旅游"大成陵"

经济繁荣局面新

蒙元文化打品牌

达尔扈特文化魂

四唱新镇札萨克

锐意进取波澜阔

城乡差距在缩小

经济腾飞搞得活

"一村一品"唱新歌

美丽新村名显赫

拓展乡村大旅游

转型发展百姓乐

五唱农业大镇红庆河

改革开放红利享

土地整合示范领

特色种养施策良

设施农业覆盖广

科学种田铸辉煌

精准扶贫见成效

今年穷帽扔海洋

六唱农牧强镇苏泊罕

产业振兴民富强

文化旅游两翼展

富民工程红领航

美丽草原多牛羊

牧人歌声震山岗

大发羊财精心养

收入颇丰喜洋洋

七唱煤镇纳林塔

工业发展著华章

生态环保攻坚战

百企帮村大变样

精准扶贫号响亮
三级干部力度强
调整结构会经营
"志智双扶"奔小康

塞外伊旗真眼亮
日暖风轻碧水荡
老柳垂丝吐新芽
青松抖擞新颜放

伊金霍洛好地方
人杰地灵有宝藏
休闲避暑神仙地
宾至如归不恋乡

伊金霍洛旗旧貌换新颜（表演唱）

伊旗过去两条街
七高八低路倾斜
风日扬沙迷人眼
雨天泥泞沾满鞋

王府街上摆摊点
货物灰尘落满面
逢年过节车辆堵
交通事故频繁见

郡王府宏大赏心悦
过去四周民房乱建
王爷府官邸做库房
一片杂乱真目眩

旧皮市场方位偏
大街小巷臭通天
西郊市民低洼坑
遇上大雨被水淹

改革开放政府迁
日新月异新景添
油路平坦宽又广
高楼林立彩虹现

母亲公园花鲜艳
靓男倩女舞蹁跹
歌声嘹亮律动美
天天亮丽风景线

白云飘飘蓝莹莹天
栽树种草到处是花园
秧歌二人台笑声不断
踏遍青山空气新鲜

乌兰木伦河畔松柏鲜
游人云集竞欢颜
阿康一体齐发展
经济腾飞奋勇向前

党的政策日觉甜
历届领导良策献
呕心沥血日夜忙
谱写华章攻克坚

变化巨大感慨言

亮点纷呈看花眼

小康梦想成了真

伊旗旧貌换新颜

数九天过后迎春风（民歌对唱）

男：爆竹声声贺新年，庚子岁首庆团圆，张灯结彩锣鼓喧，人人脸上笑开颜。

女：今天就是正月二十三，灶马爷天宫返人间。竹板一打响连天，咱们夫妻二人唱一段。

男：这两天心里有点烦，想出外面转一转，老婆立马门前站，左手拦来右眼翻。

女：新冠病毒突出现，好似瞬间阴了天，男女老少又胆寒，叫人心惊脸色变。

男：这个疫情已有这么多天，闷在家里我急得直转圈，大部分感染患者发病在武汉，我这是谨小慎微杞人忧天。

女：这疫情发展可不一般，你要把专家的忠告记心间，戴口罩勤洗手千万别乱窜，在这危难关头别把乱子添。

男：我觉得疫情离咱们很遥远，危险根本不在咱们这里面，茶饭不思坐卧不安，你说我熬战"疫"心烦不烦。

女：你说你在家心扑烦，想想不顾安危的钟南山，八十四高龄冲在前线，为打赢这场战"疫"历经苦难。

男：听老婆话咱不东走西窜，疫情严峻不给国家添负担。无数逆行者勇往直前，全国上下助力武汉。

女：可敬白衣天使奔赴前线，四面八方都来支援，为抗击疫情做出贡献，看似普通可一点也不平凡。

男：国家有难咱不添乱，待在家里就是贡献，少聚一餐心里舒坦，时髦安全网络问安。

女：亲戚不走情义还有，朋友不聚回头再续，利人利己互不传
　　染，坚持几天确保平安。

合：全国人民齐防范，打赢抗疫阻击战。东风拂面艳阳天，天
　　骄圣地春满园。

畅游伊金霍洛（漫瀚调对唱）

男：树上喜鹊喳喳叫，我和妹妹唱几段漫瀚调。

女：伊金霍洛风光好，唱到哪搭儿哪搭好。

男：环境优美"全国绿化模范旗"，地处鄂市高原交通真便捷。

女：总面积五千六百平方公里，辖七镇物华天宝资源富集。

男：煤海绿洲天骄圣地，生态良好地灵人杰。

女：古老文明伊金霍洛旗，英雄眷恋游人感神奇。

男：伊金霍洛四季分明景致独特，辽阔草原风情盎然壮观显赫。

女：金山银山人民喜乐，蒙汉团结热情好客。

男：草木复苏似江南春风满面，广袤天地悟草原不寻境界。

女：着单衣百花香沐浴春风，看赛马观摔跤祭祀成陵。

男：绿的醉人清凉避暑草原夏景，水草丰盛烟波浩渺宁静温馨。

女：歌舞摇篮展风情鄂尔多斯婚礼，源远流长爱情故事古老神奇。

男：草黄树红成堆成片尽染秋色，步入梦幻鸟儿飞翔秋水清澈。

女：昭君远嫁告别中原下马回望，王母感动仙女下凡水波荡漾。

男：视野宽广苍凉壮阔冬季漫长，大雪纷飞湖泊如镜白雪茫茫。

女：手扒肉羊背子草原篝火，度新春祭灶火多彩生活。

男：阿镇不大环境优美，宜居之地令人陶醉。

女：开放宜游伊金霍洛旗，引商引智之游来探秘。

男：红碱淖、红海子、转龙湾、阿拉善湾，吃鲜鱼观美景值得一转。

女：淖儿、水泊、湖泊"昭君泪"，水光粼粼遇真情七仙女忘回。

男：既有寺院古迹可寻，又有草原风情可品。

女：远古元素互相交融，各具亮色浑然天成。

男：世界上最早高速路秦直道，地形复杂土质多变质量要求甚高。

女：距今四千年"朱开沟文化"遗址，还有那佛教吉祥福慧寺圣地。

男：直登那书会敖包梁梁长城远眺，蜿蜒曲折直达天际隐没烟云之中真叫好。

女：伫立在漠野中最高处白塔群巍巍相伴，乌兰活佛庙六世班禅名历经二百余年。

男：公尼召、石灰庙、新庙、乌拉庙众多寺庙，古城堡、大仙洞、古树化石文景观好。

女：苏布尔嘎道劳岱汉代古墓成群，世界珍稀动物遗鸥贵鸟簇拥。

男：远古文明这里是一片英雄眷恋的土地，八百多年成吉思汗陵园巍然屹立。

女：领略铁马金帐出征的气势恢宏，欣赏一代天骄成吉思汗陵宫。

男：金碧辉煌的陵宫大殿，举世闻名的大汗陵园。

女：苏勒德祭坛松柏中雄伟耸立，甘德尔敖包彰显出更加
壮丽。

男：美丽富饶巴音昌呼格草原，滋养着守陵达尔扈特人世代
相传。

女：首批国家非物质文化遗产，祭祀大典巨龙腾空翻跃。

男：闪烁八百年不熄的光亮，充满着后世敬仰英雄神奇的
现场。

女：人头攒动香烟缭绕传四方，哈达飘拂酥油灯跳万里香。

男：苏布尔嘎草原好风景，湖泊连绵河流纵横。

女：沙丘起伏绿洲成荫，游白塔、神泉、滴水观音。

男：广场大来马路路宽，郡王府完美人人参观。

女：飞檐斗拱画阁雕梁，龙文凤彩富丽光亮。

男：文物考古朱开沟文化遗址，秦王朝史书中的"河南地"。

女：大约指伊金霍洛鄂尔多斯高原所在地，朱开沟文化与鄂尔
多斯青铜文化紧紧衔接。

男：一阵阵素来一阵阵荤，漫瀚调唱的人迷了魂。

女：前半句嫩来后半句脆，听上三天三夜不瞌睡。

赞伊金霍洛旗（男女声对唱）

女：蓝蓝天空飘白云，耳际传来鼓乐声。

男：年近古稀不老松，陪同老伴来兜风。

男：放开嗓子抖开音，咱二人上台唱几声。

女：你道当年我论今，今昔对比咱唱阿镇。

男：晚上点盏煤油灯，黑瞎八洞做营生。

女：霓虹闪烁不夜城，路上车灯似长龙。

男：遮天蔽日起沙尘，大天白日灰蒙蒙。

女：植树种花美环境，塞北阿镇江南景。

男：白茬皮袄偏大襟，蓝布裤子打补丁。

女：羊绒大衣倍精神，穿上貂皮更迷人。

男：少油没水肚里空，糊糊一喝两大盆。

女：鸡鸭鱼肉市场丰，特色美食海鲜品

男：一盘土炕人挤人，掏灰挖火忙不停。

女：棚户改造高楼耸，宽敞明亮特舒心。

男：坑坑洼洼路难行，半天到不了方家村。

女：机场高铁已落成，漂洋过海去旅行。

男：说起当年伊旗穷，起早贪黑苦扑腾。

女：设施农业花样新，旱涝保收产量丰。

男：受人贬低伊旗穷，背井离乡去打工。

女：心灵手巧技术精，人才辈出显精英。

男：展油活水那好后生，排上队的打光棍。

女：身处异乡勤打拼，婆媳和谐胖孙孙。

男：人闲无聊太虚空，酗酒赌博瞎折腾。

女：打拳练剑忙健身，吹拉弹唱舞青春。

男：提起当年好闹心，快把他抛在脑后跟。

女：夸咱伊旗言未尽，人杰地灵民风淳。

男：人生本来不轻松，多想现在的好事情。

女：社会风气大提升，举止文明树新风。

男：祖国华诞七十整，天翻地覆面貌新。

女：安居乐业百业兴，伊旗明天更繁荣。

男：复兴路上方向明，凝心聚力团结紧。

女：巨龙腾飞国昌盛，全民共筑中国梦。

合：初心不忘记使命，人民幸福民族兴。

　　建设亮丽内蒙古，携手并肩向前进！

学党史映初心——献给建党 100 周年（快板）

竹板一打上台前
观众朋友听我言
建党百年举国庆
学习党史话成篇

循履觅迹五千年
华夏成败兴衰连
盛时皆赞记忆史
昂首阔步永向前

中国建党一百年
凌霄震撼切巨变
十四亿雄东方立
华夏复兴全球宣

难忘一九二一年
党的一大亮丽现
开天辟地红船启
星星之火遍燎原

党的二大上海开

打倒军阀消内乱
制定起草党章程
明确反帝反封建

党的三大广州开
国共合作首次建
联俄联共助农工
三民主义新确立

党的四大上海开
共产国际来参会
民主革命领导权
研判现实存局限

党的五大武汉开
党的任务决案立
争取革命领导权
武装斗争迫眉睫

党的六大莫斯科开
中共党章细修改
政治军事等决议
认识不足苏维埃

党的七大延安开
毛泽东思想树起来

总结革命发展史
团结一致创未来

古田会议新军建
确定抗日统一战线
朱毛建立根据地
长征开启战略移

红军长征一路险
跋山涉水勇向前
三军胜利大会师
日月同辉树丰碑

革命征途路泥泞
镰斧锤炼铁骨铮
八载打败东洋寇
三年驱逐蒋反动

天安门楼亮伟声
亿万人民齐振奋
万里河山定乾坤
冲破迷雾放光明

祖国建设万马奔
各行各业齐奋进
两弹一星世界惊

中华民族腰杆硬

改革又刮春天风
开放焕发精气神
综合国力跃全球
西方嫉恨瞎恶心

红色基因永传承
疫情防控华夏赢
脱贫攻坚穷帽摘
乡村振兴万民欣

科技创新硕果丰
嫦娥奔月东方红
鲛龙深海探宝藏
天和飞船惊世人

一百年来发展快
鸿基大业气势宏
国强民富新时代
红船精神映初心

石破天惊中国梦
党的使命记心中
再思百年绘蓝图
扬帆起航向远征

民族团结一家亲（快板）

竹板一打台上站，
我为绿城大声赞。
民族团结一家亲，
伊金霍洛新颜展。

跟党走，谱新篇，
乡村振兴永向前。
中华民族大家园，
共同富裕是关键。

阿腾席热大变样，
美丽城市正远航，
各族人民团结紧，
砥砺前行向辉煌。

"太阳石"故乡乌兰木伦镇，
天蓝水绿气爽水更清，
光伏发电能源新，
浩瀚壮观似仙境。

纳林陶亥镇景迷人，

复垦绿化稳定推进。
朱开沟、陶亥召、秦长城，
崇山峻岭气宇恢宏。

经济腾飞札萨克，
一村一品唱新歌。
草原寨巷新村建，
转型发展名显赫。

伊金霍洛成吉思汗陵，
草原品牌文化展新容。
达尔扈特世代守护人，
跨越时空历久而弥新。

生态魅力大镇红庆河，
挖掘潜能前景真广阔。
蒙泰综合项目特色种养施良策，
农牧民受益百姓乐。

草原明珠苏布尔嘎镇，
文旅唱戏产业振兴。
养殖园区栽出摇钱树，
"敏盖"绒山羊走出致富路。

石榴子儿抱成团，
凝心聚力谋发展。

共同意认钢铁墙，
守望相助国梦圆。

复兴路上宏图展，
民族精神代代传。
美丽中华百花艳，
团结和谐争创先，
争创先！

夸夸准格尔（漫瀚调对唱）

喜鹊鹊落在树梢梢
我和妹妹唱段漫瀚调

准格尔旗风光好
唱到哪搭儿哪搭好

环境优美全国水土保持生态文明旗
资源富集文化旅游"鸡鸣三省"地

百强旗县地广经济实力大
煤炭产业强劲交通便利又发达

准格尔旗四季分明景致独特
老牛湾黄河大峡谷壮观显赫

金山银山人民喜乐
蒙汉团结热情好客

一九九〇年旗府迁于薛家湾镇
它是政治文化经济发展中心

高大茂盛纳日松千年油松王
生命茁壮大鹏展翅令人神往

砒砂岩水利风景迷人暖水乡境
依托黄河阻泥拦沙水土保持工程

万家寨水上娱乐休闲中心龙口镇
北宋杨家将佘太君征战十二连城

"宝堂寺"准格尔召庙群建筑气势恢宏
包子塔惊险奇雄雄关绝壁城坡古城

阿贵庙封山育林植被好原始次森林
太子滩娘娘滩悬水岛屿黄河河道中心

寨子圪旦遗址新石器地处窑沟乡
万家寨水利枢纽建设工程好地方

十二连城巨合滩与托县城隔河相望
沙漠纵横湖泊连绵秀丽风光

远古元素互相交融
各具亮色浑然天成

既有寺院古迹可寻
又有草原风情可品

养生枸杞辛辣有味羊角葱
驴肉碗托醇香泹火米凉粉

干崩羊肉发酵酸奶白酥油
消暑解渴准格尔旗酸米粥

活颤颤的豆面软软的糕
羊肉臊臊不腻味道也好

中国首款有机高原杏仁露
海红果果饮品甘甜又醇厚

准格尔旗开放宜游环境优美
引商引智宜居之地令人陶醉

远古文明这里是英雄眷恋的土地
蒙汉交融"漫瀚调"国家首确非遗

一阵阵素来一阵阵荤
漫瀚调唱的人迷了魂

前半句嫩来后半句脆
听上三天三夜不瞌睡

夸夸十九大（三句半）

手中锣鼓敲起来
我们四人走上台
站在台上说什么
夸夸十九大

举国上下乐开花
庆祝党的十九大
为国为民富华夏
真伟大

不忘初心听党话
砥砺奋进要抢抓
祖国越来越强大
耀中华

庆祝党的十九大
宏伟蓝图已绘下
空前盛世大中华
全球夸

过去五年不平凡

全球经济都疲软
我国进入新常态
谋发展

五星红旗引领世界经济
合作共享促进公平正义
构建人类命运共同体
好倡议

"一带一路"全球共赢
互学互鉴丝路精神
和平发展开放包容
成果丰

政治改革稳步推进
民主法制紧紧跟随
基层活力大有作为
靠团队

社会建设要全面
教育先行是关键
精神文明大发展
真完善

社会大局持续稳定
保障性住房稳步推进

人民健康医疗卫生上新水平

机制新

百花齐放百家鸣

推动文化大繁荣

文化生活更丰富

真幸福

改革开放深层面

人均收入翻一番

经济命脉是关键

不松懈

精准扶贫不落户

全面小康跨大步

扬鞭进入新时代

好社会

农村综改步伐大

思想解放大众化

精神贯彻用白话

有变化

公共服务全到位

分配方式多应对

保障体系要完备

贴心吹

贫富差距在缩小
人民生活往上飚
经济收入快速跑
有钱好

全面协调子孙富
根本方法统得住
执政兴国是要务
不糊涂

五位一体布局好
生态文明提得妙
环境优美人欢笑
确实高

人与自然和谐处
节约资源效显著
森林覆盖大提高
风光好

国防建设壮军威
不畏强权不称霸

始终不渝走和平

做得对

国防建设再腾飞
东海南海揍老美
维护和平振国威
谁怕谁

太空飞船怒放彩霞
大洋蛟龙世界惊讶
奔驰列车走遍天涯
骄傲哇

全面外交要拓展
独立自主敢叫板
看谁还说咱嘴软
长志气

"一国两制"政策明
港澳台繁荣保稳定
蔡英文局势想"台独"
妄想

全面从严治党成效卓著
反腐正气明显巩固
老虎苍蝇一起打
世人夸

高压反腐树党性
依法治国正纪风
推进党建新工程
得民心

党的盛会十九大
胜利帷幕已落下
全民贯彻齐力抓
都在动

十九大精神放光芒
新的起点新思想
认真研究和学习
大发扬

十九大，旗飘扬
高举旗帜奔小康
老路邪路都不走
路宽广

十九大，明政纲
未来目标更辉煌
实现"两个一百年"
人气旺

十九大，开得好

选出新一届好领导
政治坚定德才高
领头跑

十九大，开得好
理论创新传捷报
全力实现中国梦
不动摇

新的班子核心力量
掌握着航行的方向
我们永远跟你走
共产党

三句半，有力量
好像大雁在飞翔
撸起袖子加油干
向前闯

庄户人的日子比蜜甜（三句半）

举国上下乐开花
农村综改步伐大
全面小康跨大步
有变化

共产党，像太阳
照到哪里哪里亮
农村人人都沾光
喜洋洋

村村通，路面平
到处绿化树成林
山清水秀真迷人
新农村

砖瓦房，砖院墙
既整洁又漂亮
各种家电都摆上
挺排场

瓷砖地面亮堂堂

PVC顶棚有花样

家家都是玻璃窗

真明亮

又杀猪，又宰羊

小鸡炖蘑就是香

各种水产冰柜里放

赛天堂

智能手机都玩上

出门又把那车开上

不是跳舞就是唱

精神爽

现在农村政策好

百姓医疗能报销

看病吃药真方便

有低保

现在农村有钱花

手里还有一张金牛卡

全凭国家照顾咱

暖万家

贫富差距在缩小

人民生活往上飚

经济收入快速跑
共产党好

新时代，喜事连
牢记使命永向前
人均收入翻一番
不松懈

振兴乡村政策好
生态文明提得妙
环境优美人欢笑
确实高

新中国成立 70 年
庄户人的日子比蜜甜
不忘初心跟党走
永向前

天骄圣地清风颂（三句半）

党中央、国务院
扫黑除恶一声令
专项斗争共三年
得民心

二零一八要治标
二零一九要治根
二零二零要治本
稳准狠

伊金霍洛旗行动快
专题会议及时开
纵深发展全覆盖
除黑恶

揭盖子、挖根子
打击一切坏分子
上下联动齐共管
全民战

打掉一切保护伞
政法队伍雄风展

提高人民群众安全感
出重拳

一依法、二彻底
平安建设为了你
三要广、四要深
输正气

净化环境是目的
扫除一切黑势力
欺行霸市强交易
严惩不贷

家族势力霸一方
基层政权受饥荒
网络犯罪高利贷
要清场

公共场所黄赌毒
检举揭发大家说
违法乱纪都要打
顺民意

摸线索、打恶黑
党员干部站得直
强组织、带队伍

治源头

扫黑除恶还治乱
涉及基层各方面
各类毒瘤一刀切
全歼灭

专项斗争要抓好
犯罪分子跑不了
清理土壤拔掉根
强气势

四个意识要加强
不让坏人再猖狂
全旗上下齐动员
一扫光

重大决策得民心
三年斗争除毒根
政治合格站高端
要领先

全旗人民一条心
天骄圣地清风颂
和谐社会人称赞
享太平

大赞伊旗十新村（三句半）

祖国成立七十年
人民幸福喜事连
看咱伊旗新农村
展新颜

乌兰木伦文明村
天蓝碧水绿葱茏
村民别墅现代城
（鄂市）第一村

那几年过得真贫困
没办法出去打外工
现在拧成一股绳
好光景

札萨克镇蒙克庆
毛乌素沙中树新村
蒙汉团结真和谐
传美名

六七十年代门克庆

拉骆驼明沙路难行

现在鸟枪换了炮

富裕村

纳林陶亥曼赖梁村

借鸡下蛋产业新

红色领航帮新村

富农民

大修运煤停车场

消除拥堵搞运营

优质服务加餐饮

一条龙

世外田园哈沙图村

观光旅游搞创新

企业农户合作社

特色新

云上农场示范田

鱼菜共生科技园

农耕文化内涵深

来体验

巴音昌呼草原布拉村

一代天骄大成陵

祭祀营地达尔扈特魂
旅游村

餐饮提升建新村
统一品牌高标准
农牧家乐民俗情
篝火明

札萨克镇乌当村
新型生态建设产业新
支部公司加农户
金凤鸣

过去新村坐落沙海中
柳芭房子路难行
改革开放封沙又育林
郁葱葱

苏布尔嘎镇壕赖村
企业挂钩产业创新
温室大棚种植食用羊肚菌
珍贵品

百企帮村双向进
配套矿用电焊安全品
经济发展富农民

康庄行

红庆河镇巴音布拉格村
丹霞地貌农牧民穷
支部合作社齐行动
局面新

市场竞争改善农业经营
发展经济户户紧相跟
肉鸽养殖潜力巨增
向钱进

美丽度假龙虎渠村
休闲娱乐体民情
集体经济大发展
明星村

合作管理抱团经营
"幸福田园"土地认领
特色旅游农家乐
品牌新

苏布尔嘎镇敏盖村
白绒山羊养殖出了名
产绒量高绒质优
好名声

规范发展管理精细
"温暖全世界"首选原料基地
农牧民增收发羊财
高科技

伊金霍洛旗好地方
新农村发展铸辉煌
人民生活蒸蒸日上
奔小康

脱贫攻坚谱华章（三句半）

我们四人台上站
合说一段三句半
脱贫致富谱华章
攻坚战

辛丑元宵前一天
年味正浓气氛喧
京城召开表彰会
群英荟萃

迎来建党百年
脱贫攻坚喜事连
9899 万人口全脱贫
伟大成就

832 个贫困县全摘帽
12.8 万个贫困村全出列
创造奇迹彪炳史册
任务艰

中国脱贫攻坚战

领袖部署亲督战

构建全社会扶贫体系

强大无比

彰显中国共产党领导好

体现中国特色社会主义制度好

一方水土养护一方人

共产党能做到

脱贫攻坚征程上

共产党人好榜样

团结奋斗初心不忘

忠诚担当

当代"新愚公"李保国

点燃大山女孩希望张桂梅

扎根脱贫一线黄诗燕

鞠躬尽瘁

从武夷山区到乌蒙深山

从黄土高坡到云贵高原

从青藏高原到东海之滨

与贫困鏖战

哪里有贫困哪里就鏖战

纵然有高山阻断大河阻拦

脱贫攻坚的伟大号角
响彻神州河山

这是民族凯歌能量汇聚
这是社会主义握指成拳优势体现
全国人民集合起洪荒之力
打响脱贫攻坚战

增强人民群众获得感幸福感
贫困地区面貌彻底改变
中国脱贫攻坚成就和实践
谱写时代新篇

消除贫困可持续发展
中国特色脱贫攻坚宏伟实践
向全世界传递了中国智慧
伟大中国方案

高举旗帜再踏层峰辟新天
翻开第二个百年目标崭新页
向着中华民族伟大复兴进发
任重道远

脱贫攻坚打硬仗（三句半）

我们四人台上站
合说一段三句半
脱贫攻坚打硬仗
苏泊罕①

二〇二〇春雷响
苏布尔嘎新气象
扶贫工作有妙招
奔小康

党委书记敢为人先
分管镇长万家走遍
不忘初心全民动员
换了人间

移民搬迁条件改善
养猪养羊成果灿烂
扶贫致富解除羁绊
向贫困宣战

羊肚菌种植壕赖村

企业挂钩产业创新

经济发展富了农牧民

稳定脱贫

文化旅游吉日嘎拉②

农牧家乐抢先齐抓

立志脱贫强智迸发

全民夸

因病致贫车振国

阿日音希村③真也火

绒山羊养殖翻了身

不负重托

励志脱贫贺召才

科学养牛全镇盖

贫困历史渐逝去

美未来

企业加支部村集体

伊泰大地精煤矿是名企

红色领航帮新村

富农民

苏布尔嘎镇敏盖村

白绒山羊养殖出了名

农牧民增收发羊财
好名声

苏布尔嘎镇好地方
新农村发展铸辉煌
脱贫致富奔小康
蒸蒸日上

注释： ①苏泊罕：苏布尔嘎简称
②吉日嘎拉：蒙古族人名
③阿日音希村：蒙古语村名

建党百年举国庆（三句半）

中共中央发号令
学习党史方向明
建党百年新征程
举国庆

一百年勇往直前
一百年艰苦奋斗
一百年开拓进取
成就大

难忘一九二一年
一大代表聚红船
共商大事把党建
真罕见

八一军旗迎风展
南昌起义战敌顽
武装斗争冲在先
震天地

秋收起义号角响

党指挥枪明方向
带领工农革命军
毛泽东

黄洋界上炮声响
朱毛会师在井冈
建立革命根据地
发展快

为保实力出江西
红军战士斗志坚
突破五次大围剿
冲出去

红军不怕远征难
千山万水只等闲
敌人围堵我不怕
闯难关

爬雪山过草地
前赴后继不后退
日月同辉精气在
树丰碑

抗战十四年中华胜
军民合力有信心

听党指挥团结紧
向前进

解放战争战鼓擂
三大战役凯歌奏
百万雄师过大江
捷报传

春雷一声震天响
人民欢呼迎曙光
祖国山河一片红
定乾坤

一百年来发展快
鸿基大业气势宏
国强民富新时代
感党恩

石破天惊中国梦
党的使命记心中
百年目标绘蓝图
高歌猛进

夸夸乡村振兴变化大（三句半）

四个老汉台上站，
合说一段三句半，
听说旗文化馆演出来咱村，
搞村晚。

举国上下乐开花，
喜迎党的"二十大"，
乡村振兴步伐快，
变化大。

村村通，路面平，
到处绿化树成林，
山清水秀真迷人，
新农村。

砖瓦房，砖院墙，
家家户户玻璃窗，
出门又把车开上，
精神爽。

你看蒙苏园区大基地，

楼房整齐高架架立，
听说汽车上路不用油，
啊呀用氢气。

你看那大风车车高又大，
你看那满地兰片片开了花，
这就是风能太阳能绿色能源，
科技转化。

现在农村政策好，
百姓医疗能报销，
人人手里还有一张金牛卡，
暖万家。

新时代，喜事连，
庄户人的日子比蜜甜，
不忘初心跟党走，
永向前。

夸夸老年大学（三句半）

我们四人台上站，
合说一段三句半，
夸夸伊旗老年大学办得好，
大家看。

伊旗老年大学创建 2010 年，
政治建校走在前，
制度立校管得严，
文化优先。

增长知识促健康，
丰富生活心向阳，
陶冶情操精神爽，
喜洋洋。

老年大学人才全，
吹拉弹唱闹翻天，
四胡三弦歌声脆，
舞翩跹。

写字读书笔墨连，

吟词作画种诗田，
花甲老人都参与，
续美篇。

老年大学门球场，
银龄战士喜洋洋，
鹤发银鬓老顽童，
大交响。

老人相聚乐悠悠，
精神抖擞学门球，
驰骋东西竞称雄，
个个优。

太极刚柔立身正，
顶天立地浩气明，
脚踏实地除妄念，
勤练功。

光阴易逝形相随，
书画显影芳华催，
精品力作世人追，
夕阳红。

全校师生一条心，
大美绿城清风颂，

和谐社会人称赞，
享太平。

伊金霍洛好地方，
老年大学铸辉煌，
人民生活蒸蒸日上，
奔小康。

锣鼓声声鞭炮鸣，
全校师生聚一厅，
拉横幅，贴标语，
新年庆。

风流人物

真情不变，记忆永恒

——致内蒙古气象学校 80 届毕业生

2024 年 5 月 3 日，我怀着激动的心情，赴呼和浩特市青城，参加同学张跃乐女儿的婚礼庆典，遇到了阔别 44 年的同学，一起吃饭，一起逛街，一起在小黑河边畅游，并且一起参观了"绥远城将军府"。44 年，弹指一挥间，这一指就把我们从风华正茂的青年弹到了夕阳无限好的中老年。44 年的风霜雨雪消磨了我们的青春容颜，但是我们没有老，斑白的两鬓是上天赐予我们点缀的霜花。44 年的沧桑岁月演变了我们的恰同学少年，但是我们没有老，刻着年轮的脸庞记录着我们曾经的芳华，就如今天大家都有的同感：我们还是当年的模样。

时光荏苒，岁月回眸；真情不变，记忆永恒。44 年如白驹过隙，同学再聚首，思念的美酒啊，随着时间的流逝愈加醇厚；畅叙的画面，又将装帧到记忆的相册。辞别在人生路口，今朝我们跨越千山万水与日月星辰，相聚话旧；相聚在美好时刻，从未忘记，是对这一辈子的缘分的珍惜与守候。

46 年前的那个金色的季节，怀揣沉甸甸的通知书，我们从四面八方赶来，汇集到内蒙古气象学校，一同栽下翠柳松柏，气象学校的白色老楼，是我们生命中的老屋，装满它的是无尽的美好。一枚小小的校徽闪闪发光，带领我们来到人生的另一个港口。在学习中，我们体验着拼搏进取的快乐，在生活中，我们感受着师恭友敬的温暖。我的涂鸦留在洁白的稿纸上，你的靓影留在葱绿的草地上，他的笑声，曾经飘荡在气象局大院碧蓝的天空之上。我们始终没有忘记自己的使命，去点亮心灵，去探测大地和大气，去做小小的蒲公英，在风中轻盈起飞，将落在风能抵达的每一处地方。于是，我们成长着自己的成长，也见证着彼此的成长，我们的相逢短暂而漫长。我们的记忆里有你，有他，还有她。我们的根，紧握在地下，我们的叶，相触在云里。

1980年的那个金秋，是我们终生难忘的一个节点。再见了，亲爱的母校，犹记你如何张开怀抱接纳我们这些懵懂的少年。朝夕相伴的同学们，两年的情谊只恨纸短，难话情长，共同见证了我们的成长。站在新的起跑线上，向着红日喷薄的黎明，我们出发了，奔赴各个地方。挥手，道一声再见，我们坚信，今天的告别，将在另一个纬度心手相牵。回首，道一声珍重，我们祝愿，青城还会相聚，硕果累累，风光无限。

曾经那么虔诚地仰望太阳，最终成了太阳底下美丽的蒲公英；曾经那么执着仰望高楼，最终成了高楼底层小小的螺丝钉。每一朵花开，都浸透了无数的心血。44年啊，我们勤奋、谨慎、诚实，把追天开地的气象精神薪火相传。从没放弃成长，支撑我们的是坚强的意志、良好的修养和美好的品行。随着我们的成长，也发现了更适合自己的舞台，舞台上痛苦和欢乐，生活和梦幻，摆脱与追求，一样气势磅礴、精彩纷呈。纸短情长，太多太多的记忆，不能忘记，也不会忘记，永远刻在心房。

天涯海角尚有尽处，岁月成河友谊长流。44年，弹指一挥间，再次相聚，已是两鬓斑白华发稀。眼角或深或浅的皱纹，何尝不是人生一道烂漫的风景？44年，友谊一直在，从二十年聚会，三十年聚会，再到四十四年聚会，我们从未缺席；每一次，都有说不完的知心话，端起杯，那是喝不完的思念酒。慢慢咀嚼一件件陈年往事，沧桑厚重；重温那一段段难忘的青春，感谢你，一直陪伴我左右。44 年，我们分担寒潮、风雨、霹雳；共享雾霭、流岚、虹霓。我们一直分离，却又始终相依。

44 年，改变了许多东西，不变的是对事业的坚守，是我们之间纯真的友情。我们有付出、有回报，在不同的模板上描绘着各自的蓝图，在不同的阶段实践着不同的理想，也体味着人生的酸甜苦辣，我们无怨无悔。相聚，是重温，更是加深；44 年，不是终点，而是另一个起点。相识不易，相知更难，唯有且行且珍惜，才不负青春，不负生命灿烂。

不怕天涯海角，岂在朝朝夕夕？你，在我的航程上；我，在你的视线里。新的起跑线，让我们再携手，共出发！追求无止境，奋斗乐无穷。气象与我们的生活紧密相连，遍地雪花，漫天云锦，那是我们辛勤的气象工作人员双手织成，气象精英，神奇万能，拨响生命的琴弦，奏出明天的风韵。

久久不见久想见，久久相见久不见。2024 年 5 月 4 日是一个特别好的日子，张跃乐同学的女儿婚礼庆典上，同学们相聚在天赋盛宴大酒店，高朋满座，金碧辉煌，岁月如歌。接连三天的同学聚会，人人兴奋、自豪。兴奋的是我们今天举杯畅饮，还拥有一颗年轻的心！自豪的是我们还保存着一份至纯之情，感动至深！见到一张张从前很熟悉，但如今又有些陌生的脸庞，从依稀的记忆中，回想你的名字。今日重逢，就让我们放下心里所有牵绊，放下手中所有的忙碌，把握这难得相聚的时机。

人生沉浮几十载，同窗情谊才是真。那时我们是爸爸妈妈的孩子，现在我们变成了孩子的爷爷奶奶、姥爷姥姥，茫茫人生苦求，上下探索不自由，千千万万说不尽，顺其自然度春秋。

年年岁岁花相似，岁岁年年人不同；烈日炎炎晒不死，严寒冰雪郁郁葱葱；让流星送去我们思念的记忆；让月亮留住我们喜悦的情怀；让大地展现我们走过的足迹；让时光写下我们人生的经历。

　　同学们，青山依旧人未老。久久不见久想见，久久相见久不见。三天青城聚会，终生难忘。祝福大家开心安康，身体好！感谢所有同学，特别感谢呼和浩特市同学及家人们的热情款待！

驰骋在文化战线上的一匹黑骏马

——记伊金霍洛旗文化馆馆长徐红

徐红，伊金霍洛旗文化馆馆长，在基层文化战线整整干了35年，铸就了他坚毅、务实的性格，形成了他在工作中出类拔萃、敢为人先的职业素养。怀着对职业的赤诚和热爱，他从一点一滴的小事做起，钻研技术，提高业务素质，创新管理模式，以一腔热血为喜爱的文化事业默默奉献，勤勤恳恳，任劳任怨，履行自己的职责，用实际行动描画着文化战线上干部职工的光辉形象。

一、红色文艺轻骑兵

徐红1971年5月出生，一张方方正正的国字脸，黑黝黝的马鬃爆炸头，一张棱角分明的大嘴巴，一个高高翘起的鼻子，一双黑乎乎的大花眼睛炯炯有神，一双弯弯的眉毛又浓又黑，一双大耳朵天真可爱，平时见人乐呵呵的，说话声音洪亮，高高的个子像个黑色铁塔，一看就有着男子汉的风度，显得很有精神，不愧为舞蹈教练，有一股动人的气韵，所有人都很喜欢他。徐红1985年参加工作，年仅14岁的他在伊金霍洛旗乌兰牧骑担任舞蹈演员，2006年才调入伊金霍洛旗文化馆，在乌兰牧骑整整干了21年。

乌兰牧骑，蒙古语，翻译为汉文是"红色文艺轻骑兵"。20世纪80、90年代，伊金霍洛旗乌兰牧骑坚持"二为"方向、"双百"方针，紧跟时代步伐，扎根基层，服务农牧民，创作了很多"接地气""传得开""留得下"的优秀文艺作品。当时年轻的舞蹈演员徐红，大展宏图，成为乌兰牧骑的台柱子，戏台飞舞明星，一匹闪烁的"黑骏马"。徐红他们不畏艰辛，背着行李、服装、乐器等，走遍伊金霍洛旗各个公社、大队、小队，为农牧民演出累计千余场。

1996—2002年，伊金霍洛旗乌兰牧骑多措并举，锐意改革，大胆创新，转型发展，积极参加各类大型赛事演出活动。其中反映碱湖工业题材的大型音、舞、诗《出碱歌》，男群舞《银鞭》，荣获内蒙古自治区"五个一工程奖"。1997—1999年度全区乌兰牧骑评估中，伊金霍洛旗乌兰牧骑被评为"一类乌兰牧骑"，被内蒙古党委宣传部、新闻出版局、文化厅等13个单位命名为文化、科技、卫生"三下乡"活动先进集体。1999年伊金霍洛旗乌兰牧骑应西班牙国际民间艺术节组委会邀请，受中国文联和内蒙古舞蹈家协会的委派，参加第20届国际民间艺术节演出活动。"乌兰牧骑"不仅是内蒙古草原上的一枝鲜花，更已经成为全国人民的"乌兰牧骑"，徐红也是文艺战线上的一匹"黑骏马"，对弘扬鄂尔多斯民族文化，提高鄂尔多斯、伊金霍洛旗知名度作出了贡献。

2001年，全区乌兰牧骑工作现场会在伊金霍洛旗举行，自治区文化厅、原伊克昭盟委及各乌兰牧骑队长齐聚伊金霍洛旗，互相学习，交流经验，共商新时期乌兰牧骑发展大计，与会人员观摩了伊金霍洛旗乌兰牧骑创作编排的民族歌舞《鄂尔多斯婚礼》和《天骄欢歌》。本次会议的召开，作为伊金霍洛旗乌兰牧骑发展史上辉煌的一页，被载入史册。自然，"黑骏马"徐红也在下基层文艺演出活动中获得了"突出贡献奖"。

二、有声有色的现代文化馆

徐红由于工作出色，于 2006 年被调入伊金霍洛旗文化馆，2016 年提升为文化馆馆长。大美绿城，伊金霍洛，各项事业欣欣向荣，蓬勃发展，逐步打造成了北疆亮丽的文化品牌。伊金霍洛旗文化馆，沐浴着创新和改革的春风，逐步发展壮大，办公场所的条件逐步改善，文化设施也发生了翻天覆地的变化，人民群众文化生活丰富多彩，精神面貌焕然一新。徐红任馆长期间，伊金霍洛旗文化馆紧跟时代步伐，围绕"文化塑旗"基本方略，全面发挥文化馆各项职能，取得了显著成绩，成为绿城明珠。

1949 年，札萨克旗建立了民众教育馆，1950 年改为人民文化馆，1951 年郡王旗正式成立了文化馆，1958 年，札、郡两旗合并，文化馆也随即合并，成立了伊金霍洛旗文化馆，所以说伊金霍洛旗文化馆与中华人民共和国同龄。2013 年文化馆搬迁到伊旗全民健身中心大数据中心二楼（老年活动中心二楼），总面积 4100 平方米，各类文化活动场所 11 个，科技引领，设备完善，免费向全旗广大人民群众开放。

在"黑骏马"徐红的领导下，2020 年申请近 200 万元对伊金霍洛文化馆进行升级改造，设置了科学、设施完善的功能区，包含数字文化厅、数字文化体验区、非遗展览区、农耕文化展览馆、演播室、排练室等。建成了以旗文化馆为总馆，各镇、嘎查村（社区）综合文化服务中心为分馆的城乡一体总分馆体系。数字文化馆和分馆体系的建设和完善，让广大人民群众可以随时随地享受公共文化服务。在这里，全旗各族人民群众可参与精彩纷呈的文化活动，体验非遗之光灵动穿梭，感受文化之泉美好涌动，人民群众日益增长的文化需求得以满足。

沐浴着新时代的阳光，伊金霍洛旗文化馆举旗帜，兴文化，展形象，唱响时代最强音。充分利用传统节日，弘扬中华民族优秀文化，结合伊旗实际，广泛开展节日主题宣传教育活动。

（一）元宵节开展"我们的梦·红红火火过大年"进社区广场演出活动。

（二）"我们的梦·红红火火过大年"——二月二春意盎然龙抬头文艺演出与志愿者服务进社区活动。

（三）"我们的中国梦·文化进万家"暨庆三八妇女节文艺演出活动。

（四）"粽情端午·粽意飘香"——2023年伊金霍洛旗"我们的节日·端午节"主题活动。

（五）我们的节日"春种一粒粟·秋收万颗子"小小志愿者农耕文化主题教育活动。

（六）7月1日——"学党史，知党情，感党恩，跟党走"派天骄部落艺术团到乌兰木伦镇演出。

（七）"贺中秋，迎国庆"、"凝心聚力鼓干劲·文艺演出进军营"活动。

（八）国庆节"感党恩，听党话，跟党走——铸牢中华民族共同体意识"，在天圆地方广场进行文艺演出。

（九）我们的节日"情暖重阳·敬老爱老"文化惠民演出。

伊金霍洛旗文化馆从正月初八至正月十五分别组织各文艺协会、各镇、各企事业单位，特邀外请文艺团队开展了圣火文化节系列活动共计19场演出，观看人次达15.4万（线上8.2万人次，线下7.2万人次）。还开展"我们的中国梦·文化进万家"文艺演出活动，组织农牧民文艺汇演、各镇演出等，各个文艺团队到郡王府广场、民族街、西山广场、天圆地方广场、水岸新城公园等场地演出，各类活动共计 220 场次，观看人次达 20 万。

伊金霍洛旗文化馆工作人员深入基层，举办村晚文艺宣传活动。5 月 1 日在苏布尔嘎镇苏泊罕大草原举办"相约草原·携手春天"村晚活动。8 月 30 日在札萨克镇举办"恋上暖城·山水牧歌"村晚活动，相约札萨克这儿消夏旅游。9 月 17 日在乌兰木伦镇哈沙部落举办"秋收悦享·多彩乡村"演出活动。三次村晚活动演出，线上点击量达到 2.6 万，线下观看人次有 1 万多。

伊金霍洛旗文化馆坚持"文艺来源于人民，服务于人民"的理念，用高质量的文化活动与服务为人民带来更加充实的获得感、更有保障的幸福感和更可持续的安全感。这些成绩的取得，离不开文化馆馆长、文化战线上"黑骏马"徐红的带领。

三、狂飙的"黑骏马"

徐红，现副高职称，曾入选第十三届全国推选文艺新人十佳编导，获得蒲公英全国青少年优秀新人园丁奖、第七届香港国际青少年编导紫荆花大奖；获评全旗（伊金霍洛旗）安全生产先进个人、全旗大型赛事活动先进个人、全旗脱贫攻坚先进个人、庆祝改革开放四十周年主题展览活动先进个人等。他担任第十三届伊金霍洛旗政协委员并获委员风采奖，担任第十四届政协常委会委员，2019 年在伊金霍洛旗庆祝改革开放四十周年"回眸与展望"主题展览活动中荣获先进个人称号等荣誉。

徐红自 2016 上任文化馆馆长后，伊金霍洛旗由原来的 4 支文艺队伍壮大到 100 支。他从 2006 年到现在一直担任着圣火文化节总导演、消夏广场总导演。消夏广场活动参与人数已达到 30 余万，圣火文化节参与人数已达到 60 余万，每年组织活动 150 余场。徐红辅导及创作 100 余件作品，打造文化阵地及广场，资产已经达到 600 余万元。

2021 年，徐红被政协伊金霍洛旗委员会评为 2020 年度"岗位之星"委员，同年在"脱贫攻坚"专项工作中作出突出贡献，获得嘉奖。2022 年，荣获伊金霍洛旗"五一劳动奖章"；同年，创新编排节目《采访路上》荣获第十九届内蒙古自治区群星奖，这也是伊金霍洛旗文化馆从 1949 年成立以来首次荣获群文最高奖项。2022 年编排的情景剧参加农民丰收节并上央视农民丰收节晚会；历年来排练导演的消夏文化活动和元宵节活动素材多次被央视新闻采纳；近五年，徐红连续获评伊金霍洛旗文旅系统先进个人，连续举办四届全市农牧民文艺汇演并荣获优秀组织奖、优秀辅导员奖。

30 多年来，徐红在全旗人的眼中一直是一匹狂飙的黑骏马，在工作上始终本着党和人民的利益高于一切和为人民服务的宗旨。坚定个人利益服从党和人民的利益信念，积极响应旗委政府组织的"乡村美丽建设""精准扶贫""脱贫攻坚""两学一做""党史学习教育"等活动，编创群众喜闻乐见的文艺作品，积极宣传党的路线方针政策。多年来，他参加了伊金霍洛旗举办的各项国际、国内大型赛事，担任导演和编导。

2008 年，徐红担任迎奥运火炬传递鄂尔多斯市成陵主会场导演之一，接受了历史性的挑战，承担了重大任务，通宵达旦地完成舞蹈的编排、造型设计，尽职尽责，毫无怨言。他每天工作到很晚才回家，甚至不回家休息，爱人清楚地看见他掩盖不了的黑眼圈了。2010 年，首届鄂尔多斯国际那达慕大会期间，在市委、市政府和上级文化宣传部门的领导下，他与全体干部职工密切配合，努力工作，加班加点，高效率、高质量地完成了各项任务。他担任那达慕大会会旗手，为首届鄂尔多斯国际那达慕大会的成功举办作出了积极贡献，这种任劳任怨的精神令人钦佩。

2011 年，他参与全国马术三项赛、"大方"杯亚洲曲棍球冠军赛开场舞蹈编排，火辣辣的太阳炙烤着大地，人们也热不可耐，他们为全国人民献上了又一道文化大餐。2012 年也是徐红最忙碌的一年。8 月 6 日，徐红为第 62 届世界小姐总决赛暨鄂尔多斯国际经济合作与旅游推荐活动巡游（伊金霍洛旗）担任舞蹈编导；8 月 8 日又担任了第二届鄂尔多斯暨内蒙古自治区首届体育大赛开幕式热场表演舞蹈编导；8 月 28 日担任拳击赛开幕式演出编导；9 月 13 日，他又积极参与了国际田联竞走挑战赛暨全国竞走锦标赛舞蹈编排工作；9 月 21 日再次担任伊金霍洛旗中国马术大赛的颁奖编排策划，一次又一次地完成了在伊金霍洛旗举办的国内国际各项重大赛事，圆满成功地完成了上级交给的任务。2013 年至 2023 年，徐红多次担任全旗大型活动开闭幕式的总导演。他对自己和演员要求非常严格，因为他只有一个心愿，那就是把工作干好，让广大人民群众满意。他每天迎着第一缕晨曦出门，日复一日，年复一年，兢兢业业，无论三伏酷暑还是数九严寒，无论是风雨交加还是漫天飞雪，始终战斗在工作第一线。

徐红，35 年坚守乡村文化这块高地，这不仅仅一份工作、一种责任，更多的是一种深入骨髓的热爱、情怀和追求。作为文化战线上的人，他矢志不渝，默默坚守；作为宣传工作者，他乐于奉献，勇于创新担当。在他的带领下，全旗从 2006 年仅有 200 名文化志愿者发展为目前的 2000 多名；从 2006 年仅有 3 个文艺协会发展为目前的 32 个；从 2006 年至今，他连续组织策划了 15 年元宵节活动，累计举办 1000 余场文化活动。伊金霍洛旗群众文体事业蓬勃发展，群众性活动蔚然成风，花车秧歌锣鼓喧天，灯火璀璨，人头攒动，声势浩大，处处是喜福龙腾的盛景，为祖国昌盛富强喝彩，为伊金霍洛旗点赞，万象更新，扬帆远航。

徐红，是驰骋在文化战线上的一匹黑骏马。"干文化工作是我自己的选择，因为热爱，所以无怨无悔"，这是他的誓言。普通的人生，平凡的岗位，作为基层文化前沿的践行者，他是值得大家学习的榜样。他拥有一流的灵感、独一无二的幽默，形成了绝无雷同的文化风格。他是一个不可思议的文化艺术界的"黑骏马"，身上具备暴跳如雷的急和行云流水的缓，山野土匪的粗和穿针引线的细，这样奇妙的"黑骏马"，常常使他的作品呈现出截然不同的无限风光。

耕耘在故乡的老黄牛

——记伊旗纳林陶亥镇退休干部奇文忠

纳林陶亥镇武家坡社地处窟野河流域上游，地势北高南低，南北倾斜，属典型的丘陵沟壑地区。悖牛川的河水缓缓流淌，轻述岁月，心怀感恩，微笑着迎接时光的流转，感受人生追忆的收获。本土村民奇文忠，男，蒙古族，1959年6月27日生，1983年参加工作，中共党员，2020年退休。40多年来，他无怨无悔，干一行爱一行，一心扑在故乡的黄土地上，为家乡扶贫济困、产业发展、经济建设，作出了巨大的贡献。特别是退而不休，为家乡东奔西跑争取项目资金，筹款集资，在家乡开发土地，扩大产业，调整结构，合理优化配置土地资源，发展整合土地和种植业，使当地农牧民脱贫致富，生活质量提高，被群众亲切地称为"深耕黄土地的老黄牛"。

一、回乡知青火热心

奇文忠，中等身材，结实健壮，黑里透红的脸庞，两条弯弯的眉毛下有一双机灵的眼睛，看起人来，两眼忽闪忽闪的。尚且年少的时候，他就用稚嫩的肩膀担起了艰巨的重任，在故乡这个广阔天地里留下了坚韧不拔和顽强奋斗的足迹。

1979年，奇文忠从伊金霍洛旗第一中学高中毕业，当时别无选择，只得接受贫下中农再教育，回乡参加劳动锻炼。他与村民们同吃同住，日夜劳作，他又是本村里一位有文化的人，同年村民推选为纳林陶亥镇武家坡社社长。1988年任纳林陶亥镇道劳岱村村干部，1992年任道劳岱村支部书记，在村干了整整12年，为了带领农牧民致富，他结合本村实际情况，大力发展设施农牧业，坚持因地制宜，适地适树，积极改善生态环境，植树造林（主要种植沙柳、沙棘树种），治理沙漠，在本村植树12000多亩，还帮助大柳塔村牛家梁社牛家巴拉植树造林，在大水沟社等植树造林8000多亩。森林面积和森林蓄积量连续保持"双增长"，林草资源总体呈现数量持续增长、质量稳步提高、功能不断增强的发展态势。他带领广大农牧民拼搏奋进，植树造林，改善生态，为纳林陶亥镇增添片片新绿，呵护培育绿水青山，建设更加美丽的绿色家园。

奇文忠任道劳岱村支部书记后，带领村干部想方设法增加村集体经济收入，成为老百姓心中的好支书和贴心人。作为一村支书，为百姓谋利益就是职责所在。让老百姓满意，就是他奋斗的目标。火车跑得快，全靠车头带。一个村发展的好坏，村党组织是领导的关键。他在增强村党组织战斗力和凝聚力上下功夫，定期开展集中学习活动，开展主题党日活动，不断强化党性修养。在决定村发展的重大事项上，听取班子成员的意见，充分发扬民主。在办理各项村事务中，他第一个冲在前面。靠着肯干事、愿干事的这股劲，他得到村班子成员中认可，使得道劳岱村两委班子特别团结一心。在他的带领下，修通了村到各社的乡村道路，完成全村6个社的砂石路铺设26公里。他夜以继日地到各段路上检查指导工作，掌握各社路段的变化情况，晚上不能回家，就坚持巡查到哪里、干到哪里，就在哪里吃住。村里的工作没日没夜，没有一个节假日，他一贯服从上级的安排。各社的砂石路修通了，默默地作出了奉献，奇文忠心中特别高兴，也受到了广大老百姓的称颂。1992年，协助纳林陶亥镇党委政府为农牧民脱贫致富办实事，为道劳岱村 6 社上高压电，变压器 2 台，高压线 20 公里，他带领本村农牧民夜以继日地干，按照上级业务部门的标准，以耐心细致的工作作风，持之以恒地奉献的精神，圆满完成了任务，深受党员和群众的一致好评。

二、恪尽职守老黄牛

奇文忠，1994 年至 2002 年任纳林陶亥镇政府民政助理，挂职其根高勒村支书 13 年，先后为伊金霍洛旗乌兰煤炭集团、满来壕煤矿、汇能集团益民煤矿、伊金霍洛旗煤炭公司，征用土地数万亩，其中伊金霍洛旗煤炭公司征用土地近千亩。工作不分昼与夜，协调不分上班与休息，他常常深更半夜与老百姓促膝长谈，节假日常常在村里协调，有时他几个月不回一次家。

土地征收工作是一项艰巨而复杂的工作，一要清楚国家的有关政策法规，二是耐心为广大农牧民做好宣传工作，三要按照国家征收土地标准补偿农牧民。矿区征用土地面积大，涉及村、社、户。有的村需要整村搬迁，还有的需要迁坟迁庙，同时还需要改建乡村公路。耕地是农牧民的命根子，房屋是农牧民的主要财产，祖坟是农牧民的根脉，还有地上所附植物的补偿。在矿区建设中，对于自己的利益能不能得到保障，村民们心里没底。让自己离开祖祖辈辈生活的家乡，一些村民更是想不通。奇文忠他们不负重托，一个村一个村地跑，一户一户地进，一次又一次宣传煤矿产业的开发对国家的好处、对广大农牧民的好处。他们多次和群众一起算移民搬迁补偿账、租地回报利益账。村民们看到了利益，看到了前景，受益的是全体村民，经济收入高了，致富的路子更宽了，群众利益链条拉长，征地工作得以顺利进行，各项征用土地工作圆满完成。

奇文忠在七概沟村挂职其间，为当地老百姓办了很多好事实事，修了七概沟村到陕西贾家畔柏油路9.2公里，方便了当地老百姓的出行，帮助了万通公司和地方企业交通运营。当时修路征地，老百姓不太理解，阻力很大，镇、村、社开过多次协调会议，多次开会听取群众意见，梳理合理诉求，协调相关部门解决困难，取得了群众的配合和支持。一条沥青路乌黑油亮，标识标线一目了然，机动车和非机动车各行其道，贯通七概沟村到陕西贾家畔村，处处展现着新面貌。

三、退而不休勤耕耘

奇文忠年过花甲，本应到了好好休养、安享儿孙绕膝天伦之乐的时候，但他退休不退志，心系家乡建设，情暖父老乡亲，积极为家乡农牧民争取项目，发展产业，为村集体经济出谋划策，因地制宜地充分利用每一寸土地，带领农牧民发展种植业，把武家坡社710亩弃耕地，修复平整，整合成生态良好的高标准农田，把武家坡社变绿变美，变成"摇钱坡"。

武家坡社属于典型的少数民族聚居地，总面积4.9平方公里。有农牧民49户120人，其中少数民族30户64人。少数民族占总户数63%，占总人数57%。2020年，61岁的奇文忠退休，他是在武家坡长大的，所以退休后还回到武家坡，他认为自己应该做一件对家乡、对子孙后代有益处的事，为家乡建设尽心尽力，为乡村振兴添砖加瓦，以回报家乡的养育之恩。

2023年9月，奇文忠引领我们三人走进了武家坡社，同行的其中一位是过去的纳林陶亥镇的老书记。映入我们眼帘的是一片田成方、路相通、渠相连、涝能排、旱能灌的高标准农田，站在高一点的黄土高坡上，望着绿油油的农田，玉米金灿灿，高粱红似火，在骄阳的照射下，是那样美丽，一派丰收喜人的景象。我和同行的另一位摄影师同时拿出相机，记录下这丰收的画面，并航拍了全景。

高标准农田的建设，离不开奇文忠和本社社长郝三小的辛勤劳动和付出。奇文忠多次跑旗、镇、旗直有关部门，多次打报告写申请，紧紧围绕各民族群众增收、农牧业增效工作目标下功夫，争取到项目资金100多万元，其中，伊金霍洛旗民族事务委员会出资35万元，伊金霍洛旗农牧局出资40多万元，纳林陶亥镇政府出资15多万元，农牧民自筹资金15万元。流转土地710亩，上高压电线2.5公里，增设变压器一台（250千瓦），扩建大口井2个，深机井4眼，并配套高标准设施，配套完善的红顶白墙井房。田间修通4.5米宽的砂石路2.3公里，大型机建车辆都能自由穿行进出。高标准农田租赁期五年，出租给了伊金霍洛旗种粮能手大户，每年租赁费20多万元，增加了武家坡社农牧民的收入，有120多人受益。当我问到奇文忠还有什么愿望时，他激动地说："我还有两个心愿，一是想改良过去沙棘树种，因为过去栽的沙棘树是小颗粒树种，果实小，产量低，今后我们要改换成大果红果沙棘树苗，耐寒又耐旱，而且产量高；二是还想在家乡悖牛川搞一个截伏流工程，不破坏河流，不破坏任何植被，不影响河道泄洪，加强两岸生态修复，逐步恢复近岸生态系统。"

奇文忠同志曾任伊金霍洛旗第十三届、第十五届人民代表大会代表，政治协商会议伊金霍洛旗第十届委员会委员。2005年，他被纳林陶亥镇党委政府评为优秀党支部书记；2006年、2007年连续两年被纳林陶亥镇党委政府评为优秀共产党员。奇文忠退休后，纳林陶亥镇政府又返聘他为乡贤人民调解员。

岁月，是一条历史的河，是记载了壮丽的奋斗、拼搏、奉献史的河。时光，流逝了他童年的梦，冲刷了他的追求和理想，带走了他青春焕发的容颜，却留下了他勇往直前的可贵精神。春夏秋冬，他历经风霜雨雪，风雨兼程中他忍辱负重，艰难困苦里，他一路高歌，在故乡农村的广阔天地里，烙下他坚实的脚印，为家乡农牧民群众办实事、办好事。奇文忠以他丰富的工作经验、饱满的工作热情，在基层一线持续发光发热，用实际行动诠释着初心使命与责任担当，用执着的坚守，彰显榜样力量，写下壮丽的诗章。

坚定理想信念，树立党员形象

——记葛连光先进事迹

葛连光，中共党员，大学文化，气象管理工程师，1980年8月参加工作，1985年7月1日加入中国共产党。1980—1991年从事的是气象工作，1991—1995年从事的是政府文秘工作，1995—2009年从事的是科技工作，2009—2019年担任伊旗政府办督查员，2019年5月正式退休。

葛连光是一名普通的共产党员，敬业爱岗，干一行爱一行，以身作则，严格要求自己，从身边点滴小事做起，礼貌待人，用语文明，干任何工作都是踏踏实实的，尽职尽责，忠于职守，勇于奉献，充分发挥了一个老党员的带头作用。

一、承前启后，活跃繁荣伊旗作家协会事业

2017年葛连光还没有退休，伊金霍洛旗文联主席就找他谈话，让他担任伊金霍洛旗作家协会主席，说前任主席在外地生活，作家协会主席需要换届，经筛选，会员评比酝酿选举，葛连光担任伊金霍洛旗第三届作家协会主席，7月份正式上任，2022年6月份又连任，历时五年多。

伊金霍洛旗作家协会是党领导下的全旗作家和文学工作者自愿组成的专业性人民团体，在旗文联的直接领导下，成为党和政府联系作家和文学工作者的桥梁和纽带，在改革中按照自身性质和特

点，积极探索并建立充满生机和活力的运行机制，创造性地开展工作。伊金霍洛旗作家协会传播正能量，扶持培养文学新人，推出优秀作品，增进文学交流，宣传伊金霍洛，推动伊金霍洛经济、社会全面快速发展。

伊金霍洛旗作家协会在过去的五年中，做了大量的工作，把握时代脉搏，自觉承担文艺使命，主动作为、与时俱进，文学创作成果丰硕，为繁荣全旗文学艺术和提升地区的知名度、美誉度、影响力发挥了积极作用。协会会员从过去的40名发展到94名。大力发展乡镇、企业、学校等的优秀人才，注重发展培养年轻会员，吸纳新生力量，注入新鲜血液，激活协会生命力。

其一，加强阵地建设，协会和文联配合，积极向伊旗旗委、政府争取，协调解决了协会主席的办公室，配备了电脑、办公桌椅等设备，还争取了一定的资金补贴，为今后的工作及协会活动打下了坚实的基础。得益于基层文艺活动阵地建设不断加强，2020年7月，札萨克镇都嘎敖包嘎查、达·苏雅拉图举行了伊旗首家牧民书屋"阿拉腾苏艺拉"的揭牌仪式。

其二，以"文"抗疫，携手共进。在新冠疫情防控期间，作家协会起到了带头作用，文艺工作者用文学、曲艺、书法、摄影等文艺作品，讴歌无畏逆行的抗疫英雄，宣传疫情防控知识。作家协会在伊旗文联主办的《天骄》和《翰得根查干》（蒙文），推出各类文艺作品300多篇，有小说、诗歌、散文、报告文学、通讯、歌曲、小品、小戏、相声、快板、三句半等等。葛连光发表的作品最多，在《伊金霍洛文艺》、"学习强国"内蒙古学习平台和各类媒体推出，起到了示范带头作用。葛连光创作的《我们在一起》《我们胜利》《万众一心筑长城》《众志成城战疫情》等文艺作品，时效性强，作品种类多，发布频次密集，受到广泛好评和赞誉，鄂尔多斯市日报社和鄂尔多斯市电视台对伊旗文联和作协的"以文抗疫"工作做了专题报道，并且赞扬伊金霍洛旗作家协会的抗疫工作做得好，也赞扬了葛连光这个年过花甲的作家协会主席工作做得好。

近年来，伊旗作家协会文艺工作者主动投身于脱贫攻坚的主战场，把镜头和笔头对准脱贫攻坚的一线，深入基层，带领乡亲们积极调整产业结构，想方设法为农牧民办好事、办实事，为全旗决战决胜脱贫攻坚全面建成小康社会奠定了坚实的基础，发挥了积极作用。从2020年到2022年，开展了6次主题采风活动，累计为期18天，足迹全旗七个镇，在实地走访中切身感受到了脱贫攻坚给乡村带来的巨大变化。其中苏布尔嘎镇毛乌聂盖村"荞麦花开"采风活动曾被中央电视台《新闻联播》报道。葛连光写的很多文章在《内蒙古日报》、《鄂尔多斯日报》、微信平台头条等发表刊登。

二、团结鼓劲，创造和谐、美丽、幸福的家园

2020年3月，伊旗兴泰星园小区召开业主委员代表会议，王府社区领导和包片委员参加，李录子被选为业主委员会主任，葛连光被选为业主委员会第一副主任。既然上岗，就得爱岗，以身作则，勇挑重担，要有责任心，干工作要冲在前边，为群众办实事，排忧解难。

伊金霍洛旗兴泰星园小区共有788人，建筑面积82400多平方米，总共6栋住宅楼，外围3栋商业楼，绿化面积20000多平方米，地下车库面积2000多平方米，车位238个。2006年小区业主入住，到2022年，时隔16年，楼房外墙涂料脱落，老旧风化。一是外观难看，痕迹斑斑；二是保温不好，有漏气透风现象。群众多

次反映，业主委员会、物业管理委员会也开了不少的研究会议，最后决定向伊金霍洛旗房管局反映，申请老旧房屋改造专项资金，加快推进项目对接落实。

2020 年 5 月开始，葛连光与主任李录子多次跑房管局，见局长，分管领导赵建军同志非常重视此项工作，多次实地调查、察看、照相，2021 年已申报伊金霍洛旗政府，2022 年 9 月正式实施，11 月 18 日改造全部完工。伊旗第一家楼房立面真石漆改造，红白仿石面 35000 多平方米，伊旗财政支付 500 多万元，为兴泰星园老百姓办了一件大好事，解决了群众之所难。改造后的楼房，美观漂亮，就像新楼房一样。

2021 年，天气刚转暖，葛连光和李录子主任，与伊旗汇众集团公司协商，解决了小区的健身器材问题，设置了适合老年人锻炼的双位漫步机、腰背按摩器、太极揉推器，也有适合青少年、儿童活动的伸展器、弹振压腿器等。伊旗住建局大力支持，为兴泰星园办了一件实事，真是一点一滴见初心。

2021 年通过多方面协调，向旗房管部门申报，旗财政下拨 146 万元，为兴泰星园小区安装上了高清晰、全方位的监控和录像系统。

2022 年已经申报了兴泰星园小区 1—2 号楼的污水管道排放计划，2023 年开春施工，全部落实到位，安排就绪。

三、孜孜不倦，坚韧不拔，潜心挖掘弘扬地域文化

葛连光一贯勤奋学习，孜孜不倦，爱好写作，践行使命、责任和担当，退休不褪色。他执着追寻梦想与希望，追寻光明的人生，远离浮躁世俗与功名利禄，为文学奔忙，留下坚实的足迹，以敏锐

犀利的目光聚焦纷繁复杂的现实生活，捕捉生活的元素作为写作素材，把纷繁的历史演变与现实生活相结合，把积淀厚重的地域文化与自我考量相结合，对生命意义进行探寻与深思，写出了三部七十多万字的《心中的歌》《绿燃伊金霍洛》《人间有爱》诗歌、散文集，2022 年底付梓。

作家葛连光同志从 1981 年开始，先后在各级报纸杂志上发表《恋》《大漠晚霞》《鄂尔多斯的歌与酒》《半农半牧区舍饲畜牧业规范化饲养研究》（伊旗"舍饲畜牧业"是他第一个提出来的）等小说、诗歌、散文、论文、寓言、科普作品等 500 余篇，2007 年出版一本综合性书籍《穿云破雾的太阳》，选录作品以诗歌、散文、小说为主。2000 年他被选入《世界优秀专家人才名典》，2001 年被选入《中国国情报告·专家学者卷》，2020 年有作品入选《迈向新征程：中国当代诗书画艺作品选集》《百位新时代奋斗模范 百件新时代精品力作》。

作家葛连光同志致力于发掘心灵中积极向上、美好的一面，着力塑造闪烁着时代光彩的人物形象，唤起人们的良知和尊严、渴望与追求，高扬理想之美。仔细阅读经典，字里行间滤尽尘埃，有着深刻的意蕴，营造出一种高雅和谐的文化氛围，仿佛徜徉在绿色的滩头，贪婪地呼吸着雨后芳香的气息……

古往今来，国之大者，为时代立心，成就一种事业，能够做到自强不息、坚韧不拔，不屈服于各种艰难困苦与挫折，才能做到志存高远。著书立说，是一种伟大的行为，却又是一件艰辛的事情。身为作家，更要绞尽脑汁，付出心血和汗水，甚至还要经历难以想象的阵痛才能脱稿，这些苦衷不常写作的人大概永远也体会不到。作家葛连光同志一身正气，爱憎分明，视野开阔，关注社会、关注民生，积极探索与思考人性和个性，作品中充盈着人文精神。

　　简言之，他的作品既有感知又有想象；既有必然又有偶然；既有抽象又有具体。句式多样化，反映出丰富的内容、思想、情感，匠心独具，其现实主义与浪漫主义相结合的创作手法，给读者留下了深刻的印象。他执着与痴迷于创作，文境与心境的清纯和明朗洗去了各种芜杂，将灵气、才华、学养渗透在作品中，笔下高尚的人格魅力，像沃土中的春苗一样蓬勃地生长着……

　　葛连光是一个优秀的共产党员，坚守党员的道德操守，始终保持恬淡宁静的心态，他是伊金霍洛的骄子，他坚定理想信念，用一颗公心树立了一个共产党员的良好形象。他时刻牢记党员身份和党的宗旨，努力干出共产党员的样子，本着对人民群众的深厚感情做好本职工作；以对党和人民高度负责的精神，勇当先锋，敢于作为，把心思和精力全部用在工作上，从而得到人民群众的信任、拥护、支持，推动我们党的事业蒸蒸日上。

创业艰辛，追逐梦想

——《大河向东流》读后感

近期阅读了王忠厚先生写的《大河向东流》一书，它的内容和书的名字一样：大道至简，乘风破浪；凝心聚力，兴企富民；艰辛创业，追逐梦想。是一部讲述奋斗者创业故事的好书，书的主角徐向东代表着鄂尔多斯企业界怀揣梦想的年轻人，走出穷乡僻壤的山村，到外面闯荡，踏上自己追求梦想的道路……

这本书没有堆砌华丽的词句，没有惊天动地的场面。只有那些满带着真情实感、十分质朴浅显的篇章，给我们展示了内蒙古响沙酒业有限责任公司党委书记、总裁徐向东，生于黄河畔，从一个农家娃白手起家，历经三十多年艰苦打拼，成为鄂尔多斯知名企业家。

我们每个人都有理想，有的人的理想很宏伟，也有信心，但却没有坚持的心，只有想但却没有实际行动。一个人的手里攥着自己的前途和命运，只要不断奋斗和拼搏，终究会谱写不平凡的乐章，将人生过得灿烂辉煌。在人生的起跑线上，即使起点不同，我们也可以用自己的坚持和努力，朝终点奔去，超越一个又一个人，不辜负挥洒的汗水和那个拼搏的自己，造就自己不平凡的一生，一路畅想，一路澎湃，追逐梦想，追逐时代。

我是伊金霍洛旗人，我没有见过徐向东老总，但我听过他的大名，听过他的创业事迹，喝过响沙五粮清香的美酒，知道他是知名企业家。他是五粮清香酒酿造领域的佼佼者，也是餐饮文化的打造者，对鄂尔多斯乃至内蒙古的酒业文化、餐饮文化的发展作出了积极贡献。

初心一颗，好粮五种，酿传世清香，这是徐向东领导的响沙酒业全体员工共同坚守的信念。几十年来，响沙酒业为消费者酿造优质纯粮酒的初心始终如一，用心酿造出一坛又一坛醇美的五粮清香酒，得到了消费者的青睐与认可。2003年，他力挽狂澜，征战商海，接手了在1971年建厂的达拉特旗国营制酒厂，带领众多下岗职工将这家酒厂发展为拥有固定资产8亿多元，员工近千人的大型酿酒企业。响沙酒业是纯粮固态发酵的实践者，亦是五粮清香白酒的领创者，是中国酒品质的坚守者，更是中国白酒文化的传承者。响沙酒商标被打造为中国驰名商标，响沙五粮清香研发技术获批国家发明专利，响沙酒业被评为内蒙古老字号企业。公司以白酒生产这一核心产业为主导，涉足餐饮、住宿、养老、休闲等行业，致力于打造区内领先的实业型多元化产业集团。

"一个地标，就是瞭望的方向；一个起点，就是奋斗的导航。一个人缺少文化的培育，心灵就是一片荒原；一个企业缺少文化的滋养，就像人体缺失了钙一样软弱无力。"响沙酒业党委始终坚持将企业党建与企业文化、企业生产经营融合一起，一并推进。文化兴企，注重企业精神文明建设，致力于培育以人为本的管理文化、敢闯敢拼的创新文化、实干兴业的敬业文化，筑牢质量第一、安全至上的发展理念，树立热心公益、奉献社会的良好形象，为企业发展注入了新的精神动力，也为社会作出了巨大的贡献。

"最好的营销方案就是真诚服务，最好的商业模式就是脚踏实地"，这是徐向东所言。好的品牌需要好的营销。经济学家说，品牌是企业赚取高额利润的通行证，品牌就是无形的资产。"响沙"商标是达拉特旗第一枚中国驰名商标，是达拉特旗原国营制造企业转制后保留下来的唯一一家本土制造企业，从诞生至今，历经风雨，总算挺了过来。五十年屹立不倒，竞争力愈来愈强，响沙酒业就是一个奇迹，这个奇迹的传承者和发扬光大者就是徐向东。这个企业之所以能够保持经久不衰的生命力，并且不断发展壮大，与企业家徐向东的开拓与引领密不可分，也与广大职工共同拼搏奋斗和无私奉献有着千丝万缕的联系。

"响沙酒好喝不上头"，已成为当地人们随口而来的一句口头禅，广为传播。粉丝的力量是无穷的，响沙酒的粉丝从"铁粉"逐步发展为"钢粉""银粉"，甚至是"金粉"。在"网红"的互动下，响沙酒不仅在内蒙古的呼包鄂"金三角"地区独领风骚，还在内蒙古大地上开花结果，而且在周边地区也声名鹊起，这为响沙酒的后续发展，增添了无限的活力。目前，销售、宣传响沙酒业产品的线上平台粉丝总数已超千万，真可谓后劲十足啊。

温暖传递，爱心延续。响沙酒业在徐向东的带领下，经过多年的不懈努力，获得了"内蒙古老字号企业"等多项荣誉。在企业取得成功后，他热心公益事业，不忘回报桑梓，坚守初心，不断回馈社会。多年来，徐向东和响沙酒业先后赞助鄂尔多斯市委、市政府，达拉特旗旗委、政府以及旗直各部门举办的各项文化公益活动和帮扶全旗 1249 个五保户，还先后投入 200 多万元，资助了 100 多名贫困大学生，他们都顺利完成了学业，正在社会大舞台上，实现他们的梦想。徐向东和响沙酒业还先后向达拉特旗红十字会捐款 50 万元。近 18 年间，徐向东和他率领的响沙酒业积极组织或参与多项公益慈善事业，在捐资助学、尊师重教、抗震救灾、扶贫济困、救病助残、关爱环卫等公益事业等方面，累计捐款捐物 3000 余万元。

这就是高风亮节的徐向东，这就是助人为乐的民营企业家。

徐向东，内蒙古知名企业家，内蒙古鄂尔多斯商会常务副会长、内蒙古酒业协会副会长。他是一位学习型、专家型的企业领导者。他的格局大，境界高，用新知识、新思维、新观念武装头脑。高度决定眼界，眼界决定境界，境界决定格局，格局成就事业。

响沙酒业，一个中国正北方、黄河"几字弯"里崛起的民营企业，经受过水滴石穿的磨炼，以诚信创新品牌，一鸣惊人。打造百年企业的宏伟蓝图正在徐徐展开……让我不得不为此赞叹，不得不为之高歌。

绿城之珠

——记伊金霍洛旗文化馆

大美绿城，伊金霍洛，各项事业欣欣向荣，蓬勃发展，逐步打造成了北疆亮丽的文化品牌。伊金霍洛旗文化馆，沐浴着创新和改革的春风，逐步发展壮大，办公场所的条件逐步改善，文化设施也发生了翻天覆地的变化，人民群众文化生活丰富多彩，精神面貌焕然一新。伊金霍洛旗文化馆紧跟时代步伐，围绕"文化塑旗"基本方略，全面发挥文化馆各项职能，取得了显著成绩，成为绿城明珠。

一、伊金霍洛旗文化馆

伊金霍洛旗文化馆与共和国同龄。1949年札萨克旗建立了民众教育馆，1950年改为人民文化馆，1951年郡王旗正式成立了文化馆，1958年，札、郡两旗合并，成立了伊金霍洛旗文化馆。随着文化事业的发展，伊金霍洛旗文化馆的工作人员规模也不断扩大，2023年有在职职工32名，全部都是大专以上的学历。从建馆至今，上任了十届文化馆长。办公场所也在不断变化，2013年搬迁到伊金霍洛旗全民健身中心大数据中心二楼（老年活动中心二楼），总面积4100平方米，各类文化活动场所11个，科技引领，设备完善，免费向全旗广大人民群众开放。

2020年，伊金霍洛旗投入近200万元对伊旗文化馆进行升级改造，设置了科学潮尚、设施完善先进的功能区，包含数字文化大厅、数字文化体验区、非遗展览区、农耕文化展览馆、演播室、排练室等。建成以旗文化馆为总馆，各镇、嘎查村（社区）综合文化服务中心为分馆的城乡一体总分馆体系。数字文化馆和总分馆体系的建设完善，让广大人民群众可以随时随地享受公共文化服务。在这里，全旗各族人民群众可参与精彩纷呈的文化活动，体验非遗之光灵动穿梭，感受文化之泉美好涌动，人民群众日益增长的文化需求得以满足。

二、唱响时代最强音，开展节日主题活动

沐浴着新时代的阳光，伊金霍洛旗文化馆举旗帜，兴文化，展形象，充分利用传统节日，弘扬中华民族优秀文化，结合伊旗实际，广泛开展节日主题宣传教育活动。

（一）元宵节开展"我们的梦·红红火火过大年"进社区广场演出活动。

（二）"我们的梦·红红火火过大年"——二月二春意盎然龙抬头文艺演出与志愿服务进社区活动。

（三）"我们的中国梦·文化进万家"暨庆三八妇女节文艺演出活动。

（四）"粽情端午·粽意飘香"——2023年伊金霍洛旗"我们的节日·端午节"主题活动。

（五）我们的节日"春种一粒粟·秋收万颗子"小小志愿者农耕文化主题教育活动。

（六）7月1日——"学党史，知党情，感党恩，跟党走"派天骄部落艺术团到乌兰木伦镇演出。

（七）"贺中秋，迎国庆"、"凝心聚力鼓干劲·文艺演出进军营"活动。

（八）国庆节"感党恩，听党话，跟党走——铸牢中华民族共同体意识"，在天圆地方广场进行文艺演出。

（九）我们的节日"情暖重阳·敬老爱老"文化惠民演出。

伊金霍洛旗文化馆从正月初八至正月十五分别组织各文艺协会、各镇、各企事业单位，特邀外请文艺团队开展了圣火文化节系列活动，共计 19 场演出，观看人次达 15.4 万（线上 8.2 万人次，线下 7.2 万人次）。还开展"我们的中国梦·文化进万家"文艺演出活动，组织农牧民文艺汇演、各镇演出等，各个文艺团队到郡王府广场、民族街、西山广场、天圆地方广场、水岸新城公园等场地演出，各类活动共计 220 场次，观看人次达 20 万。

伊金霍洛旗文化馆工作人员深入基层，举办村晚文艺宣传活动。5 月 1 日在苏布尔嘎镇苏伯罕大草原举办"相约草原·携手春天"村晚活动。8 月 30 日在札萨克镇举办"恋上暖城·山水牧歌"村晚活动，相约札萨克这儿消夏旅游。9 月 17 日在乌兰木伦镇哈沙部落举办"秋收悦享·多彩乡村"演出活动。三次村晚活动演出，线上点击量达到 2.6 万，线下观看人数一万多。

伊金霍洛旗文化馆坚持"文艺来源于人民，服务于人民"的理念，用高质量的文化为人民带来更加充实的获得感、更有保障的幸福感和更可持续的安全感。

三、深入开展非遗文化创新工作

伊金霍洛旗文化馆为进一步丰富人民群众的精神文化生活，于 6 月 17 日至 18 日组织举办优秀传统文化发展传承培训班（国家级非物质文化遗产项目——鄂尔多斯伴娘伴郎、婚礼礼俗）；还充分利用数字文化馆，于6月20日至30日开展线上非遗公益课，通过网上平台拓展公共文化服务空间，实现智慧24小时公共文化服务，让非物质文化遗产的独特魅力和文化内涵得以代代传承。

（一）代表性项目专题报道。5月3日至16日，鄂尔多斯市电视台《鄂尔多斯之旅》栏目循环播放伊金霍洛旗代表性项目红庆河豆腐传统制作技艺、传统手工玻璃画、手工油漆画（彩绘）专题纪录片，受到了广大市民群众的喜爱。

（二）非遗进校园。5月31日，伊金霍洛旗文化馆联合伊旗空港幼儿园共同举办了非遗走进校园展示活动。孩子们通过现场体验面塑、掐丝珐琅画等非遗项目，感受到了传统文化的魅力，共有60多名师生参加了活动。

（三）非遗进社区。6月2日上午，"大美绿城，乐享端午"2022年伊金霍洛旗端午主题活动中，伊金霍洛旗剪纸、鄂尔多斯民间布艺、烙画等特色非遗项目也在此次活动呈现出了不少亮点，让居民朋友们足不出户即可在家门口获得优秀传统文化的滋养和熏陶。

（四）非遗宣传展示活动。6月2日结合伊金霍洛旗第五届消夏文化旅游季开展了非遗宣传展示活动。蒙古鹿棋、鄂尔多斯西部蒙古族头饰及制作工艺、传统手工漆画（彩绘）、传统玻璃画、鄂尔多斯奶酒酿造技艺等20项自治区、市旗级非遗项目精彩展出。通过主持人介绍伊金霍洛旗非遗概况、观众现场品尝非遗美食及体验非遗制作技艺、非遗知识问答、互动等环节，为观众送上了既具有浓郁地方文化特色又集观赏性、娱乐性于一体的非遗盛宴，参与人次6000余。

（五）走进文化馆开展非遗研学活动。6月11日，伊金霍洛旗文化馆携手康巴什区第四小学开展了走进文化馆"传统玻璃画"非遗研学活动，这也是文化馆完成提升改造后开展的第一次研学活动。通过研学活动，孩子们不仅学习到了课本以外的文化知识，还亲身感受到了传统玻璃画的文化历史和浓郁的文化气息，更是提高了自觉保护传承非遗的意识。

激发非遗活力，创造美好生活。伊金霍洛旗文化馆，深入开展非物质文化遗产保护工作，成效显著。文化馆成功申报了9项市级非遗项目，公布了11项旗级非遗项目，公布、按时申报第七批旗级非遗传承人10人，并整理了传承人个人资料工作。文化馆还开展了非遗普查，目前已挖掘出20余项非遗资源。

四、立足绿城文化实际，加强业务培训工作

伊金霍洛旗文化馆结合绿城当地实际，积极开展文化志愿者、文化带头人选拔、培育工作。伊旗总馆和各级文化馆以举办基层业务干部、文艺骨干培训班为载体，开展了形式多样的辅导、培训活动，促进了基层文化队伍整体素质稳步提高。

（一）伊金霍洛旗总馆和社会、社区分馆公益培训，共设了12个门类的课程37个班；举办了3个艺术沙龙活动，共计培训538次（包括各分馆），学员有2500多人。

（二）公益培训汇报演出，为"5·19"中国旅游日开幕式助阵热场，参演人员600多人。共计展出剪纸、国画等公益培训作品150件，观看人次超过3000。

（三）完成基层文艺骨干民乐四大件免费培训活动，全旗100多名学员学有所获。

（四）联合伊金霍洛旗残疾人联合会举办"爱心公益，照亮梦

想"特殊儿童公益培训班，受益儿童 20 余人。

（五）举办鄂尔多斯民间艺术培训班并延伸到社区，约 500 余人受益。

（六）各镇、社区、村全面启动点单式服务，实现"你点我送"的基层文艺辅导模式。选派 20 名志愿辅导员和指导老师深入基层进行辅导，共计辅导 100 余次，培训人数约 1000 多。

五、加强队伍建设，圆满完成各项工作任务

伊金霍洛旗文化馆全体工作人员，深入学习习近平新时代特色社会主义思想，全面贯彻落实党的二十大精神，以铸牢中华民族共同体意识为主线，扎实开展群众文化工作，精心组织，勇于创新，强化队伍管理，夯实工作基础，推动全旗群众文化高质量发展。

（一）加强队伍建设，组织业务骨干外出培训学习。3 月，派两名业务骨干赴上海、广州、深圳等地文化馆考察交流，学习先进地区的群众文化工作经验和创新新理念；11 月，派一名业务骨干赴杭州、苏州等地考察交流学习。

（二）做好文化交流调研工作。今年乌海市文旅广电局、鄂尔多斯市文化馆、达茂旗文旅局、贵州省民宗委、青海省河南蒙古族自治县文体旅游广电局到伊金霍洛旗文化馆开展调研工作。

（三）派工作人员赴包头市参加 2023 年全国文化馆年会交流学习；派业务骨干赴准格尔旗参加鄂尔多斯市文化馆举办的摄影培训班；派业务骨干赴市文化馆参加全市合唱指挥培训班学习；派业务骨干赴呼和浩特市参加 2023 年全区广场舞推广培训班学习。

（四）扎实抓好主题宣传教育工作，每周必须组织开展。加大宣传力度，提高群众知晓率。通过悬挂宣传标语、电子屏、抖音、

专题信息报道等多种渠道宣传群众文化活动，提升了广大群众对公共文化服务工作的知晓率和满意度。

（五）落实好后勤保障工作，完善各项规章制度，开展消防安全专题培训，进一步加强安全检查，排除隐患，把安全责任落实到位、落实到人。

（六）圆满完成民生实事项目工作。完成2023年民生实事各镇文艺队伍考核工作。其中有4支特色文艺队，23支惠民文艺队，50支惠民文艺小分队，参与人数580，新创作文艺作品364个。原创了一批反映时代风采和经济社会发展的优秀文艺作品，文化惠民服务政策落实到位，全面推进文艺"十进"活动，累计受益人数6万余。

（七）文化惠民项目工程，伊金霍洛旗财政资金扶持162.6万元。其中，文艺协会扶持76万元；文艺"十进"购买服务65.7万元；文艺创作20.9万元。

伊金霍洛旗文化馆，从1993年开始就被评为系统目标管理先进单位，2006年被内蒙古自治区文化厅命名为全区"十佳"文化馆，2008年被文化部命名为国家一级文化馆，2011年第二次被文化部命名为国家一级文化馆。2021—2023年连续三年被文旅部命名为国家一级文化馆。2022年，作品《采访路上》荣获内蒙古自治区第四届"群星奖"；2023年3月，荣获伊金霍洛旗"大美绿城——巾帼榜样"集体奖；12月，荣获第六届全鄂尔多斯市农牧民文艺汇演"优秀组织奖"……

进入新时代，开启新征程，伊金霍洛旗文化馆以习近平新时代中国特色社会主义思想为指引，进一步弘扬优秀传统文化，坚定文化自信，不辱使命，不负众望，力争创作出更多文化精品，制作精良的优秀文艺作品，为新时代新征程创造新的业绩，在大美绿城绽放出绚丽的文明之花。

复兴中华伟业谱写时代华章

2023年3月4日，中国人民政治协商会议第十四届全国委员会第一次会议在北京人民大会堂开幕，2132人参加；3月5日，十四届全国人大一次会议在北京人民大会堂开幕，3000名人大代表参加。3月的北京，春意盎然，人民大会堂万人大礼堂内灯光璀璨，气氛庄重热烈，会徽悬挂在主席台正中，十面鲜艳的红旗分列两侧。新时代中国行进到新的历史节点，委员、代表们肩负着神圣使命，行使代表人民的庄严职责。

我作为一名退休的老党员、老干部，在电视屏幕前，观看、聆听了全国政协主席汪洋代表政协第十三届全国委员会常务委员会向大会所作的报告。中共二十大擘画了以中国式现代化全面推进中华民族伟大复兴的宏伟蓝图，为党和国家事业发展进一步指明了前进方向。人民政协全面贯彻习近平新时代中国特色社会主义思想，持续深入贯彻中央政协工作会议精神，认真履行职责，践行全过程人民民主，促进中华儿女大团结，为实现二十大确定的目标任务作出新的贡献。

3月5日9时整，伴随着雄壮的国歌声，十四届全国人大一次会议隆重开幕，李克强总理走上报告席，代表国务院向大会作政府工作报告。面对百年未有大变局，沉着迎战世纪疫情，经受来自国内外多方面风险挑战考验，在以习近平同志为核心的党中央坚强领导下，党和国家事业取得历史性成就，发生历史性变革，推动我国迈上全面建设社会主义现代化国家新征程。过去五年，我们统筹发展与安全，国内生产总值年均增长 5.2%，工业增加值突破 40 万亿元，在高质量发展轨道上乘风破浪向前。过去一年，我们在攻坚克难中稳住了经济大盘，在复杂多变的环境中基本完成全年发展主要目标任务，经济展现出坚强韧性。着力扩大国内需求，加快建设现代化产业体系，切实落实"两个毫不动摇"，以更大力度吸引和利用外资……报告对今后政府工作的建议实事求是、指向清晰。

2017 年，我还没有退休，是伊金霍洛旗政府办公室的一名督查员，还担任了伊金霍洛旗作家协会的主席，2022 年 6 月份又连任，历时六年。作为地方文艺界的一位老干部，聆听政府工作报告，唤起了我对刚刚经历的伟大生活刻骨铭心的记忆，倍感振奋，深受鼓舞。2022 年是党和国家历史上极为重要的一年，取得了瞩目的成绩。特别是党的二十大胜利召开，开启了全面建设社会主义现代化国家、全面推进中华民族伟大复兴的新征程。报告精准、系统地总结了这一阶段党带领人民团结奋斗取得的辉煌成就。我们每个人都深度参与并见证了这一伟大历程。我更加深刻地体悟到"中国式现代化是物质文明和精神文明相协调的现代化"的重大意义。广大文艺工作者应树立大历史观、大时代观，清醒地认知、认领中国文艺的使命和责任，找到、找准融入大局的切入点、发力点，以更高质量的优秀文艺作品，为以中国式现代化全面推进中华民族伟大复兴提供更为充沛、更加强劲的精神力量。

鄂尔多斯是构筑能源、现代煤化工和新材料、新能源、战略性新兴产业的新兴城市，人均 GDP 全国第一，正在全面跑出发展加速度，加快向万亿 GDP 城市迈进。农耕文明、游牧文明在伊金霍洛旗这里碰撞交融，孕育出灿烂的地域文化，漫瀚调、短调民歌、鄂尔多斯婚礼等被纳入国家非物质文化遗产名录，美丽乡村文化旅游节、诗歌那达慕等文旅活动精彩纷呈。

要充分认识文学事业和作协工作在社会发展中的独特作用，立足新发展阶段，大力推动文学事业和作协工作高质量发展。一方面要锲而不舍地推进中国作协"新时代山乡巨变创作计划"和"新时代文学攀登计划"，结合伊金霍洛旗的实际，以越来越充分的精品力作满足人民群众的精神需要，丰富人民群众的精神世界和文化生活。另一方面，要补短板、强弱项，以创新为驱动，大力推进作协各方面的工作，提高面向社会、面向群众的公共服务能力，构筑现代传播新格局下的文学公共服务体系，让文学走进广大人民群众的生活，成为基础性的、充满活力的力量。文艺工作者常年要走乡串村，深入生活，扎根人民，力求用手中的笔深刻记录和书写新时代乡村发生的新变化。

聆听了一系列的报告，发现其始终贯穿着习近平新时代中国特色社会主义思想和党的二十大精神。全面回顾、全面总结了五年以来党和国家取得的伟大成就，深刻分析了存在的问题和当前面临的形势，真是求真务实、实事求是的好报告，鼓舞人心，凝心聚力，催人奋进。特别是政府工作报告，用数据和事实说话，汇聚了无数的期盼，处处彰显为民情怀，句句提振发展信心，令人振奋，备受鼓舞。

秋色醉人

　　秋天是收获的季节，忽觉秋风萧瑟，忽觉雨夜长长，我夜思日想，故乡的山，故乡的水，故乡的土，在心底烙上深深的印记，叫我怎不眷恋，怎不珍惜？我要放声高歌，表达心中的情感，爱恋这片黄土地，更爱这片渔火长虹，雁过悠扬，层林尽染，坐爱枫晚，展示给世界的奇迹，一片绿洲林海，用热血和汗水换来的内蒙古成吉思汗国家森林公园。

　　金秋十月十九日，我又一次驱车和伊金霍洛旗老年大学摄影班的学员，来到内蒙古成吉思汗国家森林公园。一棵棵粗大的柳树、杨树、松树、柏树，犹如大型的红色、黄色、绿色的火炬，挺立于大地之上，绿油油的松柏树，整整齐齐地排在公路两侧，宛如一个个精神饱满的士兵，夹道欢迎着我们的到来。秋风吹来，染红了世界，茂密的林海，一片片红，一片片黄，一片片绿，彻底锁住了漫漫黄沙，现在已经看不到过去曾有沙漠的迹象，似绣在绿色地毯上的纹饰，为伊金霍洛增添了无限的生机和活力。沙漠已经被绿色的树木替代了，沙丘哺养了树木，树木也抱紧了沙丘，荒漠变成了平原，或长庄禾，或长牧草，平等地供养众生。眼前茂密的森林，苍松翠柏绿树成荫，大白杨树、红柳叶子金黄漂亮，枫树叶子火红，色彩鲜艳，灿如锦绣。金秋里，"霜叶红于二月花"，旭日东升的晨光里，红叶参差交错，仿佛珊瑚火海，奇特美丽，十分壮观。这里的植被资源极为丰富，巴音昌呼格草原湿地就在其中，很多的小溪、清泉散落在茫茫的林海之中，为壮阔硬朗的北方大地景观增添了一份温润柔美，给人一种返璞归真、超脱凡尘的纯净之美。

那一片蓝天呼唤着我的心，那一片白云依恋着爱和永恒，那一股清泉维系着我的命，那一抔黄土深植着我的根。脑海处处萦绕着思绪，心底常常刻录着忠诚，从远古开天辟地，穿梭时空隧道，耸立于风经过的地方。一路风雨，终于在金黄的季节叶落归根，钻入雪的怀抱蛰伏游梦。这丰硕之秋，像画家手中打翻的调色板，一抹抹温暖顺着山峦沟壑流向人间。这片金黄鲜红的世界里，洋溢着浓郁的气息，又有浩瀚沙漠的苍凉，聆听大漠驼铃，剥落岁月红尘，站成永恒的森林，郁郁葱葱，亘古不息，唯独自己纵容。美得醉人心魄，震撼人们的心灵。

四十多年前，地处毛乌素沙漠东北边缘的伊金霍洛旗，沙化面积达到 3000 平方公里，出现了沙进人退的严峻形势。沙漠向着绿洲蝶变的背后，是一群来自人民群众的治沙造林英雄。伊金霍洛旗从 20 世纪 70 年代，开始了声势浩荡的植树造林、治理沙漠行动，建设了 13 个社办治沙站、136 个社办林场，实行了退耕还林、还牧还草政策。伊金霍洛旗各族人民积极响应国家西部大开发战略，几代务林人凝心聚力，有计划、有步骤地开展大规模治沙造林活动，在实施国家重点林业工程的同时，实施大面积林业地方绿化工程，生态环境明显改善。

内蒙古成吉思汗森林公园是伊金霍洛旗几代务林人锲而不舍治沙造林的优异成果。公园内万亩防护林是伊金霍洛几十万亩防沙治沙防护林的缩影。森林公园内广泛种植樟子松、油松、云杉、杨树、红柳、沙柳、柠条、沙棘等耐旱树种。林地面积 45.25 万亩，森林面积 30.7 万亩，森林覆盖率由新中国成立初期的 0.21% 提高到现在的 53%，植被覆盖率由新中国成立初期的 20% 提高到现在的 95%。

　　伊金霍洛旗始终将生态建设看作可持续的"绿色生产力"，形成了独特的生态观：绿色是和谐，绿色是实力，绿色是经济。经过多年的探索发展，林沙产业实现了规模从小到大、链条从短到长、档次从低到高、市场从近到远的转变，林沙产业也实现了从无到有的转变。从绿色共创到生态共享、文明共建，从"含绿量"到"含金量"，伊金霍洛旗的生态履历中有艰辛与汗水，更有追望和欣喜，正以其生动的实践书写着"和谐共赢，绿色同行"的传奇大作。今天的伊金霍洛旗，绿水青山带来了真金白银。绿色发展之路越来越宽，森林资源多元发力，成为百姓生活改善、群众脱贫致富的"绿色银行"。生态利民、生态惠民、生态富民，让梦想照进现实。

　　推动生态建设与乡村振兴，脱贫致富互促共赢，探索出了一条生态发展产业化、产业发展生态化的"金路子"。形成了以人造板、生物质颗粒燃料、饲料、饮食品和生态旅游为主的林沙产业体系。推动了生态建设与宜居城市、旅游城市深度融合，打造出了"城市增绿，百姓增福"的金名片。按照"生态、景观、精品"的总体定位，做大做活绿和水的文章，初步形成了以环城、环镇、环村绿化为点，以公路绿化带为线，以速生特色苗木基地为面，点、线、面结合，乔、灌、草搭配，多林种、多层次、多色彩的生态网络体系。总占地面积386平方公里的成吉思汗国家森林公园，已经成为以成吉思汗陵旅游景区为中心，集森林观光旅游、现代林业展示等多种功能为一体的森林公园。

　　伊金霍洛旗先后被评为"全国绿化模范县""全国绿化百佳县""中国十佳绿色城市""中国绿色名旗""全国退耕还林后续产业先进旗""中国全面小康生态文明旗"。2015年，内蒙古成吉思汗国家森林公园获国家林业局批复设立，成为全国唯一以沙地人工植树造林为主体的国家级森林公园，成为全市爱国教育基地、民族团结示范基地。2017 年，作为《联合国防治荒漠化公约》第十三次缔约方大会的承办单位之一，成功承办了防沙治沙项目参观考察活动。2018 年，率先成立生态建设委员会，编制了全国首部旗县级《山水林田湖草综合治理与绿色发展规划》，为黄河流域生态保护和走好"生态优先，绿色发展"的高质量路子提供了"伊金霍洛方案"。2021 年，伊金霍洛旗获得"中国最具幸福感城市·宜业宜居之城"荣誉称号。2022 年，伊金霍洛旗荣登"2022 度县市绿色高质量发展百佳样本"榜单。

花开灿烂是故乡，策马扬鞭绘新章。伊金霍洛，"遇上你是我的缘，守望你是我的歌"。生活在伊金霍洛这片热土上的每一个人，都应当热爱伊金霍洛旗的繁荣昌盛，为建设更加美丽富饶的伊金霍洛旗努力奋斗。借着新时代生态文明思想的"精神之光"，在"生态优先，绿色发展"的探索创新路上，迎风劈浪……

一片落叶染红了秋色，一季落花沧桑了流年。物华大地多奇彩，时令良辰美梦牵。木叶飘黄洗旧颜，高岭青松绿映天。秋天，那片美丽的红霞，代表着秋时远方的思念……每一片叶子的叶脉都有神迹，它记录着我们奋斗的轨迹。

眷恋故乡这片热土

光阴从容地在季节的转变中无声流逝，夏伏突然来临，热情地扑入了我的怀中。踏碎了春的温柔，烈日着色于大地的苍碧，连加两场小雨，禾苗快速猛蹿，瓜果飘香。树杈上绿发的万缕情愫，遮蔽着丝丝阳光，摇出了梦的期望。

我随同内蒙古文学馆采访创作团一行人，走进大美绿城伊金霍洛，创作采风；走进生我的故乡，走进新型能源企业，感受绿色转型发展的新突破，感悟绿色化、低碳化发展的新理念。神奇梦幻般的故乡，乡村振兴，产业发展；重大项目持续发力，在绿色低碳发展赛道上，你追我赶，"双碳"新样板雏形显现，规模宏大。这片生我养我的热土，又焕发出新的气息，扯不断的故乡情啊！

我出生在苏布尔嘎镇，乌兰木伦河的上源头，河水弯弯曲曲地在村前流过，旁边的枳椇林中有野鸭、野鸡飞落，有野兔跑过。孩童时的记忆在大脑中流过，生活在这里的人都很亲近，平静而善良，每天过着悄无声息的日子。呆板的一条土路，交通不畅，上世纪六七十年代生活相当困难，出入没有公共汽车可乘，全合同庙乡有五千多口人，只有两辆拖拉机拉运，坐个小四轮手扶拖拉机，就感到很幸福了，好比坐上了小火车。沙尘暴频发，狂风四起，一遇大雨，到阿镇非常困难。我的故乡十分落后，人民生活很贫穷，回忆起来很使人伤感，有一种不能释怀的心结和心痛。

"穷山饿石头，瘦水向南流。"在那饥馑年代，自己产的粮食自己都不够吃，还得吃反销粮，就连冬储大白菜、山药、萝卜也得去外地往回调运。冬季烧煤取暖、做饭，还必须用公社的两辆拖拉机提前不停地往回拉炭，六个大队排队轮流拉回来，给各小队的社员分炭。冬天实在运不过来，自己家还用小马车、小毛驴车沿着乌兰木伦河冰川去石圪台煤矿拉炭烧。小时候的我也穿着白茬大皮袄、脚蹬大头毛毡鞋，和爸爸一起拉过炭。

我的故乡也是从 1978 年开始实行生产承包责任制，土地、草牧场、大小牲畜包产到户。过去满山牛羊随便跑，沙进人退，草牧场严重退化，人民群众生活水平急剧下降，难以维持生计。改革开放后，故乡得到了大大的发展，这要归功于地方领导的惠民工程、乡村振兴战略，也归功于坚守在这片热土的辛勤打拼乡亲们。在我的印象中，苏布尔嘎一直就是个贫困乡，晴天一身土，雨天一身泥，从阿镇到合同庙要经过掌岗图河、柳根河的泥泞小道。现在呢，修通了柏油马路大道，经过蒙苏开发园区，十五分钟就到达原合同庙乡。过去的乡，经过撤乡并镇迁移，现归苏布尔嘎镇合同庙管理委员会管辖。随着时代的变迁，大项目进驻，蒙苏园区开发带动，那里的房屋价格大幅增长，经济快速发展，当地人民过上了幸福的生活。

一个小乡村的变化，从身边的每一件小事上看，一步一胜景，一景一深情。家家户户都富裕了，门前都停着汽车，还有很多的农用机械化工具和车辆。柏油路村村通，自来水户户通。有的还搞起了具有生态园林风格和地域文化特色的农家旅游景点，很多人家住在城里，开车春耕、秋收，城乡穿行，既不误城里打工挣钱，又不误农耕收种。三十年不变的承包地，合作社经营，入了股分红，农业补贴领上，合作医疗有了保障，双全齐美，真正活在了天堂，高高兴兴达小康，比城里人的生活都过得甜蜜和幸福。

2023 年 7 月 13 日，我随内蒙古中青年作家一行人，"到火热的生产一线"去采风，就到了我的故乡。我们参观了伊金霍洛旗西部区两个农牧业大镇，参观了红庆河镇生态田园风光区、农产品加工展区；还到苏布尔嘎鄂尔多斯乌兰现代农牧科创园、苏布尔嘎镇光胜村云东敏盖绒山羊原种繁育中心考察。

一路参观考察，不论走在伊金霍洛旗哪一个镇，看不到一点裸露的沙滩和荒梁，生机蓬勃的绿色扑面而来，清新、舒爽、甜美的空气沁人心脾，欣赏着一幅幅原生态的画卷，让人沉醉、痴迷。碧波荡漾，绿树成荫，悄然释放着独特的、无穷的魅力。

蒙泰集团田园综合项目，在红庆河镇哈达图淖尔村开发土地一万余亩，其中湖面面积五千多亩。秉持着"循环发展、绿色发展、低碳发展"理念，蒙泰集团累计投入三亿多元，正着力构建"现代农业＋文化体验＋休闲度假＋田园社区"的田园综合体。蒙泰集团田园综合项目，依托红庆河镇当地农业发展基础和自然资源禀赋，从市场需求出发，探索、挖掘、全面打造出鄂尔多斯地区田园综合建设模式，通过"公司＋合作社＋农户"的方式，把农牧民、企业、市场紧紧联系在一起，实现农牧民、企业、政府共赢。

蒙泰集团田园综合项目涵盖了德州乌驴养殖项目，苏格兰风情商业街，食品加工园区，苏格兰休闲、度假、康养小镇，小型迪士尼水上乐园，威士忌酒厂综合区。

红庆河镇改变了农村牧区的落后面貌，特色产业蓬勃发展，形成长效的产业循环，一大批有带动示范效应的村集体产业应运而生，联产联业，联股联心，村民早已脱贫致富，扶贫由"输血"变成了"造血"，当地人民群众过上了安居乐业、美满幸福的生活。

在这里专笔说一下内蒙古蒙泰煤电集团董事长、总裁奥凤廷同志，他是一个拼搏奋斗、干事创业的人，一个胸怀大志的人，一个土生土长的红庆河镇人。他虽然在外将企业做得很强很大，但是他不忘家乡人民，他回报生他养他的这片热土，让家乡人民过上美好的生活。他在实现自身梦想的同时，也架起了城乡互动的桥梁，成为农村发展的带动者，城市文明的传播者，美丽乡村的建设者，为城乡融合开辟了新途径，成为乡村振兴的重要力量。不仅是他，还有他的父辈们也为家乡作出了贡献。

苏布尔嘎镇是伊金霍洛旗的农牧业大镇，是内蒙古中西部最大的白绒山羊生产基地。苏布尔嘎镇依托特色资源优势，因地制宜，"生态立镇，产业富民"，生态环境明显改善，经济社会呈现出高质量的发展态势。

"亲不够的故乡土，恋不够的家乡水。"阳光普照在田野上，这里是我的出生地，我热爱的故乡。这里文化悠久厚重，风光资源优越，生物资源多样，旅游资源独特。草原、农田、林地、湿地、沙地、河流、湖泊等地貌交错分布。这里还有很多湖泊海子，是遗鸥的故乡，鸟类的天堂。置身于苏布尔嘎大草原，令人神怡，流连忘返。新型大项目的进入，为苏布尔嘎注入了全新的活力，各项事业蓬勃发展，呈现出新的亮点。

2019 年，"敏盖"白绒山羊商标被国家知识产权局认定为中国驰名商标。敏盖白绒山羊产业园依托敏盖羊绒加工厂、种羊场及育肥羊养殖项目，以养殖园区为载体，辐射带动周边农牧民发展绒山羊产业，正力争将苏布尔嘎镇打造成西北地区羊绒交易集散地，敏盖白绒山羊已经成为苏布尔嘎镇"行走的名片"。

敏盖白绒山羊是伊金霍洛旗本地绒山羊种群，具备产绒量高、繁殖率高、肉质优的特点。目前，敏盖白绒山羊总量达到41.5万只。当地采取精细化管理、科学化繁育等措施，促进白绒山羊优质种群——敏盖白绒山羊产业化、品牌化发展，带动养殖户增收致富，助力乡村振兴。敏盖白绒山羊，不仅是当地农牧民增收致富的"小金羊"，更是备受区内外养殖户青睐的"美羊羊"。前不久，在鄂尔多斯市伊金霍洛旗绒山羊种羊拍卖会上，6只敏盖白绒山羊种羊拍出34.5万元的高价，最高个体拍卖成交价12万元。改革开放初期，一只成年种公白绒山羊拍卖过60万元，你说棒不棒？农牧民真是发了"羊"财。白绒山羊长着长长的犄角，霸气十足，厚实垂顺的羊毛在阳光照射下闪闪发亮。守好、壮大白绒山羊产业，敏盖白绒山羊的红利还在后头。

由"黑色"变为"绿色"，昔日"沉陷区"蝶变为"风景区"，打造全国生态修复示范区和全国智能光伏产业示范区。当我们采风团一行人站在乌兰木伦镇巴图塔村丘陵沟壑密布、山环水绕着的最高的峰顶之上，向四周极目远望，逶迤起伏的沟汊梁峁间，除了海洋般的绿色之外，有一种层峦叠嶂的蓝色景观穿插于绿海的波峰浪谷中，如一艘艘大船巡游在绿海之中。这是海洋吗？这里是太阳石的故乡，这里是鄂尔多斯高原的两座煤矿所在地，是神东布尔台格煤矿与寸草塔二矿采煤沉陷区，在波峰浪谷中，矿井塔筒清晰可见，掩映在绿色树丛中，就是看不到产煤的一点迹象。这是一块天善良地，大地某次山崩地裂的地壳运动，把黑色相拥于怀，一个温暖华夏照亮神州的谜底释金吐银。在人们的惯常思维中，哪里有煤矿哪里就是污染源，开肠豁肚砍瓜切菜地开挖，导致煤尘滚滚，天色暗淡，乌烟瘴气。而大型国有煤炭集团神东，逆势而行，把往日惯常的"先开采后治理"转变为"地下开采地上治理同步进行"，效果明显，地下挖煤地上生绿，让曾经的荒漠秃岭变得异彩纷呈、妩媚多姿，把原来的荒山荒地治理为绿水青山，成为地企双赢的"金山银山"。绿进沙退，山河巨变，一排排深蓝色的光伏发电板在阳光的照射下熠熠生辉，蔚为壮观。太神奇了，给点儿阳光就"来电"，项目于 2022 年并网发电，年均发电约 9 亿千瓦时，节约标准煤 34.1 万吨，减排二氧化碳 84.1 万吨。更神奇的是，在光伏板遮挡形成的阴凉处种植了紫花苜蓿、蛋白桑等优质牧草，这不仅绿了山头，更为后期发展养殖业打下了基础。

矿山生态修复了，绿色能源不断输出，农牧民由城返乡，造"绿"热情高涨，生态保护、绿色发展的热潮无限涌动。在占地面积 4.2 万亩的采煤沉陷区，伊金霍洛旗天骄绿能建起了 50 万千瓦"生态修复＋光伏"示范项目，可实现年产值 2.55 亿元，实现税收 5000 万元，为农牧民每人每年固定增收 1000 元。生态修复促进了植被生长，减少了水土流失和风沙运移，促进了黄河流域生态稳定，为推动我的故乡伊金霍洛旗生态文明建设和祖国北疆重要生态安全屏障建设作出积极贡献。

当我们步入"小城煤都"乌兰木伦镇，这座小城俨然显露出一副现代化城市的样貌，各种选型的高楼鳞次栉比，宽阔的马路交错纵横，绿化和卫生状况更是惊艳了所有人，这里绿草茵茵，鲜花盛开，根本看不到煤都有煤的影子，各类公用设施"高大上"。这是一个产煤大镇，一个资源型小城，但你置身其中，却感觉不到一丝工业的气息。如果要说她与大城市的区别，那最为明显的便是天空瓦蓝瓦蓝的，白云飘飘，河水清可鉴人，新鲜的空气令人沉醉，沐浴于这片大地的温馨气息，会让你惊叹北方竟然还能有这么美丽的地方，身不由己地融在了诗情画意中。自己的眼睛没有欺骗你，这便是我的故乡——大美伊金霍洛。

接着，我们一行人走进神华煤直接液化项目区进行考察。

神华煤直接液化项目是国家"十五"重点项目之一，是我国石油替代战略的重要成果，对保障能源安全具有重大的战略和现实意义，对国家的经济发展和长治久安是一个重要的战略安排。项目的建成和成功运行，使我国成为世界上唯一掌握百万吨级煤直接液化关键技术的国家。项目实现了煤炭资源的就地、清洁、高效转化，是我国推进煤炭清洁转化利用，推进煤炭消费转型升级，促进煤化工产业高端化、多元化、低碳化发展的重要示范工程。项目创造了"世界之最"和"同行业之最"，拥有我国首创、具有自主知识产权的"863"催化剂，世界上第一个现代化的、具有划时代意义的大型煤直接液化生产企业，已在我的故乡伊金霍洛旗崛起。

走进国能神东煤炭集团上湾煤矿，透过机房里的大屏幕，就能感知深藏地下的"乌金"煤炭的魅力。我们的目光追逐着工作人员的鼠标，切割、破碎、运输、洗选等环节一览无余；运输皮带上，不停滚动的煤炭，跃动出优美的旋律。

上湾煤矿是国家能源集团"5G＋"智能示范煤矿，核定年生产能力为 1600 万吨，打造出世界单井单面产量最高、效率最高的特级安全高效矿井。8.8 米超大采高智能综采工作面成套装备研发与示范项目获中国工业大奖，综采队被评为安全高效千万吨采煤队，在井工矿中排名第一。上湾煤矿是入选"科创中国创新基地"的唯一煤矿。

近年来，雨水格外关照伊金霍洛旗，故乡大地一派生机，到处绿草如茵，铺上了绿色的盛装。入伏第二天就细雨蒙蒙，地面湿漉漉的，芳草萋萋，道路两边的树木鲜活嫩绿，水灵灵的，空气前所未有地澄澈，吸一口，香甜香甜的。我们来到了伊金霍洛旗蒙苏经济开发区，现场一派繁忙有序的建设景象，塔吊林立，挖掘机、装载机以及各种车辆轰鸣穿梭，昼夜不停，显示出故乡伊金霍洛项目建设的"加速度"。一个个项目开工建设，一座座厂房高楼拔地而起，一条条生产线高速运转，一家家大型企业纷至沓来……一浪高过一浪的项目建设热潮不断在这片充满生机的土地上涌动，而一串串鼓舞人心的数据，是高质量发展成就的彰显，让我们看到了故乡伊金霍洛未来发展的潜力和希望。

我们还参观了远景鄂尔多斯现代能源装备产业园项目、鄂尔多斯美锦—国鸿氢能科技产业园项目、内蒙古华景40万吨磷酸铁锂正极材料项目等。一个个大项目在伊金霍洛旗落地，一边建设，一边生产，重大项目持续发力，故乡是"双碳"目标的具体实践地。

身为一个伊金霍洛人，我由衷地感到高兴和自豪。园区内建成了中国第一家零碳产业园，伊金霍洛旗将打造成为具有全球示范效应的减碳产业城、新能源科创城、能碳双控智慧城、产能融合人文城、零碳未来城，在前瞻性的战略部署下，已经形成了围绕动力电池与储能、电动重卡、电池材料、绿色制氢等"风光氢储车"上下游产业链。中国典范，世界标杆。我虽然只了解个大概，但我知道，这就是伊金霍洛人忠实践行习近平总书记对内蒙古重要讲话和指示精神，率先而为，迈出的新步伐。

激发新动能，奋进新征程；已越关山，再眺雄峰。御"风"而上，逐"光"而行，"氢"装上阵……伊金霍洛新能源产业发展的脚步铿锵激越，未来可期。越来越多的"鄂尔多斯制造"零碳产品将走向全球，为全国乃至全球的绿色低碳发展贡献力量。由资源依赖型向创新驱动型转变，由粗放高碳型向绿色低碳型转变，曾经的内蒙古"羊煤土气",现代的内蒙古向"新"而动,风光无限。

花开灿烂是故乡,策马扬鞭绘新章。今天,在我们推进转型快速发展的新征程中,回首凝视我们生活的这片土地,了解我们的生活背景,对于伊金霍洛旗的开拓前行具有十分重大的意义。认清我们的发展形势,统一我们的思想行动,凝聚"爱我伊金霍洛"的正能量,全力共建更加美丽富饶的伊金霍洛,让美丽家乡展现鲜明的新时代风采,焕发新的生命活力,是全体伊金霍洛人的时代使命。

爱我伊金霍洛,建设伊金霍洛,代表了全旗各族人民的共同利益与愿望,是绿色伊金霍洛科学发展的永恒主题。全旗人民热爱伊金霍洛,盼望伊金霍洛发展,把全体伊金霍洛人转型发展、再创辉煌的意志集中起来,统一起来,凝结每一颗"爱我伊金霍洛"的心,汇聚每一份推动发展的力量,必将能创造绿色伊金霍洛旗更加美好的未来。

"超越梦想一起飞,你我需要真心面对,让生命回味这一刻,让岁月铭记这一回……"富民强旗之梦,转型快速发展之梦,有梦想就有动力,有梦想就要坚持。全面建设更加美丽富饶的伊金霍洛,是伊金霍洛儿女心灵深处的集体意识,是 25 万伊金霍洛人对更加美好生活的向往与憧憬。这个梦,体现在不断提升人民群众的归属感和幸福感,不断增强主人翁的责任感和使命感的过程中。让每个梦想都开花,才有绚烂的春天,让每颗星辰都闪耀,才有浩瀚的星空。只有我们每个伊金霍洛人既埋头苦干,又仰望星空,建设一个"发展更加科学合理,城乡更加统筹协调,环境更加优美和谐,人民更加幸福快乐的伊金霍洛"的美丽梦想,才能触手可及,梦里梦外芳草离离。

"遇上你是我的缘,守望你是我的歌"。生活在伊金霍洛这片热土上的每一个人，都应当热爱伊金霍洛的繁荣美丽，维护伊金霍洛的和谐安宁。让我们紧紧凝聚在"爱我伊金霍洛"的旗帜下，共同唱响"爱我伊金霍洛"的主旋律，在全社会形成"我为家乡发展献计策，我为家乡发展作贡献，我为家乡发展添光彩"的良好风尚，为建设更加美丽富饶的伊金霍洛努力奋斗。让美丽的伊金霍洛在鄂尔多斯璀璨明珠上大放异彩，在祖国北疆亮丽风景线上熠熠生辉。

大美绿城，伊金霍洛，生我养我的地方，我爱你。你是中华大地上人们羡慕的一个亮丽、至高无上的品牌。我们在这里相遇，那是激情燃烧的光芒，我对你的情感，如同滚滚的长江。

人间仙境

——广西南宁青秀山

南宁的山水声名在外，青山绿水让人陶醉。绿城翡翠，壮乡凤凰——南宁青秀山风景区，是最美的公园。一座人间仙境，一片自然瑰宝，南宁青秀山风景区宛如一颗镶嵌在南国大地上的璀璨明珠。南宁市唯一荣获国家 AAAAA 级旅游景区称号的青秀山风景区，素以"山不高而秀，水不深而清"著称，景区有很高的森林覆盖率，负氧离子含量高，由于它地势较高且处于城市上风带，因而享有南宁"绿肺"之美誉。

2024 年 3 月 9 日清晨，天气阴沉沉的，见不到一缕阳光，气温在零上 10 度左右，我们鄂尔多斯市一行 6 人，在防城港市乘坐旅游大巴一路疾驰，驶向广西南宁青秀山旅游风景区。青秀山，位于广西首府南宁市中心，坐落在蜿蜒流淌的邕江畔，面积 13.54 平方公里。它是广西壮族自治区风景名胜区，是广西十佳景区之一和南宁市十佳旅游景点之一。青秀山旅游风景区年接待游客量超过 260 万人次，是国家领导人、外国政要、商贾、中外游客来邕考察参观和旅游度假的首选之地。

青秀山，以四季如春的气候、繁花似锦的景致、千姿百态的自然风景以及神秘的佛教文化，吸引了无数游客。青秀山风景区拥有迁地保护和园林造景完美结合的经典之园——千年苏铁园，还有独具热带雨林特色的生态园林景观——雨林大观，全国最大的自然生态兰花专类园——兰园，富有民族特色的壮锦广场、青秀山友谊长廊，汇聚东盟各国国花、国树和南宁友好城市代表性雕塑的东盟友谊园，具有历史文化的状元泉、董泉，具有明代风格的龙象塔以及具有鲜明亚热带风光特色的棕榈园、芳香色艳的香花园、桃花岛等知名景点；还拥有佛教名刹——观音禅寺、水月庵以及别具异国风情的中泰友谊园等 50 多个景点。寻百年古道，访千年古寺，游万亩森林，赏千年苏铁，让人感受到近在咫尺的城市文明与自然生态的和谐之美。绿油油的大树开着鲜艳的花朵，整整齐齐排在街道两侧，宛如一个个精神饱满的士兵，夹道欢迎着我们的到来。步入青秀山景区，青藤缠绕，生机勃勃，小溪潺潺，野花野草间，奇特植物让人大开眼界。

千年苏铁园，面积达 100 余亩，有树龄千年以上的苏铁近百株。园内绿意盎然，鲜花盛开，空气特别新鲜。这里年龄最大的"苏铁王"距今已有 1360 余年。苏铁园内已收集苏铁 50 余种，总株数上万。这里是全国最大的篦齿苏铁、德保苏铁、叉叶苏铁、石山苏铁迁地保护育种基地之一，是全国"景观最好、树龄最老、胸径最大、植株最高"的苏铁专类园。

雨林大观，建成于 1998 年，占地面积 500 多亩，物种繁多，植被层叠，拥有植物 200 多科 2500 多种，300 多万株。这里有独具雨林特征的人面子、桃榔、聚果榕等特色植物和望天树、桫椤、降香黄檀等 180 多种国家级重点保护植物，负氧离子含量高达 20000 个/cm^3。美轮美奂的"空中花园"，令人惊叹的"独木成林"，叹为观止的板根现象，激动人心的老茎生花，斑驳陆离的彩叶巨叶，令人如痴如醉。

兰园，是一个相当漂亮的植物园，位于青秀山风景区北门东南侧，总面积为 320 亩。其中一期建设面积为 150 亩，以"洋兰造景"为主线，根据各种兰花的生态习性，将兰花自然巧妙配植于树林间、石缝中、沟壑旁，建成怀石叠瀑、空中花园、翠屏兰香、绚兰花田、古陶兰韵、兜兰花瀑等景点，种植兰花363种，植株总数30余万。兰园二期建设面积为170亩，以"药兰养生""国兰文化"为主线，结合景观布置亭、廊、轩等古典园林建筑，着力提升兰园的文化内涵，增加兰花品种，展示兰花药用价值，以自然、质朴的风格，打造成景观类型丰富，并具有科普文化宣传意义的植物专类园，不仅要成为国际领先的高品质户外兰花专类园，更要成为广西乃至全国最大的自然生态兰花专类园。

> 兰园生态色景秀，丽影山前潭满秋。
> 丝竹风吹兰花香，芭蕉雨淋聚水流。
> 幽兰五彩娇百态，清澈一泓解心忧。
> 登高眺望美邕城，绿掩花团丈百楼。

桃花岛，位于青秀山核心景区东北部，占地面积约200亩，因其三面为谷，中间为岛，常年云雾缭绕，以宛如仙岛而得名。桃花岛种植有毛桃、绯桃、香味桃、人面桃、日月桃、粉玉桃等几十种三万多株。"一年一度春风至，一年一回桃花红"，每到二三月春暖花开的季节，岛内桃花、杜鹃花争相盛开，色彩缤纷，万紫千红。游客络绎不绝，到此踏青、赏花、纳福，祈求幸福好运、吉祥如意，人面桃花竞妖娆，万花争艳醉春风，好一幅人间仙境的奇妙画卷。我们正赶上了这个桃花艺术节，见到了一派"人面桃花相映红"的美好景象。青秀山从1995年开始举办桃花艺术节，至今已成功举办了十九届，桃花艺术节已成为南宁市春季旅游的一大品牌。

> 游客涌聚桃花岛，满山遍野红霞飘。
> 枝头斜倚绿玉缀，细雨绵洗桃花俏。
> 男女虔诚向月老，彩带红绸系树梢。
> 桃运惜缘自然在，人面桃花竞妖娆。

樱花园，按地形地貌特征建设成四大景观区：密林花海、疏林花坪、樱林花坡、樱花溪畔。园内种植有7个不同品种的樱花，分别是中国红、广州樱、小乔、绯红福建山樱花、粉红福建山樱花、钟花樱、山樱，植株总数6000余。我们到达时，青秀山樱花园的樱花即将绽放，每束樱花都开得令人心动，带来浪漫和快乐。快乐因樱花而放大，时间与美好与你环环相扣，樱花含苞待放时，垂挂枝头，宛如一个个小灯泡等待着点亮的瞬间。等樱花进入成熟期后，只需风姑娘轻轻触碰，就会瞬间绽放出迷人的魅力。樱花的花瓣随风展开，娇俏可人，浪漫且唯美，美丽的花瓣与碧绿的树木交织，点缀着美景。

> 火车直达樱花园，坐观烟柳遮眉眼。
> 云雾缭绕凤翼岭，峰峦秀丽红万千。
> 细雨轻抚樱花艳，清水摇荷彩灯连。
> 翠鸟争鸣繁花锦，游人神驰青秀山。

桂花园，是南宁市中心的"香谷"，凝聚的正是八桂精神。桂花开，则金秋至。香谷桂花园占地面积240多亩，有上万株桂花树，以金桂、银桂、丹桂、四季桂四大类为主，共40多个品种。除此之外，桂花园还种植了玉兰、含笑、米兰等上万株香花植被。香谷桂花园是一个以桂花造园造景，展示桂花植物品种，桂花主题文化为特色的生态专类园。

广西珍贵树种展示园，占地面积约为300亩，重点收集展示、保护繁育广西本土珍贵树种，是集科普教育、旅游观光为一体的植物专类园。园内观赏性高，趣味性强，文化内涵丰富的大规格珍贵树木有1000多株，其中有国家一级保护植物金花茶、望天树、红豆杉等，国家二级保护植物蚬木、黄花梨、沉香等，是目前广西收集珍贵树种最多的专类园区。

观音禅寺，位于南宁市青秀山的山顶，始建于北宋年间，距今已有千年的历史。禅寺占地面积 15 亩，寺院布局紧凑，仿唐建筑风格，院殿雄伟辉煌，有大雄宝殿、卧佛殿、护法殿、般若堂、伽蓝殿等十几个佛殿，是广西最大的佛教圣地，这里香火旺盛。

抗日学生军纪念碑，建于 2001 年 12 月，高 20 米，用花岗岩建成，碑顶是绿色琉璃瓦，翘角重檐，如飞燕凌空，雄伟壮观。纪念碑铭记着广西学生军的抗日历史：1939 年，南宁沦陷期间，一群文弱的书生，在对敌斗争中，前后参战 978 次，个个奋勇杀敌，共有 10 余人壮烈牺牲，用热血谱写了一曲悲壮动人的青春之歌。广西学生军抗日烈士纪念碑已列为广西爱国主义教育基地。

广西南宁青秀山，地处亚热带湿润气候区，四季如春，气候宜人。这里的花卉种类繁多，四季盛开，如火如荼。春天的桃花、樱花、杜鹃花，夏天的荷花、睡莲，秋天的菊花、桂花，冬天的梅花，无不争奇斗艳，美不胜收。青秀山的自然风景瑰丽无比，这里有奇峰异石，有清澈的溪流，有茂密的森林，有丰富的动植物资源。其中最著名的当数青秀山十二景，包括"碧石听泉""飞来石""翠屏晚照"等，每一处景致都如诗如画，让人陶醉其中。

青秀山，南宁的一处秘境，一个值得旅游的好地方，一个展示自然美景和历史文化的地方。漫步在青秀山的花海中，仿佛置身于仙境，让人流连忘返……在这里，你可以放下世俗的烦恼，寻找一份心灵的宁静和慰藉，留下一份永远难忘的回忆。

快乐的甘南七日游

快乐的甘南七日游，我至今难忘，永存脑海。为何今天才提笔作文？旅游回来后，事情杂多，又加上患了重感冒，发烧流鼻涕咳嗽，难受极了，今日有所好转，不妨跟着我笔下的文字一起游甘南。

2024 年 7 月 22 日上午 10 时，我们一行 29 人从伊金霍洛旗乘坐动车前往西安，经过 6 个多小时到达西安，接着转坐动车于当天晚上 20 点到达甘肃省天水市。一下火车，甘霖滋润，不愧是天水市的天水，天气凉爽，空气清新，让人感到舒服极了。天水古称成纪，相传华夏始祖伏羲氏就诞生于此，所以又有"羲皇故里"之称。作为古代丝绸之路的城市节点，作为如意甘肃重要的一环，天水所流传下来的传统美食文化，经过时代的变迁，味觉的考验，能够传承下来的都是精华，且待我后文慢慢来谈。

一、情涌"小九寨"——官鹅沟、鹅嫚沟

（一）官鹅沟

第二天吃完早餐后，我们一行人乘车赴宕昌县，游览 5A 景区——官鹅沟。官鹅沟位于甘肃省陇南市宕昌县城郊，得名于氐族青年官珠与羌族姑娘鹅嫚之间的美丽传说。明神宗万历年间，人们称官鹅沟为"关恶"，沟内居住了藏、羌族。"关恶"一词系羌语，汉语意为"峡谷"。因一个凄美的爱情故事和古老的恩怨情仇传说，

这里被称为"官鹅沟"。沟中原来居住着鹿仁寨氐族部落与金羊寨羌族部落，两大部落相处十分友好，共享着一个美丽的草原。后来氐族首领起了私心，想独霸草原，争夺水草丰美的珍珠大草原，因而惹起了兵祸。双方经过反复争斗，都付出了沉重的代价。氐族首领被俘，羌族人夺回了被独霸的草原。氐族部落首领达嘎和巫师耿萨为了报仇雪耻，制造了一个假象，让达嘎之子官珠伪装成牧羊人潜入金羊寨。官珠侠义心肠，羌族部落首领木隆之女鹅嫚天姿国色。经过两个多月的相处，两个年轻人产生了爱慕之情，私订终身。其间，官珠身份暴露，鹅嫚得知心爱的人原来是敌方奸细，怀着愤怒和痛苦的心情查探究竟，当官珠说明真相时，鹅嫚举起了仇恨的利剑。官珠却愿意死在心爱的人刀下。真情感化了复仇的利剑，官珠和鹅嫚选择了爱情的花环。鹅嫚放走了官珠，约定中秋迎亲。

在中秋节隆重的迎亲盛会上，由于氐寨巫师耿萨的阴谋和羌寨总管铁布的嫉妒，双方暗藏刀兵，再起战端。单恋官珠的黛娜表姐为了夺回官珠，将毒刀刺向鹅嫚。官珠迅疾以身阻挡，保护了鹅嫚，自己中毒身亡。两寨首领面对突发事件，重新把仇恨之箭瞄准对方，千钧一发之际，鹅嫚冲向他们之间阻止，但为时已晚，两支利箭同时射向鹅嫚。弥留之际，鹅嫚把两位老人的手紧紧拉在一起。官珠和鹅嫚先后以自己的身躯挡住了自己人射向对方的毒箭，一对恋人的殒灭化解了两寨世仇，为草原赢来新的和平，两族人民为了永久纪念官珠与鹅嫚，把他们共同的家园命名为"官鹅沟"。这是陇剧《官鹅情歌》的剧情，已经入选首批国家非物质文化遗产名录，被誉为"中国西部的《罗密欧与朱丽叶》"。

我们带着对民族"和谐才能共赢"的感悟和崇敬，走进了官鹅沟。景区内有20多个碧波荡漾、蓝如宝石的湖泊海子，有雄奇幽深仰不见天的峡谷绝壁，有飞流直下玉珠四溅的悬泉瀑布，还有原始森林里的各种奇花异草。官鹅沟山奇水秀，林茂谷幽，粗犷中蕴含细腻，豪放中蕴含温婉，集北国雄奇与南国灵秀于一身，聚阳刚健美与阴柔妩媚于一体，"人间蓬莱境，陇上九寨沟"，处处都是山水画，处处为景，是最有观赏价值的"地质公园"。

一汪汪宁静深邃的湖泊，一叠叠飞流直下的瀑布，藏在青藏高原边缘岷山山系与西秦岭延伸交错的褶皱里，承载着天光云影，飞旋着诗情梦幻，守望着官珠与鹅嫚的古老爱情。我们游览当天下着小雨，山重水复，不管沟外的世事如何喧嚣，沟里的世界依然安静，只有沿沟而下的清流，哗啦啦淹没光阴流年。我们身穿雨衣，脚蹬防水外罩鞋，沿一条有落差的小河逆流而上。行走间环顾，沿河沿路的草木于伏夏微风细雨中摇动，红黄绿白相映，色彩斑斓绚丽。一条蜿蜒曲折的小溪，在大山中间欢快地流淌着、歌唱着，为漂亮的峡谷披上条明亮的带子，把大山从中间劈开。将近山顶之时，便见诸多瀑布从岩壁上坠落，轻轻薄薄，飘洒柔弱。将近山顶之处，便见"官鹅天瀑"，立于瀑边，只见它从不高的崖壁上泻下，水声似佩环相击。忽然阳光闪现，可见一虹桥横跨于水帘前小潭上，四周山峦好似由人工堆砌雕刻而成，精妙奇巧，秀美异常。官鹅沟山环绕着水，水倒映着山。山间景色幽，石上碧溪流。无事常来此，清心亦忘忧。好漂亮，好舒爽！

（二）鹅嫚沟

当日下午我们来到了"小九寨"的另一著名景点——鹅嫚沟。天空下着小雨，气温不高，鹅嫚沟是一处避暑胜地。景区内有多条游线可供游客选择，其中最值得推荐的是"天外飞石"和"神象沐浴瀑"两处著名景点。当地还打造为"中国爱情谷"，沿沟盘行而上，山腰的天池叫"泽荡措"，"泽荡"在藏语中是爱情的意思，

"措"即湖（海），"泽荡措"就是爱情海了。泽荡措被山峦环抱，绿树滴翠，更渲染了伏夏的霞韵，彩虹飞舞，鲜花盛开，徜徉其间，心旷神怡。如此美景，吸引着无数的善男信女来此一游。我们一行人在刻有"泽荡措——爱情海"红字的大石旁等待拍照，定格了美好的瞬间，期望爱的光华永远升腾于每个人的心中。

到了鹅嫚沟游客中心，换上景区的游览车，盘旋上山，窗外深绿浅碧，嫩翠苍青，奇石怪岩，近山远峰，恭敬相迎，谦卑后退，时而清泉相伴，时而草甸掠过，不论从哪个角度，都能眺望雷古远峰，山雨紧密相随，虽然不大，但山风到处乱窜，飘到伞下，钻入袖口，甚至撞进衣领；虽是伏天，但还是凉飕飕的。天公有意和我们开着玩笑，突然山上云雾缭绕，看不到雷古远峰，再次失之交臂，唯余遗憾。

山雨山风依旧游戏人生，时疏时密，时大时小，似雾像烟，我们索性不管不顾，又去看"飞天关"景点，一区域性断层形成了这里独特的地貌。经过了千万年的岩溶水蚀，沿断裂带形成了上窄下宽的崎岖峡谷，崖壁似刀劈斧砍一般。山路湿滑，游人小心翼翼，缓慢行走，抬眼望去只剩一线天空。不宽的崖顶还夹托着两块巨石，真让人匪夷所思。沿着向上延伸的阶梯，上到高处，一股水流喷涌而出，顺着陡峭的峡底向下奔去。站在高处看，两块巨石就在崖顶之间，犹如天外飞石一般，我不禁感叹地壳长期演变的神奇。

接下来游览的一个景点是"金樽瀑"，"金樽"应该用来款待贵客，依照我的理解，也许是巧合，更像天意。一定是老天也不好意思怠慢我们了，山雨歇了，而且景点就在路边不远处，奇妙的是，两座山挤在一起，只留一条窄缝，不，再仔细一点看，原本就是一整座山，神奇的地壳运动使山顶裂开了一条窄缝，山的下部还是一个整体，更让人意想不到的是，大自然的鬼斧神工下，窄缝底部形成了一个精致的大酒杯，杯里还源源不断地流出美酒，这就是"金樽瀑"。我真想捧起大金樽，大口喝美酒，不醉不归，仰天大笑，不负苍天之美呀。

官鹅沟、鹅嫚沟，大同小异，都是山清水秀，鸟语花香，峰回路转，曲径通幽。以一副对联总结如下："山清水秀谷幽瀑美官鹅此去不思沟，鸟语花香松古云奇雷古归来常梦雪"。官鹅风光无限美，四季年年好景观。春景山花红烂漫，夏日绿荫遮阳伞，秋季枫叶层林染，冬雪茫茫兆丰年。藏羌民居传古韵，羌笛声妙戏秋千。岩昌旅游创新路，万里晴空艳阳天。此时，情已不仅仅是爱情，情已涌动成对美丽传说的咏叹，对江山如此多娇的赞颂，对尽享幸福生活的感念。

二、哈达铺，掀起小镇的神秘历史面纱

清晨，当第一缕阳光洒在大地上，我们怀着好心情向哈达铺驶去。哈达铺是个小镇，和许多中国西北的大多数小镇一样，是个小得不能再小的村镇。与众不同的是，这个小镇小有名气。大凡来这儿的操着不同方言、来自不同地区的外地人，甚至外国人，都怀着一种仰慕的心情，不辞辛劳，披风尘，踏泥路，走进哈达铺，寻找着历史的红色足迹。哈达铺，地处甘肃省陇南市宕昌县，位于岷山脚下，是红军长征的重要补给地和决策地。红军在哈达铺进行了休整、补充给养、部队整编等重要活动，为后续的长征奠定了基础。

走进哈达铺，顿时产生一种壮怀激荡的感觉。西北高原，天空蔚蓝，一尘不染，百年老屋，奇花异草，无不给人留下深刻的印象。但给人印象最深的是那些红色的痕迹——迎风招展的红旗，八角帽似的雕像，遍布大街小巷，令人以为走进了某一处红色基地，

一种想投身进去的冲动瞬间裹挟住了你。

可以说，几乎每一个中国人都知道这个深山小镇，走进它，就等于走进了一段既光荣又艰辛的历史当中。红军，当年就是在这个偏远的小镇里绝处逢生。四渡赤水，翻雪山，过草地，红军摆脱了国民党百万大军一次次围追堵截后，拖着疲惫不堪的身躯来到了这个山高皇帝远的小镇。可是，关山依然重重，路又在何方？某一天，毛泽东从一张国民党的旧报纸上无意中获悉，百里之外的陕北由刘志丹领导的一支红军队伍正闹得风起云涌。毛泽东当机立断，决定奔赴陕北，重新开拓一条救国之路。于是，经过休整后的红军，重整旗鼓，向陕北挺进，摆脱了国民党的再次围追堵截，借助抗日的浪潮，红军的队伍一步步壮大，最终推翻了国民党政府的统治，建立了新中国。

当我们游览完红军纪念馆，顺着纪念馆旁边游览的甬道，来到小镇外的红军街时，满眼所见都是泥墙黑瓦的老房子，街道很狭窄，好在路面上铺着鹅卵石，虽说踩上去有点凹凸不平，可少了泥土，弯弯曲曲的，同今天任何一处小镇的街道相比，这儿分明就是一处穷乡僻壤。当年红军战士们在此休整，留下的活动场所遍布各个角落，如义和昌药铺、同善社、关帝庙、张家大院、邮政代办所等等。其中的义和昌药铺，当年毛泽东和张闻天曾居住于此。因此，我特意在这间药铺前停下了脚步，临街的店铺，黄墙泥瓦，木质的门窗，既没有华丽的装饰，也没有显眼的招牌，普普通通的，和这条街上其他的民宅一样，貌不惊人。我与同行的张文进店，每人买了两瓶"官鹅源、羌源味道"的甘肃宕昌黄芪，也算是为老区人民作一点贡献吧。我们来到邮政代办所，门前立着当年的绿色邮筒，游人们自觉排队，既停步留影，又打卡留念。我立在门口，隔着木栅栏，朝里观看，阴冷、昏暗，顶棚用原木搭就，一间间都毗邻着狭窄的街道，泥墙土瓦，乍一看，毫无现代化的气息可言。然而，当年，正是从这一间间普通老旧的民宅里走出来的人，在那个年代搅起一阵历史狂澜，不仅创造了中国红军的惊天伟绩，而且改变了旧中国，令中国从此走向新时代。

哈达铺，是一个历史悠久、小有名气的"旱码头"，一个红色加油站，一个承载着"红色历史"的传奇小镇。"仓皇无计欲何之，正是闻风落胆时。""更喜岷山千里雪，三军过后尽开颜。""红军越岷山，哈达大整编。万里云和月，精兵存六千。导师指陕北，军行道花妍。革命靠路线，红星飞满天。"

三、天险雄关腊子口

腊子口，藏语的转音，原意为"险绝的山道峡口"，位于甘肃省迭部县东北部的腊子乡，是川西北进入甘肃的唯一通道，是甘川古道上的"咽喉"，是 1935 年中国工农红军北上时，突破的一个最重要的天险。腊子口，作为一个关隘，它掩藏于甘南的深山，几乎无人知晓。因为那次关乎中国革命、关乎红军生死存亡的战役，腊子口才声震中外，闻名遐迩。

未到腊子口之前，我实在无法想象它的情景。作为一个承载历史和战争信息的符号，腊子口传递给我们的却常常是山高路险，怪石狰狞，乱云飞渡，硝烟弥漫……不管你想象力如何丰富，也不会把腊子口和美丽与抒情联在一起。身临腊子口，我才发现，它不仅威武雄壮，令人不由自主为其险绝的地势而惊叹，还是一个风光绮丽、充满诗意的地方，令人流连忘返。当时下着阵阵小雨，大巴刚停下来，我们走出车门，向前仰视，眼前铁青色的花岗岩山峰，如刀劈斧削，耸立云端。这两山之间只有 20 多米宽，腊子口河从峡口奔流而出，两边林密道窄，我为眼前的天险而惊诧。我脑海中浮现出古诗中描写的"山高鸟飞绝，万径人迹灭""一夫当关，万夫莫开"的情景。

在1935年9月腊子口战役中的红军战士个个是英雄好汉。他们通过强攻与攀登悬崖迂回包抄的战术，经过两天的激烈战斗，出奇制胜，击溃甘肃军阀、国民党陆军新编第十四师师长鲁大昌早已布置好的守军。红军于9月17日凌晨全面攻克天险腊子口，使国民党消灭中国工农红军的企图破灭。此情此景，我为伟人毛泽东、周恩来所代表的中国共产党而骄傲自豪，为这些英勇杀敌的红军战士而敬佩，为英勇牺牲的烈士而致哀。他们把自己的生命贡献给中国革命。腊子口战役中的革命烈士永垂不朽。腊子口，这是一座许许多多革命者为了民族前途不怕牺牲勇于战斗的精神地标。

我站在了腊子口，站在历史的天险处，一只雄鹰以凌空的高度，环览群山，目光灼灼。夺取腊子口，毛泽东朝着北上的方向，大手一挥，用穿透时空的声音，无所畏惧，决绝地破釜沉舟。永恒在这里，伟大在这里。一缕佛光，从甘南出发，抚过甘南人民坚毅的额头，走向抗日前线，走向中华人民共和国的成立。我看见腊子口天险的杜鹃灿烂地开着，我触摸到了甘南另一层灵魂，盘旋于天空的鹰，敲响了大地的琴键，拨动了大地的音弦。阳光，依然是那么慈和；蓝天，依然是那么肃穆；流水，依然是那么澄净；树木，依然是那么郁郁葱葱。一切雅美、圣洁，醉人醉心。在甘南，我开成一朵莲，双手合十，心存挚爱，心存善缘，心存感恩。甘南腊子口，心灵深处最有血性的诗意抒情。红军血脉，代代相传，荆棘霜雪何所惧，全国各族人民大团结，开展"一带一路"建设，合作共赢，不忘初心，牢记使命，励精图治，为中华民族的伟大复兴，走好新时代的长征路，办好自己的事情，让别人去说吧。

四、神奇的扎尕那

扎尕那，全国十大"非著名"山峰之一，海拔上只差 30 米就达到 4000 米，是国家 4A 级旅游景区。踏板房，省级非物质文化遗产，土木石结合的古老智慧，匹配二十四节气，灰青白紫蓝五彩祥云慢慢腾空……山势奇峻，青崖如镜，怪石嶙峋，鬼斧神工，犹如一座巨型宫殿（石头古城），美不胜收，眼花缭乱，令人流连忘返。眺望正南，虎卧悠闲。两耳临风，聆听蜜语。曲珍格桑，天池共舞。岁月更迭，万物轮回。

7 月 24 日我们披着余晖上山，裹着一身没有褪尽的残阳，转身欲归的刹那，回望，夕阳呈射线状融着我的情思百结，替我再次将美丽的扎尕那抚摸、抚摸……车子一路疾驰，一路盘旋而上，越过山梁，走过清幽寂静的山谷，当渐渐靠近目的地，铺展在我们眼前的是无法想象的景象。阳光一束一束洒在前往扎尕那的路上，微风开道，花儿让路，像是专门迎接我们这些远道而来的客人。我们怀着对她无限的虔诚和膜拜，一路欣喜狂奔，一路激情澎湃，急切想要扑进她充满诗情画意的山水间。心情，自然是激动了些。高的石山，厚的植被，蓝的天空，白的云朵，金的寺顶，绿的水，青的山，黄的野花。白云仿佛就架在山顶之上，而村子则掩映在绿水青山间。树木的繁茂和青翠，掩盖了低处的屋舍；高耸的奇石，更是突显了山梁的雄伟。扎尕那依山而坐，由四个村寨组成，白龙江丝绸般围着有"人间伊甸园"之称的村落缓缓流淌，扎尕那，显得格外美丽耀眼。

远处山峦绵延，山雾缭绕，彩虹飞舞，近看，肃穆而庄严的拉桑寺醒目地坐落在扎尕那北山脚下中央，金顶熠熠生辉，白塔落满阳光，经幡舞动，钟鼓沉沉。还有那藏红的木架，色彩斑斓的转经筒，一栋栋白红相间的藏式木屋，这些都诉说着信众们的精神寄托。太阳照在上面，幽深幽深的，像是一座座神秘的宫殿，更像是画家震颤灵魂的绝笔。而这些，你所看见的，都是神所遗落的。

我们徒步跋涉，直奔观景台而去，极目远眺，这里石峰为王，石山是扎尕那的独特风景，藏式楼阁与榻板红瓦则是藏民居所的特色。四周群山环绕，怪石嶙峋，或巍峨雄奇，或秀丽柔美，大自然的鬼斧神工让神山显得厚重和苍茫。这是一个绿色的王国，这又是一方让你为之震撼的天地。绿野无边，四处都是开阔的草场，花草葳蕤，碧海连天，小野花星星点点，随风轻轻摇曳，散发阵阵清幽的芳香，你会忍不住想摘一朵，别在自己的发上。游人欢歌起舞，牛羊散落其间，塌板房有序排列，村落人家炊烟袅袅。如诗如画的山水田园，一切都是恬静惬意的模样。

天空雄鹰翱翔，草场马蹄腾起，山谷百灵欢唱，坡上牛羊成群。这一切，和她的辽阔、恬静、安然、纯洁，静动结合，显得和谐自然，格外美丽。我们惊叹、欢呼、追逐、奔跑、舞动、拍照，又对她的苍茫与辽阔肃然起敬……扎尕那，山野、树木、河流、草原、牛羊、小花、夕阳、炊烟，错落排布的小院子，一切都是悠然自在的样子；古朴静谧的藏寨，高高挺立的麦架，羞涩的牧羊女，骑着高头大马的汉子，一切都是热情澎湃的状态；悠扬的暮鼓声、诵经声，马儿的嘶鸣声，一切都是昂然热烈的景象。

扎尕那，一座天然石头城，甘南藏族自治州迭部县益哇乡的一座古城，藏语意为"石匣子"。地形上，扎尕那既像一座规模宏大的巨型宫殿，又似天然岩壁构筑。这片世外桃源，至今仍是一块处女地。一个让人舒畅惬意的雨中漫步的地方，一个别具民族风情的地方，一个让人难忘的天国般的地方，一个让人游玩尽兴的地方，我会永远记住你的容颜。

扎尕那，云落山尖，白云眷恋的神山令人向往。恍若天上人间，白云、彩虹织成梦境，民族传说里写着英雄故事。山崖标志尊严厚重，守着铁的性格，白云布置的心愿，石头上长出苍松翠柏，意志在这里开花，神山护佑的村落，流传着质朴的民风，经幡述说虔诚的信仰，吉祥如意，扎西德勒，德勒扎西。飘飘仙境落人间，群峭携云入碧天。雾伴炊烟生袅袅，泉环山涧响潺潺。花香盈袖芳能品，草绿熏衣秀可餐。待到采花节，还来醉藏歌。扎尕石城气象雄，山清水秀势恢宏。诗情画意游人醉，万语千言到此空。九色甘南之缩影，人类精神之地标，离天堂不远兮，举目可眺也。迭部扎尕那，人间香巴拉。中外游人蜂拥，文人墨客如潮，伟哉扎尕那，天下竞娇娆。

五、最美高原花海，云上湿地桃源——花湖景区

旅行的意义并不全是看景，也可能是心灵的放飞，灵魂的自由翱翔。旅途的感悟是在独处中获得生命的重生，在自我净化中放松身心，陶冶性情，感悟生命，探寻生命的真谛。看到的是眼中的风景，感悟的是心中的美景。生命并不是你活了多少日子，而是你记住了多少幸福快乐的日子，要使你过的每一天，都有所悟，值得回忆。

我第一次去甘南旅游，在到达之前，心中描绘了许多的图画，也许未知才是一种渴望、一种期盼。甘南是花的世界。中伏之夏，我们来到若尔盖草原上的花湖景区，若诗若画若尔盖，花湖花海扎尕那。花湖景区位于四川若尔盖和甘肃郎木寺之间，是热尔大坝草原上的一个天然海子，海拔高度为 3468 米，是高原湿地生物多样

性自然保护区，是我国三大湿地之一。简单，安静，妖娆，宛如一块镶嵌在川西北边界上瑰丽夺目的绿宝石。走进若尔盖草原，超乎我的想象，和家乡草原完全不同，和鄂尔多斯草原有些不一样。这里的草原，广阔无垠，有山峦，有湖泊，有森林，并不是一马平川的丘陵和草原、湿地交错之地。触目的绿色，蓬勃的绿色，让人能体验到草原的壮阔与生命的活力。若尔盖是我国长江、黄河上游重要的水源涵养区，是"中华水塔"的重要组成部分，热尔大坝，在藏语里，是"神仙居住的地方"。在遥远而神秘的青藏高原东缘，被时光温柔以待的土地——甘南，它以无尽的苍穹为幕，广袤的草原为席，孕育了一处令人心驰神往的仙境——花湖。花湖是一颗璀璨的明珠，镶嵌在热尔坝大草原腹地。

2024 年 7 月 25 日，早餐后乘车前往花湖，当阳光穿过地平线，我们开始了这场独特的旅程。花湖景区需要乘坐摆渡车进入，老远就能看到入口的"黑颈鹤"拱门。拱门两旁写着"花湖之吻，从这里走向天边"的字样。黄河之水，奔流到海。在流经川西高原的阿坝州时，这条中国"母亲河"得到了极大的补充。从阿坝深处逶迤而来的白河，穿过红原、若尔盖两县的草原，汇入其中，成为黄河的天然蓄水池。花湖因得天独厚的自然条件，成为大自然恩赐的鸟类中转疗养站，素有"鸟类的天堂""植物的王国"之称。灰燕、赤麻鸭等珍稀鸟类在湿地里游弋，我这外行汉子，看到了不知名的很多很多鸟群。远处的草原，风吹草低见牛羊，比我们内蒙古草原的牛羊还多，还有很多牦牛也在悠闲地吃草。浩瀚的湿地草原花开成海，繁茂的水草与成片的花朵，把纯蓝的湖水染成淡淡的藕色，绚烂如梦境。我们赶上了好时候，今天天气较热，明媚的阳光照耀下，水云天恍惚了人世间，浩渺无垠，感觉很美很美。天地之间，绿草茵茵，生意盎然，草地中点缀着无数小湖泊，仿佛星罗棋布一般，湖水碧蓝。

花湖有着花生一样的形体，卧在草原上，是那么悠然与安静，美丽而精致。花湖与远方起伏连绵的群山、低垂游走的棉花云，遥相呼应，富有层次感和线条美。我们沿着通向湖泊的木板路而走，白云和蓝天是高原的丰富资源，它们簇拥在湖的周围；牛羊是草原的点缀，马儿、牛儿、羊儿甩着尾巴聚在无边的绿毯上，大快朵颐，怡然自得。岸边的青草很茂盛，格桑花还有许多不知名的野花竞相怒放着，不管有人关注与否，它们都起劲地怒放着自己的生命张力。那种宠辱不惊的心境，那种积极进取的人生态度，让人为之赞叹。滩中的水草很茂密，一丛丛、一束束地扎根在浅水中，经年累月，与湖相依相伴。黄鸭、天鹅、白鹤在水中筑巢、育儿，悠然地嬉水，有的扎进水里觅食，有的欢快地嬉戏，有的亲昵地凝视。很多叫不来名的鱼儿在水中游荡。蓝波荡漾，粼粼生辉。这浮光跃金，给花湖增添了魔力般的梦幻。

远处的溪鸥飞起来，像在天际边滑翔，近处的溪鸥飞起飞落，争抢游人投喂的鸟食，那翩然之姿在水天之间，显得那么优美。我就觉得这高原之湖具有了某种灵性。这是怎样的风景？人们在绿的海洋里行走，在蓝色的世界里徜徉，与心灵对话，与纯净握手，如入仙境。沙滩上栖息着不少水鸟，远远望去看不清楚，也许里面就有黑颈鹤、天鹅、白鹤吧。它们在沙滩上聚在一起呢喃低语，或许是在开会，或许是在小憩，它们在没有任何工业污染的湿地里，渴了，喝甘甜的湖水；饿了，捕水中鱼儿，它们与白云为友，与牛羊为邻，尽情地享受这大自然的馈赠，幸福指数应该是很高的。

沿湖都是木板铺就的路，木板路时而跨过草原，时而穿过水上，时而贴近沙滩，蜿蜒曲折。漫步在木板路上，曲径通幽，恍如进入一幅美丽的风景画里，颇有诗情画意。俊美的女郎坐在木板路边，垂下长腿摆出拂水的姿势。飘然的长发，灿烂的笑容，美丽的倩影，定格在美照中。

花湖竟如此之美，让人如在梦境中。从人口密集的城市来到花湖，无论从哪个角度来讲，都是一场想象力与体力的PK，毫无疑问，花湖的吸引力是巨大的，它对自己的魅力也有着充分的自信。花湖简单、安静，在五彩斑斓中带给人们视觉上的冲击与心灵上的愉快，比物质带给人们的享受更有意义。在这里，人们可以放飞心灵，放下尘世的烦恼，与灵魂对话，开阔心胸，这也是人生的一种境界吧。

花湖，最美的高原花海，云上湿地之桃源。以游走的快乐，延伸至天边路的宽阔；以寻找梦境里的天堂，感受到天地亲吻的幸福。任想经受耐力的考验，回梦灵魂摄影的世界，放飞自己，魂牵梦绕热尔大坝上生灵幸福。随意的想象，以追逐太阳平行高度飞翔的雄鹰，交错赋予这方净土的生命，留下所有的浪漫。我真心去了放眼的世界，让这传说中的若尔盖花湖，有天上仙女多情的眼睛，消磨我的思念，荡漾我的心，沉醉我的梦。

六、黄河九曲第一湾

伏夏时节，"黄河首曲"玛曲县正是好风光。水草丰茂，牦牛、藏羊成群，每一帧的美景，都少不了大小河流碧水清波的滋养。玛曲在藏语意为黄河，位于甘肃省甘南藏族自治州的玛曲县有着"天下黄河第一湾"的美称，在这里，黄河形成了长达433公里的大转弯，之后一路奔流不息，向东而去。

下午2点钟，我们到达了若尔盖县唐克镇九曲黄河第一湾游客服务中心，天气晴朗，湛蓝的天空下，白云飘荡，甚是壮观。九曲，是藏族人民结合黄河上游的地形、景观等，将上游诸河段取了更有特色的名称，藏语称"河"为"曲"。俗语说"黄河九曲十八弯"，这"九曲"就是唐时对贵德以上黄河段的称呼。"万涓成水汇大川，千转百回出险滩。滔滔长流济斯民，力发黄河第一湾。"黄河发源于青海巴颜卡拉山，自西向东，迂回曲折，在四川若尔盖县唐克镇与白河汇合，形成了壮美的九曲黄河第一大转弯，隔河与甘肃省相望。

在这片遥远而神秘的甘南大地，天与地仿佛以最为温柔的姿态交织，绘就了一幅幅令人心旷神怡的画卷。而在这无垠的壮丽之中，九曲黄河以其独有的韵味，缓缓流淌，孕育了无数生命与传奇。我有幸踏上这片神圣的土地，决定以一种特别的方式，去亲近那被誉为"九曲黄河第一湾"的绝美景致时，心中涌动的，是无尽的向往与期待。

走进那座即将引领我们穿越时空的电梯，门缓缓合上，仿佛是时间与空间之间轻轻闭合，将外界的喧嚣与浮躁隔绝于外。这一刻，我的心跳与电梯沉稳的上升共鸣，仿佛能听见内心深处对自然之美的渴望在回响。随着高度的逐渐攀升，眼前的世界开始慢慢变换，如同展开一幅幅精心布置的画卷。初时，是郁郁葱葱的草原，如同绿色的海洋，在微风中轻轻摇曳，牛羊悠闲地散落其间，仿佛是天地间最和谐的音符。渐渐地，远处的山峦开始显露真容，它们或巍峨挺立，或连绵不绝，用沉默诉说着千年的故事。而当电梯终于抵达顶端，门再次缓缓开启的那一刻，我们登上了山顶的法螺观景台。观景台在黄河的北岸山巅上，海拔近4000米，景区建设了云上电梯，14部独立扶梯组成了"天边云梯"，总长538米，垂直落差158米，全程需耗时16分钟。没有电梯搬运，不要说登山，就是走平路也很费劲，何况我们大都是60岁以上的老人，同行的还有小孩。

　　这是世界上海拔最高、坡度最陡的电梯了。电梯的上空写有很多关于黄河的诗词，有些耳熟能详，有些则是闻所未闻，大家不时背诵着那些熟悉的诗词。如"黄河远上白云间""黄河之水天上来""黄河远天来，红日近地落"之类的。从这里也可以看出，行万里路与读万卷书对人的眼界和格局的塑造，有异曲同工之妙。

　　我们站在法螺观景台上，不论从哪个角度观赏，处处都是景，极目远眺，天地人相连，一望无际，美景尽收眼底，感觉黄河九曲第一湾，简直就是一幅精美的画作。"黄河远上白云间，一片孤城万仞山"，从天际远山九曲而至的河流，与山下一条白丝带一样的河流汇合一起，奔流而去。远处的是黄河，脚下的是白河，但见黄白二河争流，风姿绰约，款款而来，又蜿蜒而去，阳光熠熠生辉，似哈达，如蛟龙。相传流淌在四川的白河，是一位身姿绰约、有闭月羞花之貌的姑娘所化。她在川西北若尔盖唐克大草原上蜿蜒徘徊，含情脉脉地等待着如意郎君的出现。而生长在青海冰峰雪山中的黄河则是一位智勇双全的英俊男子。他早就对白河姑娘的美丽善良慕名不已，不远万里来迎娶白河姑娘。在索克藏寺旁见到了心仪已久的白河姑娘。而白河姑娘也是对他一见钟情。然后，他俩手牵手直到相汇交融分不清你我，往黄河的故乡青海奔去。人们总是把最美好的事情作为爱情的象征，而爱情只有用心才能感受到，九曲黄河第一湾就是这样。

　　黄河九曲第一湾，是一条银练，天地草原是背景，黄河仿佛就是这幅画的画笔，它在若尔盖大草原这张绿纸上肆意挥洒，它反复弯曲的线条把草原勾勒成各种形状、各种图案。艳阳之下的黄河水，闪耀着亮亮的光泽，似一条巨大的银色的绸缎，弯弯绕绕成抖动的形态，铺展在大草原上，甚是壮美，让人由衷地赞叹。人们在这里领悟了草原的辽阔，黄河的豪迈，天空的高远和大自然的奇妙。渐渐地，太阳开始通红，整个草原和河流有如抹上了色彩，草原上的小草都带上了金边，黄河也成了一条张力十足的血脉。山脚的寺庙宫殿金碧辉煌，观景台及栈道上的每个人身上都带了光芒。站在唐克高高的山巅上，你才能深刻体会到大自然的柔美辽阔；走在唐克曲折的栈道上，你才能豁然开朗；看了唐克的九曲十八湾，你才发现原来人生可以如此绚丽多彩。"神奇最是莽高原，九曲黄河第一湾。龙似低吟凭聚力，重山越后势滔天。"唐克美丽的九曲黄河第一湾，我会在黄河的尽头，在美丽的齐鲁大地，张开怀抱热情地等你。黄河，我爱你。

七、"东方小瑞士"——郎木寺镇

郎木寺镇，素有"东方小瑞士"之称，是甘南藏族自治州碌曲县下辖的一个小镇，一条小溪从镇中流过，小溪虽然宽不足 2 米，却有一个很气派的名字——白龙江，按藏文意译为"白水河"。小溪的北岸是郎木寺，南岸属于四川若尔盖县，属于甘肃的安多达仓郎木寺和属于四川的格尔底寺就在这里隔溪相望。一条小溪分隔又联结了两个省，融合了藏、回两个和平共处的民族，更是体现了中华民族的共同体意识；它们相互包容，和平相处，一派祥和景象，这里的人们过着平静安稳的幸福日子。喇嘛寺院、清真寺各据一方地存在着。晒大佛，做礼拜，小溪两边的人们各自用不同的方式表达着对信仰的执着。

佛门圣地郎木寺，是甘南继拉卜楞寺之后一个著名的旅游景点。天下名山僧多占。有山必有水，山水相依，一座大山孕育出一条大河，一条大河孕育出一方文明。历史上，底格里斯河与幼发拉底河诞生了古巴比伦文明，尼罗河造就了古埃及的辉煌，地中海的地理优势培育了高度发达的古希腊文化。有山有水的地方，不仅风光秀丽，更重要的是生产生活比较方便。我们称黄河为母亲河，黄河是中华文明的摇篮，为什么不说长江是母亲河？这是因为我们的先祖，最初大多是生活在黄河河谷地带，人们也是沿着黄河流域不断地迁徙，变换着生存憩息之地。

郎木寺位于西倾山腹地南侧，郎木寺向西几公里是白龙江的源头，从这里向西北再行不远，在西倾山北麓，有个叫代富桑的地方，便是洮河源头，这儿很有意思，仅一岭之隔，岭南的郎木寺属于长江流域，而岭北的郎木寺属于黄河流域。白龙江向东十多公里流入四川境内后汇入嘉陵江，洮河属于黄河上游的最大支流。在白龙江与洮河两大水系源头之间，还有一处面积 16.2 万亩的湖泊叫尕海湖，它是青藏高原难得的淡水湖和自然景观。湖水东面是一处350 平方公里的草滩，这里土地肥沃，牧草有上千种之多，被誉为亚洲最好的牧场之一。

我们走进郎木寺，见到一种很奇特的民居，有人叫它"搭板房"。屋顶不用砖瓦泥土，只是把木板搭在大梁上面，然后摆放些石块压住木板，以防风吹走动，看起来很毛糙，但板屋吸热保暖，具有较强的抗寒功能。郎木寺气势宏伟，依山势而建。庙宇屋脊上的法轮、金鹿在阳光的辉映下金碧辉煌，熠熠闪烁，突显出寺庙庄严和神圣；寺庙里不断飘出袅袅的青烟，僧俗民众在通往寺院的小路上匍匐磕头前行；信众不停地转动经筒，口中默默地诵经，处处透出神秘和对神的追崇。宁静悠然之外，更彰显一派佛界风光。郎木寺不仅山川险胜，更是著名的藏传佛教寺院。郎木寺被群山环抱，林木茂密，风景优美，随着名气越来越大，越来越受到人们的青睐。来自全国各地的游客和外国人，比当地的常住居民还要多。

白天人们在寺院里参观，或在白龙江边嬉闹拍照，或在草地上沐浴高原阳光；夜晚，灯红酒绿，熙熙攘攘，来自各地的小老板们，在这里开着饭店、酒吧，供游客休憩，洗去一天的疲倦。郎木寺环境幽雅，风格独特，它以壮丽的山河美景和丰富的藏传佛教文化蜚声中外，2005 年被甘肃省政府批准为省级风景名胜区，同年 10 月被中央电视台命名为"中国魅力名镇"，甘肃省政府批准为历史文化名镇。

郎木寺，淳朴、魅力、幽静，充满了无穷的活力，不愧是"东方小瑞士"，藏传佛教文化与其他教派文化在这里再次交流，东西方文化、习惯习俗在这里再次交融。此次旅行给我留下了美好的印象，我也由此开启了对郎木寺人文历史的探访。

八、世界藏学府——拉卜楞寺

你是被世人诵读的，便有人被超度。供在佛前的，有的有灯，有的没灯，都在一条路上。袈裟、围墙、殿堂，以及信仰，被红色裹得严严实实，别出声，就站在那儿。

拉卜楞寺，位于甘肃省甘南藏族自治州夏河县，藏语全称为"噶丹夏珠达尔吉扎西益苏奇具琅"，意思为具喜讲修兴吉祥右旋寺，简称扎西奇寺，一般称为拉卜楞寺。拉卜楞寺是藏语"拉章"的变音，意思为活佛大师的府邸。它是藏传佛教格鲁派六大寺院之一，被世界誉为"世界藏学府"。鼎盛时期，拉卜楞寺的僧侣有4000 余人，1980 年起对游客开放。2018 年中国西北旅游营销大会暨旅游装备展上，拉卜楞寺入围"神奇西北 100 景"榜单。拉卜楞寺寺主是第六世嘉木样呼图克图，其他领导人包括八大堪布、四大赛赤。拉卜楞寺在历史上号称有 108 属寺（其实要远大于此数），保留有全国最好的藏传佛教教学体系，是甘南地区的政教中心。寺庙现今还留存着最古老也是唯一的第一世嘉木样活佛时期所建的佛殿，那是位于大经堂旁的下续部学院的佛殿。拉卜楞寺宗教体制的组成以闻思、医药、时轮、吉金刚、上续部及下续部六大学院为主，其在全蒙藏地区的寺院中建制最为健全。闻思学院是其中心，又称大经堂，有前殿楼、前庭院、正殿和后殿共数百间房屋，占地十余亩，为藏式和古宫殿式的混合结构，顶上有鎏金铜瓦、铜山羊和法轮、幡幢、宝瓶等装饰物。它以显宗为主，着重研习印度佛学家所著的五部大论（《释量论》《般若论》《入中观论》《俱舍论》《戒律本论》）。其严密的显密宗兼修体制成就了其举世无双的佛教高等学府地位，因此成了信教群众心中共同的圣洁之地。1982 年，拉卜楞寺被国务院确定为全国重点文物保护单位。

　　走进拉卜楞寺，当时下着小雨，赭色的砖墙更显肃穆，时不时路过的年轻喇嘛，步履轻松矫健，一袭紫红色的法衣，在雨水的倒映下化作一朵祥云，别有一番宁静质朴的美感。站在对岸的高坡放眼眺望，棕墙金顶、气势恢宏的拉卜楞寺可以打破你对庙的传统认知，一个占地总面积86.6 万平方米的庞大建筑群，建筑面积40 余万平方米，主要殿宇90 多座，房屋不下万间，一切尽收眼底，佛殿、僧舍、经坛、法苑、印经院、佛塔鳞次栉比。拉卜楞寺还是电影《天下无贼》的取景地，长达3.5 公里的转经筒长廊让无数观众记忆深刻，这里共有一千七百多个转经筒，被誉为世界之最。追溯转经筒的起源，可谓历史悠久，相传当时藏民大多不识字，所以将经文藏于经筒中，每次转动相当于诵读一遍。长廊里的信徒络绎不绝，顺时针绕行拉卜楞寺，一边轻声念着"唵、嘛、呢、叭、咪、吽"六字真言，一边伸手不断转动经筒，仿佛在用另一种语言和佛祖沟通对话，诉说着对于平安圆满的虔诚信仰。几百年来，拉卜楞寺安静地屹立在大夏河北岸，在阿卡（藏语中对佛教僧人的尊称）日复一日的诵经声中，在信徒香火缭绕的氤氲中，如同一颗藏地高原的明珠，闪烁着睿智的佛光，等待着四海八荒的芸芸众生。

一缕缕轻风弹奏着美妙的梵音，一座座殿宇掩映历史的厚重。鎏金宝瓶闪耀着藏传佛教的辉煌鼎盛，法轮金羊与红黄墙壁交相辉映着拉卜楞寺的庄严神圣。恍惚又恍惚，"转山转水转佛塔"的诗句离我如此之近又相隔万里之遥，怀揣敬畏穿过神秘的佛殿和走廊，嗅着酥油灯的清香，轻轻抖落疲惫和灰尘，赞叹雕梁画栋的精美绝伦，也恐慌自己的无知懵懂。此时热烈的阳光夹杂着庄严肃穆的诵经声，空气里起伏着平静祥和。

壁画、唐卡、佛像、刺绣在美学与禅意的碰撞中开出了惊艳的艺术之花，一幅幅灵性之作于孔雀石、云母、玛瑙、青金石等矿物质原料中翩然起舞，历经起稿、涂底色、晕染、勾线及描金铺银、开光加持的过程，而后悬挂于墙壁或走进布幄中，天堂地狱人间在抽象和具象中无言着美丑恶善的偈语。"心中若有菩提影，世上应无苦难身。"转动的经筒，流畅的线条，动静皆宜的画面悄然变幻，触摸烙印经筒的指纹。旋转行走的信念，重叠的柔软正在融化冰寒，风声洗练深邃悠远的恒久叩问。扎西德勒，德勒扎西。

拉卜楞寺，你是藏传佛教的瑰宝，你的庄严让人心生敬畏，你的历史沉淀了千年的智慧，你的文化传承了世代的信仰。拉卜楞寺，你是人们心中的圣地，你的存在让世界更加美好，你的钟声敲响了人们的心灵，你的经文启迪了人们的智慧。愿你的梵音永远传诵，愿你的祈福永远长存。黄河奔腾护古寺，千年梵音传远方。红墙金瓦映经幡，僧侣诵经祈福祥。站在拉卜楞寺的最高处，一切烦恼都烟消云散，仿佛置身于世外桃源，远离了城市的喧嚣与繁华，找到了内心的宁静与信仰的力量，感受到古老寺院的神秘与魅力。

九、米拉日巴佛阁

2024 年 7 月 27 日吃完早餐后，我们乘坐大巴迎着晨光而行，天气凉爽，空气清新宜人，随着汽车的颠簸，车窗外的景色仿佛在配合着自己的思绪，不断变化着。湛蓝的天空成了背景，朴素的小房子成了配角，而远处那些连绵不断的山，则成了主角。那些高耸入云的山上还时不时地冒出一片片绿色，我想那应该是山上点缀的绿色山林吧。那些山就像画家用墨撒上去的，重重叠叠的，仿佛没有尽头，我觉得那些没有轮廓的山才是原生态的，是属于大自然的。我的心情特别好，急盼来到米拉日巴佛阁。旅行，大概是这辈子不会腻的一件事，每当开启一段旅行，总会期待和某些地点相遇。旅行也是一种学习，它给你用一双婴儿的眼睛去看世界，去看不同的社会，让你变得更宽容，让你理解不同的价值观，让你懂得更好地去爱，去珍惜。走进米拉日巴佛阁，让灵魂跟上脚步。

"安多合作米拉日巴九层佛阁"是米拉日巴佛阁的全称，位于甘肃安多藏区合作市，始建于清乾隆四十二年（1777 年），原建楼阁毁于那场十年浩劫，现存建筑建于 1988 年 5 月，历时四年落成，是为纪念藏族民众中最富传奇色彩、妇孺皆知的米拉日巴尊者而修建的佛阁。作为安多藏传佛教名刹之一，米拉日巴佛阁气势恢弘，金碧辉煌。佛阁外部全是由石头搭砌而成，看不到一根木材，而佛阁内部是全木质结构，寻不到一块石头，外不见木，内不见石，可见建造之精妙。为了减少对木板的磨损，表达对神灵的敬仰，入内是要脱鞋的，室内温度较低，光着脚在大殿里行走，这大概也是一种修行吧。

佛阁供奉以米拉日巴尊者及其弟子为主的藏传佛教各派的开宗

祖师，有以金刚为主的四密乘的众多佛像、菩萨、护法神等各类佛像 1720 尊，并且每一层都有不同的主题，每一层佛阁都代表着藏传佛教的一个时代或是一个支派，还包括了已经被神化的藏族历代文化名人。在安多这片土地上，米拉日巴佛阁如此醒目地屹立着，"脚"踏实地却能"俯瞰"众生。米拉日巴佛阁作为藏区最独特的建筑，是方圆几公里最高且最醒目的建筑，就如同一位指引者，引领着在红尘中翻滚的善男信女前来这小小的喜乐净土。从佛阁的围墙开始，随处可见虔诚朝拜的信众。或独自一人，或三三两两，每个人都是那么固执而虔诚地重复着朝拜的动作，哪怕泥土弄脏了衣服，寒气侵入了身躯，额头磕出了红肿，这也是为信仰的力量而动容。我从中领略到了信仰的力量，也感受到了身躯内灵魂的坚韧。

虔诚的信仰者，总是沿着佛阁高耸的围墙走了一圈又一圈，就像平凡的日子里每天做的事其实总是重复了一遍又一遍。站在拐角，沿着顺时针，能看到各式各样的人从眼前经过，大多数时候，人都是在自己前行的路上，不拐过拐角，永远不知道前方的路如何走，变了方向的心不知何时会被触动。站在围墙外，仰望佛阁，蓝天下红色佛阁如此庄严，即便不是信徒的我，心中也升起敬畏。再转眼看着围墙外来来往往的人们，突然增添了几分趣味，活泼的小女孩蹦蹦跳跳，毫不扭捏地对着我的镜头咧嘴笑；头发花白的老人却是手持珠串，步伐沉稳地走过；身体康健的人步伐如飞，不便于行的人手拄拐杖缓慢却坚定地向前走……一墙之隔，红墙内是佛门清净地，红墙外却上演着人生百态。

走完了佛阁，还可以去旁边的寺庙走走。寺庙也建得十分恢宏大气，白墙金顶，让人看着就精神一振。寺院外还有一排转经筒，人们边走边用手抚过转经筒，我知道，他们转动的是自己的人生。走在寺院内，听着僧人诵经的声音，思绪开始飘扬……如今细细回想，那一刻我究竟想了些什么，已是模糊不清了，只觉精神轻松了许多。梵音入耳，心自宁静，散去烦恼，回归初心，当时我大抵是这样的感觉。佛阁的不远处还有一座白色佛塔，因为时间的关系，我未能走近。但也可以想象那蓝天下更显洁白宁静的佛塔，它的身前，一个个虔诚的人来了，又沿着不同的小路远去，仿佛没带来什么，亦没带走什么，你说呢？

在米拉日巴佛阁，时光是慢的，社会发展是快的，我们也在努力地前进，但偶尔可以稍微慢一些，就像来佛阁朝拜的那些人一样，洗涤一下心灵，充实一下精神，让灵魂跟上脚步。米拉日巴佛阁，一座历史悠久的佛教寺庙，环境优美，古朴典雅，吸引着无数信徒和游客前来朝拜、参观，感受其中的佛教韵味。"千年古刹映雪域，庄严妙相显灵峰。法音悠扬和雅颂，香火缭绕梵呗钟。"来到米拉日巴佛阁，怀着虔诚的心，佛像庄严，壁画绚丽，没有任何的杂音，只有自己和自己对话，或许还有各位上师的倾听。米拉日巴佛阁，九层之尊，矗立山巅，佛光普照，令人心生敬畏。佛阁的每一层，都能感受到佛法的深邃与博大，仿佛与宇宙万物相连，心灵得到了极大的满足和安宁。

十、美仁草原

"因为我们今生有缘，让我有个心愿，等到草原最美的季节，陪你一起看草原。"《草原》之歌替我表白了心声。伏夏甘南的草原是最美的。

位于合（作）冶（力关）公路旁的美仁大草原，号称亚洲独一无二的高山草甸型草地。牛羊肥壮，风景佳美。野花烂漫盛开，小红花小黄花小白花小紫花，满坡皆是，令人欢呼雀跃。美仁大草原上的野花开得格外茂盛，一蓬蓬、一簇簇，散落遍地，随处可见。"九色甘南激情行，高原赏会意盈盈。歌诗曾赋流连处，大野牦牛倚马成。""美仁仪态一何融，最喜满坡花信风。请记草原华彩韵，来年还要品味行。"走进美仁大草原，辽阔、空旷、绿野、悠远，有着青藏高原特有的高山草原的孤本独款。

美仁大草原的天空格外明朗，空气特别清新，一碧如洗的天空犹如蓝宝石一样格外好看，洁白的云朵像松松软软的棉花糖，飘浮在天空中。云朵的姿态真是千变万化，一会儿变成可爱的小白兔，一会儿变成一只凶猛的狮子，一会儿变成一只灵动的长颈鹿。美仁大草原的草地分外绿，各种鲜花盛开。放眼望去，无边无际的大草原像一条绿色的大毛毯，展现在我的面前。站在草地上，我发现草地并不是我想象的那么平整。原来它是由一个一个的小草垛组成的。往草原深处走，可以看见盛开着的各色小野花，有黄的、红的、紫的……每一朵小花都有自己的姿态，微风一吹，它们就翩翩起舞，像一个个可爱的小姑娘，可好看了。美仁大草原上牛羊成群，密密麻麻的牛羊格外引人注目，黑色的牦牛到处都是，在草原上尽情地吃着青草。洁白的羊群一团一团，我突然发现每只羊的身上都被涂上了颜色，那是牧羊人为了更好地区分哪些才是自己家的羊。这些羊的个子确实很大，尾巴也大，比我们鄂尔多斯草原上的羊个子要高、要大。

我与草原有着生生世世的缘分，草原是我的乍见之欢，草原也是我的天荒地老。我出生在鄂尔多斯草原，工作在鄂尔多斯草原，退休在鄂尔多斯草原。无论春夏秋冬，无论何时何地，草原都一直住在我心里，从未离开。我也去过呼伦贝尔大草原，也去过锡林浩特大草原，但是它们都比不上甘南美仁草原风光秀丽。草原是绿茸茸的地毯，高山草甸草原的形状十分独特，是由一个接一个的、一眼望不到边际的小草堆组成，独特可爱的"小馒头"地貌，美丽又独一无二，这也是叫"冻胀丘"的地貌。凡是有这种地貌的草原，地下水一般比较丰富，气候潮湿偏冷，容易形成冻土。

甘南桑科草原上还有一种独特的野生动物，为这片草原增添了更多的生机与趣味，我也分辨不清这种野生动物是胖大的老鼠，还是土拨鼠，抑或是旱獭，其体形粗大肥壮，颈粗吻阔，四肢粗短，松尾短扁，很是可爱，自由出入洞穴，时隐时现；有时野兔也突然蹦出，箭一般地跑了。蓝天白云下，雄鹰在空中盘旋、鸣叫，仿佛在诉说着这片土地的故事。这里风景秀丽，景色迷人，是藏族民俗文化与自然风光完美融合的旅游胜地。美仁草原，就是我期待已久的诗和远方，在这儿我的心灵得到洗礼，疲惫的身躯得到放松。

甘南处于青藏高原与黄土高原过渡地带，被誉为"中国的小西藏、甘肃的后花园"，我平生未见如此绮丽的景色。一起踏足绮丽山河，一起远离尘世喧嚣，人世间，没人见过天堂，那就沉醉在世界最大最美的湿地草原，跟着牧羊人的脚步，走过人生最慢的时间，站在山上，会有雄鹰从头顶飞过，草原深处，能看见佛光熠熠的殿堂。美仁草原，这个名字就足以引人遐想，不知有多少人，为了这方充满神性的土地，踏上漫漫征程。这片距离内陆最近的雪域高原，成了无数游人魂牵梦萦的故乡。在大草原的怀抱中策马扬鞭，翩翩起舞，放声高歌，纵享天地唯我一人。用草的碧绿，用花的迷离，送天地一场绚烂梦境。穿过铺天盖地的花海，采撷一朵山腰间的云，在这里，编织一个终生难忘的梦。这是一方用鹰的眼丈量过的千年大地，这是一方远离尘嚣的洪荒世界。大自然与岁月完美结合，藏民族与草原亲密和谐，还有一丝养在深闺人未识的味道，不要错过七彩甘南美仁草原。

"彩蝶纷飞百鸟儿唱，一湾碧水映晚霞，骏马好似彩云朵，牛羊好似珍珠撒……"也许是因为草原民歌的悠扬，也许是因为草原古诗的苍茫，我心中一直生长着一个关于草原的梦想。那蓝蓝的天，那白白的云，那青青的草，那灿烂的花儿，那随风四处飞扬的歌声，那纵马任意驰骋的身影，想象中所有的一切都是妙不可言，仿佛梦中的草原是人世间难以找寻的桃源。草原梦的灵魂，就在于她的美丽和自由，草原能让人心驰神往的原因也正在于此，这里是避暑游玩的天堂。草原之大，草原之宽，一望无际，与天连接在一起。美丽的大草原，你的美丽让我恋恋不舍。我爱你，九色的甘南，绿盈翠绕，美仁大草原，绝版的美丽，神奇的土地。

十一、天水古城

天水，甘肃省下辖地级市，位于甘肃省东南部，毗邻关中平原，是关中平原城市群重要节点城市，也是一座古老的城市。它静卧在秦岭脚下，千百年来，它润物无声，却成了华夏文明的重要发源地，一直承担着推动东西方经济文化交流交往的光荣使命。2024年7月22日晚8时，我们来到了这座美丽的城市，当时正下着小雨，淅淅沥沥，比西安凉爽多了，让人心慰，雨水滋润了大地，也滋润了我的心灵，因为故乡鄂尔多斯好长时间没有下雨了，气温又高，天干地旱。来到天水市，突降天水，真好运啊。不同于京沪的富贵繁华，苏杭的温婉沉静，也有别于西安、兰州的粗犷豪放，天水有另一种风格的美，独具韵味。

天水，是一个山清水秀的地方。关于古城天水，有一个美丽的传说。相传汉武帝元鼎三年（公元前114年）的一天，在如今天水市南面，突然地显红光，雷电交加，大地持续震动，地面裂开一道大缝，天河之水注入其间，遂成一湖。由于湖水水位稳定，水质纯净，甘冽醇厚，当地居民称其为天水井。后来，汉武帝下旨在上湖边筑起一座城池，起名"天水郡"。《水经注》上说："上邽北城中有湖，水有白龙出，风雨随之，故汉武帝改为天水郡。"这就是"天河注水"传说的来历。

天水还有一个秀丽的名字——"陇上小江南"。天水是中国古文化发祥地之一，又称"龙城"。秦属陇西郡，汉置天水郡，三国设秦州，汉武帝时定名为"天水"，至今已有两千多年的历史。它是历代兵家必争之地，1994年被国务院定为"中国历史文化名城"。天水既有北国之雄奇，又有江南之秀丽，夏无酷暑，冬无严寒，被称为"陇上小江南"。天水还是一个旅游名城，其麦积山石窟是著名的中国四大石窟之一，有"东方雕塑馆"的美称。位于武山县的水帘洞，景色宜人；修造于北魏的甘谷大像山，巍峨壮观，山上宁静安详的大佛被称为悬崖大像。此外，闻名海内外的"人祖"伏羲庙，以观内"清意在山尘不容"的"玉泉"著称的玉泉观，被诗人杜甫题咏为"山头南郭寺，水号北流泉"的南郭寺……这些都是令人流连忘返的名胜古迹。

28日早上吃完早餐后，我们游览天水古城。我们走在古老的街道上，感觉脚下的石板路好有趣，两边有很多小店，卖着各种各样的东西，我们一行人买了很多很多的地方小吃，准备带回故乡，并且也品尝独特的天水麻辣烫。天水麻辣烫火爆出圈，不仅使当地餐饮市场持续火热，还带动周边的零售、服务、文旅等消费市场同步升温。我们走进秦州区的西关，它由三星巷、崔家巷等多个巷子组成，巷子里都是古民居风格的建筑，巷口立了一个"崔家巷"的牌子。从崔家巷往里走，两边是复古红色的墙，墙根处摆放着几盆绿植，好像是出租的商铺的门面。正在老街游玩，我接到同行的张文的电话，他们几人在葛霁云故居，让我快过去看看，我和我的两个亲妹妹，三人快速同行，去了天水古城三新巷，找到了葛霁云故居纪念馆。葛霁云，又名葛昊，天水秦州人，是我们本家。五四运动前后，马克思主义等进步思想在中国广泛传播，正在北京求学的葛霁云受李大钊组织发起的马克思学说研究会影响，积极加入反帝反封建的革命斗争中，成为甘肃最早的共产党员之一。我们一行人在此纪念馆合影留念。

天水是中国历史文化名城，以"五城相连"格局而独树一帜。西关，位于天水市秦州区城中心西侧，是"五城"居民区的一部分，这里有众多的明清至民国时期的建筑遗存，是甘肃省现存规模最大、保存较完整的明清时期居民院落群，2018年3月开始保护修缮，2021年6月正式对大众开放。修葺一新的西关古城，将古建筑与现代服务完美结合，传统文化与时尚元素交相辉映，街区样貌别具一格，明清建筑风格独特，小街古巷四通八达，庭院深深曲径通幽。玉兰飘香，古槐掩映，李广故宅、赵氏祠堂、张俊府院历尽沧桑，凸显历史传奇；张庆麟、哈锐、葛霁云等的故居散布其间，彰显文化底蕴；城墙遗址、牌坊古亭错落有致，唤醒了古城记忆。西关古城已成为游人们认知天水古城风貌、体验城市新韵的窗口。商业街区、民宿武馆、特色小吃、罐罐茶馆、餐吧书吧、音乐酒吧应有尽有；民间工艺、非遗传承、风味美食、古董钱币、文玩交流、琴棋音乐、书画作品琳琅满目，这儿成为广大游客和时尚达人的休闲娱乐胜地。

走进天水西关古城，仿佛穿越回了古代，从街角的雕塑到回廊立柱上的花纹，连井盖上都刻着天水景点和民俗图案，大多以人物为主，这让我感觉到建造开发这里的人很注重细节。古城内的一草一木、一砖一瓦，都能让人感受到古典文化的韵味。

游陇上天水，品古城风韵。天水古城，与你共享美好生活。

十二、中国四大石窟之一——麦积山石窟

我们游完天水古城，直接乘车赶往麦积山石窟，时间已是上午十一点半了，到指定餐馆用午餐后，顺便请了餐厅里的一位退休老人作为导游，我们步行进入了麦积山石窟旅游服务中心，再乘坐旅游小巴士进入了麦积山石窟景区。

麦积山位于甘肃省天水市东南约 45 公里处，是我国秦岭山脉西端小陇山中的一座奇峰，山高只有 142 米，但山的形状奇特，孤峰崛起，犹如麦垛，人们便称之为麦积山。山峰的西南面为悬崖峭壁，石窟就开凿在峭壁上，有的距山基二三十米，有的七八十米。在如此陡峻的悬崖上开凿成百上千的洞窟和佛像，在我国的石窟史是罕见的。麦积山石窟是中国著名四大石窟之一。

我们下了游览小巴，随即一座古老而沧桑的石门——龙门便映入眼帘，大家一个箭步就跃过了龙门。跟着导游老头沿着蜿蜒曲折的小路继续向石窟景点移步，有时要上台阶，正午阳光灿烂明媚，游人又非常多，大家汗流浃背，吃力地前行着。不看不知道，一看吓一跳，原来这座看似普通的小山上被古人刻满了各式各样神态各异的佛像，远远看去，密密麻麻的。洞里坐满了端端正正的佛像，它们有的面容慈祥，有的开怀大笑，有的怒目圆睁，让人感觉仿佛来到了佛国仙境一般。麦积山周围风景秀丽，山峦上密布着翠柏苍松、野花茂草。四面全是郁郁葱葱的青山，千山万壑，重峦叠嶂，青松似海，云雾阵阵，远景近物交织在一起，构成了一幅美丽的图景，这图景就是被称为天水八景之首的"麦积烟雨"。在我国的著名的石窟中，自然景色以麦积山为最佳。麦积山石窟属全国重点文物保护单位，建自公元 384 年，经过十多个朝代的不断开凿、重

修，成为我国著名的大型石窟之一，也是闻名世界的艺术宝库。现存洞窟 194 个，其中有从 4 世纪到 19 世纪的历代泥塑、石雕 7200 余件，壁画 1300 多平方米。麦积山石窟的一个显著特点是洞窟所处位置极其惊险，大都开凿在悬崖峭壁之上，洞窟之间全靠架设在崖面上的凌空栈道通达。游人攀登上这些蜿蜒曲折的凌空栈道，不禁惊心动魄。古人曾称赞这些工程："峭壁之间，镌石成佛，万龛千窟。"可以想到当年的工程有多么艰巨、宏大。这里的一佛一窟，无不凝聚着劳动人民的智慧。

麦积山，它静静地矗立在那里，仿佛在诉说着千年的故事。被历史风霜雨雪雕琢过的土地，静静地躺在大自然的怀抱中，仿佛是一位沉睡的巨人，守护着千年的秘密。这是一个让无数人魂牵梦绕的地方，一个让时间也为之驻足的奇迹。麦积山石窟，被誉为"东方雕塑艺术陈列馆"，自魏晋南北朝起，历经千年风雨洗礼，直到如今依旧傲然挺立。它依山而建，错落有致，每一座石窟都是大自然与人类智慧的完美融合，既有着山的坚韧与厚重，又蕴含着艺术的灵动与飘逸。站在山脚下仰望，那密密麻麻的石窟如同繁星点点，镶嵌在青色山壁之上，让人不禁感叹古人的智慧与毅力。

然而，麦积山石窟的魅力远不止于此，它还以独特的地理位置和自然环境而著称。导游老头儿讲解说："这座山，四季分明，景色各异。春日里，山花烂漫，绿意盎然；夏日里，凉风习习，避暑胜地；秋风起叶，层林尽染，如诗如画；冬雪覆盖下，银装素裹，分外妖娆。"在麦积山石窟的游览过程中，我们不断地被那些古老的传说和故事所吸引。据说这里曾是仙人修炼的圣地，也是佛祖讲经说法的场所。那些虔诚的信徒为了表达自己的敬意和祈愿，不惜花费巨资和付出无数的心血来开凿这些石窟并塑造佛像。他们的行为虽然看似愚昧，却透露出一种对生命和宇宙的敬畏，正是探索精神支撑着人类不断前行、不断超越自我。站在麦积山石窟的尽头回望来时的道路，我不禁感慨万千，这不仅仅是一次简单的旅行，更是一次心灵的洗礼。在这里，我感受到了历史的厚重与文化的深邃；在这里，我领略到了艺术的魅力与信仰的力量；在这里，我找到了心灵的归宿与生命的真谛。麦积山石窟不仅是一项文化遗产，更是一座精神的丰碑，它永远矗立在我们的心中。

麦积山石窟，是一座永恒的艺术殿堂，也是一部活生生的历史教科书。它既受到西域文化的影响，同时也受到中原文化的影响，形成了独具特色的雕塑和壁画艺术风格，是丝绸之路佛教艺术自东向西影响的转折性阶段重要遗迹。我们在这里领略到了古代文明的辉煌与璀璨，也感受到了人类智慧的伟大与无穷。愿在未来的发展中，麦积山石窟更加辉煌。

> 甘肃天水麦积山，中国四大石窟显。
> 泥塑石雕岩壁画，栈道凌空层叠联。
> 洞奇挺秀临悬岸，密刻蜂窝绝窟禅。
> 敬佩祖先匠心制，镌石成佛程巨艰。

总之，我在这次甘南七日游中是比较开心的，选择的景点也不错，玩得也很好。只是最后两天时间的安排不科学合理，我们的陪导和天水市地方导游，不知发生了什么矛盾，在一个小城汽车不按时出发，延误了两个来小时。若前一天回到天水市游览了天水古城古街，第二天一早出发前往麦积山游览石窟，那时间就宽裕了，天气又不热，游客相对少一点，我们这些人就都能登上栈道悬梯，细观石窟和众佛了，不至于只能站在山脚下，看着游人排队游窟的场景。没有登上石窟悬梯亲眼见证，真是终身的遗憾。

魅力府谷

夏伏突然来临，热情地扑入了人们的怀抱。一踏上府谷的土地，恍然间便有一股温暖的气息扑面而来。踏碎了春的温柔，烈日着色于大地的苍碧，连加两场小雨，禾苗快速猛蹿，瓜果飘香。树权上绿发的万缕情愫，遮蔽着丝丝阳光，摇出了梦的期望。

2024 年 6 月 14 日 13 时，我乘坐伊金霍洛旗西部散文学会书画院副院长刘志立主席的丰田霸道越野车直奔陕西府谷。这是我第一次去府谷县城，一路之上，车窗外风景不断地变换着，无处不是诱惑。正午天气炎热，车内则空气凉爽，天蓝得澄澈，飘着片片白云，阳光铺洒大地。踏入陕西府谷县域，山峰拔地而起，连绵起伏，形态各异，半山坡上整整齐齐的白色鱼鳞坑遍地而砌，紧紧拥抱着山头，林草碧绿，山峰时隐时现，如梦如幻的景象，让人欣喜若狂。

府谷县位于陕西省最北端，地处陕西、山西、内蒙古接壤地带，素有"鸡鸣闻三省"之称。明长城横亘东西，九曲黄河环绕于斯，是陕北能源化工基地（国家级）的重要组成部分，国家"西煤东运""西电东送""西气东输"的重要枢纽。府谷县，在 2021 年成为全国人均存款第一县，2018 年以来，先后入选"综合实力百强县""中国幸福百县榜"。长城文化和黄河文化、黄土文化和草原文化在这里辉映融合。县因左右临谷而得名。五代后唐天佑七年（公元 910 年）始建县，距今已一千一百多年。府谷县，总面积3229 平方千米，常住人口 25.6 万人，下辖 14 个镇，2 个农业园区，4 个便民服务中心。

奔流西去的黄河襟带城南，在黄河入陕伸出的巨大的臂弯里，镶嵌着一颗璀璨明珠——府谷县。

> 黄河西来不愿东，掉头直下秦晋中。
>
> 万古原高挡不得，长峡渐开千里通。

在这首诗中，陕北诗人李能佷以一股磅礴之气描绘了孕育华夏文明的黄河奔腾入陕的壮观景象。

多情的黄河水泛着粼粼的柔波一路紧紧相随，"天下黄河九十九道弯，最美就在晋陕大峡谷的那一滩"，黄河水在这里轻盈地扭了几下腰肢，跳出了优美的旋舞，飘飘的衣袂，将两岸的悬崖峭壁、绿树青山，纷纷卷入自己的怀中。于是，一幅水天相映、秀美神奇的山水画在蓝天白云下静静地舒展。

得到了黄河水的滋养，府谷的山也一改黄土高原厚重广袤的性情，变成了风情万种的神奇女子。她对着黄河水，用风梳理着自己的秀发，用雨露洗濯着自己的容颜，感动着上苍，裸露的石头山一朵朵绽放，绽放成一朵朵绚丽的莲花。在不同的季节里，变幻着不同的色彩，慕名而来的游客无不惊叹这横亘在天地间的宏大胜景。

一、晨霞中的府谷县城

府谷县，是黄河入秦第一城。清晨，一轮红日喷薄而出，映照在波光粼粼的河面上，我与西部散文学会秘书长严明亮同志，漫步在黄河大桥上，迎着太阳升起的地方而行。太阳突然从对面山头露出笑脸，虽然还有薄云遮盖，但霞光万道，色彩更加艳丽。高楼林立的府谷县城，变幻出美妙的色彩，千年黄河之水变得更清，泛着红光，整个府谷县城气势壮阔，姿态威严，令人感叹。城市的街景、城市的规模、城市的色彩、城市的氛围、城市的妆容，都是非常时尚的。因黄河与长城在这里交汇，黄土文化与草原文化在这里融合，这里的地域文化、人文风情更具特色。黄河绕着县城缓缓流过，抬头望着蓝天白云，高楼大厦鳞次栉比，更显千年边关城市的沧桑与厚重。府谷老城依山就势，耸立在黄河岸边，开山凿洞，千尊佛像已在此庄严了千年；老城墙一侧的文庙现已修缮一新，映现出老城的古韵文脉。繁华发达的城市，必有深厚的经济做基础、支撑，拥有这座城市的支柱产业。

府谷县，一个陕北小县城，在短短几十年里一跃而起，闻名全国。，府谷人勤劳智慧、朴实能干，随着神府煤田的大开发，特别是国家西部大开发的好政策，府谷飞速发展。一座座现代化的高楼大厦拔地而起，一条条崭新宽敞的柏油路四通八达，一座座兴办的工厂蓬勃发展……府谷县城到处都是欢歌笑语，在府谷人耳边响起的一首首信天游，更是承载着府谷人民的希望，放飞着改变府谷、振兴祖国的中国梦。府谷的巨大变化，得益于党的政策好，也得益于府谷人民能抓住机遇，大力苦干。幸福的府谷人，扬眉吐气，整装待发，沿着中国特色社会主义道路，为更加富裕繁荣的明天而奋斗。

二、府谷盛会

"清爽榆林季·府谷等你来——全国著名作家走进府谷"采风活动暨第十五届西部散文节在府谷县举行。除了县直有关部门主要负责人，府谷县委书记田小宁、县长武静、县委常委宣传部部长张腊梅等县委、县政府领导也来到现场；《西部散文选刊》杂志社社长慕朋举、榆林市文学艺术界联合会副主席王建，还有来自全国各地的 80 多名作家参加了会议。这是一次非常宏大盛会。

府谷县委书记田小宁在开幕致辞中对全国各地著名作家和书画家来府谷采风创作表示欢迎。当前府谷迎来了"二次腾飞"的窗口期，做好"以文化人、以文惠民、以文润城、以文兴业"大文章，是奋进新征程，谱写新篇章的重中之重。全国著名作家走进府谷采风活动暨第十五届西部散文节的举办，必将对府谷建设区域重要节点城市发挥重要推动作用。田小宁书记希望各位作家、书画家充分领略大美府谷的独特魅力，感受府谷淳朴的民风，悠久的历史，多元的文化，发展的劲头，收获创作灵感，用妙笔丹青诠释府谷元素，记录府谷故事，展示府谷形象，创造出更多群众喜爱的优秀作品，为府谷高质量发展增添更加亮丽的文化底色。

三、魅力府谷

府谷是陕北独特的一道风景，府谷的富有不仅体现在它的经济上，还体现在它的历史遗存和独特的文化上。我们参观了"府谷古城""黄河入陕第一湾""鸡鸣三省""麻镇古镇""莲花辿""杨家峁长城保护站""清水转角楼""高寒岭人文森林公园""陕西海红果生物科技工业园——聚金邦农产品开发公司""自然资源博物馆""府谷县科技博物馆""郝家寨红色博物馆"，等等。

（一）府谷古城，实至名归，当之无愧。我离开府谷的那一刻，有一步三回头的顾盼，仿佛心里已经装满了黄河水的柔情，又好像留在古城的不是我轻轻的脚步声，而是一连串的不经意散落在古老城墙与街巷的沧桑与厚重。历史上著名的折家将起家于府谷，十世为将，绵延近三百年，堪称中华第一将门世家。

府州古城筑于黄河西岸海拔一千多米之上的一座石山之巅，三面环山，南临黄河，巍峨险峻，蔚为壮观。府州古城旧街道为两横十二纵。古城内，建于明清时期的店铺林立，商号甚多，为晋陕蒙重要商贸集散地。城中心有钟楼，四周多庙宇，如今尚存三十余处古建筑。有的旧宅虽已无人居住，但其院落有动物花木砖雕，木刻图案精致。门额镶刻着题字，有"善为宝""庆有余""平为福"等，部分为颜字榜书，为明人所题刻；房檐上的寿纹形、虎纹形瓦当雕刻绝美。山山水水之间，一座苍老而秀丽的山城坐落在黄河之滨。自东向西，清清亮亮的黄河缓缓悠悠地流淌而过，紧贴着错落有致的高楼，紧贴着古色古香的荣河书院，紧贴着玲珑的文庙，紧贴着鲜血浸染的府州谷古城墙……

历史的风云，沧桑的岁月，演绎了多少可歌可泣的英雄故事。府谷，一个并不大的山城，各类名人在不同时代竞相涌现，这种人才涌流的现象在中国地方史上并不多见。府州古城最具有传奇色彩、历史上最为辉煌的家族，当数折家将。正是这些赤胆忠心的折家将，满怀着保家卫国的激情，一代接一代前赴后继地筑造了忠烈报国的精神丰碑，这是引领今日的我们实现中国梦的不灭的灯塔。

"府谷穿越千年""大美府州，诗意荣河"，登临逍遥楼，心旷神怡，凭栏远眺，历史上那些鼓角争鸣、战旗猎猎声，犹在耳边回响。望着奔腾向西的黄河，可领略到"黄河之水天上来，奔流到海不复回"的壮阔景象。

（二）黄河入陕第一湾，这里有着盖过秀丽江南的壮美，有着超越沙漠戈壁的绿洲，她是辽阔大海、滚滚长江皆无可比拟的母亲河。数千年来，奔腾不息的黄河，直北千余里，流淌过山地，穿越平原，再取道秦晋蒙峡谷，形成神奇的太极乾坤湾。黄河竟然转变了心思，不再滚滚东流，直转南下出内蒙古境入晋陕。这是黄河唯一一次率性地由东向西流淌。黄河两岸高高隆起的山脊，像是天然的屏障，滋养着黄河的小情小性，阻断着俗世的干扰。湾中肥沃的土质，养育了河两岸的百姓。在特殊的地理结构影响下，自然而然形成了三个各具风情的城镇——内蒙古准格尔的龙口镇、山西的河曲县、陕西的府谷县。在晨曦的鸡鸣中，随着三省交界处的村落炊烟次第升起，村民们心照不宣地开启了一天的生活。

陕西府谷丹霞地貌的山脉，浩浩荡荡地延绵在大地上，山体一层白一层红，远观就像是一块肥硕的肉，横铺在天地间，当地人称其为"五花肉"。红色，润泽着这方土地向往美好的心绪，一块红色的绸巾装满了青葱的芳华。

（三）"南有青木川，北有莲花辿"，莲花辿景区东临黄河，西北绵亘十公里，是府谷旧时八景之一，形成于古生代二叠纪和中生代三叠纪、侏罗纪、白垩纪之间，其得名来源于康熙皇帝。史载清康熙皇帝在平定噶尔丹叛乱时曾驻足鸡鸣三省之处，被展现在眼前的五色斑斓的状若莲花的丹霞地貌所吸引，在得知此地貌尚无名称情况下将其命为"莲花辿"。身临其境时，灰绿、棕黄、绛红、粉紫、灰白五色相间，交相辉映，夕阳仿佛燃烧的火焰，天边绚丽的红霞漫卷，其景美不胜收，让人流连忘返，不得不惊叹大自然的鬼斧神工。该景区在 2016 年被评为国家级丹霞地貌地址遗迹。

莲花辿附近还有明长城起点遗址。如今的墙头农业园区原名"墙头起"，是指万里明长城起头之地，其东起府谷墙头村，西至定边县，属于"九镇"之延绥镇，东临黄河，西护墙头，长城与黄河入陕后第一次在这里交接，在这里握手。虽然遭到破坏，却依然能看出其雄伟，明长城为延绥镇巡抚都御使余子俊于 1474 年率兵修筑，墙面设有排水沟和吐水嘴，每 10 厘米夯为一层，纹理可见，据考证，修筑时土内流灌米汤，使之坚固，虽经几百年风雨，依然雄伟而立。

（四）"千松含笑迎远客，高岭叠翠映府州。"高寒岭人文森林公园，一块不大的地方，有奇，有险，有古，有秀；一块不小的地方，有历史，有回声，有故事，有未来。我们乘坐的车子驶入写有"高寒岭人文森林公园"大字的山门，映入眼帘的是一处烽火台旧址，据说其始建于明代。高寒岭山势较高，视野开阔，适合建造烽火台，传递军事信息。烽火台的存在，给高寒岭增添了神秘的色彩。再往前走，下一道坡，上一道梁，就到了龙吟堂。据说，龙吟堂是当年康熙皇帝下榻夜宿的地方，现在建成了五孔窑洞。高寒岭人文森林公园深处有两处景观很有意思，就是交相呼应的戏台和五龙庙。在五龙庙旁边，长有一棵千年柏树，树冠葱郁，枝繁叶茂，散文家梁衡将其称为"中华版图柏"。我倒觉得此树像雄鸡，可称为"雄鸡柏"，鸡鸣一声，三省皆知。高寒岭原为一片原始森林，现在山岭间有几十株六百多年树龄的古木。这棵千年柏树可以说是高寒岭万千松柏家族中的"老者"。《府谷志》记载："高寒岭山中松柏森然，冬夏常青，地势雄壮，峰壑遥对。"放眼望去，山涧上，沟壑里，山坡上，渠底里，到处是松柏摇曳，这里俨然是一个天然绿色氧吧。我们迎着微风张开双臂，将岭间景色揽入怀中，与"中华版图柏"合照留影，还站在府谷圆心画图上喊出回声。那片盎然的绿，让人心旷神怡，流连忘返。绿色也成为当地最亮丽的"景色"，高质量发展最突出的"底色"。

2014年，府谷县政府启动了高寒岭万亩杜松原始森林保护区暨生态恢复示范区项目，累计完成了造林15000余亩，建成了森林消防管理站和森林公园服务中心，还修复了烽火台、龙吟堂、范欧亭、五龙庙、戏台和古文化广场，发展了根雕艺术，以及酿酒、榨油、手工挂面、农家乐等特色产业；建成了府谷县高寒岭油用紫斑牡丹示范园和黄河流域民俗艺术博物院，引进京能100个20万千瓦风力发电机组项目，已成功申报成为府谷县第一个国家 3A 级景区。府谷县政府以"咬定青山不放松""绿水青山就是金山银山"的理念，一张蓝图绘到底，将高寒岭建设成为集历史文化、乡村旅游、产业扶贫、生态效益于一体的人文森林公园。

（五）接下来，我们还参观了陕西海红果生物科技工业园——聚金邦农产品开发公司。聚金邦农产品开发公司推出的府州红白兰地在当地赫赫有名，正所谓"红果白兰地，酒海新航标"，"府州红白兰地，中国人的洋酒"。开启瓶封，浓香四溢，满庭生芳；举杯注目，玉液清纯，亮若冰晶。观之而明目提神，嗅之而浸心入肺，其香浓郁，未品醇酿已令人醉意朦胧。在众多人的眼中，白兰地是一种带有神秘色彩的洋酒。如今，白兰地之歌，却在府谷这黄河畔的乡村间唱响了。

白兰地之名起于荷兰语，其意为"烧过的酒"。在府谷大地上，府州红白兰地这一响当当的酒品，横空出世，四邻闻名，撼动省城，跃向全国，远销海外。说起府州红白兰地，不可不提创造它的府谷人士刘子贤，他是改革开放大潮中涌现出的弄潮儿，中等身材，一副慈眉善眼的相貌，能说会道，一看给人一种信任感。他不仅有创业者的魄力、智力、毅力，而且顺应了府谷经济转型升级的时机，得到地方领导和相关部门的重视和支持，充分利用府谷盛产的世界稀有果种——海红果，将其作为白兰地的原料，酿造出了世界最好的白兰地酒。经过十多年的努力，刘子贤设立的聚金邦公司被评为国家高新技术企业、陕西省农业产业化重点龙头企业、林业产业化龙头企业、榆林市民营经济转型升级示范企业，获得"首批诚信建设示范企业""先进新型农业经营主体""最受农民信赖的优秀农业品牌企业""市级放心消费示范单位"等荣誉。聚金邦公司以"企业＋基地＋果农"模式，帮助 1000 多户农民致富增收，被府谷县委、县政府授予"脱贫攻坚特别贡献奖"，董事长刘子贤被评为"第六批全国农村创业优秀带头人"。天时、地利、人和俱全，府州红白兰地岂有不发达之理？太平盛世，富裕府谷，各业兴旺，百姓安居乐业；更喜市场繁荣，物资充沛，商贸通达四海。品府州红白兰地，更得心满意足之福。

（六）"一线长河夹远岭，砥柱中流自古今"，黄土高原上的一个自然文化坐标是府谷自然资源博物馆，它是全国屈指可数的县级自然资源博物馆。凭借独特的区位、资源、文化特色，府谷自然资源博物馆吸引了社会各界的关注，获得了众多赞誉，它指引着公众尊重自然、顺应自然、保护自然，逐步实现人与自然和谐共生。建设一座博物馆要统筹大量的人力、物力、财力，要跨地域、部门、行业协调沟通，府谷县自然资源和规划局主动请缨、勇挑重担，从一株尘封地下亿万年的树化石保护干起。这棵树化石高 14.77 米，历时 28 天才被完整发掘出来。随着大量古生物化石陆续出土，化石被盗挖盗采的风险也不断增大，保护迫在眉睫。于是，2020 年府谷自然资源博物馆建设正式启动。自然资源博物馆内有 23000 多件藏品，涉及历史、文学、科学、艺术、生态、安全等多个领域。

走进博物馆的土地资源厅，眼前呈现的是一张张发黄的地契、一本本饱含时代印记的房产证，它们不仅是我国地籍地政制度发展变迁的历史见证物，更铭刻着一代代国人对土地的深沉情意。而从展厅"五谷杂粮识别"版块的设计可以看出，博物馆工作人员煞费苦心。府谷是中国黄米之乡、中国海红果之乡，为了精确展示府谷农作物特色，同时让展陈更富文化性、艺术性，博物馆创作团队一粒粒地筛选作物，一次次地搭配色彩，调整造型，还特意选了晚清时期的陶制米缸盛放，希望观众识五谷、惜良田，切身感受"厚德载物"的土地文化。

走进博物馆，首先映入眼帘的是黄河入陕第一湾的图片，按照府谷自然资源时空经纬，依次为地球厅、矿产资源厅、土地资源厅、古生物厅、林草资源厅、水资源厅和采煤体验巷道等"九厅一巷道"。一件件精心陈设的实物、图片，及其背后令人神往的人文历史，生动再现了府谷自然资源形成、开发、利用的演进过程，追溯了黄河流域资源富集、人杰地灵的发展历程。同时，博物馆结合府谷县地域文化特色，融合声、光、电现代科技与流线美学，制作了《生态保护修复》《黄河奔腾》《煤的形成》等科普视频，设置了 3D 观影厅、VR 设备体验区、触摸屏寻宝机、沙地寻宝体区、硅化木学习机等互动场景，让观众尽情与大自然对话，感受宇宙地球的沧桑巨变，领略大自然的奇美风光，从中领悟生物世界的生存智慧，体味"人法地，地法天，天法道，道法自然"的哲理。因为懂得，所以热爱，进而自觉保护。

府谷自然资源博物馆，源于保护，又不止于保护；聚焦自然，又不止于自然；立足府谷，又不止于府谷。它以黄河博大开放的胸襟，黄土厚德载物的情怀，为当地百姓打开了认识自然、了解家园的一扇窗，更在周边三省（区），甚至全国、全世界架起了人与自然沟通的一座桥梁。从一草一木到宇宙星辰，从生物化石到矿物晶体，一个个展厅、一件件展品合奏着一曲生命史诗，而为之不懈奋斗的府谷自然资源人，正用他们的奉献、创新、担当、共享，演绎着一曲动人的青春之歌。（六）

府谷，从 2012 年起金属镁产量长期位居全国第一，是最大的原镁生产基地，占据了中国乃至全球镁业的半壁江山。府谷有"中国镁谷，世界镁都"之称，从供气配料、还原精炼、合金压铸、固废综合利用等主要环节，构建起原镁—镁粒—高性价比镁合金—镁基新材料—镁合金终端产品的制造产业链，积极开发镁合金挤压和压铸产品、镁合金板材、镁合金精密器件等深加工产品，培育镁标杆企业，实现镁精深加工提质增效，建成世界一流镁及镁合金材料生产基地，打造出"府谷镁"世界驰名商标。

府谷，塞上边城，府州故地，百业腾举，征程阔步，以全新的雄伟英姿展示着"金三角"的魅力。绵绵横亘的古长城，犹如一条玉带系在黄土高原的胸前，系出了一个家喻户晓的"经济百强县"。无论是神龙山上的一棵棵劲松，还是五虎山庄里一树树烂漫的红叶，无论是母亲河中一张张力帆，还有河滨公园里一朵朵白云，无不昭示着府谷县城日新月异、天翻地覆的巨变。黄土高原覆盖的天府之国，煤气油滚滚不息而出，一个人间富饶美丽的化身，一个完美和谐的社会，煤，镁，美！

> 黄河掉头向西流，壮美弧线府谷秀。
> 气势磅礴山水画，人杰地灵百强优。
> 秦皇策马东进游，康熙挥鞭西征抖。
> 璀璨明珠塞北府，圆梦中华金镁都。
>
> 艳阳高照府州城，物阜民丰万象荣。
> 大河滚浪好流觞，紫塞名家堪诗锦。
> 相伴老墙觅旧踪，惊尤岁月吟古今。
> 依山傍水多灵韵，盛世府谷正前行。

府谷，一处神奇的秘境，发展潜力很大，按捺不住我一颗狂跳的心，留下我一份永远难忘的记忆。谢谢府谷，我永远爱你，有机会定会专门仔细重访。

追梦鄂托克

满腔的赤诚，化为昨晚的一碗烈酒，饮尽天边草原浓浓之情，一座温暖的城市不只是今生，我们离开了大柳塔，继续向西，绿色的大地，水晶一样透明。沿着大阿（大柳塔—阿勒腾席热镇）线，拐进荣乌高速，向着天边的草原鄂托克旗而行。把梦交给草原，驮走尘世的喧嚣，驮走一缕蹄音踏出的辽阔。从大柳塔出发到鄂托克旗的棋盘井镇有 370 多公里，中巴跑了 5 个多小时，车内播放着"美丽的草原我的家，风吹绿草遍地花，彩蝶纷飞百鸟儿唱，一湾碧水映晚霞。骏马好似彩云朵，牛羊好似珍珠撒，啊，牧羊姑娘放声唱"……一路上大家有说有笑，不知不觉中，就到达了棋盘井镇。

2024 年 9 月 9—12 日，我有幸参加了鄂尔多斯市作家协会组织的"文润北疆，致敬经典——中国作协'到人民中去'"采风活动暨阿云嘎文学作品座谈会。一走进神奇的鄂托克旗境内，那梦幻般的美景，顿时让人眼前一亮。广袤无垠的大草原，地貌千般百花香。9 日下午，天空下着毛毛秋雨，时阴时晴，我的心强烈地感觉到被前方一种未知的力量所牵引。其实对于我来说，那绝对不是一片遥远而陌生的土地，我曾多次来过此地，今天却让我感到莫名的亲近与熟悉。说来也怪，天突然放晴，路两旁的景色十分优美，蓝蓝的天空上大片大片的白云飘动，绿油油的草地上牛羊慢慢游动，一个个大风车（风力发电机）高高耸立在草原上，接近棋盘井镇，可以看到一排排整齐的蓝色光伏发电板像波浪一样起伏排列在半山坡上。隔着车窗往外望，深色的柏油路也成为草原上的一道亮丽的风景线。云低草阔，空气清新，一步一景，太阳在云层中穿梭，在草原和山坡上投射出一片片或明或暗的斑驳光影。蓝天、白云、风车，还有棋盘井镇的高烟囱，还有绿色草原，相得益彰，构成鄂托克最经典的风景。

沃土焕发"绿"的力量

沧桑巨变，初心不变。鄂托克旗位于鄂尔多斯市西部，在蒙宁两区五市交会处，黄河"几字弯"顶端西部，总面积2.1万平方公里，鄂托克大草原面积为2962万亩，是内蒙古西部最大、植物种类最丰富的核心草原。其下辖6个苏木镇、2个国家级自然保护区、1个自治区重点工业园区，总人口16.9万，是一个以畜牧业为基础、工业占主导的多元产业集中区。它的地缘优势明显，是内蒙古自治区呼包鄂协同发展战略和西部"小三角"经济圈极具竞争力和影响力县域经济体；是西鄂尔多斯国家级自然保护区、恐龙遗迹国家级自然保护区的自然属地，自然环境优美，境内有广袤的草原、柔和的沙漠、怡人的温泉、静穆的乌仁都西山峰，四合木、半日花等珍稀植物也择此而生。这里人文底蕴厚重，是成吉思汗圣火文化传承之乡和阿尔巴斯白绒山羊原产地，阿尔寨石窟、百眼井群等人文胜景彰显魅力。鄂托克旗矿产资源富集，已探明矿产资源有48种，煤炭探明储量29.6亿吨，天然气探明储量6700多亿立方米，石灰石、石膏、铁矿、硅石等资源品位较高，储量丰富。

棋盘井、蒙西地区，是乌海市及周边地区的重要组成部分，也是沿黄河经济带的重要增长极。这座一直以煤炭工业闻名于世的西部小镇，过去曾被当地居民戏称为"黑三角"，人们出门不敢穿白色衣服，连地面上的植物都像被蒙上了一层"纱衣"。经过近年来的转型发展，鄂托克高新开发区立足于自身资源优势，深化改革传统产业，提质升级，培育产业发展新动能，昔日"大烟囱冒烟，火光冲天""黑色印记"已经消失，空气质量稳步提升。而今现代化厂矿林立，漫山遍野都是苍松翠柳，还有潺潺流过的清水，悄无声息地芬芳了这里。开发区所处的位置正是乌兰布和沙漠、库布齐沙漠和毛乌素沙地的交接处，常年干旱少雨，风大沙多，年均降水量不足 100 毫米，而蒸发量却高达 3000 多毫米，如此自然条件，造林播绿的难度可想而知，这份亮眼的"蓝天白云""绿水青山"来之不易呀。为打赢蓝天保卫战，园区打造了一套集能耗在线监测、碳排放监测报告核查、节能减排指标预警预测、节能减排问题诊断、污染源监控管理和节能减排技术交流服务于一体的能源和碳排放管控云平台，引进了全国首套城市园区版"五基"协同大气环境立体监测体系和环保管家服务，切实增强了矿山环境、污染物减排和工业指标改造等生态环境治理能力，提升了全域环境治理水平，作为 2023 年度生态环境领域城市典型经验做法，得到生态环境部的通报表扬。

鄂托克经济开发区"绿"与"美"的追寻，恰是一个个跳跃的音符，弹奏出了一曲动人的绿色之歌，情味悠长，绚丽多姿。岁月流转，向"绿"而行，创造了"美"的传奇。一街一景，一路一貌，每一条道路结合其功能和建筑物特点，采取适度密植的方式，乔灌花草立体搭配，突出美化效果，现已初步形成了"三季有花，四季有景，层次分明，各具特色"的道路绿化风格，所有街道绿化采取乔灌混交、针阔混交方式进行，力求树种多样化、美观化、景致化。

我们来到生态环境"五基协同"监管平台参观，大家看着墙壁上大屏幕的各种图片，矿区所有资源、气态污染物和颗粒物的排放区域全面展示在眼前，通过现代化的智慧监测平台，实现了高精度监控。开发区落地"五基"协同大气环境监测体系，围绕颗粒物和臭氧协同控制，利用天基卫星锁定污染重点区域、重点时段，在重点区域内通过"空基遥感＋地面观测设备"确定问题线索，"航空无人机＋移动巡护监测车"进一步精准定位污染源，形成从监测、核查到整改的"五基"协同监测预警联动处置机制，及时动态推送线下网格，快速有效实现"精准打击"，形成全过程、全链条的"问题发现、交办、复核、督办、约谈"的整改闭环管理体系，持续提升执法效能。实现了及时感知、实时预警、精准溯源、全面监管的大气环境监测服务能力，定量化了区域传输贡献，全面摸清了园区颗粒物、臭氧及挥发性有机物的来源。生态环境"五基协同"监管平台更好地支持服务深入打好污染防治攻坚战，为打赢蓝天保卫战作出更多的贡献。

走进鄂托克经济开发区的内蒙古宝馨绿能新能源科技有限公司，2GW单晶硅切片、2GW高效异质结电池、2GW高效异质结组件厂房产线及配套辅助设施建设现场，处处都是火热景象。在这座占地26.5万平方米的"智造"基地上，工人们正忙碌而有序地进行设备调试，为投产做最后的准备。高端智能制造项目投资73亿元，建设18GW光伏异质结组件、5GW光伏异质结电池、5GW薄片化切片生产线；高纯石英矿项目投资50亿元，主要进行晶硅制品的生产、制备及销售，主要产品为工业硅、三氯氢硅、高纯晶硅、石英坩埚、硅棒等。企业生产的硅基异质结电池片（HJT），采用210半片硅片，主要工艺特点为PECVD采用双面微晶，即先在硅片两面生长本征非晶硅，后在两面分别生长n型和p型的不同晶化率的微晶硅掺杂层，在保证非晶硅钝化效果的同时，降低非晶硅掺杂膜层缺陷以及电阻率，从而大幅提高电池转换效率。项目达产后可创造近34.5亿元产值，提供近700个就业岗位，带动上下游近百亿产业配套。我是一个门外汉，确实不懂，但从字面上理解，这肯定是高端科技产业。

参观鄂尔多斯电冶集团硅基合金创新工厂的时候，看不到腾空而起的黑色烟柱，闻不到刺鼻的异味，见不到露天堆放的物料，呈现在眼前的是干净整洁的厂区、先进的设备。鄂尔多斯集团创新工厂项目，通过1.25∶1减量置换方式，规划建设10台45000kVA大型高品质硅铁矿热炉，并配套大型高效凝汽式汽轮机余热发电机组，总投资27.11亿元，建成后可实现年销售收入40亿元，年利税8亿元。创新工厂采用了多项行业首次应用的创新型技术，将实现从原料到成品全流程自动化，最大限度地避免物料与环境直接接触，实现三废的集中控制处理，可实现铁合金生产综合能耗降低15%，CO_2减排15%，冶炼单元人均效能提高50%。

新时代，新征程，新跨越。鄂托克旗坚定不移地走绿色低碳循环高质量发展的道路，着力加大绿色产业培育力度，努力打造生态文明的高质量的现代化工业园区，加快形成绿色生产方式和生活方式，厚植园区产业高质量发展的绿色底色。

红色引领，推进产业化发展

使命在肩，继往开来。鄂克旗将红色元素与民族元素深度融合，打造旅游景点，坚定不移地走质量兴农、科技兴农、品牌兴农之路，建设自治区西部绿色有机农畜产品生产输出基地，争取成为草原畜牧业转型升级示范的排头兵，促进全旗产业化发展。从全域发展到全民幸福，实现了一个又一个蝶变，搭建起了高质量发展的巍巍大厦，凝聚起了初心，印证了使命担当的力量。

金秋九月，连续几日下着小雨，鄂托克草原，地阔天蓝，绿草如茵。我们走进了鄂尔多斯·源牧场，场区宽敞整洁，花团锦簇，好像来到了希望的田野上，让人感觉到幸福无处不在。鄂尔多斯·源牧场，是鄂尔多斯集团为了保护和开发优质羊绒资源，提高绒山羊养殖水平，改善羊绒品质，推动羊绒产业健康、可持续、高质量发展而建设的，集生产养殖、科研示范、培训推广、羊绒收储于一体的标准化示范牧场。该示范牧场建设于 2021 年 4 月，草牧场面积共 5000 亩，总投资 5000 万元。科研实验中心占地面积为 1750 平方米，标准化智能圈舍 1663 平方米，抓绒场所 317 平方米，多样化动物养殖圈舍 150 平方米，配种室 215 平方米，配套设施 605 平方米。

鄂托克草原是鄂尔多斯集团牧场建设最主要的阵地。集团通过信息化、自动化、科学化、标准化等手段，将牧场打造成世界最具权威性的绒山羊保种、育种基地，使阿尔巴斯绒山羊的优良基因在保持、延续的基础上得到发展，让阿尔巴斯绒山羊为世界第一绒山羊品系。鄂尔多斯集团打造了世界第一绒山羊科研基地；形成了我国最大的阿尔巴斯绒山羊种源基地和养殖培训服务中心；在牧场设立了优质、优价羊绒收储中心；形成了牧企联结中心示范基地。还充分发挥科研基地的教学示范作用，定期与高校合作开展实地实践教学，让学生学习到丰富的实践经验，让广大农牧民都能分享到实实在在的科技成果，建立一套行之有效的牧企联结机制，走出一条标准化、高效化、高回报的绒山羊养殖之路，让广大农牧民发"羊"财，让科技成为农牧民脱贫致富、增收致富的新亮点。

鄂托克旗还积极投身于产品研发及科技创新，依托独特的地域、水源等资源优势，发展螺旋藻产业，不断提升螺旋藻产品附加值，养殖面积和产量逐年攀升，居全国首位。从第一家螺旋藻养殖企业成立至今，历经 21 年发展，鄂托克旗成为了"世界藻都"。螺旋藻产业呈现出强劲的发展势态，已成为当地的特色支柱产业。当我们走进鄂托克旗螺旋藻产业园区，可以看到数千座长约 110 米的跑道式养殖大棚整齐排列，在阳光的照射下发出夺目的光彩。在养殖大棚内，深绿色的池水不断循环流动，我俯身仔细观察，只见透明的水中有着数不清的点点绿色。"这就是螺旋藻，你可别小看这一个个绿色小点，每个小点都是由上百株螺旋藻抱团形成的。"鄂托克旗农牧局负责人向我们介绍道。螺旋藻又称蓝藻，属于微藻，肉眼一般不可见，在显微镜下观察为螺旋形，富含优质蛋白质、维生素、矿物质等多种活性物质。螺旋藻适应能力强，生命力旺盛，距今已有 35 亿年的历史，最初生长于热带高温的碱水湖中。在生产车间，自动化生产线正发出阵阵轰鸣，螺旋藻在传送带的牵引下集成藻泥，再经压制成我们常见的藻片。为了节约用地，提升生产效率，企业在养殖工艺上进行了创新，采用柱式和管道式养殖。

园区总面积 12400 亩，投资 6.8 亿元，现有螺旋藻生产加工销售龙头企业 3 家，螺旋藻养殖基地 30 个。年生产螺旋藻粉 4500 吨，螺旋藻片 400 吨，藻蓝蛋白粉 80 吨，带动周边地区及其他省市销售螺旋藻粉 1800 多吨，成为全国最大的螺旋藻生产、加工、销售基地。其中产品 80% 以上销往海外 40 多个国家和地区。鄂托克旗螺旋藻产业园区，是内蒙古自治区第一个"自治区级螺旋藻工程技术中心"，是全国最大的藻蓝蛋白生产基地，取得"国家农业部农产品地理标志""国家级出口农产品质量安全示范区""自治区高层次人才创新创业基地"认证，被评为"自治区农牧业产业化示范园区"，获批自治区级出口外贸转型升级基地，获批自治区高层次人才创新创业基地，园区内的两家企业获批自治区级高新技术企业，还获得多项自治区级、市级科技计划项目经费资助；"三品一标"认证工作持续进行，其中绿色食品认证 2 个，有机农产品认证 2 个，获得知名商标 2 个，并成功入选第二批"中欧地理标志互认产品名录"。

十年磨一剑，今朝展锋芒。一个集螺旋藻产、学、研、销于一体的"藻都"，在鄂托克旗蓄势待发，赢在未来。不断推进产业振兴，还要向"绿"要"金"，借助红色领航，使广大鄂托克的农牧民富起来，跨入幸福富裕的行列，在希望的田野上全面奏响新时代乡村振兴之歌。

文化擎托，追梦飞翔

"天蓝蓝秋草香，是心中的天堂。谁把思念画一双翅膀，敞开你胸膛，寻找传说的愿望。云霄外飘散最动听的悠扬……" 9 月 10 日吃完早餐后，我们采风团一行人，在鄂旗宣传部、旗文联同志的带领下，从棋盘井镇出发，一路向乌兰镇行驶。我们参观了巍巍乌仁都西山，其海拔高度为 2149 米，是鄂尔多斯高原上的第一高峰。乌仁都西山里有岩画、化石、古树、珍稀动植物，还有数不尽的珍贵矿藏。成吉思汗曾经走过的山里，如今更加美丽漂亮。黄河一级支流都思图河流经境内，还有草原上规模最大、内容最丰富的石窟寺——阿尔寨石窟，其被誉为"草原敦煌"。这里还有世界同一地面最大、种群最多的恐龙足迹化石。这里还是歌舞之乡，"蓝蓝的天空，清清的湖水，绿绿的草原，这是我的家"……是腾格尔、玲花的故乡。这里的乌兰牧骑是鄂尔多斯高原上第一支乌兰牧骑，这里的人们天生喜欢歌唱，歌唱美好的生活。

乌仁都西山，为阿尔巴斯山脉主峰，也是鄂尔多斯第一高峰，因形状似铁砧子而得名，蒙古语乌仁都西翻译为汉语是铁砧子，所以亦称桌子山。我们瞥见了最高峰的真容，它没有丝毫刺破长空的气势，看起来反而像一块巨大的平地。山下居住着各族群众，他们日出而作，日落而息，其生产生活既传统又现代，堪称现代社会里一曲悠扬的牧歌。乌仁都西山被蒙古人奉为圣山，是阿尔巴斯白绒山羊的主要产地，这种羊以其优质的羊绒而享誉世界。乌仁都西山在当地文化和宗教生活中占据着重要的地位，成吉思汗的后裔们在此建造了敖包，进行四季大奠，以缅怀成吉思汗的历史功绩。这些文化和历史活动不仅丰富了当地居民的生活，更为乌仁都西山增添了深厚的文化底蕴。

阿尔寨石窟位于鄂托克旗阿尔巴斯苏木东面的草原上，海拔高度为1400米，石窟壁画面积1000余平方米，分别创作于西夏、元、明等时期。阿尔寨石窟目前发现有69座洞窟，8处11座寺庙建筑遗迹，是一座集寺庙、石窟建筑、浮雕、壁画、塑像、榜题文为一体的文化艺术宝库，也是祭祀礼佛双重功能集于一身的文化遗址。2003年，阿尔寨石窟寺经国务院特批，被列为"全国重点文物保护单位"。阿尔寨石窟文化延续1500余年，是内蒙古地区现存规模最大、延续时间最长、内容最丰富、保存最完整的石窟建筑群，也是研究我国北方地区古代各民族政治、经济、文化、艺术交往交流交融的珍贵史料。

太阳偏西，我们来到了呼和图拉嘎查，这里自然风光独特，绿油油的大草原一望无际，草原上还有大面积的现代化的喷灌农田，金秋时节，玉米、葵花等作物成熟，等待收割，丰收在望。呼和图拉嘎查也是一个充满民族特色的地方，地方政府非常重视民族文化与历史的传承，该地区深厚的文化底蕴得以展现，成为鄂托克旗的文化代表之一。呼和图拉嘎查有一支20多人组成的民族文艺宣传队，不仅培育了不少的文化艺术人才，还积极保护和传承蒙古族传统文化，如乃日文化，这是一种集歌舞器乐、祝赞颂词、礼仪习俗、节庆娱乐等为一体的综合性文化艺术活动。我们在此吃了一顿丰盛美味、民族团结欢歌的晚餐，呼和图拉嘎查不愧是"乃日文化之乡"，鄂尔多斯草原乃日文化体验基地。当地政府通过这种体验牧民生活的牧家乐，加大了非物质文化遗产保护力度，全面打造以生态养殖、观光旅游、研学体验、餐饮住宿等为服务内容的鄂托克文旅小环线。"鄂尔多斯乃日"主要以民歌、民乐、民舞为表现形式，民歌流畅，充满感情，突出地域特色。其种类包括早期音乐、现代民间音乐、长调歌、短调歌、漫瀚调歌，还有祭祀歌、婚歌、酒歌、抒情歌、祝赞歌等。演奏方式有打击、吹奏、拉弦、弹拨等。舞蹈则包括鄂尔多斯舞、筷子舞、盅子舞。我们一边看着文艺表演，一边喝着马奶酒，手抓大块的羊肉吃着，浓浓的草原生活气息和民族风情，香甜的奶茶和金黄的酥油一样，让品尝者回味无穷。鄂尔多斯高原处于丝绸之路上，各民族交往由来已久，在中华民族大家庭中，各族人民像石榴籽一样，紧紧抱在一起。鄂尔多斯乃日的具体表演不拘场地，在婚庆喜事、重要节庆、家庭聚会时，人们聚起来便可即兴表演，以坐唱为主，伴奏伴舞，人人喜歌，没有演员和观众之分，共同娱乐。据考证，鄂尔多斯乃日来源于元代宫廷，随着民族文化交流的不断扩展，这项艺术渐渐向民间延伸，并在民间广为流传，传承至今。当晚，我们一行人入住乌兰镇蓝洋民族饭店。

2024 年 9 月 11 日，我们采风团一行人在旗委宣传部、文联同志的带领下，参观鄂托克旗王府博物馆、鄂托克旗博物馆、鄂托克旗综合地质博物馆、中华民族一家亲主题教育馆，下午三点五十分在鄂旗党政大楼一楼会议室召开关于阿云嘎先生为文学事业作出的不朽贡献的座谈会和采风总结会议。

鄂托克王爷府，是鄂托克地方历史文化、民俗的传承载体，承载着一代代鄂托克人的文化记忆。鄂托克旗王爷府距今已有141年的历史，是鄂尔多斯市（原伊克昭盟）近代史上规模宏大、建筑考究的王公府邸之一。王爷府有一进院、二进院、正殿、东厢房、西厢房等12处殿厢房，在王爷府遗址上兴建的鄂托克旗王府博物馆藏有130件珍贵文物，以其丰富的馆藏文物、完整的文化脉络、生动的历史故事，向参观者全方位展示了鄂托克旗王爷府这141年的历史，成为大家认识鄂托克旗的又一个窗口。

综合地质博物馆、钱币博物馆、中华民族一家亲主题教育馆等，我就不一一展开来介绍了。所有的展馆都是展示地区文化的亮丽名片，让鄂托克这片热土的文化变得愈加璀璨夺目。这里，具有地质遗迹——恐龙足迹化石群；这里，匈奴、突厥、党项、蒙古等北方游牧民族繁衍生息，创造了举世闻名的游牧文化、农耕文化；这里，是成吉思汗攻打西夏和金国的后方营地，使成吉思汗文化扎下了根，成为蒙古族传统文化集中地。鄂托克旗正在兴起的博物馆群建设，不仅让这片草原留住熟悉的或陌生的人的脚步，还让草原城市的文化内涵更加丰富。综合地质博物馆坐落于城市新区，正面是开阔壮观的圣火广场，背面是风景秀美的乌兰湖湿地公园，雄伟的文化建筑与现代化城市相得益彰，已成为鄂托克旗展示地区形象的文化地标。中国蒙古秘史博物馆更是让人震撼，这部《蒙古秘史》，以超凡创造力完成，有宣纸书写、汉白玉雕刻、牛皮雕刻、丝绸刺绣、红木雕刻、陶瓷烧制、驼骨雕刻、银板雕刻等13种艺术工艺，开拓了世界范围内一部典籍用多种载体、多种工艺再现的先河。这极大地丰富了全旗各族人民群众的精神文化生活，有力弘扬了优秀传统文化，坚定了文化自信，有效促进文化旅游事业的发展，助推全旗经济高质量发展，并且向外做了广泛宣传。

不朽的文化之魂，擎领着美丽神奇的鄂托克，成为祖国北疆耀眼的璀璨明珠。政通人和，社会和谐，生态文明、文化、社会、旅游等各项事业蓬勃发展，各族人民群众生活幸福，安居乐业。

万里河山万里新，火热的胸膛盛放着火热的梦想。鄂托克，一个朴实却不平凡的地方，一个珍贵却不拒人千里的地方，一个让人魂牵梦绕，想要一睹芳容的地方。它所赋予我的，是鄂托克草原民族的那种黄金般宝贵的民族精神！黑色的交响，绿色的希望，红色的力量，都化作推动社会经济高质量发展的引擎。鄂托克旗如矫健的蒙古马一样，胸怀凌云之志，脚踩厚实沃土，奋蹄疾驰，奔向更加宏阔灿烂的远方……

神东，我心中的太阳

在内蒙古自治区与陕西省的交界处，有一块物华天宝的热土——神东矿区，这里是世界第一的煤炭能源基地。这里，过去是黄沙漫漫，穷山饿石头，瘦水向南流；现在是丽水映煤都，植树封荒绿化洲，充气橡胶坝蓄水出平湖，乌兰木伦河两岸风景秀丽，大桥飞架变通途。这里是一幅胜似天庭的画图，"中国煤都"建成了花园般的现代化矿区。金秋层林尽染，硕果累累，生机盎然，地下乌金滚滚，地上绿意浓浓，神东人团结互助，竞显风流……

生于一方土地，铸就一身血脉，我是老伊旗人，比共和国整整小10岁，伊旗生，伊旗长，伊旗工作，伊旗退休。我对"太阳石"的故乡，乌兰木伦镇、及大柳塔矿区是比较了解的。大柳塔，位于神木市北部，与内蒙古伊金霍洛旗接壤，地处中国四大沙地之一的毛乌素沙漠边缘。"毛乌素"是蒙古语，意为"不好的水"，荒沙地、盐碱水，似乎是这里的标志。40多年前，大柳塔、上湾（内蒙古伊金霍洛旗），一河之隔，一年四季风沙弥漫，遮天蔽日。"一年一场风，从春刮到冬；井泉被沙压，房埋沙里头""黄沙滚滚流，十耕九不收"，是当时这里环境的真实写照。当年陕西神木县要把大柳塔划给伊金霍洛旗，伊金霍洛旗政府都不要，嫌这地方太穷了，将来负担太重。

2024年9月6—9日，在这满目苍翠、绿树成荫的季节，随着由中国作协社联部、神东集团公司、鄂尔多斯市文学艺术界联合会主办的"文润北疆，走进神东"采风创作活动开启，我又一次走进神东矿区这片热土。神东，不仅仅是一个地名，它更是一种精神的象征，一种力量的源泉。我仰望那湛蓝的天穹、绿绿的山川，心中不由自主地涌起一股暖流，仿佛能听见历史的回响，感受到时代的脉搏，看见未来的曙光。在华夏辽阔的版图上，有一颗熠熠生辉的明珠——神东，它展开了历史与现实交融的绚丽画卷。神东不仅有着璀璨辉煌的工业成就，还有着如诗如画的田园风光，当地人民辛勤耕耘，播撒希望，凭着创业者执着拼搏，踏入新时代征程中，创出我国煤炭行业的领军企业。通过持续的发展和创新，神东从一个小型矿井发展成为现代化矿井群，成为国内首个2亿吨煤炭生产基地。神东在党的战略指引下，实现了跨越式发展，并在绿色发展、智能矿山建设等方面发挥了引领和表率作用，绽放出绚丽的光芒，谱写出更加辉煌的篇章。

翻开神东历史厚重的书页，凝聚缕缕遐想，你就是似火的骄阳，那样令人热血沸腾，豪情满怀，那样令人信心倍添，浮想联翩……

神东，腾飞巨变40年

神东煤炭集团，是我国煤炭行业的翘楚，其业绩令人仰视，其动向备受关注，是创新带来了激情，是创新激发了活力。你是一台马力不减强劲的机车，呼啸前行，一骑绝尘。追溯神东煤炭集团的历史，创业起步于1984年，中国精煤公司筹备处成立，1985年更名为华能精煤公司。早期煤田开发建设的总方针是"国家修路，群众办矿为主，国家、集体、个人一齐上"。这期间，陕西省、内蒙古自治区分别成立神府、东胜煤田开发经营公司，矿井基本按照30至60万吨的传统思路设计建设。上世纪90年代初，煤田开发建设方针做了调整，按照"高起点、高技术、高质量、高效率、高效益"的指导方针，矿区开始统一规划和集中建设，走上了中小型矿井向大型现代化矿井改扩建的路子。1989—1998年，神府和东胜煤田开发经营公司隶属华能精煤公司，经营管理体制改革取得重大突破。大柳塔、补连塔、石圪台等第一批开建矿井的扩能改造项目加快推进，特大型现代化示范矿井的建设雏形基本形成。1998年，神东的煤炭产量是713万吨，到了2010年，神东的原煤产量突破了2亿吨，先后8次实现煤炭生产亿吨零死亡。

1998年，神府、东胜两公司跨省整合。通过创新千万吨矿井技术体系，形成了生产规模化、技术现代化、队伍专业化、管理信息化的"四化"模式，确立了"本质安全型、质量效益型、科技创新型、资源节约型、和谐发展型"的企业发展目标。2000年，大柳塔煤矿建成国内首个"一井一面1000万吨/年"矿井。2002年，大柳塔煤矿建成"一矿两井2000万吨/年"矿井。2003年，补连塔煤矿建成"一井两面2000万吨/年"矿井。经过几年的建设发展，形成了具有神东特色的安全高效集约化生产的千万吨矿井群，2005年公司建成全国首个亿吨级煤炭生产基地。

2009年，神东煤炭分公司、金烽煤炭分公司、万利煤炭分公司、神东煤炭公司四公司整合，成立神东煤炭集团公司，进一步实现了矿区资源的优化配置。2010年矿区产能实现了2亿吨的跨越。2011年原煤、商品煤产量双双突破2亿吨，建成国内首个2亿吨煤炭生产基地。

飞跃式的前进，靠的就是不断的创新。从管理创新到技术创新，创新是神东集团公司发展壮大的力量源泉，也是神东人的不懈追求。深入贯彻新发展理念，按照"做精四化五型，做优清洁低碳，做强世界领先"的战略核心，秉承"奉献清洁煤炭，引领绿色发展"使命，坚持创新发展，取得了煤炭绿色开采、清洁生产等一系列技术创新和突破，形成了"打造生态矿区、建设绿色矿井、生产清洁煤炭"的示范效应。从 2021 年至今，煤矿工人实现了从"窑黑子"到"煤黑子"直到今天的"煤亮子"的嬗变，煤矿也实现了从自动化到智能化的发展。

神东，做强世界领先，做好智能矿山建设

智能化开采是煤炭行业未来的发展方向，也是煤炭产业转型升级的历史机遇。作为国家能源集团的骨干煤炭生产企业，神东积极贯彻落实集团企业转型部署创新要求，制定了《智能矿山建设实施方案》，依照系统专业，重点实施采煤、掘进、机电、选煤、装运煤等等的智能化升级，全面推进智能化矿山建设，争当行业和集团智能化建设标杆。

我们坐在办公室大楼里，看到各大煤矿的司机正坐在驾驶舱中，手握操作手柄，进行远程割煤作业。在生产期间，师傅们不用下井，在地面动动手指，就可以对井下支架、煤机、电液控设备等进行远程操作，同时通过电脑数控，远程利用巡检小车对工作面进行智能巡查。实现了"无人跟机、有人巡视，自主割煤为主、远程干预为辅"的采煤工艺。同时，根据煤层赋存条件，探索实践了具有代表性的煤层采煤机器人模式和薄煤层等高无人智能开采模式。在标准配置的采煤机上，用人工智能算法预测煤层变化，不需要使用惯导、三维扫描、煤岩探测等复杂技术，首创预测智能割煤新技术，实现了预测智能割煤。

在上湾选煤厂，区域无人值守、集中控制、系统自动采集数据、运行状态大数据智能分析等功能在这里实现。作为国内首个智

能选煤厂示范工程，现在，这里的生产现场每班只有 4 人，与之前动辄就十几人相比，智能化改造升级对厂里员工的影响不言而喻。对他们来说，智能化选煤厂的建设，极大地减少了他们置身车间接触粉尘和噪声的时间。我真为他们感到自豪和骄傲。

神东，坚持以人为本，乘势而上，加强创新驱动，强化关键核心技术攻关，强化信息技术与能源工业融合，在引领能源技术革命方面向"新"而行，智创"煤"好。奋力推进机械化、智能化装置应用，代替人工重体力劳动，是智能化建设的初衷和出发点。智能化建设的逐步完善和提升，提高了生产效率，降低了生产成本，最大限度减少了员工的劳动强度。打造采掘无人工作面，实现井下车辆无人驾驶，全面推广使用机器人作业，实现重体力劳动机器人化，煤矿采煤、运输、通风等系统实现智能化决策和自动化协同运行，多系统集成的煤矿智能化系统，建成智能感知、智能决策、自动执行的煤矿智能化系统……神东，所属 13 个煤矿全部实现了智能化。

2024 年 9 月 7 日是我最难忘的一日，我与采风团 38 位同志在神东煤炭上湾矿，一起下到 120 多米深的矿井下，眼前的一切让人惊叹！我们穿上一身橘黄色矿工的工装，脖颈上围着雪白的毛巾，手上戴着雪白的手套，腰上扎好挂着急救包的皮带，穿着黑色的雨靴，头戴橘黄色的安全帽，帽顶上挂着一盏雪亮的矿灯，威风凛凛地坐着通勤车车进入矿井。四辆通勤车有序进入，大概行驶了 30 分钟，我问陪同参观的矿里负责人，正在向什么方向进行，他回答我说："向伊金霍洛旗的成吉思汗陵方向前进，大概有 30 公里。"日光灯下矿洞亮如同白昼。一排敞开的干净整洁的轨道车厢呈现在眼前，车厢里几台显示屏上各种数据不停地闪烁。当我正瞅着显示屏琢磨时，陪同我们参观的矿里负责人讲解：这就是井下综采工作面集控站。首先，通过遥控摄像头及辅助设备以及各类传感器直观地对综采、掘进、运输、机电、通风、排水、井下环境等进行全程监控，将综采相关信息分析后自动整理分类，再传输到地面的总控制室，显示在中控的电脑屏幕或电视墙大屏幕上，定点或循环显示图像信息，采用先进的图形处理和识别技术；其次，通过自动控制技术、传感技术、计算机技术、设备工况监测及故障诊断技术、电液控制技术、集中控制技术等多种自动化技术，构成了机电一体化的综合机械化采煤智能自动化技术；再次，实现对综采设备的实时在线监测，及时发现故障隐患；最后，自动发布指令指挥井下生产，实现生产管理的网络信息化、智能化。

我们沿着宽大整洁的巷道再向前行约一二百米，一拐弯就进入综采工作面。宏大的综采场景令人感到十分震撼，8.8 米超大采高液压支架犹如庞大的钢铁巨人，矗立在矿井内，在巨型日光灯照射下，采煤机前后滚筒不停地转动着、切割着煤层，自动喷淋装置根据采煤的进度不停地在采煤工作面上喷洒着雾状的清水，使综采工作面纤尘不染。割下的煤依次经由刮板输送机、破碎机、转载机落入皮带输送机运出地面。通过红外线接收器接收采煤机红外线发射信号，按照设定的自动化程序实现综采面的记忆式割煤。液压支架顶部护板根据采煤面的变化确定采煤位置，不停地自动伸缩；根据由地面总控制室自动发出的指令，支架控制器程序确定支架移架、推溜、收打护帮板，从而实现了综采面远程操控的自动化、智能化。真想不到，整个综采采煤工作面无人值守，只有三个巡检员巡检、管理。旧时代的"煤黑子"如今在地面总控室内穿着白大褂观察着电脑屏，动动手指就可以采煤，实现了一代代煤矿人采煤不用下井的梦想。

在我们上车返回前，我又回头看到巷道里配备的烟雾传感器和高清摄像机，具有遥视、遥测、遥控、报警等功能的钢丝绳牵引巡检机器人，挂轨式巡检机器人穿梭在矿井中进行巡检，我们这些门外汉感到非常惊奇，更由衷地为神东矿井的国产智能化而感到高兴。上车后，那位陪我们参观的负责人说，我们腰间的急救包里装的不仅仅是电池、急救医用器材和氧气囊，里面的卫星定位跟踪器还能将我们的行踪全程显示在专设的界面上，以确保人员在井下的安全。

神东，是国家能源集团的骨干煤炭生产企业，世界煤炭行业安全、高效、绿色、智能生产的典范。神东人凭借科技创新，从机械化、自动化、数字化到智能化，走出一条通往世界一流示范矿井的"神东之路"。神东所辖的 13 个矿井，全部进行了智能化建设，在"高起点、高技术、高质量、高效率、高效益"方针的指导下，控制着现代化机器在一望无际的煤田里尽情收割，坚硬的煤壁变成潺潺的煤流，随着输送机到达地面，奔驰的列车满载神东的贡献呼啸而去，走向全国各地，为人们送去了温暖和光芒。

神东，打造绿色生态矿区

9 月 8 日的清晨，我站在乌兰木伦河边瞭望矿区，高大的山坡上被分成若干个整齐的格子，一块块格子里填充着绿色，原本的荒山野岭呈现出一派草木繁茂的景象。乌兰木伦河上空时阴时晴，飘着大片大片的云朵，映在湖中随波荡漾，加之红日晨霞的晕染，云朵变幻得像天宫崎骏的动画一样美丽。乌兰木伦河两岸，高楼林立，蕴藏着得天独厚的能源的宝库就在这儿。神东煤炭集团有限公司就坐落于此。这里生态环境优美，人与自然和谐共生，这里产煤不见煤，"中国煤都"也被誉为"绿色矿山"。

　　我们从神东煤炭集团办公大楼出发，驱车来到哈拉沟生态示范基地。基地最高点矗立着摩天轮，从上往下看，深绿、青绿错综叠加，远处"绿水青山就是金山银山""国家能源集团生态林"的红色标牌格外显眼。阶梯状山岭种植着适合本地自然生态环境的不同植物，偌大的矿区像是盖上了一条巨大的"绿色被子"，郁郁葱葱，空气特别清爽，人的心情立刻变得轻松愉悦，精神焕发，心旷神怡，感受到了大自然的力量与生机。过去那种植被稀少，"风吹石头跑，地上不长草"的情形，早已一去不复返了。在沉陷区，神东人通过大面积填垫有机泥土、人工播种草籽，并进行沙棘生态修复实验、规划适生树种造林试验区，设置了道路防护林及边界绿化林，种植了紫穗槐、樟子松、侧柏、油松等，使这里的土质变得更好。土地复垦及耕地面积的增加，在改善生态环境的同时，也为当地百姓提供了致富的门路。

　　哈拉沟生态示范基地，到居民区有4公里左右，通过实施"三期三圈"生态防治模式（采前防治，外围防护圈；采中控制，周边常绿圈；采后营造，中心美化圈），打造出矿区"山水林田湖草沙"生态优美环境，在荒漠化地区建成了一片"绿海"。生态示范基地有人造湖泊、美丽的亭阁、葱郁的草坡，有碧绿的森林，有陕北的小小窑洞展览馆，还有一片绿油油的谷子地。我们步行在栈道上，走进中心广场，旱柳、垂柳、金丝柳，还有很多我叫不出名来的树，在秋风中摇曳，像是欢迎我们的到来。广场北边挺立着很多不锈钢宣传栏，展览着神东的光荣榜、先进集体和个人。广场旁边长着一大片五彩缤纷的花朵，红的、黄的、紫的、白的，像一幅美丽的画卷。广场不远处还有一片宁静的湖水，四周绿树成荫，绿草如茵，湖面倒映着蓝天白云，景色宜人。广场高山上矗立着一个巨大的绿色丰碑——"国家水土保持生态文明工程"，壮观极了，也象征着神东人的战斗精神。神东集团以"绿色、科技、人文"为主题，引领神东生态建设迈进生态文明新时代，入选"国家绿色矿山名录"，成为生态文明建设的典范。这不仅带动了当地经济的发展，也为游客提供了一个洗涤心灵的胜地。

神东开发建设 40 年，在生态环境治理技术方面不断取得新突破，"先保护后开采、以开发促治理、以治理保开发"，持续完善生态治理保护体系，利用新技术不断推进绿色矿山建设、矿井水净化利用、经济林营造、土地复垦、地表水保护、原生态植被恢复和荒漠化系统治理，走出了一条煤炭企业产业生态化、生态产业化协同推进的新路子。

神东集团布尔台煤矿，井田面积 193 平方公里，可采储量 18.5 亿吨，年生产能力 2000 万吨，是一个万吨级的煤炭生产基地，在神东布尔台煤矿却是"采煤不见煤"。这是因为从矿井下到地面上，煤炭的生产、运输、储存、洗选、装车，全部通过胶带输煤栈桥和原煤仓、产品仓、装车塔实现封闭运行，煤根本不落地，很难看见它的影子。而铁路外运、销售煤炭，则采用自主研发的封尘固化剂喷洒固化煤列表层，降低铁路沿线的煤尘污染，每年减少煤炭风损 60 万吨。

采煤沉陷区变成了绿色低碳生态区。站在瞭望台上远眺，伊金霍洛旗天骄绿能 50 万千瓦采煤沉陷区生态治理光伏发电示范项目区里，一排排安装好的太阳能光伏板在阳光照耀下熠熠生辉，112 万块深蓝色光伏板，密密麻麻铺在起伏的黄土地上，蔚为壮观。光伏矩阵周边新种下的小树苗生机盎然。很难想象，这个年发电量达 9 亿度的光伏发电基地，昔日是流动和半流动沙丘，曾是一座出产了 1.75 亿吨煤炭的矿山，前几年成了采煤沉陷区，再次创造了经济效益，正变成绿色发展的"金山银山"。

伊金霍洛旗天骄绿能 50 万千瓦采煤沉陷区生态治理光伏发电示范项目在生态修复治理采煤沉陷区的基础上，将光伏组件采取支架布置于地面上方，下层用于农林业种植、水产养殖，上层建筑用于太阳能发电，配套发展农业观光、特色果蔬等产业，将采煤沉陷区转变为"智能光伏田园综合体"。在修复生态的同时，发展新能源产业、生态农业，将这里改造成绿色、经济的生态家园。项目的建设公司还将"光伏 + 农业"作为产业发展思路，流转了项目周边村子里符合条件的土地建设肉牛养殖场，将光伏板下种植的苜蓿等作物作为肉牛养殖饲料，在发展循环经济的同时，不仅带动了农牧民增收致富，更是成为一个非常不错的旅游景点。

神东在煤炭开采后，利用采煤沉陷区发展沙棘经济林等推动生态产业化发展，让矿区的老百姓端上生态经济的"金饭碗"。神东在采煤沉陷区已栽植沙棘 100 多平方公里，500 多万株，实现产值近亿元，探索出一条采矿—复垦—生态产业化经营的发展路径，实现生态、经济、社会三大效益的协调统一，促进政府、村民、企业三方共赢。

神东建设生态矿区，生态治理面积 558 平方公里，植被覆盖率由 3% 提高到 64%。生物多样性大为提升，植物由原来的 16 种增加到 134 种，动物由原来的 10 种增加到 36 种。通过生态产业化，建成沙棘、沙柳、牧草产业基地 10 万亩。进行绿色矿山建设，矿井水保护与利用，建成 26 套矿井水处理系统，处理能力 32 万吨/天，利用率 74%。煤矸石资源化利用，已建成 3 套和正在建设 4 套煤矸石井下充填系统，研究出台了煤矸石土地复垦能源行业标准。煤尘烟尘达标治理，建成 53 套煤尘封闭栈桥，21 套锅炉烟气净化装置。清洁煤炭，创新"生产减碳，生活低碳，生态负碳"模式，探索"减替汇"路径，试点创建布尔台"零碳"示范矿井和柳塔

"零碳"供热矿井。乌兰木伦河碧波荡漾，河上架起四座大桥，将大柳塔与乌兰木伦镇连成一座现代化的城市。在波澜壮阔的奋斗过程中，神东的开拓者、创业者、建设者矢志不移，创新发展，智能发展，为创建具有全球竞争力的世界一流能源基地，为实现中华民族伟大复兴的中国梦作出了卓越的贡献。

神东，你是我心中的太阳，将炽烈的光芒和温暖带给人间，为人们带来了无尽的生命力和能量，让我们在这个地球村有了一个温暖的家。神东，从诞生至今，你走过了 40 个春秋，40 年艰苦奋斗，40 年奋发进取，40 年沧桑巨变，40 年丰功伟绩，40 年盛世华章。你的每一份艰辛我们都牢记心中，你的每一份功绩我们都会铭记，你通过励精图治赢得了辉煌和灿烂，你创造了一座又一座不朽的历史丰碑，可以告慰先辈，可以永远彪炳史册。

奋进新征程要大力弘扬延安精神

延安精神是党和国家宝贵的精神财富，在我国革命、建设和改革事业中发挥着巨大的精神动力作用。随着时代的发展，延安精神被注入新的活力，将为实现中华民族伟大复兴的中国梦提供精神支持，为全面建设社会主义现代化国家汇聚源源不断的精神力量。

延安精神是党中央在延安时期形成的好思想、好作风，是马克思主义与中国革命实践相结合的产物。延安时期是我们党领导的中国革命事业从低潮走向高潮，实现历史性转折的重要时期。在延安时期形成和发扬的光荣传统和优良作风，培育形成的以坚定正确的政治方向、解放思想实事求是的思想路线、全心全意为人民服务的根本宗旨、自力更生艰苦奋斗的创业精神为主要内容的延安精神，作为中国共产党人精神谱系的重要组成部分，跨越时空，历久弥新，激励着一代又一代共产党人奋勇前行。

鄂尔多斯，地处内蒙古自治区南部，地理上紧邻陕北，在革命战争年代较早地受到了中国共产党的影响，特别是党中央到了延安后，就沐浴了党的光辉。千百年来，身处黄河"几字弯"温暖怀抱的鄂尔多斯，一直是草原丝绸之路上的重要交通枢纽和中心区域。中国第一条"高速公路"——两千年前的秦直道沟通关中与塞外，驼铃声声伴随着往来商队穿越草原，将中国与欧亚各国的经济、文化紧密相连。如今，地处"一带一路"重要节点的鄂尔多斯，中欧班列驰骋在中蒙俄经济走廊，铁路、公路、航班、跨境电商等现代立体交通网络及物流枢纽，为这片热土插上腾飞之翼。

一、奋进新征程，必须把握正确的政治方向

习近平总书记指出："坚定正确的政治方向是延安精神的精髓""全党同志要坚持正确的政治方向，坚决贯彻党的基本理论、基本路线、基本方略，坚决落实党中央决策部署，把老一辈革命家开创的伟大事业继续推向前进"。新时代，推进中国式现代化必须坚持正确的政治方向。延安精神夯实理想信念之基，要求我们深刻领悟"两个确立"的决定性意义，增强"四个意识"，坚定"四个自信"，做到"两个维护"，自觉在思想上政治上行动上同以习近平同志为核心的党中央保持高度一致，确保中国特色社会主义事业始终沿着正确方向前进。

新时代新征程，我们必须深刻认识延安精神是伟大建党精神在延安时期的时代体现，身处百年未有之大变局，我国发展面临新的战略机遇、新的战略任务、新的战略阶段、新的战略要求、新的战略环境，需要应对风险和挑战、需要解决矛盾和问题。我们必须"坚持把国家和民族发展放在自己力量的基点上，坚持把中国发展进步的命运牢牢掌握在自己手中""新时代的伟大成就是党和人民一道拼出来、干出来、奋斗出来的"，用延安精神鼓舞斗志、提振士气，砥砺品格、凝聚力量。

伊金霍洛，是人们口中的鄂尔多斯高原上富得流油的小城，煤炭年产销量超过 2 亿吨，全国第三大产煤县，GDP 突破 1200 亿元，跻身全国"千亿县俱乐部"，人均 GDP 更是排名全国县域第一。"一煤独大"，煤炭、煤电、煤化工产业占了 GDP 总量的近七成，经济发展过度依赖资源环境，受传统路径的束缚严重。因煤而富，在漂亮成绩单的背后，伊金霍洛旗在摸索着另一条跟煤无关的路。

这条路，就是氢能。伊金霍洛如今正在零碳和氢能上发力，以图超越煤，这不仅是走新路，更是自我革命。

从伊金霍洛旗的实际情况来看，风光资源丰富，新能源充足，为规模化、低成本制绿氢提供了可能。伊金霍洛旗及周边工业副产氢综合成本低，又有大量煤矿上的疏干水，制氢成本下降的空间很大。大量的煤矿、煤化工企业以及新能源，又为氢能的发展提供了丰富的交通场景、化工场景和储能场景。伊金霍洛旗打造"北疆氢都"，发展千亿级氢能产业集群，意在通过新赛道，从煤海切换到氢海，道路宽阔，方向正确。

二、奋进新征程，必须以正确的思想路线为指导

解放思想、实事求是是马克思主义的灵魂。党的百年历史反复证明，中国共产党取得的一切成就、经历的一切曲折，都与是否坚持了实事求是的思想路线直接相关。新时代，中国式现代化建设中要大力发扬解放思想、实事求是的精神，冲破旧的思维方式和僵化观念的束缚，不断开创建设中国特色社会主义新的伟大实践。伟大的事业需要伟大的精神，伟大的精神推动伟大的事业。新时代党员干部弘扬延安精神，要把人民群众的利益放在首位，将人民至上的价值理念落到实处，坚持一切从实际出发，深入调查研究，厚植爱民为民的赤子情怀，体察民情冷暖，倾听人民呼声，回应人民期待，不断实现好、维护好、发展好最广大人民的根本利益。全面、系统地认识和把握中国式现代化建设的客观实际情况，提出符合客观规律的解决思路，做出为党分忧、为国尽责、为民奉献的实际行动。"这样，我们的工作，党和人民的事业，就会无往而不胜。"

2023 年 8 月 15 日，我们迎来首个全国生态日。这个首创性、

标志性的纪念日，体现了新时代生态文明建设的重要地位，体现了全面推进美丽中国建设的决心。行走在鄂尔多斯高原，碧空如洗，鸟鸣声声、绿树成荫……北疆草原处处如诗如画。赏心悦目的景色背后，是鄂尔多斯干部群众扎实推进生态文明建设的生动实践，守护好这片碧绿、这方蔚蓝、这片纯净，是鄂尔多斯各族人民的共同使命。

鄂尔多斯市总面积 8.7 万平方公里，黄河流经鄂尔多斯段全长728 公里，境内分布有库布齐沙漠和毛乌素沙地，是我国北方重要的防沙带和生态安全屏障。其中，库布齐沙漠分布总面积为 1.41万平方公里，毛乌素沙地分布总面积为 3.18 万平方公里，是打赢黄河"几字弯"攻坚战的主战场、主阵地。

奋进新征程，鄂尔多斯市以正确的思想路线为指导，方向明，思路清，目标明，步履坚。2023 年，确保实现在年初既定治理沙化土地任务基础上翻一番的目标，治理沙化土地 200 万亩以上。到2030 年，实现库布齐沙漠和毛乌素沙地治理率持续"双提高"，荒漠化和沙化土地面积持续"双缩减"，全面建成国家生态治理典范。防沙治沙是一项长期的历史任务，鄂尔多斯各族儿女将不畏艰辛、久久为功，一张蓝图绘到底，一茬接着一茬干，有信心把祖国北疆这道万里绿色屏障构筑得更加牢固，把美丽家园守护得更加美好。

三、奋进新征程，中国式现代化必须维护最广大人民的根本利益

中国式现代化是实现最广大人民根本利益的现代化，是以全体人民为中心的全面发展的现代化。中国式现代化推进中，必须坚持以人民为中心的发展思想，坚守初心使命，牢记全心全意为人民服

务的根本宗旨，将为人民谋幸福的理想信念牢牢置于心中。坚持立党为公、执政为民理念。中国共产党领导人民打江山、守江山，守的是人民的心。奋进新征程，要把社会主义现代化国家建设目标始终与人民的需要紧密结合，永不脱离群众，为民谋幸福，不断增强人民群众的获得感、幸福感和安全感。中国式现代化推进，必须实现全体人民共同富裕的目标。

习近平总书记曾说："我们的人民热爱生活，期盼有更好的教育、更稳定的工作、更满意的收入、更可靠的社会保障、更高水平的医疗卫生服务、更舒适的居住条件、更优美的环境，期盼孩子们能成长得更好、工作得更好、生活得更好。人民对美好生活的向往，就是我们的奋斗目标。"

共同富裕是中国特色社会主义的本质要求。鄂尔多斯市委、市政府始终牢记"江山就是人民，人民就是江山"，坚持以工补农、以城带乡，围绕推进国家重要农畜产品生产基地建设，全面推进乡村振兴，完善收入分配机制，促进公共服务均等化，着力解决地区差距、城乡差距、收入差距，保持居民收入增长和经济增长基本同步，实施健康鄂尔多斯行动，蝉联国家卫生城市，建成国家级文化生态保护实验区，打造最具幸福感城市。

2023年，鄂尔多斯市委、市政府坚定不移地保障和改善民生，提高人民群众幸福指数。聚焦人民群众关心的领域，精准提供公共服务，着力打造共同富裕典范。坚持就业优先促进增收。落实落细援企稳岗举措，开展好就业促进"五大行动"，新增城镇就业1.8万人，零就业家庭保持动态清零。建设人力资源产业园，打造一批技能大师工作室。强化重点项目、重点企业常态化用工服务，着力解决结构性就业矛盾。加大创业担保贷款和贴息力度，支持灵活就业和新就业形态。培育壮大中等收入群体，健全工资正常增长机制，提高城乡居民最低生活保障标准，千方百计让老百姓的"钱袋子"鼓起来。加快教育高质量发展。落实立德树人根本任务，促进学生德智体美劳全面发展。巩固义务教育"双减"成效，推进标准化建设、集团化办学，新建、改扩建中小学幼儿园 38 所，新增学位 15000 个，新组建一批优质教育集团。加大国家通用语言文字推广力度，推动高等教育特色办学。提升市民健康水平。开展旗区公立医院能力提升三年攻坚行动，新建 2 家二级甲等医院。加强与一流医院合作，提升市中心医院医疗服务水平。健全分级诊疗体系，建设医学影像云平台，打造覆盖市、旗区、苏木乡镇三级医疗机构的远程医疗系统。开展优质服务基层活动，加快县域医共体付费方式改革，争创国家长期护理保险试点城市。开展爱国卫生运动，倡导文明健康生活方式。促进文化繁荣发展。坚持以社会主义核心价值观为引领，加强群众性精神文明创建。加强文物保护利用和非物质文化遗产传承，举办"河套人"发现 100 周年国际论坛。完成鄂尔多斯博物馆通史陈列展览、革命历史博物馆改造，建成鄂尔多斯美术馆。广泛开展全民健身活动，加强青少年体育工作，全区第十五届运动会胜利圆满落幕。加强民生兜底保障。开展精准参保扩面行动，推动基本养老、医疗、失业保险应保尽保。建成公租房、保障性租赁住房 1198 套，持续解决房地产历史遗留问题，继续做好保交楼、保民生、保稳定工作。以更大力度解决"一老一小"问题，完善养老服务体系，启动建设市级托育综合服务中心，确保老有颐养、幼有善育。提高特困人员、残疾人、孤儿保障标准，健全社会救助体系，让每个身处困境的人都能及时得到救助和关爱。

四、奋进新征程，中国式现代化必须发扬自力更生、艰苦奋斗精神

自力更生、艰苦创业是我们党的传家宝。中国共产党百年历史，就是一部自力更生、艰苦奋斗的历史。习近平总书记指出："全党同志要大力弘扬自力更生、艰苦奋斗精神，无论我们将来物质生活多么丰富，自力更生、艰苦奋斗的精神一定不能丢。"新时代，要坚持"中国人的事情要依靠中国人自己的力量来办"的原则。中国式现代化是任务艰巨的一揽子工程。历史经验证明，中国的现代化决不能通过依靠外在力量而实现，必须主要依靠中国人自己的力量完成。现代化进程中，要始终依靠自身力量，保持艰苦奋斗的工作作风，脚踏实地、真抓实干，敢于担当，勇于拼搏，为实现宏伟目标不断奉献自身力量。奋进新征程，中国式的现代化建设中，既要坚持独立自主，自力更生，同时也不能闭关自守，盲目排外。正确处理好独立自主与对外开放的关系。中国式现代化推进过程中，要积极融入全球化浪潮，主动学习和吸收国外先进技术和管理经验，不断增强民族自尊心和自信心，进一步提升中国式现代化建设能力和水平。

"中国的发展成就，是中国人民几十年含辛茹苦、流血流汗干出来的。千百年来，中华民族素以吃苦耐劳闻名于世。""新征程上，不管乱云飞渡、风吹浪打，我们都要紧紧依靠人民，坚持自力更生、艰苦奋斗，以坚如磐石的信心、只争朝夕的劲头、坚韧不拔的毅力，一步一个脚印把前无古人的伟大事业推向前进。"

党的二十大报告提到，从现在起，中国共产党的中心任务就是团结带领全国各族人民全面建成社会主义现代化强国、实现第二个百年奋斗目标，以中国式现代化全面推进中华民族伟大复兴。鄂尔多斯市，一是为建设中国式现代化的地级城市打造模板。习近平总

书记给内蒙古部署了五大任务，鄂尔多斯市也应始终围绕这五项任务推进现代化建设。将在能源保供与"风光氢储车"转型、生态优先绿色发展、粮食和"名优特"农畜产品供给、北疆内陆开放高地建设和守望相助团结一心五个方面努力发挥。二是凝心聚力打造共同富裕的鄂尔多斯模式。推进绿富同兴、加快城乡同兴、协调产业同兴、规范产权同兴快速发展。三是真正建成铸牢中华民族共同体意识的鄂尔多斯。我们是典型的少数民族地区，各民族团结一致，像石榴籽一样，籽籽同心抱成一团，同舟共济、肝胆相照，推动鄂尔多斯市在全国民族团结进步示范市的基础上，成为推动中华民族伟大复兴巨轮乘风破浪、勇往直前的标兵。

鄂尔多斯要着力打造四个世界级产业：世界级能源产业、世界级现代煤化工产业、世界级新能源装备制造产业、世界级羊绒产业。推动产业结构由"一煤独大"向多业并举转变，增长动力由资源驱动向资源和创新双轮驱动转变。发展优势由局部示范向全面领先转变，推动产业能级由国家级向世界级迈进，打牢现代化建设坚实基础。

鄂尔多斯要着力打造四个全国一流：全国一流创新生态、全国一流营商环境、全国一流城市形象、全国一流干部队伍。加快锻长板，补短板，固底板；努力争先进，创一流，做表率；重塑鄂尔多斯新形象，打开事业发展新天地。鄂尔多斯要着力建设四个国家典范：生态治理典范、文明城市典范、共同富裕典范、市域社会治理典范。持续增进民生福祉，提高人民生活品质。让人民群众的获得感、幸福感、安全感，更加充实，更有保障，更可持续。

鄂尔多斯是在中国共产党直接领导下建立的，是在党中央的支持下发展起来的。奋进新征程，弘扬延安精神，心向党，心向中央，心向北京，自力更生，艰难奋斗，是我们内蒙古的光荣传统，也是鄂尔多斯加强和改进民族工作的光荣传统。延安精神，是时代之需，是改革发展之要，也是中国共产党带领中国人民找到的正确发展、奋斗之路，是革命历史与现实精神的共振，是我们心中永不熄灭的灯火。今天的党员干部干事创业、攻坚克难，遭遇很多的困难和危险，面对这些困难和危险会存在很大的抵触情绪，遇到点问题就回避甚至逃避，就会浅尝辄止甚至是前功尽弃。新时代的奋斗中充满着挑战和困难，只要弘扬伟大的延安精神，不断凝聚强大奋进之力，中国式的社会主义事业将开创更加美好的新局面。

人民至上在新时代的要求和体现

步入新时代，人民至上的理念已经深入人心。尊重人民权利，反映人民需求，提高人民福祉，接受人民监督和维护人民安全，是新时代中国治理的重要原则，也是坚持人民至上的具体体现与实践。坚持人民至上是习近平新时代中国特色社会主义思想的根本立场观点方法，贯穿党的二十大确定的强国建设、民族复兴中心任务的各个方面。新时代新征程，弘扬延安精神，坚持用习近平新时代中国特色社会主义思想凝心铸魂，必须把坚持人民至上的根本立场落到实处。人民立场是中国共产党的根本政治立场。"江山就是人民，人民就是江山"，中国共产党领导人民打江山、守江山，守的是人民的心。

不忘初心，弘扬伟大建党精神，坚持人民至上，这是习近平总书记为民情怀的又一次升华，也是二十大报告主体思想的生动诠释，更是新时代以来取得重大成就鲜明的价值底色。坚持人民至上，是我们党的根本价值观，是党的根本原则，是党的根本方向。坚持人民至上，就是要把人民对社会主义建设和发展的期待和要求放在首位，坚持以人民为中心的发展思想，贯彻以人民为中心的发展战略，落实以人民为中心的发展要求。坚持人民至上，是我们党的政治优势和行政力量。坚持人民至上，就是以人民的利益为己任，以人民的幸福为目标，以人民的满意为标准，以人民的参与为准绳，以人民的觉醒为动力，以人民的发展为中心，用人民的真实愿望来引领人民的实际行动。

一、尊重人民权利

尊重人民权利是坚持人民至上的基本要求。这意味着在政治、经济、文化和社会各个领域，人民的权利都应该得到充分的尊重和保障。政府和社会应该通过立法、行政和司法等途径，保障人民的权利，如生命权、财产权、言论自由和宗教信仰自由等。建立有效的维权机制，使人民能及时维护自己的合法权益。

中国有着五千多年悠久的历史文化，每当看到五星红旗冉冉升起，雄壮的国歌在耳边响起，心中的自豪感油然而生，为自己身为一个中国人而骄傲。步入新时代，中华人民共和国变得越来越富强了，在党中央的领导下，全国人民团结一致，出现了一方有难，八方支援的局面，三年的新冠疫情期间，只要每一个地方有了困难，全国人民都会去积极支援。成绩的取得，殊为不易，这是党和人民一道拼出来、干出来、奋斗出来的。祖国繁荣昌盛，才能使人民安居乐业。

十年间，全国上下砥砺奋进，经济快速发展，厚植民生福祉；人均预期寿命增长到 78.2 岁；居民人均可支配收入从 16500 元增加到 35100 元；城镇新增就业年均 1300 万人以上；改造棚户区住房 4200 多万套，改造农村危房 2400 多万户……

鄂尔多斯，弘扬延安精神，以文化为底，以文明润色，铺筑了百姓生活的幸福之城。创建全国文明城市，在生态治理、文明创建、民生保障、社会治理上取得显著成绩，全市人均 GDP 和部分社会保障指标位于全国前列。连续四届蝉联全国文明城市，被列为国家市域社会治理现代化试点城市。结合"两个屏障"建设，持续巩固优势、放大优势、创造优势，擦亮金字招牌，建设标杆典范，实现共同富裕，最终落脚点还是为了满足人民群众对美好生活的向往。2023 年，坚定不移地保障和改善民生，提高人民群众幸福指数。坚持就业优先促进增收。落实落细援企稳岗举措，开展好就业促进"五大行动"，新增城镇就业 1.8 万人，零就业家庭保持动态清零。加快教育高质量发展；提高市民健康水平；促进文化繁荣发展；广泛开展全民健身运动；加强民生兜底保障；更大力度解决"一老一小"问题，完善养老服务体系，启动建设市级托育综合服务中心，确保老有颐养、幼有善育。提高特困人员、残疾人、孤儿保障标准，健全社全救助体系，让每个身处困境的人都能及时得到救助和关爱。

二、反映人民需求

反映人民需求是坚持人民至上的重要体现。政府和社会应该通过各种途径了解和收集人民的需求和建议，并及时回应和满足人民的需求。在制定政策时应该充分听取人民的意见，提供公共服务时应该以人民的满意度为标准，开展社会建设时应该关注人民的实际需求。只有真正反映人民需求，才能使政策和措施更加符合人民的利益和期望。人民利益只有上升，集中到国家利益，运用国家的工具，才能得到真正的维护。人民利益、国家利益，二者相辅相成。

过去三年，面对新冠疫情，在以习近平同志为核心的党中央坚强领导下，我们始终坚持以人民为中心的发展思想，筑牢疫情防控屏障，护佑人民生命健康。疫情防控进入新阶段后，工作重心从

"防感染"转向"保健康、防重症"，不变的是"人民至上，生命至上"的理念。2023 年，极不平凡，面对诸多挑战，我们的党、我们的政府全力稳增长、稳就业、稳物价、保民生，超额完成了全年预期目标任务；全国居民人均可支配收入比上年有大幅提升，城乡居民收入相对差距持续缩小……

鄂尔多斯把幸福答卷写在百姓心坎上，践行以人民为中心的发展思想，想人民之所想，行人民之所嘱，聚心塑造"暖城善治"品牌，打造市域社会治理现代化试点城市"鄂尔多斯样本"。功夫下在事外，工作做在日常，化解社会矛盾风险。

坚持和发展新时代"枫桥经验"，一站式受理、一揽子调处、全链条解决，"以奖代补"建好用好市、旗区、苏木乡镇三级综治中心，全面推广"三端五防线"诉源治理模式，探索推行"三分吸附法""千里草原安睦隆""泰稳和德"等典型经验做法，实现"三个95%、一个100%"目标，让市域成为重大社会矛盾风险的"终结地"。使人民群众的获得感、幸福感、安全感更加充实，更有保障，更可持续。

鄂尔多斯着力打造四个全国一流：全国一流创新生态、全国一流营商环境、全国一流城市形象、全国一流干部队伍。加快锻长板，补短板，固底板；努力争先进，创一流，做表率；重塑鄂尔多斯新形象，打开事业发展新天地。鄂尔多斯要着力建设四个国家典范：生态治理典范、文明城市典范、共同富裕典范、市域社会治理典范。持续增进民生福祉，提高人民生活品质。

三、提高人民福祉

提高人民福祉是坚持人民至上的核心目标。政府和社会应该采取各种有效措施，不断提高人民的物质和文化生活水平，包括提高就业率、改善教育医疗条件、加强社会保障等。为民造福是立党为公、执政为民的本质要求。必须坚持在发展中保障和改善民生，鼓励共同奋斗创造美好生活，不断实现人民对美好生活的向往。还应该注重生态环境保护，为人民创造更加宜居的环境。通过不断提高人民福祉，增强人民的获得感、幸福感和安全感。

"金杯银杯不如老百姓的口碑"，鄂尔多斯市在提升城市品质中增进百姓福祉，就是要让人民群众更加幸福。对标先进，追赶超越，鄂尔多斯这座连续四届蝉联"全国文明城市"称号的城市，应有尽有，无一短缺：有错落有致的高楼大厦，有绿草如茵的公园广场，有举步可及的医疗卫生场所，有便民利民的"十分感谢""一刻钟"生活圈，尤其是要有挂在人民脸上的幸福笑容。鄂尔多斯市以绣花般的功夫，在"四连冠"的基础上，进一步明晰坐标、明确路径、明白目标，坚持"两手抓"、"两手硬"，视精神文明和物质文明建设为城市发展之两翼、城市驱动之双轮，朝着既定方向阔步前进。

创建文明城市并非一蹴而就，也非朝夕之功，而是一项长期、持久的工作。鄂尔多斯市站在已有的光环之下，坚持常态长效创建，推行领导包联、定期通报、限期督办、明察暗访、现场观摩等十项常态化工作机制。常态化组建了6个实地督导专班，综合运用创城工作智慧云平台、无人机、视频监控等信息技术手段，全覆盖开展随机督查，实现以督促改，以改促创。依托线下6702个网格区域，1.6万名网格服务员，采取座谈交流、民意调查、走访联谊等方式，就近服务群众、发动群众，切实解决群众的"急难愁盼"问题，提升创建的满意度和支持率。从一座小镇到一个旗，从一个旗到全市，鄂尔多斯文明城市创建所蕴含的内生动力，正在鼓舞着、感染着、幸福着每一个人。创建"全国义明城市"不只是为了一块牌子，更是为了提升城市品质、丰富城市内涵、增加百姓福祉。如今，走在鄂尔多斯市的每一条大街上，完善的基础设施和便民的公共设施都让人感到格外暖心；随处可见的公园绿地和清爽惬意的景色都让人感到格外舒心；井然的公共秩序、随时可见的公安巡逻车等安保措施都让人感到格外安心。这一切正是这座城市文明尺度的体现，精神底色的折射，人民群众幸福指数的彰显。

鄂尔多斯是典型的少数民族地区，各民族团结一致，像石榴籽一样，籽籽同心抱成一团，同舟共济，勇往直前。鄂尔多斯着力打造四个世界级产业：世界级能源产业、世界级现代煤化工产业、世界级新能源装备制造产业、世界级羊绒产业，推动产业结构由"一煤独大"向多业并举转变，增长动力由资源驱动向资源和创新双轮驱动转变；发展优势由局部示范向全面领先转变，推动产业能级由国家级向世界级迈进，打牢现代化建设坚实基础；乘风破浪，着实提高人民群众的福祉。

四、接受人民监督

接受人民监督是坚持人民至上的重要保障。政府和社会应建立健全监督机制，保障人民的监督权利。我们党有严密的组织性和纪律性，党的根本宗旨是全心全意为人民服务，那么，接受组织和人民的监督就是天经地义的。中国共产党是马克思主义政党，勇于自我革命是我们党最鲜明的品格，也是我们党的最大的优势。一百多年来，外靠发展人民民主，接受人民监督，内靠全面从严治党，推进自我革命，勇于坚持真理，修正错误，勇于刀刃向内，刮骨疗毒，保证了中国共产党长盛不衰，不断发展壮大。人民的眼睛是雪亮的，人民是无所不在的监督力量。

"站稳人民立场，强化宗旨意识，坚守初心使命，践行党的群众路线，把人民群众满意不满意作为评判一个共产党员的根本标准，解决好人民群众最关心最直接最现实的利益问题，把惠民生的事办实、暖民心的事办细、顺民意的事办好，让现代化建设成果更多更公平惠及全体人民。"这是希望，也是鞭策。群众盼什么，我们就干什么，切实解决改革发展难题、群众"急难愁盼"问题。我们每一位党员、干部眼睛向下看、身子往下沉，虚心接受广大人民群众的监督，奋发有为惠民生、暖民心、顺民意，我们就一定能够以"学思想、强党性、重实践、建新功"的扎实成效，让人民群众切实有感、真正满意。

鄂尔多斯市委、市政府学习贯彻习近平总书记重要指示精神，坚持人民至上，强调要矢志为民造福，树牢正确政绩观，落实好内蒙古自治区温暖工程，做实做细"四个保障""四个就近""四个提升"等民生实事。要站稳人民立场，坚持"四下基层"制度，走好新时代党的群众路线。汇聚人民力量，发展全过程人民民主，凝聚全面建设现代化鄂尔多斯强大合力。严格遵循廉洁自律的道德操守，从灵魂深处筑牢拒腐防变坚实防线，永葆清正廉明政治本色，全心全意为人民服务，随时随地接受人民的监督。

五、维护人民安全

"国以民为本，社稷亦为民而立。"坚持以人民安全为宗旨，始终把维护人民安全作为推进国家安全体系和能力现代化的出发点和落脚点，方能进一步筑牢国家安全和社会稳定的人民防线。安全是人民最基本最普遍的需求。历史一再表明，人民安全问题解决不好，势必会造成社会不稳，甚至危及国家安全。进入新时代，人民不仅对物质文化生活提出了更高的要求，而且在民主、法治、公平、正义、安全、环境等方面的要求也日益增长。实现中华民族伟大复兴的中国梦，保证人民安居乐业、国家安全是头等大事。

治国有常，利民为本。习近平总书记指出："国家安全工作归根结底是保障人民利益，要坚持国家安全一切为了人民、一切依靠人民，为群众安居乐业提供坚强保障。"迈上全面建设社会主义现代化国家新征程，我们要自觉站在党和国家事业全局的战略高度，坚持政治安全、人民安全、国家利益至上有机统一。人民安全是捍卫政治安全和国家利益至上的最终目的。新时代国家安全工作必须坚持为了人民、依靠人民、造福人民，只有把人民安全摆在最重要的位置，把人民作为维护国家安保的基础性力量，充分发挥人民群众的积极性主动性创造性，才能筑牢维护国家安全的铜墙铁壁，才能更好满足人民群众日益增长的安全需要。

一个国家的现代化建设，不仅需要安定团结的国内环境，还需要和平稳定的国际环境。走和平发展道路，是由中国共产党性质宗旨和我国社会主义制度性质所决定的，彰显了中国共产党既为中国人民谋幸福、为中华民族谋复兴，又为人类谋进步、为世界谋大同的使命担当。只有坚持国家安全、社会稳定、世界和平有机统一，为全面建设社会主义现代化国家营造良好内外安全环境，才能确保现代化建设成果由人民创造、归人民享有，确保中国式现代化巨轮劈波斩浪，行稳致远。

中国共产党不懈奋斗的百年，是坚持人民至上、贯彻群众路线、践行初心使命、追求"无我"境界的百年。习近平新时代中国特色社会主义、二十一世纪马克思主义，其逻辑基点和精髓要义之一就是坚持人民至上、坚守人民立场、体现人民意志、充满人民情怀。新时代新征程，我们的党始终把人民的利益放在首位，牢记"江山就是人民，人民就是江山"，坚定站稳根本政治立场。始终同人民想在一起、干在一起，与人民群众心连心、同呼吸、共命运。尊重人民首创精神，尊重人民主体地位，汇聚人民磅礴伟力，最广泛地调动人民的积极性、主动性、创造性，推动广大人民投身创造美好生活的伟大实践。聚焦群众最关心最直接最现实的问题，用真抓实干创造出人民群众满意的新业绩，为实现人民对美好生活的向往不懈奋斗。

石榴花开别样红

奇迹"堑山工程"——秦直道

我参观伊金霍洛旗秦直道遗址后，大为震撼，深刻感受到了这项工程的宏大气魄和修筑艰难。秦直道不仅是古代中国一条重要的交通干道，更是人类历史上最早的高速公路之一，号称"世界高速公路的鼻祖"，它具有丰富的历史和文化价值。秦直道见证了蒙汉各族人民共同建设鄂尔多斯的伟大历程，在鄂尔多斯文化的形成和发展中留下了浓墨重彩的一笔，让我感受到它所经历的风霜和漫长的历史。

秦直道南起陕西省云阳县甘泉宫，北至内蒙古自治区包头市九原区的麻池古城，全长约700公里。在伊金霍洛旗境内，秦直道长约75公里，从掌岗图开始，向北延伸至达拉特旗的高头窑乡吴四圪堵村。秦直道在伊金霍洛旗境内的修筑，体现了古代工程技术的精湛，直道断面展示了夯筑土砂石层的精细工艺，展示了古代工程师的智慧和技艺。秦直道的建成，极大地便利了中原与河套地区的交通往来，成为内地通向北疆的大动脉。它是中国古代重要的交通枢纽和贸易通道，是民族融合的大通道，也是南北各民族文化与贸易的纽带，当年秦直道促进了所经过之处的生活繁荣，对后世的经济、文化、政治等方面产生了深远的影响。

公元前212年至210年，秦始皇统一了六国后，除以国都咸阳为中心，修筑了通向原六国首都的驰道外，还命大将蒙恬由距离不远的陕西淳化县梁武帝村的云阳林光宫（秦始皇的军事指挥中心），沿陕西旬邑、黄陵、富县、甘泉、志丹、安塞、榆林进入内蒙古继续北行，经伊金霍洛旗西 11 公里的掌岗图村、东胜的漫赖乡和达拉特旗西南 50 多公里的高头窑乡，越过黄河通向包头西的九原郡遗址（今包头市郊麻池古城），修起一条 700 公里的直道。所谓"直道"，就是遇山开山，遇沟填沟，这项浩大的工程竟以两年半的时间便迅速竣工。

伊金霍洛旗境内多为草原地带，从掌岗图村修的直道断面上看，为夯筑土砂石层，上下共 8 层，1 至 7 层每层厚 25～80 厘米，最上一层厚 1.2 米。以当时的技术水平和物质条件来衡量这历史记载中的"堑山工程"，不能不说是一个奇迹。在秦直道上，可以并排行驶四辆马车。由于年深月久，野草丛生，极目远眺，秦直道宛如一条绿色的巨蟒，伸向辽阔的内蒙古草原。据《史记·秦始皇本纪》记载，这项直道工程始于秦始皇三十五年，在三十七年九月以前完工。秦始皇死后运载其遗体的辒辌车就由直道回到咸阳。

伊金霍洛旗境内的秦直道，不仅是一条古老的交通要道，也是中华民族悠久历史和灿烂文化的见证，更是铸牢中华民族共同体意识团结进步事业发展的集中体现。通过保护和研究这些遗迹，我们可以更好地传承和弘扬中华民族的优秀传统文化。研究中国古代交通史、军事史、商贸史、民族团结史以及秦代历史的重要实物资料，对于了解当时社会、经济、文化具有重要意义。

秦直道穿越之乡、成吉思汗八白室集中之地（成吉思汗陵）、敖包文化故乡，伊金霍洛，草原文化、农耕文化、商贸文化、蒙元文化、蒙古马精神、民俗风情、沙漠生态、传说故事交织在一起，成为鄂尔多斯工业文化振兴地之一，闻名遐迩，享誉中外。

2006 年 5 月，秦直道遗址被国务院公布列入第六批全国重点文物保护单位，突显了其在中国历史上的重要地位。

秦直道遗址的保护和研究工作随着地区经济的发展启动，这使得湮灭在历史尘埃中的秦直道逐渐清晰地展示在世人面前。秦直道遗址项目不仅成为地区推动文化产业发展的一个重要的切入点，更成为民族团结进步事业发展的桥梁和纽带，让更多的人能够亲身体验和感受到这一历史奇迹的魅力。参观秦直道遗址，是一次难忘的经历，它让我深刻感受到了古代中国人民的智慧和勤劳，以及鄂尔多斯地区丰富的历史文化底蕴。修建秦直道要开山填沟，直穿黄河，这在2000多年前可谓浩大工程。让这条沉睡千年的大秦"高速公路"再次恢复生机，壮丽的自然风光和丰富的历史文化让我难以忘怀。

寨巷的故事

——一部民族团结进步史

每一个人心中都有一份原乡的记忆，怀念乡间蓝蓝的天、绿水青山和清新自然的闲适状态，嗅着田野里的味道，光着脚丫，和几个要好的小朋友一起，唱着歌，沿着乡间的小路走着、跑着……乡村的画面总能让在路上的我们感到它的温暖和醇香，甚至能安抚我们进入甜甜的梦乡，以及摆脱繁杂生活的重压。下面我给朋友们讲述一段冲刷不掉、深藏内心的记忆，一个温暖的关于寨巷的故事。

寨巷，坐落在伊金霍洛旗札萨克镇查干柴达木村，是一个出了名的村，有一段经典的感人故事。过去我和文联的主席、作家协会会员多次实地来这儿采风过。今年 3 月底我又和伊旗统战部、伊旗铸牢中华民族共同体意识促进会的领导们一起去寨巷考察调研。追寻文化之本、民族之根，村史馆总是让人感想不断，回味无穷。在这里，曾经发生过农耕文明与游牧文明的交往，中原文化与北方文化的交流，各族人民共同书写了悠久的历史，共同创造了灿烂的文化，共同培育了伟大的精神。

查干柴达木村，翻译为汉语是"白色的枳芨滩"的意思，这里现在是田园乡村，幸福、美丽的乡村，静谧的查干柴达木水库平躺在寨巷这个热闹小巷外，水面在阳光下泛着点点涟漪，翠绿的植被让这里处处透露着原生态的韵味。查干柴达木村，过去也称为"三连寨子"，而这条街巷是建于这个寨子里的重要街道，所以起名"寨巷"，这一区域的建筑面积共 2400 平方米。建筑融合了晋陕蒙特色元素，并装饰有花格木门窗、青砖黄泥墙，此外还配置了乡村大舞台来活跃文化气氛。寨巷，过去是札萨克王爷三连驻军地，也是札萨克王府的后花园。

寨巷将商业区打造为集乡村餐饮、民间特色住宿、休闲购物为一体的旅游接待中心。其中乡村餐饮区可同时容纳300人就餐，有2个特色大厅和8个民俗雅间。民间特色住宿，共有标间24间，大床房17间，其中包括3间观景房。还打造了2间乡俗热炕房，便于游人体验当地特有的民俗习惯。还有一个服务中心，打造了3间乡村练歌房，在满足游客就餐需求的同时，还提供休闲娱乐服务。商业区是按照本地独特、古朴的装修风格装饰的，可以让游客更深切地体验当地的民俗风情和生活习惯。

步入民宿、街巷，一切都平实而精致，显得自然、轻松、休闲、质朴，内部简洁对称突显沉稳，文雅、精巧而又不乏舒适，门廊、门厅向南北延展，客厅、卧室等设置低窗观景，室内室外情景交融，不仅让游客有审美愉悦，更令其居住舒适而贴近自然。

漫步于乡间小路，体验乡村的淳朴自然，一杯清茶和着清凉的心境，真是乡村的一副别致的风景，人生难得享受一回。

努德勒庆露营地，总占地面积2200亩，营地内水、草、沙、林资源共存，有最原始的草原地形地貌，可以让游客尽览"天苍苍野茫茫，风吹草低见牛羊"的诗情、豪放和热情好客的传统风俗。此营地设房车营区、户外帐篷营区、蒙古包住宿区、木屋休闲住宿区、游牧文化体验区、亲子互动娱乐拓展区等六大功能区域。活动项目也很多，包括蒙古族赛马、摔跤、射箭、篝火晚会以及游牧生活等。

蒙古包也是集避暑、度假、旅游为一体的具有蒙古族风情的乡村旅游项目。这里有得天独厚的自然景色。来到这里可以领略到草原的美丽风光，还可以品尝到蒙古族奶茶、哈达银碗酒、上马酒、下马酒，还可以欣赏到具有蒙古民族特色的优美歌舞。特别是夏秋季节来到这里，香花遍野，芳草依依，迷人的美景使人心旷神怡。牛、羊、马，一群群，一片片，或疾驰，或漫游，像彩霞在天际飘动，也像仙女撒下的珍珠、玛瑙，落在宁静的草场。草原的美景似一个神奇的梦。

草原深处有农家，蒙汉情缘话桑麻。查干柴达木村始建于清朝末年，当时有些陕西农民到内蒙古跑"青牛犋"，搬迁到此开垦开荒，逐步形成村落。历史长河总是以光阴为单位，接纳自然与人间的一切。查干柴达木村的活态博物馆记录了起作为蒙汉文化深度交融之地的历史变迁。活态博物馆以变迁、乡音、习俗和员外家为展览动线，还设置了包括张在成等文化传承户的体验馆，

向游客展示了札萨克王府后花园——查干柴达木的文脉传承。查干柴达木村活态博物馆的村史馆内目前共收藏展览涉及宗教信仰、衣食住行、生活起居、生产农具等的藏品共540件。这些老物件，浓缩了查干柴达木村过去的生产生活记忆。村史馆内展出的这篇村史出自本村村民解凤祥之手，一部分内容讲的是新中国成立前"分股耕种草地田，夜寝茅庵受饥寒"的艰苦生活状况。新中国成立后也就是土改时期，"土改分田穷人喜，窝窝菜汤能吃饱"，可见当地人民生活已经有所改善。还记录了1958年大炼钢铁时期，"三面红旗总路线，工分本子倒分红"记工分的大集体生活状况。经过"文革"时期的转变，进入包产到户时期，"村里有了万元户，改革开放民心连"，可见人民生活质量得到了提高。"西部开发号角吹，解放思想富起来""西装革履穿在身，出门小车代步行"，展示了1998年二轮承包带给人民生活的改变。"建设美丽乡村，实现小康同步行"，说的就是展示在各位游客面前的今非昔比的查干柴

达木。

在"人民生产生活用具展览"版块，一把铡刀，刀刃设在下方，既方便又安全，充分体现了先辈的智慧。我们还见到当时行李箱，是用柳条编制而成，做工精美，实用性强。还有制作砖的模具。饸饹床，是制作荞、白面条的工具。辘轳，打水所用。油桶，内层是牛皮，具有保鲜保密功能，可以使油变质不变色。有手摇脱粒机、扇车，以及计量器具升子、斗等，还有草原牧人搬家迁徙所用的勒勒车。

活态博物馆还展示了驼文化，相关的藏品主要有驼铃，用来装水和油的驼桶，羊皮袋，以及放卷宗的卷缸和木雕彩绘书桌，书桌上边放置的是凤柄海藻嘴壶。蒙古族是马背上的民族，生产生活离不开马，展示的与马有关的藏品有马头琴、马鞍、马靴以及涉猎所用弓箭和用整张黑熊皮所制作的皮箱。

再看一组汉族的习俗展柜，设有"贤孝区"，讲述的是二十四孝故事。还可以了解当地的民俗婚庆文化，展品包括绣球、婚书、褐釉罐形灯等。我还看到了货郎随身携带的蓑衣、风箱、钻子、烟斗、烟盒及烟灰缸。还有木匠所用的推刨、元代葫芦形墨斗，以及古代妇女穿的鞋子，它特别小，能穿进这样小的鞋子的脚人称"三寸金莲"。

所谓"百里不同俗，千里不同语"，西口人，走边墙，闯草地，入乡随俗，不妨看看蒙汉传统习俗展示区。在这个展区看到的是蒙古族的习俗，其中一件展品是有松鼠吃葡萄图案的木勺，其寓意是多财多子，做工精美，只有蒙古黄金贵族才可以使用，是身份的象征。此外还有蒙古族制作与盛放白食的器具，有奶桶、木碗、奶酪盒、僧帽壶、图拉嘎、铜锅。餐具则包括：酒壶、蒙古刀、银筷、引火用的火镰、头戴柜，并放置了蒙古族妇女的头戴、头饰用品。

活态博物馆内收藏了五百多件农牧民生产、生活的老物件，我们一行人认真看了一圈，从春耕夏耘到秋储冬藏的用具，从农业生产到牧业生产，从农耕生活到游牧生活，可谓应有尽有。老物件中流淌过数不尽的春夏秋冬，老物件向我们述说着昔日的三长两短，使用老物件的主人们早已不知去向，但老物件却依旧留给人们无限遐想。从老物件中，我们看到了"茶马互市""茶马古道""绢马互市"的旧场景，昔日的新街是农耕经济与游牧经济交往的"大通道"，中原文化与北方文化交流的"大舞台"，更是汉民族与北方少数民族交融的"大熔炉"，各民族人民共同开拓了我们辽阔的疆域。

寨巷活态博物馆，记忆中的乡村查干柴达木，收集了往日时光，述说着乡村情怀，这是一个梦开始的地方。野花簇簇点缀，蝴蝶翩翩起舞，鸟儿自由地飞翔，青草上露珠点点，一眼望去是无际的田野……散发着醉人的幽香，行一路芬芳，承载着儿时的希望，奏出优美动人的旋律。

石榴花开，同心筑梦

——红庆河阿道亥茶马古道的故事

红庆河镇为铸牢中华民族共同体意识，深化民族团结进步教育，打造一批铸牢中华民族共同体意识工作品牌，形成示范建设伊金霍洛旗样板，争创全国团结进步示范镇，联创品牌，传递友谊，续写佳话，见证成果，共谋发展。

红庆河系蒙古语，意为牧羊者之河，是伊金霍洛旗的农牧业大镇。阿道亥村是红庆河镇的一个自然村，位于红庆河镇西15公里处，下辖9个社，占地面积39.97平方公里，总人口1893人。在精准扶贫以前，村集体经济"空壳"，人民群众生活困难，没有精气神，没有凝聚力，懒汉思想严重。现在家家户户通水通电，4G网络全面覆盖，道路硬化率、照明率达到100%。村里成立了农机合作社，组建了一支施工队，培养了多个种养殖示范户，建立了5个种养殖合作社。有效扩大养殖规模，主打绿色农副产品，在市场、示范户和合作社及农牧民之间建立利益联结关系。在村两委及包联单位的领导和帮扶下，阿道亥村"补血打气"，走向脱贫致富的道路，走向更加美好的生活，重现"茶马古道"的风采。

2013年阿道亥村就通上了自来水，但水泵年久失修，村集体没钱，村民也不愿自掏腰包，该村的一社、二社近两年一直自己打井喝水，包联驻村工作队了解情况后，迅速协调水利部门打了2眼机井，购置7.5千瓦的水泵2台，对原有老化的供水管路进行了更换，确保村民吃上了放心水。现在一条黑色的柏油马路直通阿道亥村，包联村工作队组织修建了阿道亥村一、二、五、六社的道路，让原来的土路全部变成了砂石路，改变了过去一到雨季就泥泞不堪的状况。鄂尔多斯市文化旅游部门对"茶马古道"文化进行了论证和规划，阿道亥村成功入选市级旅游文化示范村。

茶马古道是我国历史上运输交易茶叶和马匹的重要通道，在长达一千多年的时间里促进了西北地区的经济发展、文化交流与民族交融。由"宁可一日无食，不可一日无茶"之说，可见茶的重要性。然而内蒙古不是产茶区，因此便有了不远千里将南方的茶叶运往我们北方地区的茶商马帮。马帮到达内蒙古后，再将当地所产的马匹等物资带回内地，形成了双向的经贸交流。如此年复一年，茶马古道便兴盛起来。茶马古道带来了中原的茶叶等物资和烹饪食物的技术，不仅丰富了本地区人民物质生活，而且促进了经济发展，增进了各族人民的友谊。当地歌颂茶马贸易、汉蒙友谊的故事、诗歌比比皆是。

阿道亥，翻译成汉语是"饮马的地方"或"繁殖马群的地方"的意思。很早以前，晋北陕北的商人骑驼、骑马，赶着装满茶叶、瓷器和红枣的马车，一路北上鄂尔多斯，茶叶、瓷器和红枣卖完了，他们再从位于鄂托克旗的盐场装满食盐，沿途收购羊绒毛等农畜产品原路返回。阿道亥在很久以前有一道东西方向的高坡，坡底有一口永不干涸的水井，当时满足很多外地商贩的马群饮水需求，加之此地水草丰美，可供人们放马休憩，阿道亥村发展成为漫漫征途中的驿站之一，又是交易流通的场所之一，一辈又一辈商人在这里"打尖儿歇脚"，并做生意。

一挂铜串铃吊在黄骡子的脖颈，铜音醉了沙路迢迢千里的所有闹气。春天的柔情发酵在路边的青草芽里，风在驼和马的鼻孔里回荡，茶马道边连柳条都拨撩人，蓁蓁的沙蒿丛里，突然滑出两只野兔，箭一样射过沙圪塔，消失在茶马商人的眼睛里，麻雀扑棱棱地飞过赶路人的头顶。一条漫无边际的牲口大道，就刻印在神木至札萨克、红庆河、杭锦之地……有了远距离驮运货物的掌柜，便有了跑脚赶骡马的伙计，他们都歇息停靠在红庆河阿道亥的几家客店里。大土火炕白毛沙毡上一坐，火锅一烤，喝着烈性酒，吃着手把肉、红砖茶泡炒米，热火朝天。倒满麻油的灯盏，瞅着捻子燃烧。穿着大腰子折裆裤，叼着旱烟锅，敞着灰不留秋的白布衫，唱着蒙汉长调《鸿雁》《辽阔的草原》《酒歌》……

神木、府谷来的擀毡匠、皮匠，身背弹毛大弓、切皮铲；河南、河北的货郎商贩，他们都是长途跋涉来到陕蒙交界的草地畔，来到内蒙古大草原。他们的货郎挑子上，满放着针头线脑、红粉胭脂、鬏花头饰、水旱香烟、儿童玩具等货物，家常日用品可以说是一应俱全。每当汉子放下挑子，拿出拨浪鼓摇一阵，再亮开嗓子唱一阵，他的货郎担前就聚起一大堆人，有男有女，有老有少，看稀罕的，挑货物的，倒也十分热闹，使这些沉寂的山村乡湾平添了不少生气。慢慢地，商人与当地蒙古族人民生活在一起，水乳交融，和睦相处，汉族文化与蒙元文化在这里共存，游牧文化与农耕文化在这里同演。茶马古道演绎出一曲民族大交融的团结史，在这里可以清晰地看出了当年民族融合的点点滴滴。这里的蒙古族人民以博大的胸怀，为汉族人民提供了食宿之处，随后农耕民族进入了伊金霍洛旗，传递了内地的先进文化、先进技术，蒙汉人民团结和睦相处，共同生活。他们培养了一代又一代人，造好了民族大相融大聚居的生活环境，培养了一代又一代的后人，形成了民族团结一家亲、谁也离不开谁的思想，营造了一团和气的良好社会氛围。

石榴花开别样红，籽籽同心万象新。阿道亥村聚力产业发展，各族人民群众齐心协力共同打造美好家园，村里出现了很多的致富带头人，赵光军就是其中的一员，5000多只树下养殖的鸡浩浩荡荡觅食的场景，就让不少村民羡慕不已。还有200多只羊、20多头驴，都是赵光军的"摇钱树"，他的"领盛种养殖合作社"带动村里的很多人搞起了科学养殖业。一排排暖棚整整齐齐，农牧民联合村集体种植起了贝贝南瓜、西瓜等走俏市场；各族群众入股伊金霍洛旗种羊养殖有限公司，利益共享，分红提高了农牧民的收入。人居环境逐步改善，各族人民生活水平逐步提升，这片茶马古道穿越的"皇天后土"又换发了生机。

　　阿道亥，旧时"饮马的地方"，曾经茶马古道经过的地方，已将旧貌换新颜。道路宽广了，平坦了，天更蓝了，水更清了，农牧民的心情好了，气也顺了，入了股分了红，农牧业补贴领上，合作医疗有了保障，收入提高了，生活美了，日子过得越来越甜蜜，各族人民群众的生活越来越幸福，高高兴兴奔小康，真正活在了天堂。

石榴花开　同心筑梦

——历史传承的红庆河集会

红庆河系蒙古语，意为牧羊者之河，是伊金霍洛旗的农牧业大镇，也是伊金霍洛旗历史文化名镇，古丝绸之路、茶马古道穿境而过，有"古道名城"之称，自古就是商贸集市、文化中心、军事要地。据甄自明、李绿芬撰写的《浅论红庆河古城、秦直道与昭君出塞》论述，秦汉朝时，有"世界上第一条高速公路""天下第一路"之称的秦直道就横贯红庆河。位于秦直道东侧约 1500 米处就是汉代大型城址——红庆河古城。红庆河古城作为规模宏大的汉代重镇，"世界第一条高速公路"秦直道的"服务区"，成为昭君出塞中途给养补充和休息之地，由此可见蒙汉团结友谊的历史之长久。

800 多年前，成吉思汗征战途中，为了鼓舞士气，在红庆河举行火线祭祀。当时用了 81 只羊祭拜长生天，又举行特克木祭祀。蒙古语特克木是初冬之意，主祭人一边念祝颂词，一边将马奶洒向苍天，洒进其和淖尔，期盼苍天保佑。此后，红庆河水倒流、其和淖尔声名大噪，湖水越来越甜，滋润和哺育着这片草原上的各族人民。其和淖尔湖今天仍是碧波荡漾，它们共同见证沧桑巨变的红庆河，悠久历史文化的红庆河，各民族团结和睦相处的红庆河，奏响了各项事业蓬勃发展的红庆河，奏响了一曲建设美丽乡村振兴、各族人民群众过上幸福美好日子的红庆河。

一、历史传承的红庆河集会

热爱可抵岁月漫长，今生注定要为心之所向。打开一幅水墨的长卷，秦直道旁，茫茫草原，驼铃悠扬。各族人民同气连枝，在这里相亲互助，交融育新，多元文化交流融合，呈现出空前的繁荣与辉煌。红庆河成了各民族共同生息繁衍的沃土，各族人民互相尊重，求同存异，和谐发展，寄托着对美好生活的殷切向往。今天是农历三月十五，我又随同镇上的文化宣传委员，再一次来到红庆河镇赶集，体验一下春耕时节的热闹。

每月农历逢五，都是红庆河镇村民赶集的好日子。村民们纷纷从四面八方赶来，不仅附近的村民来这里赶集，就连远在阿镇及其他各镇的市民也会来这里购买货物，还有邻近的乌审旗、杭锦旗市民也来凑热闹。集市上人潮涌动，热闹非凡，大大小小的摊点，摆满了新鲜的水果蔬菜，热气腾腾的现做的美食，以及豆腐、豆芽、馒头、牛羊肉等红庆河特产，还有衣服鞋帽、炒货日杂、米面粮油，春耕生产的种子、化肥、农药、各种果树苗，整辆整辆大车拉的良种土豆、玉米，小中大良种鸡鸭鹅家禽、饲料等，应有尽有，让人目不暇接，叫卖声、喇叭声、喧闹声此起彼伏，不绝于耳。商贩们忙得不亦乐乎。

备春耕，买良种，人多货丰，集市上的东西特别丰富，而且价格也比较便宜，应有尽有，一次性可以全部买回，一幅生动的人间烟火图在这里呈现。我突然在集会上碰到了一位来自阿镇的老朋友，问他来什么，他们俩口子高兴地说："赶集呀，买些良种鸡、鸭等家禽。"我说："你们不是都退休了吗？在城里怎么养呀？"这对蒙古族夫妇说："我们是退休了，闲着没事干，就在车家渠村租了一个大棚，种了一块地，准备搞点鸡鸭家禽养殖，今天顺便买些家禽良种和饲料。"我看着他们，笑容满脸，从街头走到街尾，挑挑这个，看看那个，洋溢着幸福的喜悦。随着城市建设提档升级，不少城市马路市场、流动摊贩转向农村牧区，他们自己开着大车拉着各种货物，追赶农村各镇的交流赶集会。伊金霍洛旗有七个镇都在每月的不同时间段开交流赶集大会，红庆河镇市集是每月三次，农历每旬逢五之日。

农村赶集是一项很古老的活动，虽然现在农村的交通已经很发达了，不少农牧民家中也有三轮车、四轮车，甚至小汽车，去城里买东西也很方便，只不过一些小物品就没有必要进城买，平常乡镇人又少，乡镇集市的商业街的商贩怕亏本，所卖的物品种类也少，但一遇到赶集会有不少外地商贩过来摆摊，丰富了农村牧区的产品，在这种情况之下，去赶集买东西，成为多数农牧民的共识。另外有一些农牧民去赶集，只是想把自己不用的东西换成钱，增加自己的收入。农村赶集就像纽带一样，有些农牧民是去赶集消费，购买自己所需的东西，有些农牧民却不一样，他们在赶集的时候，摇身一变从农民身份变成商人，有的农牧民把家中养的鸡鸭羊、自己编织的箩筐，或者其他值钱的东西拿去卖，换成钱。赶集会的魅力就在于，总能碰到一些好久没见的老朋友、老相识，只要是在路上遇到了，总是会聊个半天，久久没有分开的意思，有的年轻恋人依依不舍，等集市要散了，他们还没有散的意思。赶集，也是各民族群众团结聚会的好时机，丰富农村牧区娱乐生活的精神契机，村里没有公园可逛，也没有 KTV、电影院等娱乐场所，只有这传统的民间文化习俗的赶集大会。

二、匠心传承的红庆河豆腐

孟生华，58 岁，汉族，红庆河村委委员。他一家 4 口人，一儿一女在外地上班，他和老伴在村里开了一个综合小卖部，还每天起早贪黑做豆腐。他的祖辈从陕西沿茶马古道来到了伊金霍洛旗红庆河镇，是一个地道的传统老商人，也是一个勤劳的老手艺人，一直居住在红庆河村，与当地农牧民共同发展。改革开放后，他在自己家办起了豆腐加工厂，爷爷辈上就是做豆腐的，他靠着祖传手艺成了非物质文化遗产项目红庆河豆腐传统制作技艺的传承人，2010 年注册红庆河豆腐商标。

每天清晨四点半，孟生华就早早起床制作豆腐，第一步便是将前一晚筛选浸泡好的原料研磨榨浆，浸泡一般需要六到八小时，压榨需要进行两次，所有的原材料都经过孟生华的精挑细选和严格把关。豆浆榨好后，就放入大铁锅内煮沸，边煮边撇去上面浮着的泡沫，温度保持在 90 到 100 摄氏度之间，熬半小时左右。豆浆熬好后，需要用卤水或酸浆点制豆腐，凝固的豆腐花含水量较少，故而豆腐味更浓，质地细腻光滑更有韧性，也较容易烹饪。豆腐花凝结后的 15 分钟内，将其舀进铺放纱布的特制木槽中，盖上木板，压 10—20 分钟，在这个过程中不断挤压纱布使其凝固成形即可。传统豆腐的制作过程复杂、费工、用料讲究，制作工艺全靠师徒传承，世代相传。

豆腐制成之后，孟生华会将豆腐拉到自己的店内零售批发，每天做五六百斤豆腐，很多超市和食堂都向他订货，回头客特别多，甚至有的超市、食堂还抢不上他的豆腐。孟生华的豆腐做得非常细致，口感非常嫩。凭借优质的原料、几十年如一日的匠心，他赢得了当地百姓的称赞，也得到了很多超市和食堂的信任，前来买豆腐的人更是络绎不绝。

豆腐是中华民族的传统食品，味美而养生，也是各民族群众素食菜肴的主要原料。豆腐的食用范围较广，故而涌现出一些豆腐传统制作技艺传承人，红庆河镇红庆河村的孟生华就是其中的一位。他家的豆腐用本地产的黑豆，红庆河优质的水为原料，没有任何添加剂，绿色纯天然。红庆河豆腐传统制作技艺被列入伊金霍洛旗非物质文化遗产名录。培养后继传承者，将此项技艺更好地传承和发扬下去，是孟生华现在最关注的一件事，而且他还带动了一大批农牧民致富。

三、依托项目发展的红庆河村

红庆河村有 6 个村民小组，416 户 966 人，总占地面积 11 平方公里。总耕地面积 4750 亩，其中水浇地 4200 亩，林地 4300 亩，草牧场 4700 亩，土地肥沃。从 2020 年开始，为了实现综合高效开发利用黄河流域农业秸秆的目标，探索不能做饲料的农业废弃物利用的新途径，红庆河镇在红庆河村办事处投资 2400 万元，建设一座 5 万平方米生物质供热站。以当地的玉米芯、沙柳切片为主要原料，完全代替煤炭为村办事处冬季供暖做保障。通过三个采暖季的运行，每年代替煤炭 4000 吨，消耗各种生物质 4000 吨，实现减排二氧化碳 6500 吨，减排二氧化硫 212.5 吨，并且给付农牧民秸秆原料款 85 万元，提高了农牧民的收入。

碳基肥项目的实施，则实现红庆河村及周边村社 50 万亩林业资源高效的经济效益，在给广大农牧民群众带来了收益的同时，也能提高村集体经济收益，实现生态产业的良性循环，形成生态发展与经济收益双赢的格局。而且该项目可以解决当地部分农牧民的就业，本项目由红庆河村村民委员会投资建设，具体生产运营由内蒙古绿源清能科技有限公司负责。项目建成后，每年可以至少收购周边地区羊粪、牛粪、鸡粪、兔粪数万吨，减轻了肥料对社会面的污染，增加了农牧民的有机种植面积，改良了土地，可实现利润50万元。村民受益了，经济收入提高了，致富的路子更宽了，日子过得越来越甜蜜，各族人民群众的生活越来越幸福。

红庆河村处在茶马古道与秦直道交叉的地方，红庆河水系倒流，浇灌着这片肥沃的土地，鱼翔水底，森林茂密，是它把沧海桑田演绎得出神入化，是它向生态文明给出了铿锵有力的回答。这里从来不是蛮荒之地，人文生态让这里多了一些人间烟火的温度。红庆河的河流、湖泊与日月星辰对话，和每一棵树握手，和每一株草私语，方知宇宙浩瀚。生在这方水土的人们，你也可以在一颗谷粒上打开自己，面对那些人间的风雪和欢喜，只需要一句方言就可以丈量出与故乡的距离，人情温暖，长调永传，这里的苍茫和厚重足以抚慰人类心灵。人口大迁徙，情感大融合，文化大交流，已经把红庆河的包容和接纳书写出了历史的高度。美哉红庆河，各民族共同生息繁衍的沃土，英姿勃发，勇堪重任。期我厚土，地力永葆，冀我生民，石榴花开，同心筑梦，福祉绵存。

石榴花开别样红

——伊金霍洛旗开创民族团结进步事业新局面

题记：石榴花开别样红，以铸牢中华民族共同体意识为主线，开创民族团结进步事业新局面，是全党全国各族人民的一件大事。伊金霍洛旗认真贯彻执行中央和各级党委指示精神，向各族群众做好宣传工作，以"互学互促"为抓手，推动铸牢中华民族共同体意识市域建设工作由"建设型"向"示范型"转变，促进各民族在中华民族大家庭中像石榴籽一样紧紧抱在一起，打造一批铸牢中华民族共同体意识工作品牌，形成示范建设伊金霍洛样板，争创全国民族团结进步示范旗。让"中华民族一家亲，同心共筑中国梦"的理念牢牢扎根于每个人的心底，齐心协力为建设美好的生活而不懈奋斗。

一、纳林陶亥镇

2024年3月25日晨8时30分，伊金霍洛旗各镇的统战委员、干事、伊旗民族事务管理局分管领导、工作人员、伊旗铸牢中华民族共同体意识促进会有关人员，一行四十多人，在伊旗党政大楼门前集合，在统战部领导的带领下，坐上一辆公交大巴，准时从阿镇出发。迎着东方金灿灿的阳光，吸着新鲜的空气，天气舒服凉爽。我们行驶在从伊旗阿勒腾席热镇到纳林陶亥镇矿区旅游专线、包府线上，我的心随景而动，公路两边绿意盎然，好像在画中前行。沿着弯弯曲曲的盘山公路，进入纳林陶亥镇花园式的矿区，我作为伊旗铸牢中华民族共同体意识促进会的一员，又一次和伊旗统战部门干部下乡到各镇，开展为期三天的全旗铸牢中华民族共同体意识实践教育教学互学互促活动，实地考察、交流研讨学习。

伊金霍洛旗的大地上，春天的山野还看不到桃红柳绿的景色，只是河里的冰已融化，微风轻拂，河水泛着清亮的波纹，显得万物静谧如谜。天蓝蓝的，纯净得像块缎子，阳光无比灿烂，吻到身上柔柔的。我再一次登上束会敖包梁（纳林陶亥镇纳林塔村，束会川西岸），望着蜿蜒盘旋、沟壑纵横的这段 2200 年前的长城，它如同一条长龙，在苍茫的漠野中活灵活现。这就是纳林塔战国秦长城，在鄂尔多斯乃至全国都属保存最完整、最为高大、最具观赏性的战国秦长城段。长城已经成为中华民族勤劳、智慧和精神的象征，也是千百年来中华各民族团结融合的象征。纳林塔战国秦长城是公元前 272 年以后开始修筑的，在伊金霍洛旗境内有 41 公里。1987 年，万里长城被联合国教科文组织整体列入世界文化遗产名录。在 2001 年，纳林塔战国秦长城就被国务院公布列入第五批全国重点文物保护单位。战国秦长城，是中国古代最早的长城，秦昭襄王所筑，反映秦国在军事上的远谋深虑，折射出农业文明、游牧文明的交融。战国秦长城，也是一条自然地理分界线，农牧业交错发展，互相交流，促进繁荣。

伊金霍洛旗努力将各民族群众的"团结、发展"融入"中国梦"中，让铸牢中华民族共同体意识深入人心。我们走进满来村，这里风景优美，生态和谐，草木繁盛，山峦苍翠，生机盎然，"美丽环境"向"美丽经济"转化，走出了激发乡村振兴活力的特色发展之路。我们踱步在乡间小路上，农庄、田园、诗歌和民族团结发展的梦想在这里悄悄开花，结出硕果，"绿色矿山"建设让小村庄焕发出"新活力"。满来村借助红色领航"百企帮百村"的契机，壮大集体经济，跨入集体经济收入超百万元村的行列，各族人民群众的生活幸福美满，在希望的田野上全面奏响新时代乡村振兴之歌。沿着满来村矿道而行，综合服务区、煤炭信息服务区、超市、餐饮、停车场等应有尽有，让各地的游客来到这里体验真正的田园生活，观赏美丽绿色的矿山风光。发展蓝图绘就，向着美好的愿景前行。

滚动在舌尖上的新庙炒米，是远近闻名的特色美食。2009年新庙炒米被内蒙古自治区列入第二批非物质文化遗产，这当中也有一段精彩的故事。新庙境内土肥而水美，糜子品质好，加工而成的炒米格外可口。新庙建于1652年，当时叫作"苏布日格庙"，到了1752年，该庙几经增修，曾有喇嘛500多人。据说，这些喇嘛来自游牧地区，他们将炒米的技术教给了当地汉族居民。由于凝聚了蒙汉两族人民的深情，新庙炒米便以独特的风味闻名遐迩。在今天，新庙炒米不仅是一道体现民族文化交融的美食，更是当地农牧民致富的拳头产品，乡村振兴的支柱产业。村民开起了新庙炒米小型加工厂，利用当地特有水土，种植富硒糜米，经过精心加工，制作出的炒米无污染、无公害、不添加任何对人体有害的辅料，属纯正的绿色食品。纯手工制作的炒米颗粒均匀、色泽金黄、口感香脆、味道鲜美，具有携带、食用方便等优点。每年都远销区内外各地，成为招待贵宾的珍贵食品。新庙炒米还成为草原酒宴桌上的一道茶食，逢年过节，也是馈赠亲朋贵客的最佳礼品。新庙炒米，既为村集体经济增收，又解决了村富余劳动力就业，让农牧民在家门口挣薪金、收租金。

二、乌兰木伦镇

乌兰木伦，意为"红色"，是"太阳石"的故乡。乌兰木伦镇驰名海内外，世界有名。这里资源富集，工业体系完备，是内蒙古自治区第一煤炭大镇，算得上是乡镇级的"煤都"。然而，这里产煤不见煤，一眼望去是连绵不绝的绿色大地。"煤都"乌兰木伦沉寂了一冬天的大地，再也按捺不住对绿色的向往，山坡上，沟川里，百草返青，杨柳松吐翠，到处一派生机勃勃、绿意盎然的景象。我们在纳林陶亥镇午餐后，没有休息，带着快乐的童心梦想驶向了乌兰木伦镇。我们首先参观了淳点"科技兴蒙"行动重点专项项目，伊金霍洛旗天骄绿能 50 万千瓦煤沉陷区生态治理光伏发电示范项目。

由"黑色"变为"绿色"，昔日"沉陷区"蝶变为"风景区"，打造全国生态修复示范区和全国智能光伏产业示范区。当我们一行人站在乌兰木伦镇巴图塔村丘陵沟壑密布、山环水绕着的最高峰顶之上，向四周极目远望，逶迤起伏的沟汊梁峁间，除了海洋般的绿色之外，有一种层峦叠嶂的蓝色景观穿插于绿海的波峰浪谷中，如一艘艘大船巡游在绿海之中。这是海洋吗？这里是太阳石的故乡，这里是故乡鄂尔多斯高原的两座煤矿所在地，是神东布尔台格煤矿与寸草塔二矿采煤沉陷区，在波峰浪谷中，矿井塔筒清晰可见，掩映在绿色树丛中，就是看不到产煤的一点迹象。这是一块天善良地，大地某次山崩地裂的地壳运动，把黑色拥入怀中，一个温暖华夏照亮神州的谜底释金吐银。在人们的惯常思维中，哪里有煤矿哪里就有污染源，开肠豁肚砍瓜切菜地开挖，导致煤尘滚滚，天色暗淡，乌烟瘴气。而我们现代大型国有神东煤炭集团，逆势而行，把往日惯常的"先开采后治理"转变为"地下开采地上治理"同步进行，效果明显，地下挖煤地上生绿，让曾经的荒漠秃岭变得更加异彩纷呈、妩媚多姿。把原来的荒山荒地治理为"绿水青山"，成为地企双赢的"金山银山"。绿进沙退，山河巨变，一排排深蓝色的光伏发电板在阳光的照射下熠熠生辉，蔚为壮观。太神奇了，给点儿阳光就"来电"，项目于 2022 年并网发电，年均发电约 9 亿千瓦时，节约标准煤 34.1 万吨，减排二氧化碳 84.1 万吨。更神奇的是，在光伏板遮挡形成的阴凉处种植紫花苜蓿、蛋白桑等优质牧草，这不仅绿了山头，更为后期发展养殖打下了基础。矿山生态修复了，绿色能源源源不断输出，农牧民由城返乡，造"绿"热情高涨，民族团结和谐，生态保护，绿色发展的热潮无限涌动。在占地面积 4.2 万亩的采煤沉陷区，伊金霍洛旗天骄绿能建起了 50 万千瓦"生态修复 + 光伏"示范项目，可实现年产值 2.55 亿元，实现税收收入 5000 万元，为农牧民每人每年增收 1000 元。生态修复不仅促进了植被生长，减少了水土流失和风沙运移，更促进了黄河流域生态稳定，为推动伊金霍洛旗生态文明建设和祖国北疆重要生态安全屏障建设作出积极贡献。

当我们步入"小城煤都"乌兰木伦镇，这座小城俨然显露处一副现代化城市的样貌，各种选型的高楼鳞次栉比，宽阔的马路交错纵横，绿化和卫生状况更是惊艳了所有人的目光，这里绿树成荫，鲜花盛开，根本看不到煤都有煤的影子，各类公用设施高大上。这儿是一个产煤大镇，一个资源型小城，但你置身于其中，却感觉不到一丝工业的气息。如果说她与大城市的区别，那最为明显的便是天空瓦蓝瓦蓝的，白云飘飘，河水清可鉴人，新鲜的空气令人沉醉，沐浴着大地的温馨，让你惊叹于北方竟然还能有这么美丽的地方，身不由己地融在了诗情画意中。但自己的眼睛没有欺骗你，这便是我的故乡——大美伊金霍洛。

接着我们走进"西部第一村"乌兰木伦村考察，一个村的奋斗，一个时代的巨变。改革开放前，这里荒沙一片，当时人们的目标是"吃饱穿暖"。而今，随着煤炭业的勃兴，小村摇身一变，从零资产蜕变为"中国西部第一村"，成了致富典型。现在村内别墅林立，公园小景点缀其间，小学、幼儿园、医院、警务室、酒店、公园等公共设施一应俱全。从功能和景观看，乌兰木伦村俨然是一座小型城镇。老村委书记王朝先生，已年近七旬，爱人是个蒙古族妇女，他们家俨然是一个和谐的民族家庭，在王朝书记的带领下，村里创立4家村办企业，村集体年收入超过亿元，每年有3000万元用于民生领域，以构建和完善就业、教育、医疗、住房、安全、环境和社会保障等7个民生体系。村民们的获得感、幸福感大大提升。乌兰木伦村集体经济从0增长到5亿元，村里办起了第一座煤矿、第一座废煤渣砖厂、第一所小学、第一间医院、第一条铁路、第一个污水处理厂；村民们住上第一套别墅，乌兰木伦村产生了许多个"第一"。登高望远，乌兰木伦河畔的乌兰木伦新村，村民别墅错落有致，山体公园绿色葱茏，乌兰木伦村建设新农村，让各族群众真正过上了美满幸福的好日子。乌兰木伦村美名远扬，2017年被农业农村部命名为"中国美丽休闲乡村"，2019年入选第一批国家森林乡村名单。

哈沙部落位于乌兰木伦镇哈沙图村，也是乌兰木伦镇全力打造的一个民族团结乡村旅游示范点，是一个体验人文气息和自然景观的乡村旅游特色与文创艺术主题村。哈沙图村借助铸牢中华民族共同体意识教育实践基地和全域旅游发展的机遇，努力突出自我，像一位亭亭玉立的妙龄少女，独树一帜。行走在哈沙部落中，可以看到优美的景观，体验到独特的民族民风民俗，栈道干净整洁，树木错落有致，河水清澈见底，每一处每一景无不彰显着乡村民族旅游的新风貌。一户户别致典雅的农舍，屋顶上镶嵌整齐漂亮的琉璃瓦，在阳光下熠熠生辉，正门墙面上贴着素雅的仿古青砖，与墨绿色的屋顶和谐相映，体现出农牧人的敦厚和殷实，这样一幅绿树掩映的乡村水墨画，如今已经成为哈沙部落的新图景。不仅如此，采摘园、客栈，一个个极具特色的乡村民族的旅游景点，相继建成并投入运营。哈沙部落瞄准都市农业和观光农业，通过和旅游开发公司合作，形成了"公司＋农户"的合作模式，突出发展以农家乐、牧家乐餐饮，农牧家客栈季节性租住为主的休闲旅游业，打造出独具特色的休闲乐园，配套了凉厅、烧烤灶台等设施，铺设了游园小路。哈沙部落，留住乡亲，留住乡愁。哈沙部落乡村旅游的兴起和发展，对哈沙图村发展经济、民族团结和谐，促进农牧民增收起到了一定作用，同时也为发展全域旅游，建设美丽乡村，铸牢中华民族共同体意识实践教育阵地，树立样板品牌，为推动伊金霍洛旗的各项事业向深层次发展起到推波助澜的作用。

三、阿勒腾席热镇

阿勒腾席热镇，简称阿镇，翻译为汉语是"金桌子"的意思。它是鄂尔多斯市伊金霍洛旗委和旗人民政府所在地，是全旗政治、经济、文化、科教、金融中心，是鄂尔多斯市城市核心区重要组成部分之一，是一座草原文明与农耕文明交融发展的美丽城镇。

伊金霍洛旗阿勒腾席热镇与康巴什区只有一河之隔，跨过景观大桥，便是人气集聚的阿镇。步入伊金霍洛旗中心城区，映入眼帘的是整洁宽阔的街道，错落有致的公园绿地，清澈透明的湖水，鳞次栉比的大厦高楼，构建了一幅"人在城中行，城在画中留"的和谐美丽景象。伊金霍洛旗原是一个名不见经传的小县城，如今发展成为一座现代化气息浓郁的新兴城市，这与历届伊金霍洛旗委、政府坚持改革开放，始终追求建设品质城市是息息相关的，也和全旗各族人民群众团结进步，铸牢中华民族共同体意识，新时代党的民族工作主线分不开。

伊金霍洛旗凭借独特的地利营建城市，其中山水构架包括"三河两湖"——柳根河、掌岗图河、乌兰木伦河，东、西红海子。围绕"人文、绿色、亲水、时尚"这一目标，依水而建，倚林而居。形成了山、水、绿的网络，宜居、宜业、宜游的城市景观。

改革开放以来，阿勒腾席热镇各族干部群众守望相助，团结奋斗，砥砺前行，锐意进取，全力推进阿镇各项工作，取得新成绩，实现新跨越，谱写了经济社会繁荣发展的壮丽篇章。坚定不移走生态优先、绿色发展为导向的高质量发展新路子。以铸牢中华民族共同体意识为主线，多措并举打开民族团结进步工作新局面，着力改善人居环境，激发村、社区集体经济发展动力，提升乡村城镇旅游品牌知名度。

我参与了伊旗统战部门、伊旗铸牢中华民族共同体意识促进会调研、考察学习两次，2023 年 12 月 5 日参加了一次，今年又参加了一次，通过伊金霍洛旗作家协会的多次下乡采风活动，对阿镇的民族团结进步工作有了比较深入的了解。

2023 年 12 月 5 日，随团到恩可社区调研。"恩可"，翻译为汉语是"平安"的意思，占地面积 5.6 平方公里，共有居民小区 18 个，已入住 10480 户 29348 人，社区党委共有党员 214 人，联手共建单位 10 个。2022 年 12 月，恩可社区被评为自治区文明社区。社区活动场所共 4 层，建筑面积 2924 平方米。走进恩可社区，环境优美，空气清新，鸟语花香。辖区内公园、商超、学校、基层卫生院服务机构应有尽有。政气、商气、人气聚集，行政、教育等资源丰富，群众办事方便。社区图书室、文体娱乐室、便民服务中心等办公设施样样齐全。恩可社区进一步提升各族群众对铸牢中华民族共同体意识的认识。伊旗统战部门和阿镇政府通过润物细无声的形式，促进各民族在中华民族大家庭中像石榴籽一样紧紧抱在一起，为伊金霍洛旗社区建设树立"政治模范中心、新经济中心、市民福祉中心"，促进经济社会高质量发展。如今的恩可社区，邻里和谐，团结温馨一家亲，文明新风吹遍社区的每一个角落，托举起了各族百姓一个个"幸福梦"。社区百姓说出了心坎话："我们现在住得好、吃得好，家门口就有公园、活动室，要说我们的'幸福梦'，应该就是现在这个样子吧。"去年我们一行人还参观了水岸花园社区、王府路社区，还开了铸牢中华民族共同体意识促进会座谈会，大家都谈了阿镇三个社区民族工作的重要性，以及今后发展的方向和前景。

2024年3月26日早晨，霞光万道，蓝蓝的天空飘着片片白云，我们一行四十多人步入阿镇阿吉奈社区。阿吉奈汉译为"最好的骏马"，象征吃苦耐劳、一往无前的"蒙古马精神"。阿吉奈社区总面积4.4平方公里，辖7个住宅小区、1个平房区，共有居民4985户11006人，少数民族1127人。社区党委下设3个党支部，共有党员159名，1个联建村，5个联手共建单位。阿吉奈社区打造"126"统战品牌，"1"即一个核心（坚持党对统战工作的领导）；"2"即"双向服务"（服务好统战人士，用服务促使统战人士服务社区、服务群众）；"6"即六个"抓好"（抓好组织建设、抓好政治建设、抓好阵地建设、抓好队伍建设、抓好平台建设、抓好活动开展），实现辖区各民族大团结、大联合，建设聚力、和谐、绿色、智慧社区。阿吉奈社区凝心聚力，大力提升社区居民的中华民族共同体意识，共筑幸福家园。打造标准化、精细化的"社区暖心事"五大工程，尽力满足统战人士的需求，化解他们的操心事、烦心事、难心事。充分发挥社区党委上下协调、左右联动的战斗堡垒作用，联动共建单位、商户、物业公司、统战人士、志愿者等，扎实推进"'益'行阿吉奈"——情暖夕阳、小小"阿娜尔"、"睦邻"阿吉奈、美丽家园、文化育人，以及"党旗红·手拉手，'益'起走"六大项目。用暖心服务、贴心活动，营造"人人为我，我为人人"的良好氛围，汇聚最大向心力，构建共筑幸福家园最大最好同心圆。

马路上交通秩序井然，早晨的空气格外清爽，我们坐着大巴停在了水岸新城花园社区的马路边。走进水岸花园社区办公大楼，便看见大厅墙壁上屏幕闪烁着"同心共筑幸福圆，石榴花开水岸城——阿勒腾席热镇水岸花园社区委员会"一行字。讲解员结合大屏幕上的画面和文字，表情生动地解说着。近年来，水岸新城花园社区党工委坚持以习近平新时代中国特色社会主义思想为指导，认真贯彻习近平总书记关于加强和改进民族工作的重要思想，落实全方位建设"模范自治区"工作任务，按照"124＋N"（一核引领、两网融合、四治并举、多元协同）工作思路，以铸牢中华民族共同体意识为主线，创新城市民族工作体制机制，持续提高水岸新城民族工作科学化、规范化、制度化水平，为伊金霍洛旗高质量发展凝聚人心，贡献力量。

社区内基础设施配套齐全，又加上新楼装饰一新，时尚新颖，老人和孩子留下朗朗的笑声，这是水岸新城花园社区给我们一行人留下的最直观的触感。走进水岸新城深处，特别是石榴花开广场，别有一番风景入目。社区还打造了跨境体验店、水岸新城·邻里中心等，构建起十五分钟便民生活圈，使这里的居民生活环境焕然一新，民族生活气息愈发浓郁。石榴花开广场，是以"同心向党、凝聚力量、共筑梦想"为主题的文化广场，寓意各族群众在思想上同心同德、目标上同心同向、行动上同心同行，象征着"中华民族一家亲，同心共筑中国梦"的愿景。广场占地面积为 2200 平方米，以三段古朴大气的木质弧形廊架，打造出一个圆形环廊开放式广场，紧紧围绕铸牢中华民族共同体意识主线，通过主题雕塑、景观小品、视频播放、文字图片、各类活动等多种形式展现民族团结进步创建，形成"随手可以学、抬头可以看、处处能感受"的浓厚文化氛围，为各族群众搭建了文化融合的"大舞台"。由于两次参观不细致，我昨天从家出发坐 2 路公交车，又专门到水岸新城公园拍照记录，才写出今天的文篇。水岸新城生活圈配置越来越高，环境越来越好，水岸新城花园社区党工委的心意满满，水岸新城的居民真切感受幸福满满。水岸新城是一个花园社区，一个温暖的"角落"，以细心周到的温暖，以细致入微的服务，托举"一炉暖"，给予各族群众最真切的关怀，为安居乐民幸福添薪加火。

关于阿勒腾席热镇，我想写的内容太多太多了。这座静静的小城，确实有它独特的轻松、安逸度日的步调，小镇人民每天过着幸福快乐的日子，享受着无穷无尽的喜悦和快乐。

四、红庆河镇

红庆河系蒙古语，意为牧羊者之河。红庆河镇位于伊金霍洛旗西部，是伊金霍洛旗的农牧业大镇。全镇辖 28 个行政村，185 个社，1000 平方公里的土地上，承载着 3 万多人的幸福梦想，汉、蒙、满、回等各族人民群众，团结和睦，亲如一家。境内主要河流有通格朗河、红庆河、赤劳图河、木呼尔敖包河 4 条内流河，地下水位很高，流域面积 45 平方公里。有农业耕地面积 9.3 万亩，其中水浇地 6.5 万亩。名优产品有小米、糜米、荞麦、豆腐等；绿色环保农产品有蔬菜、瓜果等。2024 年 3 月 26 日 10 时 30 分，我们一行四十多人走进了红庆河镇，生机蓬勃的绿色扑面而来，清新、舒爽、甜美的空气沁人心脾，欣赏着一幅幅原生态的画卷，让人沉醉、痴迷。近年来，红庆河镇坚持以铸牢中华民族共同体意识为主线，通过党建、产业、文化等方式，扎实推进民族团结进步创建工作，促进各族群众共居共学共事共乐，共同建设和谐幸福家园。形成"你中有我，我中有你，心心相印"、民族团、群众富裕、经济发展、社会稳定的良好格局。镇内产业发展较强的乌兰淖尔村和巴音布拉格村通过"飞地抱团"模式，与基础比较薄弱的 5 个村签订结对帮扶协议，合力推进德州乌驴、伊普吕肉兔规模化养殖，实现了各族群众共连共享共富。

我们步入巴音布拉格村党群服务中心，看着大屏幕上闪烁的画面，听着镇上驻村第一书记的介绍。巴音布拉格村是很有名气的村子，可谓红庆河镇的明星村。巴音布拉格村有一个坚强的党支部，领导各族群众团结奋斗，积极想办法，不断壮大集体经济，把过去的中低产田进行改造，加快调整农牧业产业结构，推进美丽乡村建设。起初办起了枳芨草扫帚加工厂、新风尚宴会厅；后来逐步在林下养鸡，又办起了劳务公司、肉鸽基地。这些项目的成功实施，凝聚了民心，激发了干部群众同心致富奔小康的活力。2018 年 4 月，巴音布拉格村启动实施十万羽肉鸽养殖项目，投产后，可以存养种鸽 20000 对左右，净利润可达 80 万元。该项目在"党支部＋合作社＋农户"的基础上，实现合作社和农户的利益连接，合作社和农户签订养殖协议，发展订单肉鸽养殖，形成肉鸽养殖专业化生产、一体化经营的产业格局，促进农业结构的调整和升级，加快本地区经济增长方式的转变。巴音布拉格村的幸福乐章越奏越响，各族群众的生活越过越好。

我们一行人还去了乌兰淖尔村调研考察。"乌兰淖尔"翻译为汉语是"红色的湖泊"的意思，因境内有湖泊而得名。乌兰淖尔村总面积 36 平方公里，下辖 4 个村民小组，总人口 407 户 946 人。乡村振兴，产业先行，乌兰淖尔村走出了一条适合村集体经济发展的特色肉兔养殖之路。在乌兰淖尔村肉兔养殖基地建立之初，有 2000 多只伊普吕肉兔种兔入住"新家"，基地引进良种，结合应用人工授精与养兔配套技术，由村集体提供设施设备，由企业提供种兔、养殖业技术，并且负责销售等。肉兔养殖基地紧扣市场需求，进行产品深加工，大力挖掘产业附加值，推进传统肉兔养殖转型升级，引进新产品丰富产业生态链，积极注册品类商标，打响优势品牌知名度。村民集体经济项目的实施，带动本村 40 多名群众实现就近务工，人均月增收入 4000 元以上，通过利益联结机制为 23 户脱贫户连续两年每户增收 2000 余元，村集体经济纯收入达 50 万元。乌兰淖尔村强化村村联动，助推集体经济抱团发展。通过"以强带弱，飞地抱团，村村帮带"的互助经营办法，带动昌车渠村、乌兰敖包村、阿道亥村，三年村以资金入股的形式参与肉兔养殖项目，实现强弱互补，村集体盈利后每年为所帮带村分红 5 万元，破解了村集体发展瓶颈，实现共同发展、共同富裕。2023 年产出肉兔 100 万只，年纯收入突破 100 万元。乌兰淖尔肉兔养殖助村"蹦"向致富路。

蒙泰集团实施田园综合体项目，助力伊金霍洛旗乡村振兴整村推进。蒙泰集团是一家以煤电铝热一体化为主业，以新材料、互联网电商、现代金融、生态文化旅游等产业多元化发展和高科技项目为补充的现代化大型企业集团，蒙泰集团排在全国煤炭工业百强第三十四位，内蒙古民营百强第六位。2010年，蒙泰集团在红庆河镇哈达图淖尔村，以"高标准、高起点、高品质"建立了生态基地，流转哈达图淖尔村闲置土地一万余亩，其中湖面5000多亩。围绕"循环发展、绿色发展、低碳发展"理念，推行"五联五强化"模式，计划投资35.4亿元，在哈达图淖尔村建设集乌驴养殖、蔬菜种植、苏格兰风情酒店、现代化农牧业展厅等于一体的田园综合体，发挥强力带动效应，努力实现"村企联建、互利共赢"的生动实践。苏格兰风情商业街、食品加工厂园区、苏格兰休闲度假康养小镇、小型迪士尼水上乐园、威士忌酒厂综合区等建设项目正在轰轰烈烈推进中。我们看到了成群的圈养乌驴，还品尝了各种叫不来名字的美酒，参观了整洁的厂房，听了苏格兰人的英语讲解，一旁的中国姑娘激情地翻译。坚持产业绿色底线，蒙泰集团参与乡村生态环境治理，通过配套建设疏干水灌系统、粪污处理系统，不仅把即将干涸的哈达图淖尔恢复水源，还改善土壤肥力和生态环境，有效提高土地适度规模化经营效益，并且产生沼气转化为近40万度电，就此一项可带动户均增收1000元以上。蒙泰集团还免费向农牧户提供土壤治理、病虫害防治等技术，带动农牧民种植优质牧草20000亩，年产值近1730.6万元，户均可增收1万元。充分保障周围各族群众的日常用电需求，把荒山荒地变成农牧民增收致富的"金山银山"。"百企帮百村"，整村推进示范项目，发挥强力带动效应，实现"村企联建，互利共赢"，真正让美丽乡村拉动美丽经济，让各族人民群众过上幸福的生活。

红庆河镇历史悠久，文化灿烂，秦直道穿境而过，红庆河古城屹立千年。这里的每一滴水、一抔土，都见证了千年历史传承；这里的每一粒尘、一抹绿，都记录了民族融合、团结奋斗。各民族群众共同团结奋斗，共同繁荣发展，共育幸福之花，为乡村振兴增添新动力，赋予新动能，为高质量推进新时代党的民族工作作出巨大的贡献。红庆河镇变化非常之大，触动了我的内心，很不想走，要再多看几眼。红庆河镇利用"五感"——视觉、听觉、嗅觉、味觉、触觉来提升大家的体验，能使得铸牢中华民族共同体意识的品牌和景点大大提升，步步皆情境，片刻皆体验。巴音布拉鸽、乌兰淖尔大展宏兔、哈达图淖尔乌驴、苏格兰风情、威士忌酒香，综合田野牧歌，让人永远难忘。

五、苏布尔嘎镇

2024 年 3 月 26 日 14 时 30 分，我们在红庆河镇用完午饭，吃的天然的红庆河镇产的绿色食品，有全麦面馒头、糜米饭，绿色蔬菜、瓜果，本地养殖的兔、鸡、羊、猪肉等，还有跑道鱼。菜品丰富美味，吃起来香甜可口，人人打着饱嗝。因为上午工作时间紧，任务繁重，一点半才到了镇上餐厅吃饭，大家也饿了。餐后我们急速上了大巴，与红庆河镇的陪同调研干部挥手再见，我们的车子接着驶向了苏布尔嘎镇。我和安建华老师车上同座，我系好了安全带，头靠汽车高背椅，在摇摇晃晃中进入梦乡。我年岁已六十有五，有午睡的习惯，每天中午都躺一个来小时，这两天时间紧、任务重，所以只能在车上眯一阵儿。

"我的故乡并不美，一片贫瘠的土地上，收获着微薄的希望，住了一年又一年，生活了一辈又一辈……故乡，故乡，亲不够的故乡土，恋不够的家乡水，我要用真情和汗水，把你变成地也肥呀，水也美呀，地肥水美……"我已进入甜美的梦乡。忽觉有人捅我腰部，"到了，到了，葛主席。"这是安老师的声音，我揉揉眼睛，看见"敏盖村党群服务中心"几个大字，多么熟悉的地方啊。

敏盖村发挥党组织在农村工作中的引领作用，以铸牢中华民族共同体意识为主线，以乡村振兴为重点，大力发展敏盖绒山羊、村集体肉牛养殖项目，推进土地流转等重大事项，有效推动了乡村治理现代化的发展，整治周围环境，因地制宜，因势利导，在发展特色产业上大做文章，让村民腰包"鼓起来"，心里"乐起来"。共同努力共同发展，各民族群众的日子过得越来越好。在村委办公室，我问一位年近七旬的老人，现在的生活好不好，政策好不好。老人高兴地告诉我："党的政策特别好，政府对我们老人非常关心，我们的日子越来越好了，如今为了我们这些脱贫户中没有劳动能力的人增加收入，政府给我们代养绒山羊，真是太贴心了，处处为我们着想，内心很感动，我们的生活有了保障，日子过得红红火火。"紧接着我们来别了苏布尔嘎镇敏盖绒山羊原种繁育中心参观考察。

敏盖绒山羊是伊金霍洛旗1984年引种培育的一个绒山羊种群，经过40多年的不断培育改造，形成了绒肉兼用、"两高一优"（繁殖率高、产绒量高、肉质优）和个体大、适应性强、遗传稳定的绒山羊种群，发展成为带动当地农牧民增收致富的主导产业，也是鄂尔多斯羊绒衫"1436"首选质料。"敏盖绒山羊，潇洒走四方"，这是苏布尔嘎镇统战委员冯丹女士介绍时高兴所言。我们也看到了展馆墙壁上的地图，敏盖白绒山羊产品销售到全国各地，包括山西、陕西、青海、甘肃、宁夏、辽宁等省和地区。为了壮大、打响敏盖绒山羊品牌，伊金霍洛旗紧抓全市"一产重塑"机遇，充分发挥敏盖绒山羊的种群优势，下好新品种培育、舍饲饲养、龙头带动"一盘棋"，有效提升绒山羊产绒、产羔、产肉等生产性能，形成集种、养、加、产、供、销为一体的全产业链条，推动"羊产业"不断向专业化发力，持续为乡村振兴蓄力。作为当地的农牧业主导产业，在发展壮大敏盖绒山羊养殖业的进程中，苏布尔嘎镇坚持品牌发展、融合发展、规模发展、科学发展以及产业扶贫发展等多项战略叠加，与云东集团共同实施"敏盖绒山羊原种繁育中心项目"。项目的实施，对敏盖绒山羊种质资源保护、舍饲养殖技术规程编制、饲料配方研发、饲料及种羊统供统销、新品种培育相关研究课题的实施等提供有力保障。辐射带动全旗及周边绒山羊养殖户超过1万户，规模超过40万只，带动农牧民增收4000万元。兴一项产业，活一地经济，富一方百姓，"走上'羊'光大道，乐享小康生活"。

苏布尔嘎镇紧紧围绕铸牢中华民族共同体意识主线，不断厚植民族团结沃土，绘就各族群众同心同德、奋勇前进的壮美画卷。统筹推进"石榴籽"宣讲队、"石榴籽"志愿服务队、益丰寨田园党建综合体"石榴籽"驿站、"石榴籽"农牧民主题集市、"石榴籽"主题公园的"五位一体"品牌集群，举办"铸牢中华民族共同体意识＋N"系列活动，把民族团结工作"触角"延伸到各个角落，夯实铸牢中华民族共同体意识"基础工程"。

苏布尔嘎镇，是伊金霍洛旗的农牧业大镇，它由原来的苏布尔嘎苏木、合同庙乡、台吉召镇合并为苏布尔嘎镇，辖27个行政村，154个农牧业生产合作社。地处乌兰木伦河上游，地表河流湖泊较多，境内有伊和尔淖尔（神海子）、哈塔图淖尔、光明淖尔、阿拉善湾遗鸥保护区。它是内蒙古中西部最大的白绒山羊生产基地，也是我的第一故乡，我的出生地。苏布尔嘎镇文化悠久，底蕴厚重，风光资源优越，生物资源多样，旅游资源独特。草原、农田、林地、湿地、沙地、河流、湖泊等地貌交错分布。这里有很多湖泊海子，是遗鸥的故乡，鸟类的天堂。置身于苏布尔嘎大草原，令人神怡，流连忘返。苏布尔嘎镇依托特色资源优势，因地制宜，坚持"生态立镇，产业富民"的工作方针，坚持打造"农牧业生产品牌镇、文化旅游特色镇、生态建设示范镇，富裕文明和谐镇"。先后获得全国十佳绿色镇、国家级生态乡镇、全区环境优美乡镇、全市民族团结进步模范集体等殊荣。

去年 12 月 5 日，我和伊旗统战部门的领导就来过乌尔掌村、"石榴籽"农牧民主题集市、"石榴籽"主题公园等调研参观，接下来我将着重介绍一下苏布尔嘎镇铸牢中华民族共同体意识非遗基地和实施的同心共铸的"七大工程"。

伊金霍洛旗苏布尔嘎镇铸牢中华民族共同体意识实践教育基地，也称为铸牢中华民族共同体意识展览馆，是内蒙古最大的此类教育基地。该展览馆是由伊金霍洛旗和国家民委民族文化宫共同策划和打造的，位于国家 4A 级旅游景区鄂尔多斯文化产业园内。展览馆的展示面积为 3600 平方米，分展厅、同根同源共铸中华、交融汇聚多元一体、开天辟地历史巨变、伟大创举崭新时代、携手共进伊金霍洛、同心共筑伟大复兴等七个部分。它集中展现了各民族交往交流交融，共同缔造、发展、巩固、统一伟大祖国的历史。通过创造性转化，创新性发展，伊金霍洛旗找到了传统文化和现代生活的连接点，非遗文化正在和文旅产业产生深度耦合，转换为推动民族团结，带动乡村振兴，促进共同富裕的新引擎。

如果是草绿花红的季节，去深度感受一次草原非遗文化，参观苏泊罕大草原，还有伊克昭盟会盟敖包，伊可儿湖（神水湖）、驼仙洞、白塔和刀劳岱山等景点，以及清朝伊盟会盟阅兵校武故地、明代驿站遗址，你的感受如何？苏布尔嘎是一个神圣的战略基地，是成吉思汗西征大夏整军歇马之地，也是成吉思汗神器苏勒德龙年首站祭祀、巡游出发地。清雍正年间五世班禅罗布桑伊喜进京谒见皇帝，途径苏布尔嘎大草原讲经布道时，他的坐骑黑马突然得病而死，五世班禅大师十分悲伤，他向当地僧俗官员提议，在他心爱的黑马身亡之地建立一座白塔，作为永久纪念。清代至民国早期，苏布尔嘎是伊克昭盟政治、军事、文化中心。你说，这地方牛吗？

伊金霍洛旗苏布尔嘎镇，紧紧围绕铸牢中华民族共同体意识主线，打造"同心共铸"品牌，深入实施"七大工程"，绘就民族团结壮美画卷。一是实施"同心铸源"工程，成立由镇党委书记任组长，其他干部为班子成员的民族团结创建工作领导小组，开展主题宣讲、交流互动，推动党的民族理论政策走进千家万户。二是实施"同心铸基"工程，完善阵地建设，打造"石榴籽"品牌集群，统筹推进"五位一体"品牌集群，举办"铸牢中华民族共同体意识＋N"系列活动，把民族团结工作"触角"延伸到各个角落，用实物实景实事润泽人心。三是实施"同心铸魂"工程，依托各类阵地营造浓厚的宣传氛围，组织举办铸牢中华民族共同体意识主题文艺汇演、"民族团结心连心，石榴花开献祖国"主题演讲活动、"石榴籽心连心，兄弟姐妹一家亲"女性恳谈会等主题活动，不断增进"感党恩、听党话、跟党走"的理性认同和情感认同。四是实施"同心铸情"工程，引进集康养、住宅为一体的怡福康庄建设项目，落实城乡低保等各类兜底政策，持续扩大困难群众救助范围，实施街道提升、老旧管网改造工程，全面促进公共服务设施提标扩面，建设功能完善、宜居和美的现代化乡镇，高标准满足各族群众日益增长的美好生活需求。五是实施"同心铸本"工程，首创成立乡贤工作站矛盾调处机构，吸纳"两代表一委员"、"五老人员"、专家学者、专业技术人员、城乡社区工作者、大学生村官等参与矛盾纠纷化解，排查化解纠纷矛盾，加强民族法制宣传教育，打造共建共享共治的基层治理共同体。六是实施"同心铸和"工程，依托"我们的节日"主题活动，持续开展中华优秀传统文化进社区、进嘎查村、进宗教场所活动，让中华优秀传统文化浸润人心，营造各族群众团结友爱、互帮互助、共同发展的良好社会氛围。持续深化文明城市创建成果，推深做实美丽积分管理工作，用好用活新时代文明实践站所功能阵地，切实将乡风文明建设各项举措落实为帮助农牧民"解难题、办实事、增福祉"的有力实践。进一步弘扬优秀传统文化，举办苏布尔嘎珠拉格传统那达慕大会、鄂尔多斯婚礼文化旅游节等活动，促进各民族广泛交往、全面交流、深度交融。七是实施"同心铸梦"工程，依托自治区绿色农畜产品生产发展绒山羊产业项目，深入开展绒山羊产业集群建设及家庭牧场培育，新建种羊共享服务中心和交易市场，持续扩大优质核心种群数量，全力推进种业振兴，擦亮"敏盖"绒山羊全国驰名商标名片。持续提高特色种植业发展水平，实施壕赖村苏羊肚菌大棚二期建设工程、敖包圪台村林下经济甘草种植、小杂粮社会化服务等项目，不断丰富苏布尔嘎特色农产品体系。持续推进产业项目与农牧民利益联结机制，将农牧民紧紧吸附在产业链条上，让农牧民工厂就业有"佣金"，土地流转有"租金"，入股分红有"股金"，保证农牧民持续稳定增收，过上美满幸福的生活。扎民族团结之根，铸民族和睦之魂。充分发挥统一战线法宝作用，不折不扣落实全方位的建设"模范自治区"各项任务，踔厉奋发，笃行不怠，不断开创民族工作新局面，为呵护"模范自治区"崇高荣誉贡献力量。

在苏布尔嘎镇这片幸福、充满生机的土地上，我们感受到了在推动全体人民共同富裕的道路上一个农牧民群众都不能掉队。苏布尔嘎镇党委、政府坚持以人民为中心，在发展中更加注重保障和改善民生，补齐民生短板，增进民生福祉，让各族人民群众实实在在感受到推进共同富裕在行动、在身边。苏布尔嘎镇乡村振兴、民族团结进步，乘风破浪正当时，"强富美"的乡村愿景将一步步变成现实。秀美端庄的刀劳岱山娉娉婷婷，清澈灵动的神海清泉蜿蜒流淌，汲取山水的神韵，饱蘸绿色的繁华，仿佛故乡大自然绘制的巨幅画屏。美丽乡村建设关系到千家万户，它的旨归集聚在各个村民的幸福感中，馈赠给我的故乡——苏布尔嘎。

六、札萨克镇

札萨克镇，是一个五彩斑斓的现代化新镇，民族团结进步的典型示范镇，伊金霍洛旗的"南大门"，总面积1105.6平方公里，下辖27个行政村，127个农牧业合作社、1个社区，总人口10875户25426人。札萨克镇域经济综合竞争力居于全国西部百强镇行列。在中华人民共和国成立前，它是原伊克昭盟地区的政治、经济和文化中心。这里曾是札萨克旗王爷府驻地和国民党绥境蒙政会所在地。1943年，伊克昭盟各族人民反抗国民党军队随意开垦牧场的"三二六事变"就发生于此。此外，蒙古族早期的革命活动家、"独贵龙"武装抗垦运动的先驱者旺丹尼玛曾在这里活动。如今，札萨克镇将落实全方位建设"模范自治区"作为重要政治任务，牢牢把握铸牢中华民族共同体意识这条主线，鄂尔多斯市首家铸牢中华民族共同体意识实践教育所就在札萨克镇"伊盟事变"纪念馆正式挂牌成立。

2024年3月27日早晨，阴转多云，风力5~6级，气温有所下降，妇女们都穿上了各色漂亮的风衣，我们一行四十多人在伊金霍洛旗党政大楼门前集合，坐公交大巴直奔札萨克镇门克庆嘎查。大清早人们精神非常好，车内的人有说有笑的，气氛热烈。我们路过成吉思汗国家森林公园，深林公园内人工种植了大面积的樟子林和油松林，郁郁葱葱，非常壮观，中间夹杂着旱柳、沙柳、胡杨等，构成一幅幅色彩斑斓的生态环境优美的沙地林景观画卷。今天去的地方是我的第二故乡，我们家过去在台格庙苏木住了十年，我的散文作品《五连寨子里的故事》就写到了台格庙公社，我在那里上了小学和初中，我的童年、我的少年也是在那里度过的，所以我对那里感情很深，至死难忘。

不到 10 点钟我们就到了门克庆嘎查，"门克庆"是蒙古语，意为永恒，门克庆嘎查位于札萨克镇西南部，地处毛乌素沙漠边缘，是一个以牧业为基础、工业为主导、农牧工商为一体的先进嘎查。一条宽阔的柏油马路直通嘎查党群服务中心，路两边是整片整片的绿油油的松树林，绿意盎然。虽然今天风力较大，但是还没有扬起沙尘，换在上世纪六七十年代，"风沙一起尘土飞扬，四顾茫茫不见家乡"，"泥巴房、贫困户，见个汽车当怪物，明沙梁里等救助"。现如今，一片绿洲林海彻底锁住了漫漫黄沙，根本看不到有沙漠的迹象。以前的沙漠已经被绿色的树木替换了，沙丘哺养了树木，树木把沙丘抱紧了，荒漠变成了平原，或长庄禾，或长牧草，平等地供养众生。眼前茂密的树林，奇特美丽，是一代又一代的治沙工人与当地农牧民不惧苦和累，用热血和汗水换来的。绿油油的大树，整整齐齐地排在道路两侧，宛如一个个精神饱满的士兵，夹道欢迎着我们的到来。

门克庆嘎查，是一个典型的农牧结合、多民族共居的嘎查，汉族和蒙古族人口各占一半，生活在一起，有活一起干，有钱一起赚，有困难相互帮，团结和睦早就融入了血液。门克庆嘎查牢牢把握铸牢中华民族共同体意识这条主线，始终坚持"共同团结奋斗，共同繁荣发展"的民族工作主题，提出"同心亲民·治沙奔富"统战工作品牌，以"六个一"为核心，围绕生产、生活、生态三个方面，因地制宜规划村庄整体长期发展。实现政策有人讲，民需有人问，民困有人帮，民忧有人解。门克庆嘎查各族人民群众像爱护自己的眼睛一样爱护民族团结，像珍视自己生命一样珍视民族团结，让致富的"石榴花"在门克庆的土地上绽放，切实做好以人民为中心的各项工作，以实际行动维护"模范自治区"崇高荣誉。几十年来，在几代支书的带领下，门克庆嘎查从全旗最落后的嘎查发展到如今繁荣富裕的先进集体，和各族群众团结和睦、同心奋斗是分不开的。嘎查以"打团结牌、走特色路、谋富民策、建和谐村"的工作思路，坚持把产业发展作为解决好民族问题的"金钥匙"，村容村貌得到了很大改善，村民收入明显提高，村委会在大漠里建起了漂亮壮观的四层大楼。农牧民在村集体经济的入股率达到100%。门克庆工贸有限公司累计完成总营业额6.4亿余元，创造净利润1.4亿元，村集体资金达6400多万元，每户入股农牧民平均分红达到26万元，各民族群众生产生活水平得到了大幅度提高。

我们走进札萨克镇鄂尔多斯非物质文化遗产皮雕作品、葫芦烙画展馆参观考察，并且听着非遗传承人的讲解，感到非常震撼。展馆展出的皮雕作品有"骏马奔腾""雄鹰展翅""狼"等；葫芦烙画作品，不仅有十二生肖的"鼠""牛""虎""兔""龙""蛇""马""羊""猴""鸡""狗""猪"，还有其他的飞禽走兽。这些作品逼真形象，好像活着的精灵。皮雕工艺非遗作品和马鞍马具、蒙古族经典民族头饰，制作得实在是太精美了。手工艺人以工匠精神创作出一件件神兽画作，以此致敬和传承非遗文化。札萨克的皮雕、葫芦烙画非物质文化遗产技艺是当地人民在长期生产生活实践中创造的智慧与文明的结晶。

追寻文化之本、民族之根，村史馆总是让人感想不断，回味无穷。历史上，农耕经济与游牧经济在这里交往，中原文化与北方文化在这里交流，各民族人民共同书写了悠久的历史，共同创造了灿烂的文化，共同培育了伟大的精神。一部村史，几多乡愁，反映着村庄历史特征，记载着人物事件等方面的内容。札萨克镇查干柴达木的村史馆收藏着涉及宗教信仰、衣食住行、生活起居、生产农具的 540 件藏品。各式各样的老物件，浓缩了查干柴达木村过去的生产生活记忆，从春耕夏耘到秋收冬藏，从农业生产到牧业生产，从农耕生活到游牧生活，可谓应有尽有。使用老物件的主人们早已不知去向，但它们向参观的人们述说着往事，留给人们遐想无限。在村史馆里，我们还看到了"茶马互市""绢马互市"的旧场景，新街曾经是农耕经济与游牧经济交往的"大通道"，中原文化与北方文化交流的"大舞台"，更是汉民族与北方民族交融的"大熔炉"，各民族共同开拓了我们辽阔的疆域。村史馆里每一个故事，每一件物品，每一张泛黄的照片，都让我感受到了深厚的乡土文化，让我看到了汉族与北方各少数民族交融的真实历史。

查干柴达木村，翻译为汉语意思是"白色的枳芨滩"，如今这里是田园乡村，幸福、美丽的乡村。静谧的查干柴达木水库平躺在寨巷这个热闹小巷外，水面在阳光下泛着点点涟漪，翠绿的植被让这里处处透露着原生态的韵味。查干柴达木村，过去也称为"三连寨子"，而这条街巷是这个寨子里的重要街道，所以起名叫"寨巷"，这一区域的建筑面积共 2400 平方米。建筑融合晋陕蒙特色元素，并装饰有花格木门窗、青砖黄泥墙，此外还配置了乡村大舞台来活跃文化气氛。草原深处有农家，蒙汉情缘话桑麻。历史长河总是以光阴为单位，接纳自然与人间的一切。查干柴达木村的活态博物馆记录了其作为蒙汉文化深度交融之地的历史变迁。活态博物馆以变迁、乡音、习俗和员外家为展览动线，还设置了包括张在成等文化传承户的体验馆，向游客展示了札萨克王府后花园——查干柴达木文脉传承。所有的一切仿佛勾勒出一幅记忆中最美的乡村的图画，"黄泥髹墙瓷罐罐，毡房星宿草滩滩"，这些特色风貌成了乡村旅游的新招牌。

奋进新征程，建功新时代。札萨克镇以铸牢中华民族共同体意识为主线，各族人民群众不忘初心，牢记使命，感党恩，听党话，跟党走，审时度势，锐意进取，攻坚克难。增进各族群众民生福祉，擦亮民族团结进步文化品牌，推动各民族交往交流交融更加广泛深入，绘就了波澜壮阔的历史画卷，发生了翻天覆地的变化，实现了跨越式的发展。人民对美好生活的向往，就是我们的奋斗目标。回忆和祝福昨天已经走过，幸福和快乐相约在明天，不怕风雨阻挡，团结拼搏永远向前，把生活嚼得有滋有味，把日子过得活色生香，感受每天的美好。札萨克，你是我深深眷恋的地方。

七、伊金霍洛镇

伊金霍洛是蒙古语，翻译为汉语意为"圣主的院落"，是国家5A级旅游景区成吉思汗陵寝所在地，一代天骄成吉思汗将自己的灵魂永远留在了伊金霍洛草原。伊金霍洛全镇总面积717平方公里，辖16个嘎查村，100个社，总共7572户17019人，其中少数民族980户2279人。这里有沃野千里的巴音昌呼格草原，它见证着伊金霍洛镇日新月异的变化；这里有古老的守卫了成吉思汗陵八百多年的达尔扈特部落，蒙古语达尔扈特的意思就是"担负神圣使命的人"，现如今这个守卫汗陵的部落还有两千多人，还在续写着民族团结的动人故事。伊金霍洛镇将继续全面聚焦民族团结进步工作，用心用情用智、交流交往交融、同心同向同行，呵护好"国家级乡村旅游重点镇""特色景观旅游名镇""环境优美小城镇""第四批美丽宜居小镇""自治区首批森林乡镇"等荣誉。为落实好习近平总书记交给内蒙古的五大任务和全方位建设"模范自治区"两件大事，为奋力谱写"大美绿城，伊金霍洛"宏大篇章夯实民族团结进步根基。

2024 年 3 月 27 日 14 时，我们在札萨克镇用完午餐后，一行四十多人上了大巴直奔伊金霍洛镇的龙活音扎巴村。车内响起《美丽的草原我的家》那悠扬的旋律，这首广为传唱的歌曲很契合巴音昌呼格草原的优美风光，听着悦耳的歌声，望着窗外的风景，让人欣喜若狂。

　　美丽的草原我的家，水清草美我爱它，
　　草原就像绿色的海，毡包就像白莲花，
　　牧民描绘幸福景，春光万里美如画，
　　牧羊姑娘放声唱，愉快的歌声满天涯……

古朴雄伟、气势非凡的成吉思汗陵巍然耸立在甘德尔敖包上，背衬浩浩蓝天，悠悠白云，欲飞欲升，三个巨大的蒙古包式的穹顶琉璃瓦在三月骄阳下闪着金光。金碧辉煌的成吉思汗陵宫，像一只展翅飞翔的雄鹰，象征着成吉思汗不怕艰难、勇往直前的精神。巴音昌呼格草原铺展出一片无边的绿色，如诗如画，似烟似梦。这块古老而神奇的土地生机勃勃，瑰丽多姿，足见这块风水宝地具有何等巨大的迷人魅力。

　　梅花鹿儿栖身之所，
　　戴胜鸟儿育雏之乡，
　　衰落王朝振兴之地，
　　白发老翁享乐之邦。

成吉思汗陵园，驰名中外，蒙古风情与草原文化融会，承载着热情浪漫、自由奔放的生活，洋溢着至纯至真的草原情趣，蓝天白云，绿草如茵，百花争艳，民俗盛景，歌酒飘香……

我们的车停到了宽阔漂亮整洁的龙活音扎巴村党群服务中心的院中，出来迎接我们的有镇上分管统战工作的领导、村上负责人，还有伊金霍洛旗作家协会的农民作家、铸牢中华民族团结示范户马婵华同志，并且由他来介绍龙活音札巴村的铸牢中华民族共同体意识典型事迹和农牧民致富发展情况。

蒙古语龙活音札巴，意为"瓶子似的山谷"，位于伊金霍洛镇北部，全村总面积 32 平方公里，下辖 8 个社，共 551 户 1284 人，以种养殖业为主，是汉、蒙等民族共居的地方，土地平旷，屋舍俨然，阡陌交通，鸡犬相闻。蓝天白云下，大路从门前通过，延伸到远方，挺拔的绿树环绕着村庄，好一派田园风光。龙活音札巴村以其民居特色获得"中国美丽休闲乡村"的称号。龙活音札巴村，通过"幸福田园"土地认养模式，不仅提高了农牧民群众经营第三产业的积极性，拓宽了村级经济发展的渠道，还探索出了一条发展乡村旅游新路径。一是创新了农业经营方式，提高了农牧民的收入，从土地上解放出来的劳动力可进城务工，多挣一份工资。二是找到了振兴村集体经济的出发点，龙活音札巴村率先办起了农牧民专业合作社，依托优越的地理位置和区位优势，围绕集土地认养、休闲、娱乐、度假、体验为一体的产业发展思路，打造"印象龙活音札巴休闲度假村"的精品乡村旅游工程，找到了产业扶贫的新起点，实施了产业富民的新举措。三是提供了乡村休闲游的新渠道。认养土地的市民络绎不绝，既能让城里人在闲暇时到农村体会种地的乐趣，带着老人、孩子来农村呼吸新鲜空气，感受农村的乡土气息，领悟大自然的清新与闲适，也能让城里人吃上自己亲手种植的玉米、蔬菜、瓜果等绿色食品。同时，还能让孩子们目睹种地的全过程，认识到粮食的来之不易。龙活音札巴村筛选优良土地对外租赁，由农牧户提供水、电、粪和农具，租客自己耕种打理或托管。当地文化旅游部门还经常举办乡村旅游文化节、摄影采风等系列旅游活动，推出徒步旅游线路，开展研学游，推进土地认养等宣传活动，聚商气人气，带动乡村旅游经济的快速发展。龙活音札巴村绿色幸福田园，带动了农家乐、村集体经济的发展，点亮了乡村产业致富的明灯，让人感受到新农村新风貌，以及民族和睦相处共同生活的惬意。

接下来，我们走进伊金霍洛镇布拉格嘎查调研。金沙叠嶂，翠柳茂密，这里是守护者的部落，达尔扈特人的家园。布拉格嘎查是成吉思汗陵园所在地，是成吉思汗守灵人达尔扈特人的聚居区。守灵部落从历史中走过来，八百多年如一日地守护，点燃酥油灯、供奉着成吉思汗的灵位。使命与忠诚是每个达尔扈特人不灭的烙印，从身体刻进灵魂。

布拉格嘎查打造了民族团结互嵌式社区，聚焦于"七个焦点"：党建引领、文化引领、宣传教育、社会治理、空间融合、暖心服务、产业发展。认真贯彻落实中央、自治区、市委民族工作会议精神，准确把握和全面贯彻习近平总书记关于加强和改进民族工作的重要思想，着力构建各民族团结进步事业的社会结构和社会环境，同心聚力谋发展，让各民族群众过上幸福的生活。

布拉格嘎查总面积126.8平方公里，共420户896人，大力发展乡村旅游业，从事农家乐、牧家乐经营的户数有70余户，蒙古包有500余座。嘎查还成立了拉马协会，一个专门向游客提供骑马等服务的民间组织，目前，草原马队协会共有会员50户，马匹50匹，马车4辆。成立了巾帼巧手制作工坊，以传承民族传统文化与发展壮大民族特色手工艺产业为发展目标，目前有固定会员14名，先后举办公益性培训班8场次，受益妇女约300余人次。成立了餐饮协会，由成陵草原度假村从事餐饮行业的各经营者等有关人士自愿结成的行业性、地方性、非营利性的民间组织，协会会员48户。成立了乌仁布斯贵头戴工作室，乌仁布斯贵为蒙古语，翻译为汉语是巧手妇女的意思，工作室目前有成员 12 名，主要从事鄂尔多斯蒙古族女性头戴、蒙古族各类头饰、蒙古服饰制作。聚焦文化引领，奠定文化基础，为丰富各族群众文化生活，社区坚持逢节必有活动，以民族团结进步宣传月和端午节、重阳节等传统节日为契机，组织各民族群众广泛开展各种形式的文化活动，引导各族群众互相尊重风俗习惯，促进各族群众交往交流交融。伊金霍洛镇区建立六大网络片区，落细落实网格化管理，建设网格三级管理体系，做到对社区少数民族、宗教人士等群体情况"四知、五清"。打造"党群议事会—网格议事站—楼栋议事点"三级议事平台，定期商议解决网格中各族群众反映的热点难点问题，确保"小事不出网格，大事不出社区"。布拉格嘎查是一个典型的以蒙古族为主体的嘎查，先后获得市级先进嘎查、全区创先争优先进基层党组织、全国少数民族特色村寨、全国巾帼致富示范村、第六届全国文明村镇、全国乡村旅游重点村、2020 年中国美丽休闲乡村等荣誉。布拉格嘎查将继续以铸牢中华民族共同体意识为主线，把建设"模范自治区"任务贯彻落实到社区治理工作的各个方面、全过程，统筹推进六大工程在"有形、有感、有效"上下功夫，推进民族团结工作高质量发展，维护好伊金霍洛镇全区民族团结进步模范集体荣誉称号。体验纯正的民族风情，感受别样的休闲生活，品尝特色的蒙古族美食，在绿水青山之间，布拉格嘎查正在张开热情的怀抱迎接远方客人到来。

　　林海茫茫，一望无际，三月底，春意盎然，上了瞭望平台，登高望远，莽莽苍苍，郁郁葱葱，青翠欲滴，生机勃勃，千古一碧，好一派北国风光。万亩林看台，位于伊金霍洛镇小霍洛万亩樟子松基地，属于布拉格嘎查境内，距离成吉思汗陵园 3 公里，总面积一万亩，树种以樟子松为主，占总面积的 80%，还有桧柏、油松、云杉、侧柏、国槐、新疆杨、杨树、沙柳、柳树、山桃卫茅、五角枫等，还有一些我都叫不上树名。目前已经形成针阔混交、乔灌混交的二元林格局。2017年，《联合国防治荒漠化公约》第十三次缔约方大会的与会代表到此现场参观考察，我们的国家领导人也曾到此地考察、参观伊金霍洛旗防沙治沙项目，了解中国荒漠化治理独特的鄂尔多斯模式，从而全方位了解一代代伊金霍洛人防沙治沙、绿化家园的生态文明建设成果。这儿建成了以人工林为主的沙地绿洲型国家森林公园，辐射带动周边造林绿化、生态旅游、种植业、养殖业等产业的迅速发展，农牧民生产生活水平得到了很大的提升。

伊金霍洛镇是最美的一个古老乡镇，春暖花开，绿色遮盖了大地，雄鹰飞过苍天，夕阳映红了我的脸颊，炊烟迷醉了我的眼，草原依旧亲切，各族人民群众团结和睦，同心共筑中国梦，过着幸福快乐的生活。伊金霍洛镇紧扣时代主题，主动适应新常态、新形势、新要求，依托得天独厚的历史人文资源，将旅游文化产业确定为主攻方向，开拓创新，真抓实干，奋力拼搏，走出一条特色鲜明的民族发展道路。伊金霍洛，春意浓浓，月亮更圆更明，永远在我的身边，替我保管好童年和眷恋。

八、有形有色有感有效的观摩评比交流座谈会

2024年3月27日17时，伊金霍洛镇政府三楼大会议室，灯火通明。伊金霍洛旗委统战部、旗铸牢中华民族共同体意识促进会组织各镇、旗直有关部门以及旗水岸新城等40余人，开展全旗铸牢中华民族共同体意识实践教育教学互学互促活动会议。通过三天的参观、考察、学习，晒出一批亮点，推出一批成果，打响一批品牌，推动铸牢中华民族共同体意识市域示范建设工作由建设型向示

范型转变。活动以"实地观摩＋打分评比＋总结点评"的方式进行。观摩组先后深入 7 个镇 19 个村、嘎查（社区）、非遗传承地、主题广场进行观摩。总结复盘了 2023 年铸牢中华民族共同体意识工作成果，并对 2024 年典型经验挖掘、亮点做法提炼、品牌打造宣传进行了横向对比、交流总结。

各镇分管领导分别做了详细汇报，摆出本镇工作亮点和成绩，找出自己的不足，继续努力，打造一批铸牢中华民族共同体意识工作品牌，争创全国民族团结进步示范镇。

旗铸牢中华民族共同体意识促进会的几位老同志也纷纷发言，谈了自己参观后的感受，提出了新的建议。祖国北疆伊金霍洛旗，各民族儿女完善发展思路，围绕铸牢中华民族共同体意识这条主线，深入推进各民族交往、交流、交融，用心滋养初心，淬炼灵魂，从中汲取信仰力量，校准前进方向，切实把以习近平同志为核心的党中央的关怀化作实际行动，维护民族团结，为各民族共有精神家园营造良好的社会环境，各民族人民生活水平日益提高，呈现出了民族团结、经济发展、民生改善、社会和谐稳定、生态良好的发展局面。伊金霍洛旗过去就是民族团结进步先进旗县，现在干得更好，成绩显著，再上一层楼。一是牢牢把握习近平总书记提出的铸牢中华民族共同体意识这条主线，坚持中国特色社会主义道路这一正确政治方向，筑牢民族团结进步事业的思想基础，确保全旗经济社会发展各项事业始终沿着正确方向前进。二是牢牢把握经济发展这个根本，推动各民族共同繁荣发展，推进民族地区产业发展，持续改善民族地区发展条件，稳步提升少数民族群众生产生活水平。三是牢牢把握改善民生这个重点，让各族群众共享改革发展成果，多措并举扩大就业，让各民族人民群众脱贫致富，不断提升社会保障水平，让改革发展成果更多更公平惠及各族群众。四是牢牢把握宣传教育这个基础，构造各民族共有的精神家园，深入推进民族团结教育，扎实开展民族团结进步创建活动，大力保护传承优秀民族文化，全面加强双语（汉语、蒙语）语言表达和文字工作，在全旗上下广泛凝聚推进民族团结进步事业的强大合力。五是牢牢把握维护稳定这个核心，巩固发展和谐民族关系，加强意识形态管理，切实保障少数民族群众合法权益，扎实做好城市与农牧区的民族工作，推进民族团结进步事业，实现民族地区长治久安。六是牢牢把握加强党对民族工作的领导这个关键，任何时候都离不开中国共产党的领导，为推动民族团结进步事业提供坚强保证。强化组织领导，各级党委把民族工作列入重要议事日程，推动民族工作各项任务落实落地。广泛联系各民族群众，把各方面的智慧和力量凝聚到民族团结进步事业上来。

最后，伊金霍洛旗常委、统战部部长王斯庆强调，要充分利用统战之家、铸牢中华民族共同体意识实践教育阵地等工作平台，开展主题活动，巩固和拓展主题教育成果，不断夯实"感党恩、听党话、跟党走"的思想政治根基。要在全域推进铸牢中华民族共同体意识市域示范建设，打造一批铸牢中华民族共同体意识工作品牌，形成示范建设伊金霍洛样板，争创全国民族团结进步示范旗。要实施基层统战赋能社会治理工作，积极培育"同心建言""同心驿站""同心服务""同心讲堂"等载体和抓手，系统、全面地推进统战工作品牌建设，争做基层统战赋能社会治理表率。要在氛围营造上下功夫，在公园、广场、街头小品等公共设施建设中，融合体现嵌入式、小而精、覆盖面广的共同体元素，融入群众随处可见、随时可感、随耳可闻的日常生活细节里，扩大社会面宣传教育效应。下一步，伊金霍洛旗将聚焦目标，持续在"有形、有感、有效"上下功夫，高标准推进铸牢中华民族共同体意识市域示范建设工作，努力站前排、当标兵、做表率，不断彰显统战新作为。

伊金霍洛旗，七镇七奇葩，各具特色，民族团结进步事业成就辉煌。风雨同舟手足情，携手浇灌幸福花。25万各族儿女亲如一家，情同手足，是伊金霍洛旗一份丰厚的"家底"。"像石榴籽那样紧紧抱在一起"是对民族团结的生动写照。如今，在大美绿城伊金霍洛，各族儿女将铸牢中华民族共同体意识嵌入了心中，融入了血液，注入了灵魂。在民族团结进步之路上，伊金霍洛将奔赴下一个百花满园的和美春天……

跋

  《心中的歌》是我出版的第五部书籍了，由于篇幅较长，分为上、下两册。在漫长的生命旅途中，我书写盛世，书写时代，书写草原的辽阔豪迈，书写南方的婉约秀丽。在中华人民共和国的大地上，我始终走不出故乡这片热土，讴歌这片土地上的山山水水，描述父老乡亲们的人生境况和高远妙曼的苍生梦想。以笔墨为媒介，用文字书写心中的故事与情感；以文学作品为纽带，共同探寻故乡的发展和变化。建设家乡，振兴乡村，用诗歌和散文传递家乡的美，把家乡的美好景色、幸福的好生活传递出去。

  我出生在伊金霍洛旗，长在伊金霍洛旗，工作在伊金霍洛旗，退休在伊金霍洛旗，现已六十有五，在这里摸爬滚打几十年，与烈日雨雪相伴，与农具桑麻笔墨为伍，每天送走太阳迎来月亮，从追梦到圆梦，找到了我梦想花开的地方。我以伊金霍洛旗为圆心，以暖城为半径，将家乡的草原河流、田园风光、农事气节、地域文化、民俗风情一一罗列，依次展示，与时代同步，与改革同向，与人民同心，让大家看到家乡改革开放 40 多年来的伟大成就。

  我的家乡，也是鄂尔多斯青铜器的故乡，"秦昭襄王长城"的故地，北方游牧民族的发祥地，暖城能源富集之地。有天空做伴，有河流相依，聆听清脆悦耳的百灵鸟鸣唱，观大美绿城的青山碧水，放歌赞颂家乡的巨大变化，人民生活蒸蒸日上，高质量高品质发展，一路走向未来。

防城港，中国大陆海岸线的最西南端，一座滨海城市、边关城市、港口城市，边陲明珠，背靠大西南，面向东南亚，是中国氧都、中国金花茶之乡、中国白鹭之乡、中国长寿之乡，广西第二大侨乡。是中国二十五个沿海主要港口之一，拥有丰富的自然资源和旅游景点，有金华茶自然保护区、海湾红树林等，有众多的古树名木及珍稀植物。

我满怀奋斗的激情，在文学的梦想里扬帆起航。生命，在我的文学梦想的海潮涌动之后，绽放出五光十色的光芒。人生，在我的文学梦想桃红柳绿之后，展示了耕耘开拓的魅力，我的生活，在多姿多彩之后，萌发了创作的激情。爽爽的风轻轻地吹，爽爽的家乡真是美。我要为家乡唱首歌，歌中有你也有我。歌唱青山和绿水，歌唱牛羊满山坡，歌唱美丽乡村快乐多，歌唱幸福好生活。

生活就像一场旅行，即使路途曲折，也要勇敢前行。重要的不是找到了目的地，而是经历的旅程，以及我们所遇到的人和事。每一个人都有自己独特的才能和梦想，努力发掘自己的才华，并追逐自己的梦想。只有这样，才能真正实现自我。随着年龄和阅历的增长，我渐渐明白人要好好爱自己，于是开始富养自己，呵护好身体、精神和心灵，这样才会越来越年轻，越活越优秀。活得松弛，停止攀比、羡慕、嫉妒，出去走走，看看这个繁华的世界。不必追求潮流和奢华，多读书，多行路。看历史书籍、纪录片、人物传记，品前人智慧，览祖国大好河山，拓展自己的胸襟和提升自己的气度。当你看过世界，见过众生，所见之处，步步皆景，所行之路，一路坦途。

我从小就酷爱文学，热爱写作，虽然学的是理科，没有经过老师正规的指点，但是通过多年工作中的磨炼、自学，确实写了不少的东西，现已出版了 5 本书籍，共 140 多万字。从 1981 年开始，我先后在《中国气象》《鄂尔多斯报》等报刊发表小说、诗歌、散文等。有作品入选《迈向新征程：中国当代诗书画艺作品选集》《百位新时代奋斗楷模，百件新时代精品力作》，个人事迹入选《世界优秀专家人才名典》《中国国情报告·专家学者卷》，发表文章千余篇。

一个"泥腿子"对故乡的情，对乡亲的情，对广阔草原的情，对农畜的情，对花草的情凝于笔端，任思维驰骋，任情感宣泄，无遮无挡，一览无余。乡情像酒，师情如灯，恩情似山，亲情暖心，真情在胸，成就精彩华章，赤子深情是最好的笔墨。这种对家乡、对故人的"小情怀"构成了对国家对民族的"大情怀"。家是最小国，国是最大家，"家国一体""家国同构"说的正是这个道理。我的信仰、情怀与担当，正体现在这样一种深沉的家国情怀之中。

我的作品都是出自内心深处的，田、马、牛、羊、人、山川、地貌、风雨、雷电……是农耕文明、草原文化最常见的生动画面，平凡的故事宛如故乡一首动人的歌谣，一唱三叹，闪耀着生命的力量，升腾着氤氲的地气，散发着浓郁的泥巴味，越是平凡的东西越真实伟大，不仅属于大美伊金霍洛，也属于祖国，属于世界。

我写的文章也是实实在在、本本分分、朴朴实实，如同家乡伊金霍洛旗的山郁郁葱葱，水清清亮亮，人普普通通。记录风雨沧桑，吐纳人间烟火，倾听民众呼声，反映社会发展，感悟时代变迁，文字越朴实，情感越真挚，流传越广泛，影响越深远，从而越富有韵味。

生活如诗，岁月如歌。出去走走看看，望见大江大河宏阔之气势，捕捉朵朵浪花微小之姿态，方能在澎湃激越的碰撞中找到弘扬主旋律的新路径、新灵感、新思维。只有用"脚力、眼力、脑力、笔力"举精神大旗，立精神支柱，建精神家园，才能写出"有筋骨、有道德、有温度"的紧跟时代、超越当下的文艺作品，从而鼓舞人们为实现中华民族伟大复兴的中国梦而发奋努力。

岁月不居，时节如流。时间总是奔涌向前，追逐和奋进的脚步永不停歇。明天又是一个新的开始，在未来的日子里，我将创造出更多的精彩，实现自己的梦想。营造出一种温馨宁静、平和安详的氛围，让读者感受到一种超脱的心境。在这诗意的世界里，我将继续前行，书写属于自己的精彩篇章。由于时间仓促，加上自己文字功底浅薄，文中免不了有一些差错，敬请广大读者批评指正。

后 记

　　这些零碎的作品，终于集结成《心中的歌》与读者朋友们见面了。对于我本人来说，自然感到很安慰和自豪。我年过花甲，笔耕三十余年，这年头出书并非难事，我也之所以出版这些书，原因是我怕这些零散小诗登不了大雅之堂，再就是觉得自己渐渐老去，心也渐渐瘦去，出书的分量越来越少了。

　　这些年来，我从不放弃自己的梦想，从工作岗位退下来时，还坚持文学创作，陆陆续续写过不少的文学作品。每当遇到困境，我总会想起在农村时的艰难岁月，为了文学事业，起早贪黑，闭门谢客，废寝忘食。"三更灯火五更鸡，正是男儿读书时"……我清楚地知道自己从哪里来，又要到哪里去，必须坚持到底。

　　"小溪潺潺，芬芳迷人；大河滔滔，乱石穿空……"

　　我不认为写作，一定要有成为大海的雄心。别样的写作就有别样的风景。随着社会的发展，有人把写作精细化了，时间长了，说得更美了，也就形成了类似于诗的东西，之后就变成了文艺。写作的目的，就是要还原到本真的状态，让写作真正与生活相融，充满人性的气息，充满爱的气息，这样也就充满了美的气息。共圆中国梦，实现世界命运共同体的目标。

　　我既不是名家，也不是新秀，我把自己所写作品，整理汇集在一起，凝成一本书集——《心中的歌》，也算是一次对于写作的检阅，不负自己所望。新的时代，新的梦想，我将继续在文学创作之路上奋力前行。我相信，在这个波澜壮阔、美好幸福的盛世，文学也必将承担起反映这个伟大时代的历史使命，传承中华民族的优秀文化，成为人们共圆中国梦的精神之塔！在这种情怀的激励下，我不敢有丝毫的懈怠，继续努力，勤奋写作，创作出更多更优秀的作品。

我是一个门外汉，虽自幼爱好文学，但功底浅薄，秃笔无力，书中文字、语句难免粗糙，还望读者朋友们不吝赐教，并请批评雅正。